Sonnenschwester

Magische Geschichten XIII

Herausgegeben von

Marion Zimmer Bradley

Aus dem Amerikanischen von
Wolfgang F. Müller

Fischer Taschenbuch Verlag

Deutsche Erstausgabe
Veröffentlicht im Fischer Taschenbuch Verlag GmbH,
Frankfurt am Main, Mai 2000

Mit freundlicher Genehmigung der Autorin,
c/o Baror International, Inc., Armonk, New York, USA
Die amerikanische Originalausgabe erschien 1996 unter dem Titel
›Sword and Sorceress XIII‹ bei DAW Books Inc., New York

Gesamtherstellung: Clausen & Bosse, Leck
Printed in Germany
ISBN 3-596-14533-3

Inhalt

Einleitung

Jetzt, beim dreizehnten Band dieser Reihe, fiel es mir noch schwerer, zu einem Ende zu kommen. Viele meiner AutorInnen sind inzwischen mit eigenen Arbeiten befaßt oder wohl sogar herausgeberisch tätig. Mercedes Lackey und Diana L. Paxson, Jennifer Roberson und viele andere sind – nach den dreizehn Jahren – als SchriftstellerInnen etabliert. Manche von ihnen schicken mir Jahr für Jahr noch etwas, aber die meisten sind zu sehr mit ihren eigenen Projekten beschäftigt, um für mich noch zu schreiben. Ich bin nun schon so lange Herausgeberin, daß, wie viele Leute heute wissen, eine Veröffentlichung in meinen *Magischen Geschichten* oder in *Marion Zimmer Bradley's Fantasy Magazine* für AutorInnen ein Karrieresprungbrett sein kann, und genau das suchen einige von Ihnen vermutlich. Doch ehe Sie sich nun an eine Story für mich machen, fordern Sie bitte meine Richtlinien zur Manuskripterstellung an, und lesen Sie sie gründlich durch …*
Herausgeber sind sozusagen wie die Unterstufenlehrer: Die Schüler wechseln in die Oberstufe – ihre Lehrer aber nicht: Sie beginnen dieselbe Arbeit wieder von vorn. Immer wieder von neuem.
Inzwischen bekomme ich so viele gute Texte, daß ich nach der Publikationsliste ihrer Einsender auswählen könnte. Nur würde ich dann eben keine neuen AutorInnen mehr entdecken. (Dieses Jahr habe ich sogar ein Manuskript meiner Sekretärin abgelehnt, die in jeder »*Darkover*«-Anthologie, in fünf Bänden *Magische Geschichten* und in allen beiden von *The Best of Marion Zimmer Bradley's Fantasy Magazine*, vertreten war. Aber sie hat meine

* Diese Aufforderung erübrigt sich leider inzwischen durch den Tod der Herausgeberin: Marion Zimmer Bradley ist am 25. 9. 1999 gestorben.

Entscheidung akzeptiert und spricht noch mit mir.) Und nur diese Neuentdeckungen rechtfertigen es, daß ich Jahr für Jahr diesen tristen Haufen unverlangt eingesandter Manuskripte durchakkere.

Bis zum nächsten Jahr also, hoffe ich.

Marion Zimmer Bradley

JO CLAYTON

Daß ich nun Jo Claytons Geduld *an den Anfang stelle, liegt nicht nur daran, daß mir diese Geschichte kraftvoll und gut geschrieben erscheint, sondern auch daran, daß sie zwei der dieses Jahr offenbar aktuellsten Themen aufgreift – das der Gestaltwandlerin und das der Traumsucherin. Während aber die übrigen Texte in dieser Anthologie, die davon handeln – und ich sage nicht, daß alle das täten – zumeist nur eines dieser Themen angehen, schaffte Jo es, sie alle beide, und zwar recht gut, zu verarbeiten.*

Jo ist eine Bauerntochter, wurde in die Weltwirtschaftskrise und die Dürre im Mittleren Westen hineingeboren und ist auf so einer »Sandhügel«-Farm in der Nähe des erdbebenträchtigen Sankt-Andreas-Grabens aufgewachsen ... Ja, das ist auch meine Generation – auch ich kam von einer dürreverheerten Farm in Neuengland, um dann Herausgeberin und Autorin zu werden.

Jo war Lehrerin in Los Angeles und New Orleans und hat sich nun für ein Schriftstellerdasein entschieden, das »ja ebenso prekär ist wie ein Leben auf einer großen Verwerfungszone«. Sie hat nun bereits zweiunddreißig Bücher und zweiundzwanzig Kurzgeschichten veröffentlicht und arbeitet derzeit an einer Trilogie für den »Tor books«-Verlag. – MZB

JO CLAYTON

Geduld

So über den Weg gebeugt, prüfte Geduld die tiefen Hufspuren in dem bereits wieder trocknenden Lehm. Sie war eine kleine, entschlossene Frau – und von ihrer ewig hoffenden, aber ständig vom Leben enttäuschten Mutter noch als Ungeborenes mit diesem unpassenden Namen geschlagen worden … »Maultier« hätte besser zu ihr gepaßt – so störrisch, wie sie war. Und doch, sogar ihre Hartnäckigkeit wurde durch diese lange und frustrierende Verfolgungsjagd nun so langsam erschöpft.

Der Mann, der das Pferd da ritt, hatte ihr zwei Jahre zuvor den Vater und die Brüder getötet, ja, ihnen so gleichgültig das Lebenslicht ausgeblasen, wie ein anderer mal eine Kerze auspustet, hatte ihnen Haus und Hof bis auf die Grundmauern niedergebrannt und war darauf davongeritten, ohne sich ein einziges Mal umzusehen. Warum er das getan hatte, wußte sie nicht – vermutete aber, daß es die Rache dafür war, daß ihr Vater ihn irgendwie hereinzulegen versucht hatte. Sie hatte sich ja schon lange zuvor damit abgefunden, daß ihr Vater nicht gerade ein guter Mensch war und ihre Brüder ihm nur allzusehr glichen. Aber trotzdem, sie hatten ein Recht zu leben und waren außerdem ihre einzigen Blutsverwandten gewesen. Und so hatte sie den Mörder fast die ganzen beiden Jahre über gejagt und – mochte er auch ein halbes Dutzendmal sein Pferd wechseln – unter Anstrengung all ihres Spürsinns seine Fährte gehalten, war aber immer und immer wieder durch das Pech, das er wie Fußangeln hinter sich streute, gebremst und aufgehalten worden. Der Wolkenbruch in der letzten Nacht war nur ein Punkt mehr auf jener langen Liste der Hemmnisse, die er ihr da schon bereitet hatte. Auf einer langen, langen Liste.

»Vielleicht wendet sich ja jetzt das Blatt, Henry!«

Das Muli schnaubte, als es seinen Namen hörte.
»Ich hätte seine Fährte doch leicht verlieren können, aber da ist sie, klar und deutlich, als ob er uns eine Einladung geschrieben hätte, ihm zu folgen.«
Er war nach diesem Unwetter hier dahergekommen, als der Lehm schon wieder fester, aber doch noch nicht zu trocken war für so tiefe, klare Abdrücke ... Er hatte acht Stunden Vorsprung. Mindestens. Da reckte und streckte sie ihre todmüden Glieder wieder und stapfte mit schweren Füßen um ihr Maultier herum.
»Henry, alter Junge, wenn er uns aber doch wieder entwischt, stelle ich mich hier hin und schreie eine ganze Stunde lang aus vollem Hals!« Damit löste sie den Zügel und hievte sich in ihren Sattel. »Es bleibt noch eine Weile Tag. Das nutzen wir besser, um seinen Vorsprung etwas zu verringern.« Und da stieß sie ihrem Maulesel in die Flanken, daß er sich gleich in Bewegung setzte. Ein hochbeiniges, mageres Biest war das, wüster als die Seele eines Inquisitors und mit einem Gang am Leib, der auf Erden seinesgleichen suchte, aber erstaunlich bequem war. Er konnte so stundenlang einhertrotten und gedieh prächtig von Dornen und Zweigen und gelegentlich einem Maulvoll Gras ... Geduld mochte ihn sehr. Den meisten anderen Kreaturen, vor allem den Menschen, begegnete sie mit Abneigung und Mißtrauen. Doch Henry, den liebte sie ganz einfach.
Geduld war klein und mollig und hatte langes, schwarzes Haar, das sie in zwei gleiche Zöpfe flocht. Sie liebte Ketten aus selbstgefertigten Holz- oder Steinperlen, die sie bei einer Art Meditation mit kleinen, exakten Fingerbewegungen kreisen ließ. Sie trug eine ganze Anzahl solcher Schnüre um den Hals und dazu, an einem Lederriemen, einen runden Silberspiegel.
Das war ihr Visionsspiegel. Einmal, nur dieses einzige Mal, hatte sie darin den Mörder geschaut. Der hatte ihren Blick erwidert, mit einer tödlichen Verachtung und Drohung in den kohlschwarzen Augen. Gleich darauf war ein Berg – oder doch zumindest ein Stück davon – auf sie gestürzt. Ein Bergsturz, der Henry zu einem noch nie zuvor erreichten Tempo gescheucht hatte.
Und kaum den jagenden Felsen und fliegenden Ästen entkom-

men, wären sie beide fast beim Durchwaten des Flusses ertrunken, der da die Fährte des Mörders querte. Dann hatte Henry noch ein Eisen verloren. Es hatte sie eine Woche gekostet, einen Hufschmied zu finden, der ihn beschlug – und Geld, das sie eigentlich nicht entbehren konnte. Dann war ihr das Abendessen in einem Gasthaus nicht bekommen, und sie hatte sich drei Tage lang nur übergeben und war aus dieser Tortur so schwach und elend und zittrig wie eine Achtzigjährige mit Schlagfluß hervorgegangen.

Ja, so waren die ganzen zwei Jahre gewesen. Aber sie war ihm immer noch auf den Fersen und würde nie von ihm lassen, was auch immer geschähe oder nicht geschähe. Und selbst wenn er ihr am Ende einen Hinterhalt legte und es schaffte, sie zu töten: Ihr Geist würde ihn dann noch weiterjagen, bis er der bedauernswerteste Mensch auf Erden wäre.

Der Pfad führte nun aus den Gebirgsausläufern in die grasige Ebene hinaus und mündete da bald in eine Landstraße, die den Biegungen eines Flusses folgte. Die Böschung wies noch eine letzte erkennbare Spur auf – auf der Straße war damit Schluß, denn die Alkalischicht verwehte jeden Abdruck im Handumdrehen zu feinstem Staub, der sich auf alles legte und ihr das Haar puderte, das Gesicht zur Maske machte und die Blätter der hohen Hecken, die die Landstraße beidseits säumten, mit einer festen weißen Schicht überzog.

Henry war der Staub so zuwider, daß er prustete und schnaubte und den Kopf schüttelte und alle paar Schritte vor Empörung und Verdruß wieherte.

Geduld hatte eben eine Lücke in der Hecke passiert, als sie hinter sich Hufschlag hörte. Und als sie sich umdrehte, sah sie drei Männer auf zottligen Falben die Straße daherkommen. Da faßte sie nach ihren Gebetskettchen und spitzte für alle Fälle die Ohren.

Nein, sie hatte nichts Abträgliches über Land und Leute hier gehört – jedoch von Kemook gelernt, ihr Mißtrauen gegenüber Fremden in kluge Vorsicht umzuwandeln. So murmelte sie denn: »Ek'che'ro'a ko'in'ta« vor sich hin, und diese Worte in der Sprache ihrer Lehrerin kamen ihr nun weich über die Lippen, wobei die

Kaskade von Klicken, die die Beschwörung beschloß, wie das Klappern einer Ratsche war.
Seit sie Schwester Kemook aus dem Krankenzimmer der Mutter gefolgt war und die Okua dazu gebracht hatte, sie als Lehrling zu nehmen, war ihr das Okuat für die Zauber und Lieder, die sie für ihre Streifzüge durch die Traumländer brauchte, als geeigneter erschienen – und als irgendwie passender, so als ob ihre eigene Sprache zu solchen Gegenden nicht den rechten Bezug habe.
»Ek'che'ro'a ko'in'ta, aTu'lik. Na'ko'inga a, sa'ahti'ga«, flüsterte sie ihrem Führer und ihrem Gast zu: Flieg vor mir her, König Sturmtaucher. O Weißer Bär, sei mir Schirm und Schutz mit deiner Kraft und Klugheit.
Die Männer versuchten nicht, sie einzuholen oder anzurufen, sondern ritten nur einher, als ob sie ganz zufällig dieselbe Straße genommen hätten – was Geduld aber nicht einen Moment lang glaubte.
Und als sie um eine Biegung der Landstraße kam, sah sie dort noch drei Reiter, und die hatten sie offenbar erwartet.
So brachte sie Henry zum Stehen und wartete ab, ob einer von denen etwas sage oder tue. Der Weiße Bär lastete ihr schwer auf den Schultern, grub ihr seine Krallen ins Fleisch, und der Sturmtaucher kreiste über ihr und hielt die Schreie, die den Wahnsinn brächten, noch in seinem langen schwarzen Hals zurück. Falls die Kerle sie für eine leichte Beute hielten, so sollten sie ihren Irrtum schon merken.
Da trieb einer der Männer sein Pferd mit harten Knien voran, bis es mit Henry Nüstern an Nüstern war, und zügelte es dann abrupt. Ein drahtiger Alter war das – mit einem Gesicht, das von der Sonne verbrannt und vom Blinzeln gegen den Wind eine einzige runzlige Maske war. »Du kennst den Traumpfad«, sagte er im Ton eines Mannes von unbestrittener Autorität und hob, da sie auf die stillschweigende Frage keine Antwort gab, die Stimme und herrschte sie an …
In jähem Zorn hieß sie da Sturmtaucher – als ihre Erwiderung auf diese Anmaßung – einen der minderen Schreie loszulassen.
Und sein Schrei hallte über das Land, daß selbst die Blätter der

Dornenhecken unter seiner Berührung erbebten. Die Männer aber erbleichten, begannen zu zittern und zu beben, und die Pferde scheuten und wollten in Panik durchgehen.

Als der zornige Alte endlich wieder für Ruhe gesorgt hatte, entgegnete sie sanft und milde: »Wenn du mir etwas zu sagen hast, sage es, und gehe mir dann aus dem Weg!«

Da wurden sein Mund schmal und sein Blick böse – doch seinem Zorn die Zügel schießen zu lassen, konnte er sich ja einfach nicht leisten. »Gestern«, fuhr er also beherrscht fort, »kam ein Mann in mein Haus ... Er legte meinem Enkel die Hand auf, und da entwich dem die Seele, ganz als ob er ihn aufs Haupt geschlagen hätte. Und dann sah der Fremde mich an und sagte: ›Mir folgt eine Traumwandlerin. Ergreife sie, und sie wird seine Seele zurückholen.‹ Bist du die, von der er sprach?«

Ich werde gleich schreien, da hat er mir wieder was angetan! dachte sie und entließ mit einem Danksegen und geflüsterten Gesang den Weißen Bären und König Sturmtaucher und erwiderte dann laut: »Vielleicht. Bring mich zu dem Jungen.«

Ein eingehender Blick nur auf ihn, und Geduld wußte, was ihm angetan worden war. Aber sie dachte nicht im Traum daran, ihren Befund einfach offenzulegen. Denn all diese Ignoranten erwarteten doch von denen, die durch die Traumlande wandeln, eine Schau, da sie von der Einfachheit der Erkenntnis keine Ahnung hatten und keine Vorstellung davon, wie viele Jahre des Schweißes und der Mühe es brauchte, diese Einfachheit zu erreichen. Laß es schwierig aussehen, hatte Schwester Kemook immer wieder gesagt. Laß sie schuften und gutes Geld für das bezahlen, was sie begehren. So werden sie dich respektieren, obzwar aus den falschen Gründen, und deinen Worten Glauben schenken.

So wandte sie sich denn wieder an den Alten. »Ich will eine Schüssel Wasser, frisch aus eurem Brunnen geschöpft. Laßt eine eurer Frauen es holen, keinen Mann. Sodann brauche ich sieben Kerzen, die noch nie angezündet wurden, eine Handvoll von eurem besten Mehl auch. Und nach meiner Wahrschau möchte ich eine Kanne Tee, auch etwas Brot und Käse. Ich werde dann hungrig sein.«

Da hätte er sie am liebsten in der Luft zerrissen; er machte aber schlicht kehrt und stakste aus der Stube hinaus.

Eine Meditationsweise von Schwester Kemook summend, stellte sie dem Jungen das Wasserbecken auf die nur schwach bewegte Brust, schrieb mit dem reinsten weißen Mehl ein paar Glyphen auf den Boden, pflanzte in die verwickelten, verschlungenen Wortzeichen die Kerzen und zündete sie an. Dann stieg sie in die tiefsten Tonlagen, begann einen komplizierten Stampftanz rings um das Bett und schüttelte dazu die Gebetsketten, daß sie im Rhythmus ihrer schlurfenden nackten Füße klickten und rasselten.

Aber als sie sich dann schließlich über die Schüssel beugte, preßte sie die Lippen zusammen vor Ärger über den Blick der kalten dunklen Augen, die ihr entgegensahen. Sie auslachten. Ihr ohne Worte sagten, daß er sie für eine Täuscherin hielt, mit nicht mehr Macht als so ein abgebranntes Streichholz. Da schnipste sie mit den Fingerspitzen ins Wasser, um das böse Bild zu vertreiben, reckte sich und trat aus dem Kerzenkreis und vor den Alten hin.

»Wie lautet der Name des Jungen? Nicht der Wahrname, sondern der Rufname ...«

»Angven.«

»Das hier ist nicht seine Schlafkammer?«

»Nein, ich habe ihn hierhergebracht, damit seine Mutter ihn pflegen kann, ohne sich den Blicken der Männer aussetzen zu müssen.«

»Er schläft sonst allein?«

»Ja.«

»Seine Tür läßt sich verriegeln?«

»Ja.«

»So laßt ihn in seine Kammer schaffen, derweil ich esse, ihn von Kopf bis Fuß waschen und ihm ein reines weißes Nachthemd anziehen. Ich habe gesehen, wo seine Seele weilt, und werde sie zurückrufen, aber das ist ein schwieriges, gefährliches Geschäft. Stellt einen Wächter vor die Tür, sobald ich dann in der Kammer bin, und laßt niemanden mehr hinein. Sollte ich binnen drei Tagen nicht wieder herauskommen, heißt das, daß dein Enkel und ich tot sind. Jede Art Störung kann bewirken, daß unsere Seelen für immer verbannt sind und unser Fleisch gewißlich stirbt und verwest. Hast du das gehört?«

»Ja.«

»Und hast du meine Worte auch verstanden?«

»Ja.«

»Dann bring mir jetzt mein Essen und laß auch das übrige erledigen.«

Nun ging Geduld in seinem Kämmerchen auf und ab, holte tief Luft und prüfte die diversen Körperausdünstungen des reglos Daliegenden. Dann rüttelte sie an den Fensterläden, um sich zu vergewissern, daß sie fest geschlossen waren, stopfte ihr Tuch als Knebel in die Schlaufe der Klinkenschnur und ging zu Angven hinüber.

Der lag mit geschlossenen Augen da, die Arme über dem Herzen verschränkt, und atmete flach und sehr langsam. Da legte sie ihm den Zeigefinger mitten auf die Stirn und schnalzte mit der Zunge. Dieser arme Junge taumelte dem Tod entgegen, und der Faden, der ihm Leib und Seele verband, wurde dünner und dünner, war schon zum Zerreißen gespannt. Irgendwann in der Nacht könnte er reißen … und dann würde seine Atmung ganz erliegen.

»Aber das werden wir nicht zulassen, oder?« murmelte Geduld, beugte sich zu ihm und leckte ihm übers Gesicht, langsam und bedächtig … Lippen, Lider, Wangen, Stirn. Sie kostete ihn. Als sie fertig war, richtete sie sich auf und sprach: »So. Jetzt kenne ich dich, Junge.«

Nun zog sie ihre Sachen aus, legte alles ordentlich gefaltet auf einen Haufen, stellte ihre Stiefel, die sie mitgebracht hatte, daneben, löste ihre Zöpfe und kämmte sich, bis in der schwarzen seidigen Mähne kein einziger Knoten mehr war. Und nun hockte sie sich auf den ovalen Knüpfteppich, kreuzte die kurzen Beine, legte die Hände auf die Knie und straffte die selbstgefertigte Gebetskette, die sie sich um die Daumen geschlungen hatte. Das Mahl, das sie gehabt, und der starke, süße Tee, den sie getrunken, lagen ihr schwer im Magen. Vor so einer Geisterreise pflegte sie sonst zu fasten. Aber nach dieser langen Verfolgungsjagd war sie zu geschwächt, um ohne die Stärkung aufzubrechen, riskierte sie doch sonst, daß ihr Körper ausbrannte.

Sie ließ die Daumen gehen, kreisen. Nun glitten die kühlen, glatten Holzperlen mit leisem Klicken über ihre Hände. Und ihr Atem wurde langsamer. Sie maß ihn, ein, aus, ein und aus, und fühlte das Brennen hinter ihrem Nabel.

Fühlte, wie die Hitze sich in ihr ausbreitete.

Hatte den Geschmack des Jungen auf der Zunge, ganz intensiv, und hatte seinen Geruch in der Nase.

Und da schwebte sie an einen Ort des Nicht-Lauts, des Nicht-Lichts, der Nicht-Empfindung.

Das Dunkel wurde Grau, und sie sah einen Silberfaden so fein wie Spinnwebseide.

Da schwamm sie an diesem Faden entlang, bis sie aus dem Ort des Nichts in eine Welt kam, die aus Schwarz, Weiß und Grau war und als Himmel eine Silbersphäre hatte, von einem riesigen Vollmond erhellt.

Jetzt wurde der Faden unsichtbar. Doch sie nahm ihn weiter wahr, wie einen Duft, einen Geruch ... Angvens Geruch. Und sie folgte ihm bis zu einem Fluß, wo ein O-beiniger Jährling im fetten, schwarzen Uferschlamm wühlte.

Als der Jungeber sie bemerkte, grunzte er drohend, ruckte dann nervös vor und zurück auf seinen kurzen, krummen Läufen und schwang den langen Rüssel mit den zwei gebogenen Hauern. Und so klein die waren, hätte er damit doch leicht die Substanz ihres Geistleibs aufreißen und zerfetzen können.

So wich Geduld in den Schatten der Bäume mit ihren schwarzen Blättern und silbergrauen Stämmen zurück, hockte nun, reglos und harmlos in Miene und Geste, auf einem mit kurzem, schwarzem Gras bestandenen Flecken Erde und bedachte den Anblick, der sich ihr bot.

Der Jährling machte sich schon wieder daran, seinen Rüssel durch den Morast zu schieben und die Knollen und Wurzeln zu fressen, die er fand. Er fühlte sich hier offenbar ganz zu Hause und schien vergessen zu haben, daß er die Seele eines Jungen war. »Du wirst wohl gar nicht zurückkehren wollen«, murmelte Geduld. »Aber wenn ich erst deinen Namen weiß, hast du gar keine andere Wahl mehr.«

So erhob sie sich von der Grasnarbe, watete knietief in die klare Flut des Flusses hinein und machte sich daran, von den Kieseln, die sein Bett bedeckten, die reinsten, glänzendsten aufzusammeln. Das Wasser, das von Gletschern und Eisgipfeln kam, war so kalt, daß es ihren Leib aus Fleisch und Bein da in der Schlafkammer des Jungen wohl hätte erschauern lassen. Ihr Geistkörper spürte nichts davon – das war eben eine der Gefahren ihrer Besuche in jenen Welten, wo die armen Seelen umgehen: daß sie nämlich ihren fleischlichen Leib, ohne es zu wissen, in Todesgefahr bringen konnte.

Der Jungeber hob ab und an den Kopf und beäugte sie, wie sie zwischen dem Wasser und dem Ufer hin und her stakte und ihre gesammelten Kiesel zu Häufchen legte. Was sie da tat, machte ihn wohl neugierig, aber noch nicht unruhig.

Doch bald war ihr, als ob sie genug beisammen hätte, und so machte sie sich daran, ein Stück Uferböschung mit Füßen und Händen zu ebnen und zu glätten, und darauf legte sie mit den glänzenden Kieseln den Namen dieses Buben in Traumrunen aus. Daß der sie nicht lesen könnte, war ohne Belang, denn seine Seele, die wüßte ihre Bedeutung schon.

Nach getaner Arbeit richtete sie sich auf, hockte sich auf die Fersen, um ihr Werk zu fixieren, und flüsterte und sang dann den Zauberspruch, der den Namen hervorbringen sollte.

Gleich regte sich ein Kiesel des restlichen Häufchens. Mit leisem, hellem Klingen kullerte er herab und in den Schlamm. Und dann rollten die übrigen einer nach dem anderen einher, ordneten sich zu einem neuen Wort, das aber nichts anderes als der Name von Angvens Seele war.

Als sie ihr Zauberwerk betrachtete, war sie nicht überrascht zu sehen, daß es aus den Runen für B, A, Y und D bestand ... BAYD! In ihrer Traumsprache bedeutete das soviel wie »Eber«. Wie hier, entsprachen manchmal Gestalt und Name einer Seele einander –

aber eben nur manchmal, und Raten war hier ebenso gefährlich wie die Überanstrengung des eigenen Körpers.
Sie nahm von jeder dieser beiden Inschriften einen Stein und schüttelte sie zusamen in der geballten linken Hand, daß sie hell gegeneinanderschlugen und so einen Rhythmus erzeugten, der den Jährling aufhorchen ließ. Und da sie sah, daß er sie mit seinen kleinen, schielenden Äuglein fixierte, hob sie zu singen an: »Angven Bayd Angven Bayd.« Immer und immer wieder sang sie diese beiden Namen, Silbe um Silbe zum Klicken und Klacken der Steine gefügt.
Und so zog sie den Jungeber Schritt für Schritt zu sich her. Er warf und schüttelte den Kopf, scharrte mit den Hufen im Schlamm, quiekte auch vor Angst und Widerstreben, kam aber Schritt um Schritt näher, bis er unmittelbar vor ihr stand.
Da legte sie ihm die Hand auf den Rüssel, faßte ihm mit zwei Fingern unter die gebogenen Hauer und flüsterte: »Bayd« und lächelte, als er glasige Augen bekam und den Kopf vor ihr senkte. Ja, er war nun gezähmt und würde ihr den Rest seines Lebens gehorchen, so sie ihm etwas befahl.
Sie beugte sich über ihn, begann, ihn zu beriechen und auch abzulecken, bis sie, wenn auch nur schwach, zwischen seinen Ohren etwas Bitteres schmeckte. Sie rieb ihr Gesicht auf der Stelle, sog den Geruch tief ein, leckte und leckte alles ab, bis der kleine Eber nicht mehr die kleinste Spur davon an sich hatte – und in einen tiefen Zauberschlaf sank.
Da ließ sie das schnarchende Tier im Morast liegen und erhob sich, öffnete weit den Mund und ließ ihre Zungenspitze flugs zwischen den Lippen wirbeln. Der Geruch des Mörders war da, nur schwach zwar, aber doch ein Hauch in der Brise, die ihr über das Gesicht strich. Sie nickte zufrieden. Wenn ich dich nicht in deiner eigenen Falle fangen kann, Mörder, du, kann Kemook mir mit dünnen Birkenruten den Hintern peitschen!
Ein Klang so leise, eher fühl- als hörbar, drang da zu ihr, und stärker war mit einemmal der Gestank des Meuchelmörders. Blitzschnell warf sie sich nach links und ließ sich auf die Knie fallen, eine Hand über den Kopf gebogen und die andere so weit ausge-

streckt, wie es nur ging. Doch schon legte sich ihr das Zaubernetz auf den Kopf, auf eine Schulter – nicht aber auf das Gesicht, denn da war der schützende Arm davor. Und sie rappelte sich wieder hoch und sprang auf die Füße, schwang den freien Arm herum, bis sie die Trosse zu fassen bekam, einen Silberfaden, nicht dicker als ein Haar, der in weitem Bogen vom silbernen Himmel herabhing.

»O'ko'mi'chuk!« rief sie dazu, und ihre Seelengestalt war so schwer wie die Welt selbst, ihr Arm stark und zäh wie Stahl. Und sie riß hart an dem Seil.

Fühlte es nachgeben! Ja, sie hatte ihn aus dem Gleichgewicht gebracht!

So zog sie wieder am Seil, es kam seine Seele ins Traumland geflogen. Da sah Geduld für den Bruchteil eines Augenblicks eine Vampirfledermaus im silbernen Himmel flattern, wie ein Stück verkohlten Papiers im Wind ... Kaum gesichtet, war der brandige Fetzen bereits wieder verschwunden – explodiert zu einem Jaguar mit Augen von einem Gelb, allzu heiß für dieses achromatische Land, einem schwarzen Jaguar, der mit einem Satz auf sie lossprang.

Seine Krallen fegten ihr den Arm, den sie schützend vor den Hals herabriß – aber ihre Seelenmaterie war viel zu fest, um verletzlich zu sein, und so schwer, daß das ganze Biest wie ein Ball von ihr abprallte. So blieb ihr – ehe er wieder auf die Beine kam und sich mit ohrenbetäubendem Gebrüll auf sie warf – die Zeit, den Weißen Bären zu sich, in sich hinein zu rufen.

Und ihr Gastgeist riß dies Netz fort und entzwei, als ob es alt und verfault sei, und versetzte der Geistkatze mit seiner kraftvollen Vorderpfote einen Hieb, daß sie sich nur so um sich selbst drehte.

Wie ein Stein schlug der Jaguar im Morast auf. So kauerte er und schüttelte den Schädel, und alle Farbe wich ihm aus den Lichtern, bis sie so fahlgrau waren wie die der Blinden. Und als Geduld und der Weiße Bär einen Schritt auf ihn zu taten, knurrte er böse und begann zu verblassen und zu schwinden.

Sie floß aus ihrem Gast. »Nein, nicht. Nicht schon wieder. Sym-

uddu! Bleib!« Sie riskierte sehr viel damit, konnte hier doch jede falsche Wahl tödliche Folgen haben... Aber sie hoffte, daß die Mörderseele mit der ephemeren Gestalt beim Sturz ins Traumland ihren Namen verraten habe. Vampir... »Symuddu« in der Traumsprache. »Symuddu, mit deinem Namen halte ich dich hier!«
Als er sich darauf wieder verfestigte, entspannte sie sich – sie hatte richtig geraten. Und so zog sie ein Seil aus sich selbst, knüpfte in das eine Ende eine Schlinge und warf sie ihm geschickt über den Kopf.
Schon peitschte er mit dem Schweif den Schlamm, und in seine Augen trat, je mehr Kraft er aus seinem Leib von Fleisch und Blut zog, wieder das glühende Gelb. Und sein Geistleib wurde stattlicher und stärker, da er sich aufpumpte, um mit seiner gesammelten Kraft die Schlinge, die Namensfessel zu sprengen und sich wieder auf Geduld zu stürzen, um diese schmähliche Niederlage in einen glänzenden Sieg zu verwandeln.
Aber Geduld lachte ihn aus. »O Symuddu, du warst schwer zu fassen, glitschig wie ein Aal bist du ... und letztlich doch tumb wie ein Narr! Deinen Namen so zu verraten ... T'k, meine Lehrerin, hätte mir den Hintern versohlt, wenn ich im ersten Lehrjahr noch so etwas Dummes gemacht hätte!«
Er fletschte die Zähne, fauchte, knurrte, als sie sich ihm jetzt näherte, wurde aber lammfromm und sanftäugig, als sie ihm die Hand auf die Stirn legte und sprach: »Mein bist du. Symuddu.«
Und er legte sich nieder und bettete sein Haupt auf ihre Füße.
»Ja, du bist jetzt mein und wirst mir dafur bezahlen, daß du mein Fleisch und Blut gemordet hast«, sagte sie und zog eine Grimasse. »Aber ehe ich mir überlege, wie – nicht mit deinem Leben, kleiner Mann –, habe ich da noch eine kleine Sache zu Ende zu bringen. Los jetzt, komm auf die Beine und geh schön an meiner Seite zu dem Jungeber hin ... So ist es brav, gutes Kätzchen!« Sie spürte seine Wut und lachte laut, legte dann den Arm um den Jährling, hob ihn an, um ihn auf ihre Hüfte zu nehmen.
Der Eber wurde leicht wie Rauch und war auch genauso schwer zu halten, kaum daß seine gespaltenen Hufe den grauen Morast nicht mehr berührten. Aber Geduld kam schon zurecht damit, und dann

schlang sie sich, nun doppelt vorsichtig, Symuddus Leine um das freie Handgelenk und sang sich rasch in Angvens Schlafkammer zurück.

Als sie aus ihrer Sucherinnentrance erwachte, sah sie neben sich auf dem Teppich einen nackten Mann liegen und über dem schlafenden Jungen einen Schimmer in der Gestalt eines Ebers hängen. »Nun!« sprach sie zu dem Schemen. »Ab nach Hause mit dir! Auf der Stelle!«

Da gab er ein wütendes Grunzen von sich, das aber nicht vor Ort, sondern im Traumland erklang – und strömte brav in den Leib des Jungen hinein.

Als der die Augen aufschlug, hängte sie sich die Gebetskette um den Hals und stand auf, zog sich, ohne Eile, ihre lange Lederhose an und schlüpfte in ihr Hemd. Als sie sich dann auch noch ihre Stiefel angezogen hatte, sah sie kurz zu dem nackten Mann zu ihren Füßen hinab, kräuselte die Braue und schnippte mit den Fingern.

Nun erhob sich eine riesige schwarze Dogge vom Boden und sah hechelnd und mit hängender Zunge zu ihr hoch, als ob sie auf ihre Befehle warte.

Angven setzte sich in seinem Bett auf und besah sich all das mit vor Staunen halboffenem Mund. Da ging sie rasch zu ihm hin.

Aber als sie die Hand nach ihm ausstreckte, riß er vor Angst die Augen weit auf und zuckte zurück.

»So stell dich nicht dümmer als unbedingt nötig! Ich tue dir doch nichts zuleide«, schalt sie, legte ihm die flache Hand auf die Stirn und nickte darauf zufrieden. »Wieder eins und heil. Gut, sehr schön. Jetzt streck mal deine Zunge heraus!«

Und sie legte ihm die Zeigefingerspitze darauf und sprach: »Du wirst nichts über das sagen, was du gesehen hast. Wenn du es versuchst, werden dir die Worte im Hals hängenbleiben. Du kannst deine Zunge einziehen, den Mund wieder schließen. Jetzt steh auf. Du gehst mit mir hinaus zu deinem Großvater und sagst ihm, du habest schlecht geträumt, seist jetzt aber wieder wohlauf.«

Mit einem ansehnlichen Vorrat an Mehl und Dörrfleisch in den Satteltaschen und fünf Silberstücken im Beutel ritt sie auf dem treuen Henry zum Hof hinaus. Die riesige schwarze Dogge lief neben ihrem Steigbügel ... äußerlich folgsam, in ihrem Inneren aber auf Rache und Flucht sinnend. Geduld wußte das wohl, und eine Zeitlang amüsierte der Gedanke sie auch. Doch als sie wieder auf der staubigen Landstraße war und an zu Hause dachte, sagte sie der Heiterkeit mit einem Seufzer Adieu und widmete sich ganz der ernsten Angelegenheit zu entscheiden, worin nun seine Strafe bestehen sollte.

LESLIE ANN MILLER

Leslie Ann Miller lebt in Stillwater, Oklahoma, und sie ist dort an der Oklahoma State University »Koordinatorin für die Sicherheitsausbildung«. Sie wohnt in einem kleinen Häuschen mit einer »ordinären Stummelschwanzkatze« und Wänden voller Bücherregale, einer Kollektion mittelalterlicher Waffen und einem Trompetenbaum im überwucherten Rosengärtchen dahinter, der ihr schon durch die Fenster hereinwächst. Und an diesem doch sehr romantischen Plätzchen hat sie diese ungewöhnlich intensive und lebendige Geschichte über eine Sonnentänzerin geschrieben. – MZB

LESLIE ANN MILLER

Die Sonnentänzerin

»Steh gerade!« knurrte der Sklavenhändler, riß Althea an der Halskette und stieß ihr sein Krummschwert in die Rippen, daß es ihr in Haut und Bein ging. Aber sie zuckte nicht zusammen unter der Pein, sah auch nicht in all diese Gesichter, die zu ihr hochgrinsten, mit Augen, die sich an ihrer Nacktheit weideten. Es scherte ihn wohl nicht, daß er die eigene Ware beschädigte! Niemand würde sie kaufen, das wußte sie gewiß. Niemand wollte ja eine halbverhungerte, junge Sklavin, die so mit Narben bedeckt war wie sie – mit Narben, die ihr ihr früherer Besitzer aus purer Lust an ihren Qualen geschlagen hatte. Niemand würde sein gutes Gold für eine klapperdürre, kranke Tochter der Wüste ausgeben, die zu keiner Arbeit mehr taugte. Nein, niemand würde sie kaufen wollen, und so würde man sie töten, schlachten wie eine Ziege auf dem Block des Händlers – als der Mühe, am Leben erhalten zu werden, nicht wert …

Aber der Gedanke ans Sterben schreckte sie nicht mehr. Nein, sie würde ihren Tod willkommen heißen, ihn mit offenen Armen empfangen … nur froh, ihre Familie wiederzusehen, die fast vier Jahre zuvor von Feinden massakriert worden war.

»Zwei Silberlinge«, ließ sich da vom hinteren Rand der Menge eine Frauenstimme vernehmen. Althea stockte das Herz.

»Zwei Silberlinge?« wiederholte der Händler ungläubig. »Für das Stück Dreck?« höhnte er und trat ihr, wie zum Nachdruck, in die Kniekehlen, daß sie umknickte und auf das schmierige, blutige Podium krachte. »Fremde, dir, als einer Abgesandten aus dem Hohen Norden, will ich sagen: Du vergeudest da dein Geld! Du kannst von Glück sagen, wenn das Aas in drei Tagen noch am Leben ist. Besser, du bietest auf eine Gesündere!« Damit zeigte er einladend auf die Reihe der Sklavinnen und Sklaven, die darauf warteten, mit

den Resten der Habe ihres früheren Herrn und Meisters versteigert zu werden ... In der Tat – die waren nicht so narbenübersät, nicht so mager und kränklich. Die stammten eben nicht aus der Wüste und hatten darum auch nicht den Haß ihres Herrn erregt.
»Zwei Silberlinge«, wiederholte die Fremde ärgerlich.
»Zwei Silberlinge also«, knurrte der Händler und riß Althea am Halseisen wieder hoch. Und als sie auf dem schlüpfrigen Boden ausrutschte und erneut hinschlug, fluchte er, fuhr sie an: »Du Wüstenratte, du!«, trat sie in die Rippen und schob sie mit gestiefeltem Fuß vorwärts.
Und schon stieß er sie von der mannshohen Plattform hinab in den Staub und ihrer neuen Herrin, die sich rasch vorgedrängt hatte, vor die Füße, daß die Gaffer, verdutzt wie belustigt, zurückwichen.
»Kannst du aufstehen?« fragte die Frau mit schwerem Akzent und kniete sich neben sie.
Althea antwortete nicht. Sie war über das Sichsorgen und das Nachdenken längst hinaus ... Über alles außer über Hunger und Schmerzen. Die zwei Gefühle, die konnte sie nicht länger aus ihrem Bewußtsein tanzen.
Die Frau war groß, langgliedrig und hatte kurzgeschnittenes rotblondes Haar. Sie war wie ein Mann gewandet und gewappnet – trug hohe Stiefel, lange Hosen, Kettenhemd, ja, führte am breiten, roten Ledergürtel sogar ein kurzes, gerades Schwert in feiner Scheide. Nun fluchte sie halblaut vor sich hin und hob Althea mit starken, drahtigen Armen auf, schulterte sie, wie einer einen Sack Korn schultert, zwängte sich mit ihrer Erwerbung durch die amüsierte Menge zum grinsenden Aufseher der Auktion durch und schob ihm zwei Silbermünzen hin.
»Sei auf der Hut, Gesandte, daß sie dich nicht noch verhext! Du weißt um die Macht dieser Wüstenteufel, nicht? Und die da ist eine von ihnen«, erwiderte er darauf, spuckte zur Seite und schlug schnell das Zeichen gegen das Böse.
»Irgendwie«, feixte die Frau, ehe Althea vollends bewußtlos wurde, »machte sie mir aber nicht den Eindruck, als ob sie mir gefährlich werden könnte.«

Ganz unerträglicher Essensgeruch holte Althea ins Elend des Bewußtseins zurück. Aber diesmal hob ihr jemand den Kopf an und flößte ihr löffelweise warme Suppe ein. Ihr war, als ob sie träumte … zu essen und zu trinken, soviel sie wollte. Vielleicht … vielleicht war sie ja tot. Aber sie konnte ihre Augen nicht öffnen, so schwer waren ihre Lider. Wenn sie in der Halle der TänzerInnen war, mußte sie tanzen, und so tanzte sie in Gedanken den Tanz der Sonne, des Lichts und der Freude. Wie köstlich war ihr nun Speis und Trank auf der Zunge … Und der Magen schmerzte nicht mehr wie der Rest ihres Körpers.

Musik ferner Wüstenflöten weckte sie aus Nacht und Dunkel. Doch sie ließ die Augen zu und lag in stummem Staunen da. Staunen, weil ihr weder heiß noch kalt war, weil sie weder Durst noch Hunger litt. Sie fühlte sich so sauber und war gewiß, auf etwas Weichem zu ruhen. Sogar die Schmerzen von den alten Prellungen waren jetzt wie gedämpft und betäubt. Sie mußte tot sein – wie sonst hätte sie diese Musik ihres Volkes vernehmen können? Da schlug sie die Augen auf. Aber wie das Licht kam, verging die Musik.

»Guten Morgen«, grüßte ihre neue Herrin, die mit gekreuzten Beinen auf dem Boden saß und eine Satteltasche packte. Und sie sah auch hoch und meinte lächelnd: »Du wachst genau zur rechten Zeit auf … wir haben gerade von dir gesprochen.«

Althea sah sich um, und schon fiel ihr Blick auf einen Trumm von einem Kerl, der die Tür der kleinen Kammer ausfüllte. So einen Riesen hatte sie noch nie in ihrem Leben gesehen … Er war groß wie ein Berg und hatte einen struppigen, rotbraunen Vollbart, dazu durchdringende, meergrüne Augen. Auch er war wie ein Krieger gewandet und gewappnet; aber die Klinge, die er da über die Schulter geschnallt trug, war länger als jede andere, die Althea bislang gesehen hatte – wohl fast so groß wie sie selbst, wie ihr schien.

Da grinste die Herrin ob ihres Erstaunens und rief: »Lächle, Trent! Du erschreckst sie noch zu Tode mit deiner finsteren Miene!«

Der Mann lächelte gehorsam und zeigte dabei einen Mund voll

blendendweißer Zähne. »Aber Spaß beiseite, Elintina«, sagte er dann mit tiefer, dröhnender Stimme, »wir müssen abreisen, und zwar schleunigst. Denn wir müssen die Küste erreichen, ehe Rasharis Wind von uns bekommt. Wir haben hier schon zu viel Zeit verloren.«

»Ich weiß«, erwiderte die Fremde und wandte sich dann wieder an Althea: »Höre: Trent und ich kehren heim … in den Hohen Norden zurück … das ist weit weg von hier … Man sagt, du seist aus der Wüste, und wir schleppten dich nur weiter von deiner Heimat fort. Nun, wir konnten das Sklavenbrandzeichen auf deiner Stirn so heilen, daß es wie eine ganz gewöhnliche Narbe wirkt. Glaubst du, du kämst auf eigene Faust zu deinem Volk heim, wenn wir dir etwas Gold oder Silber mitgäben?«

Da starrte Althea sie an, und es war ihr bewußt, daß sie es tat, und auch, daß sie dafür geschlagen würde … und konnte doch nicht anders. Die meint das sicher nicht, was sie sagt, dachte sie, ich habe sie wohl mißverstanden, bei dem starken Akzent. Das kann ja nicht sein, daß sie das gesagt hat, was ich da zu hören glaubte.

»Vielleicht versteht sie die Landessprache nicht«, gab der Mann zu bedenken.

»Vielleicht hat man sie auch unter Drogen gesetzt«, knurrte die neue Herrin und seufzte schwer. »Was soll ich jetzt tun, Trent?«

»Du hast sie gekauft«, erwiderte der. »Es wäre grausam, sie hier allein zurückzulassen, so hilflos, wie sie ist. Du hast mit deiner Güte die Verantwortung für die Folgen übernommen, so wie ich damals bei dir.«

»Hoffentlich«, meinte sie lächelnd, »wird sie für mich nicht so nervig wie ich für dich!«

»Das warst du doch nie, kleine Pagin. Nur … unterhaltsam, manchmal.«

Da schnaubte Elintina ganz wie ein Pferd und holte aus der Lederbörse an ihrem Gürtel eine Handvoll Gold hervor. »Da«, sagte sie. »Du hast die Wahl: Du bist frei und kannst gehen und dich mit dem Geld bis nach Hause durchschlagen oder aber mit Trent und mir kommen … Es wird keine leichte Reise, und ich kann mich nicht für deine Sicherheit verbürgen. Aber wir werden dafür sor-

gen, daß du immer genügend zu essen bekommst und, mit etwas Glück, auch genug Trinkwasser. Verstehst du, was ich sage?«
Das hatte Althea – aber sie wollte und konnte nicht glauben, was sie da gehört hatte. Die wußten doch, daß sie sie nicht freilassen konnten, ja? Sie war eine Sklavin, jetzt und für immer und ewig. Solch ein Brandzeichen zu entfernen, war ein schweres Verbrechen. Dafür könnten die hart bestraft werden, und sie würde man töten. Auch wenn sie nicht gleich gefaßt würde, was sollte sie in einer Stadt anfangen, wo man doch ihresgleichen haßte und fürchtete? Ihre sandfarbenen Augen, ihre tiefbraune Haut verrieten doch jedem, der sie sah, wer und was sie war, und sie war nun viel zu geschwächt, um sich den Weg in die Freiheit zu ertanzen. Und selbst wenn sie aus der Stadt entkäme, wie sollte sie ihr Volk wiederfinden? Es streifte doch unstet durch die Wüsten, um jeden Kontakt mit Fremden zu vermeiden ... Und wenn sie es durch Zufall fände? Ihre ganze Familie war ja tot, ermordet, und sie war schon zu alt, um ihre Ausbildung zur Tänzerin fortzusetzen. Zudem, ihres Vaters Feinde lebten wohl noch. Wenn sie zurückkehrte, würden die dafür sorgen, daß sie nicht mehr lang unter den Lebenden weilte. Nein, ihr Volk war für sie verloren, jetzt und für alle Zeit.
Die Freiheit hielt für sie nichts als Gefahr, ja, frühen Tod bereit. Deshalb hatte sie bei ihrem früheren Herrn nie einen Fluchtversuch unternommen – trotz Prügeln, Erniedrigung und Pein. Und solange sie im Geiste tanzen konnte, zählte nicht, was man ihrem Fleisch antat. So schloß sie nun die Augen und ignorierte das dargebotene Geld.
»Tja«, sagte ihre neue Herrin langsam, »dann kommst du wohl mit uns.«

Sie zogen durch öde Steppen nach Nordosten. Althea ritt bei der Herrin mit – was an sich undenkbar, aber der Eile wegen wohl unumgänglich war. Ach, wie sie es genoß, die Sonne auf Gesicht und Armen zu spüren ... fast bedauerte sie es, die weiße Tunika, die man ihr gegeben, tragen zu müssen, hatte sie doch den Großteil der letzten vier Jahre im Palast ihres damaligen Herrn eingesperrt verbracht. Diese Schufte wußten ja, daß die Kinder der Wüste ihre Lebenskraft aus der Sonne bezogen, und hatten sie ihr deshalb vorenthalten.

»Sie kann in die Sonne starren, ohne zu blinzeln«, staunte der Mann mit Namen Trent.

»Vielleicht ist das mit ein Grund, warum die Estari ihre Art und ihr Volk so sehr fürchten.«

»Das und anderes mehr, denke ich.«

»Glaubst du wirklich an diese Geschichten über Wüstenzauber und verschwundene Schlösser?«

»Warum nicht?« versetzte er achselzuckend. »Wo ich doch mit den Steinen sprechen kann ... Ach, kleine Pagin, es gibt mehr zwischen den Reichen der Götter und der Erde, als du und ich je verstehen werden!«

»Da hast du sicher recht«, erwiderte Elintina kichernd. »Der Aufseher meinte, ich sollte mich vor ihr in acht nehmen, als ob sie eine Gefahr wäre. Ihr Götter im Himmel, die mir etwas antun ... wo sie sich ja kaum auf den Beinen halten kann und nichts als Haut und Knochen ist! Da wiegt meine Rüstung doch mehr als sie!«

»Die edle Serenia war eine sehr kleine Frau und hat doch den Schrecken dreier Überfahrten getrotzt«, hielt Trent dagegen. »Sie konnte mit ihrer Stimme Berge einstürzen lassen. Macht hat nichts mit Körpergröße zu tun.«

»Willst du damit sagen, ich müßte Angst vor ihr haben?«

»Ich will sagen, daß du gegenüber allen Fremden vorsichtig sein sollst. Du kennst diese junge Frau ja überhaupt nicht. Wer weiß schon, was sie dir antun kann, wenn sie erst wieder bei Kräften ist?«

»Hör, bei der Pisse des Herrn und den Tränen unserer Herrin: Die ist doch noch ein Kind! Du brauchst sie nur anzuschauen, und schon zuckt sie zusammen!«

Und Althea spürte den durchdringenden Blick jener meergrünen Augen, derweil sie so in die Sonne starrte, um sich Herz und Hirn nach so vielen Jahren des Dunkels mit Licht zu füllen.

»Sie muß stark sein. Sonst wäre sie schon lange tot«, knurrte

Trent. »Und warum immer … die Estari fürchten ihr Volk. Es wäre töricht, ihre Ängste einfach abzutun. Rasharis hat, das weiß ich noch genau, den gleichen Teint, genau die gleichen seltsamen Augen. Und der ist einer, den ich aus gutem Grund fürchte …«
Althea hörte nicht mehr auf ihr Gerede. Sollten sie doch von ihr glauben, was sie wollten! Sie wußte ja, daß sie für die beiden keine Gefahr war. Wie auch? Sie war eine Sklavin … eine Sklavin … aber in Gedanken, da wanderte sie mit der Sonne durch den weiten blauen Himmel und vergaß darüber die nordischen Barbaren, die da über sie diskutierten wie über einen kranken Gaul.

»Hör mal«, sagte ihre Herrin eines Nachts unter dem klaren Sternhimmel, »ich würde dich gerne bei deinem Namen nennen. Name?« Damit wies sie auf die eigene Brust. »Mein Name ist Elintina. Elintina.« Und jetzt zeigte sie auf Althea. »Wie lautet dein Name?«
Althea, mit gekreuzten Beinen auf der sandigen Erde hockend, starrte auf ihre nackten Füße. Sklaven erhielten ihre Namen von ihren Herrinnen und Herren … Und zudem: ihren richtigen Namen würde sie nie preisgeben. Namen waren doch Macht, und sie würde niemandem diese Macht über sich geben.
»Verstehst wohl immer noch nichts, ja?« seufzte ihre Herrin und streckte die langen Beine aus, daß sie mit den kniehohen schwarzen Reitstiefeln ganze Sandgrasbüschel plattdrückte.
»Sie versteht uns bestimmt«, meinte Trent. »Sie zieht es nur vor, nicht zu sprechen.«
»Vielleicht kann sie ja nicht sprechen. Sie hat noch keinen Laut von sich gegeben. Nicht mal, als der Sklavenhändler ihr sein Schwert in die Seite stieß und sie vom Podium kickte.«
»Hm. Schon möglich. Aber sie steht bestimmt nicht unter Drogen. Sie versteht doch ganz gut, was wir sagen … nicht wahr, Mädchen?«
Althea blickte nur weiter unverwandt auf ihre schmutzigen Zehen. Sollten sie doch denken, was sie wollten! Sie würde tun, was sie ihr befahlen, einfach, um Prügel zu vermeiden – aber bislang hatten sie ihr ja noch nichts aufgetragen. Gut, sie war noch zu

schwach, um viel zu tun – ihre Herrin mußte sie sogar beim Reiten noch festhalten ... Die hoben sich wohl die Prügel für die Zeit auf, wo sie wieder kräftiger wäre!
»Sieh mich an, Mädchen«, befahl Trent, und Althea gehorchte, auch wenn er nicht ihr Herr war. Ja, er machte ihr angst mit seiner Statur. Und so sah sie ihn an – zwang sich aber, ihn nicht zu sehen ... Sah statt dessen vor ihrem geistigen Auge die Figuren des Sterntanzes und tanzte sie in dem schwarzen Himmel hinter seinem Kopf. »Nein«, sagte er nun. »Sieh mich an und nicht durch mich hindurch. Sieh mir in die Augen!«
Widerwillig ließ sie ab von ihrem Tanz und zwang sich, dem scharfen Blick seiner grünen Augen zu begegnen.
»Gut«, seufzte er. »Nun sieh darin, daß ich aufrichtig bin, wenn ich dir sage: Wir wollen dir nichts. Wir tun dir nicht weh. Du kannst gehen, wenn du es wünschst. Wir halten keine Sklaven. Das verbietet uns unser Gott.«
Und wie er diese Worte sagte, flackerten seine Augen nicht.
Althea hörte die Worte, die er sprach – allein, sie vernahm auch sein Unausgesprochenes: Wir tun dir nichts, solange du gehorchst ... wir tun dir nicht weh, solange du bloß fleißig arbeitest ... Du kannst gehen, aber wir wissen ja, daß du das nicht willst ... Unser Gott verbietet uns, Sklaven zu halten, aber du wirst doch unsere Sklavin sein, weil du keine andere Wahl hast! Die hatten ihr doch bloß das Leben gerettet, weil sie sich etwas von ihr versprachen – und sie hatte nichts zu bieten als ihren Leib und ihre Arbeitskraft. Beides konnten sie gerne haben. Aber an ihre Seele ließe sie nicht rühren, mochten sie ihr noch so oft befehlen, ihnen in ihre fremden Augen zu schauen.
Trent schüttelte den Kopf. »Du glaubst mir immer noch nicht, ja?« seufzte er, mit einem Seitenblick auf seine Gefährtin.
»Sie ist eine härtere Nuß und schwerer zu knacken, als du es warst, kleine Pagin.«
»Ich glaubte dir auch erst, als du mir gegen die Räuber bei Lonport das Leben gerettet hattest«, sagte Elintina grinsend und zauste Althea das Haar. Daß die aber unter der Berührung zusammenzuckte, schien sie nicht zu bemerken, fuhr sie doch, nun an die junge Frau

gewandt, ruhig fort: »Trent hat meine Schwester und mich von den Plätzen Lonports geholt. Ich war keine Sklavin, aber so eine halbverhungerte Kanalratte, und traute keinem Fremden allzusehr … oder überhaupt jemandem, was das betrifft. Er hat mich gerettet, und ich habe mit der Zeit gelernt, ihm zu trauen. Vielleicht faßt du auch einmal zu mir Vertrauen. Hoffe ich jedenfalls …« Dann verstummte sie und musterte Althea stirnrunzelnd.

Die starrte unentwegt auf ihre Füße … Fremde. Barbaren! Sie gab sich allergrößte Mühe, nicht an die Geschichten über den eisigen und feuchten Norden zu denken, mit denen die älteren Tänzerinnen die jungen zu erschrecken gesucht hatten. Mag ja sein, daß ihre Götter die Sklaverei verboten – dafür war in jenen Geschichten jedoch häufig von Menschenopfern die Rede. Vielleicht brauchten sie sie ja dazu: als lebendes Opfer für einen von ihren gräßlichen Götzen. Nein. Daran würde sie nun nicht mehr denken … darauf kam es eh nicht an. Sie starrte auf ihre Füße und tanzte in Gedanken einen wilden Wirbel.

Die Raubkatze war ihnen den ganzen Tag gefolgt. Also wurde Althea nervös, als Trent und die Herrin an dem Abend einen Lagerplatz suchten. Den beiden war wohl nicht bewußt, daß sie verfolgt wurden. Sonst hätten sie nicht nach Bäumen und Felsen gesucht, die ihnen Deckung böten; aber eben auch der Großkatze, wenn sie nachts angriffe. Die hatte das Blut von Trents Pferd gewittert, das sich morgens am Bein verletzt hatte – wenn die wie die großen Wüstenkatzen war, hatte sie keine Angst vor Menschen. Nein, die bloße Gegenwart von Menschen würde sie nicht vertreiben. Die Nordler würden die Katze bestimmt töten, und dieser Gedanke war Althea unerträglich.

»Ihr solltet nicht hierbleiben«, stieß sie hervor, als die beiden endlich einen Fleck nach ihrem Geschmack ausgemacht hatten und Trent sich auch anschickte abzusteigen. Ja, sie hatte diese Sprache im Palast ihres früheren Herrn gelernt, aber doch nur selten davon Gebrauch machen dürfen. Sie hatte ja überhaupt kaum je Sprecherlaubnis bekommen.

Trent erstarrte und fixierte sie, obgleich sie es vermied, ihn anzusehen … und verzog dann das Gesicht zu einem breiten Grinsen. »So, du kannst also doch sprechen«, sagte er und blickte sich um. »Und warum sollten wir hier nicht bleiben? Das ist unser bester Lagerplatz seit vielen Tagen.«

Da schluckte Althea, sie fürchtete den Zorn der beiden. Und wenn die dächten, sie lüge, setzte es Prügel! »Eine Raubkatze ist uns gefolgt«, erklärte sie deshalb. »Die wird die Felsen als Deckung nutzen, wenn sie anschleicht. Sie greift heute nacht an, wenn wir hierbleiben.«

»Eine Raubkatze?« wiederholte er ungläubig. »Ich habe keine gesehen. Woher weißt du von ihr?«

Althea gab keine Antwort. Wie konnte sie diesen Nordlern das nur erklären, wenn die mit Blindheit geschlagen waren?

Trent strich sich nachdenklich den Bart. »Schön, wenn sie es für geboten hielt, uns zu warnen, sollten wir vielleicht auf sie hören. Vor uns liegt ein Bach, soweit ich mich erinnere. Würde das Biest uns auch übers Wasser folgen?«

Althea musterte kurz ihre dünnen, mit der Mähne des Pferdes verschlungenen Finger und schüttelte darauf, kaum merklich, den Kopf.

»Sehr gut«, erwiderte Trent, »dann ziehen wir also weiter. Und hab Dank für deine Warnung!«

Althea erbebte, ganz verwirrt, weil das so ehrlich klang.

An die zwanzig Reiter warteten auf der Ebene, die zwischen ihnen und dem lag, was die Nordler »das im Hafen ankernde Schiff« nannten. Althea hatte noch nie zuvor das Meer gesehen – und hatte doch erst nur für die Reiter und das Banner Augen, das über ihnen im Wind flatterte … »Wüstenpiraten« nannten die Estari diese Leute. Gesetzlose waren das, vom eigenen Volke ausgestoßene Verräter und Mörder, aus den Hallen der Wüste verjagt. An solche Piraten hatten die Feinde ihres Vaters sie verkauft, und die hatten sie dann an den Sklavenhändler verschachert.

»Wir kommen nicht zum Boot«, knurrte die Meisterin nervös. »Selbst heute nacht nicht. Wir werden Mond haben … und keine Deckung weit und breit.«

»Ich ahnte bei meinen Absprachen doch nicht, daß Rasharis uns hier abfinge«, sagte Trent mit einem Blick auf Althea. »Daß wir in der Stadt aufgehalten wurden, kommt uns jetzt teuer zu stehen.«
»Das tut mir leid, Trent«, erwiderte Elintina und ließ die Schultern hängen. »Aber was hättest du da an meiner Stelle getan?«
Althea fühlte gleich beide Augenpaare auf sich ruhen.
»Vermutlich dasselbe«, seufzte Trent endlich. »Entschuldige, ich sollte dein Tun nicht immer wieder in Frage stellen.«
»Der Kapitän sieht Rasharis doch auch. Bestimmt erkennt er, daß wir nicht zu ihm können, und unternimmt etwas.«
»Was, außer abwarten, kann er schon tun? Segelt er die Küste hinauf, folgt Rasharis ihm. Tritt er die Heimreise an, läßt er uns im Stich.«
»Könnten sie uns nicht zu Hilfe eilen?«
»Sie haben nicht Order, gegen Degen aus Südland zu kämpfen«, sagte Trent entschieden und fuhr sich mit seinen mächtigen Fingern durch den Bart.
»Und das würden sie wohl auch nicht aus Herzensgüte tun?«
»Kaum.«
»Hör mal, Trent, ich weiß ja wirklich nicht, warum ich dir immer noch folge. Wir geraten doch unfehlbar alle naselang in böse Lagen wie diese. Ein Wunder, daß ich überhaupt das Erwachsenenalter erreicht habe!«
»Du folgst mir«, kicherte da der Riese von einem Mann, »weil unser Herrgott dich dazu bringt, meine kleine Pagin. Und ich bezahle dich auch gut, oder? Außerdem, du weißt doch, daß du bei mir bist, um mich aus Schwierigkeiten herauszuhalten.«
»Ha«, versetzte sie, gar nicht belustigt, »ich reite dich wohl viel öfter in welche hinein!«
»Ha«, machte er sie nach. »Wenn du wüßtest, was ich so war, bevor du mir damals meine Börse zu stibitzen versucht hast. Aber vergessen wir das! Wir müssen uns wohl etwas einfallen lassen, um aus dieser Zwickmühle herauszukommen. Heute nacht dürften wir trotz meines Organes und deines Naturtalents zum Schleichen schon Schwierigkeiten bekommen, fürchte ich ...«

»Aber könntest du nicht den Wind heißen, einen Sandsturm zu entfesseln?« fragte die Meisterin gedankenvoll.
»Hm. Meine Stimme, die taugt besser dazu, der Erde und dem Stein zu befehlen«, versetzte er. »Sogar wenn ich genug Wind für einen Sandsturm rufen könnte ... Der könnte doch auch den Kapitän zwingen, seinen Anker zu lichten und auszulaufen, um den Sandwolken zu entgehen. Nein, wir warten bis heut nacht. Meine Stimme ist stark genug, um jeden kleinmütigen Krieger zu bremsen, und den Rest, den müssen unsere beiden Schwerter übernehmen.«
»Das sind Rasharis' Männer, Trent, glaubst du wirklich, auch nur einer von ihnen sei kleinmütig?«
Nun lächelte der Riese von einem Mann. »Je verzweifelter die Lage, desto gewaltiger meine Kräfte. Wir werden es schaffen, keine Angst! Der Herr und die Herrin da droben, die werden's schon geben.«
Ein Falke zerriß mit seinem Schrei die Stille des Himmels.
Althea duckte sich schnell: Der spähte nach dem aus, den sie Rasharis nannten ... Aber auch sie, die sich an den Dünenkamm preßten und in die Ebene hinabstarrten, übersähe der nicht. So erführe Rasharis, daß sie hier waren, und er wüßte genau, was sie machten und wo sie bei Anbruch der Dunkelheit wären. Für die Herrin und Trent bedeutete das den Tod, für sie aber wiederum Gefangenschaft und Sklaverei – und sie würde erneut jenen Alptraum durchleben, nur dieses Mal in dem Wissen, daß selbst ihre schlimmsten Befürchtungen von der Wirklichkeit noch übertroffen wurden.
Wären sie nicht gerade Wüstensöhne gewesen, hätte sie einen Zauber getanzt, um sie mit Sonnenstrahlen zu blenden – oder um sich und die Gefährten mit einem Schleier aus reflektiertem Licht unsichtbar zu machen. Das konnte, bei ihrem Mangel an Übung, aber auch mißlingen. Sie hatte schon so lange immer bloß in Gedanken getanzt, daß sie nicht wußte, ob sie noch die Kraft und Kunst dazu besäße.
Und wenn sie es nun schaffte – was dann? Sie starrte auf das »Schiff«, das auf dem weiten blauen Wasser schwamm – so viel

Wasser. Sie hätte sich ja nie träumen lassen, daß es so viel Wasser gäbe auf ihrer Welt, meilenweit Wasser bis zum fernen Horizont. Welch schrecklicher Anblick, das ... Und wenn Trent und die Meisterin es aufs Boot schafften, müßte sie da nicht auch mit an Bord? Um über diese grausliche, wogende Weite zu einem fernen Land zu segeln, einem Land so fremd, daß sie es sich nicht einmal vorstellen konnte? Die uralten Geschichten erzählten, dort in jenen nördlichen Breiten falle Wasser vom Himmel und sei die Sonne häufig hinter Wolken verborgen. Wie könnte sie je ihre Sonne und ihre Wüste lassen?

Darauf gab es natürlich eine einfache Antwort: Sie konnte beides hinter sich lassen, weil es für sie nur noch den Tod bereithielt. Ob es ihr bei ihrer neuen Herrin besser erginge als zuvor, wußte sie nicht ... aber war es nicht klüger, das Leben da zu wählen, das weniger grausam zu werden versprach? Sie war schließlich in dieser knappen Woche nicht einmal geschlagen worden. Man gab ihr zu essen und auch mehr Wasser zu trinken, als sie brauchte. Und sollte sie als Opfer für irgendeinen Götzen in irgendeinem fremden Tempel vorgesehen sein ... so schienen die beiden zumindest nicht darauf aus, sie schon im voraus leiden zu lassen.

Rasharis wußte, daß sie da waren – also hatte sie mit einem Tanzversuch nichts zu verlieren. Es würde sich doch schnell zeigen, ob er wirkte. Wenn der Erfolg ausbliebe, würden Trent und Elintina wenigstens nicht unter der irrtümlichen Annahme weitermachen, dieser Rasharis wisse nicht von ihrer Anwesenheit.

Sie eröffnete den Tanz mit den Händen, wob damit die feinen Figuren, die das Licht der Sonne einfangen. »Was machst du da?« fragte ihre Herrin bald verwundert.

Althea überhörte das und rollte sich auf den Rücken, um die fließenden Muster mit den Armbewegungen ausweiten zu können. Welch wunderbares, wunderbares Gefühl es ihr gab, endlich in diesen Figuren aufzugehen, die sie ja so viele Jahre lang in Gedanken geübt hatte. Jede Faser ihres Seins erstrahlte vor Stärke, Licht und Freude, als sie jetzt die Energie aufsog.

»Huch, Trent ... Ist das recht, daß sie so glüht?« stammelte ihre Meisterin und fuhr von ihr zurück.

Trent sputete sich, desgleichen zu tun. »Weiß nicht, kleine Pagin. Vielleicht sollten wir versuchen, sie aufzuhalten?«
Plötzlich erstarrten sie alle beide.
»Wo ist sie hin?« fragte Elintina.
»Keine Ahnung!«
»O Götter dort oben, das gefällt mir gar nicht!«
»Am besten gehen wir zu den Pferden zurück«, drängte Trent.
»Wartet«, hauchte Althea ihnen zu und fuhr auf die Füße. Sie wußte, daß ihre Stimme wie der Wind im Gras klang – aber sie mußte die beiden dicht bei sich haben, um sie tanzend tarnen zu können. Ja, ihre Mutter hatte eine ganze Halle unsichtbar machen und meilenweit über Sand und Dünen versetzen können. Aber sie war weder so kundig noch so kräftig wie die Mutter, auch wenn sie sich da in ihren Figuren vielleicht sicherer fühlte als früher. »Bleibt bei mir«, bat sie denn.
»Hast du das gehört?« staunte Trent.
»Ja doch!« raunte ihre Herrin. »Sie hat gesagt: ›Bleibt bei mir.‹ Aber wir sehen dich doch nicht!«
Althea sah zu den Piraten, als sie jetzt auf dem Dünenkamm tanzte. Die schienen sie auch nicht zu sehen! Da hüpfte ihr das Herz vor Freude: Es wirkte … »Steht auf!« gebot sie den beiden, als sie so schwerelos, daß ihre Füße keine Spuren im Sand gruben, einen Kreis um sie zog und mit Sonnenstrahlen, aus den Fingern gesogen, über sie alle drei eine Tarnkuppel wob. Wob.
»Wohl kaum!« versetzte Trent, mit einem Widerhall von Macht im Ton.
Meinten sie das mit der »Stimme«? dachte Althea, richtete dann aber all ihr Sinnen wieder ganz auf das Muster, das sie wob. Zur Aufrechterhaltung der Illusion bedurfte es totaler Sammlung. Auch nur zu sprechen, war schon eine Ablenkung.
»Drohst du uns etwa, Kleine?« fragte Trent, und seine Stimme summte noch von verhaltener Energie.
»Wollt ihr zum Ufer des großen Wassers?« erwiderte sie, und ihre Seele sang vor Kraft und Energie. Ihre Füße führten die Kreisfigur zu Ende und eröffneten eine neue. Hoch droben am Himmel, da ließ der Falke, der ihr plötzliches Verschwinden bemerkt hatte,

einen Schrei ertönen. Nun würde Rasharis nach einer Tänzerin Ausschau halten, sagte Althea sich da und war doch sicher, daß er weder sie noch die beiden in ihrem Kreis entdecken würde. Sie fühlte sich stark, im Licht der Sonne, ja, stärker denn als Mädchen. Sie konnte auf Sonnenstrahlen tanzen, auf Licht so hell, lebendig! Nun sprang ihre Herrin auf, starrte beklommen auf die Banditen hinab. »Los, komm, Trent!« flüsterte sie und zog ihr Schwert. »Was haben wir schon zu verlieren?«

Und Trent seufzte, rappelte sich schwerfällig hoch und zog seine gottsallmächtige Klinge. »Gut, gut, kleine Pagin, auf einen glorreichen Tag!«

Schon holte Althea sich einen Sonnenstrahl herab und hievte sich daran Richtung Meer, mit Trent und Elintina, die ein sogar für sie unsichtbares Gespinst aus eitel Schein umfing, im Schlepptau. So flogen sie im Nu zum Wasser hin. Doch ehe sie ins Meer stürzen konnten, ließ Althea los. Ihr brannten die Hände wie Feuer, und das Hirn schien ihr zu bersten, als das Netz zerfiel. Dann brach sie auf dem weiten Sandstrand ausgepumpt und erschöpft und leer in die Knie.

»Was ist los?« fragte Trent und blinzelte wie eine vom Licht des Tages überraschte Wüsteneule.

»Gütiger Gott, wir sind auf dem Strand!« staunte die Herrin. »He, du! Bist du wohlauf?« Sie kniete sich neben Althea und legte ihr die Hand auf die Schulter.

Dieses Mal fuhr Althea nicht zusammen – doch nun stieg aus der Räuberschar ein Schrei empor, der die Meisterin aufspringen ließ.

»O je!« stöhnte Trent. »Wir sind, scheint's, entdeckt!«

»Rasch aus der Rüstung«, befahl Elintina und reckte sich zu ihrer ganzen Größe. »Wir schwimmen hinüber!«

»Ha!« rief Trent, drehte sich in Richtung Hafen, legte die Hände trichterförmig um den Mund und bellte: »Ihr da! Maid von Lonport! Ich bin es, Trent der Axtbrecher ...« Und seine Stimme traf Althea wie ein Schlag, so voller Kraft war die – die trug wohl übers Wasser bis zum Schiff. »Schickt uns ein Boot entgegen!« schrie er dann, und da sah Althea schon ein paar Mann übers Deck hasten.

Trent schnallte den Schwertgurt auf und schüttelte sein schweres Kettenhemd ab. Der Boden bebte schon von rasch näherkommendem Hufedonner.

Althea starrte voll Entsetzen aufs Wasser. Hatte ihre Herrin »schwimmen« gesagt?

Die hatte schon ihr Kettenhemd abgeworfen. Nun musterte sie Althea. »Du kannst wohl nicht schwimmen?«

Die junge Frau schluckte, schüttelte den Kopf.

»Kein Grund zur Panik ... Jede Kanalratte von Wert schwimmt für zwei, und solange du dich nicht wehrst, haben wir keine Probleme! Verstanden? Nicht klammern, nicht wehren!« Damit tat sie zwei Schritt aufs Wasser zu und winkte und drängte: »Komm jetzt!«

Und wartete. Und nahm die junge Frau – als klar war, daß die nicht um alles Gold ihrer Sonne folgen würde – kurzerhand in die Arme und watete mit ihr und einem »Ab geht's!« ins Meer hinaus. Althea klammerte sich in abgrundtiefem Entsetzen an ihren Hals, schrie vor Angst, als sie kehrtmachte und sich rücklings in die Fluten legte, sie so kräftig an ihre Brust drückte, daß sie sie auf sich trug.

Althea überlief es kalt und naß. Kaum daß sich über ihr die Woge schloß, fiel sie in blinde Panik. Doch als sie spürte, wie ihre Herrin Wasser trat, schloß sie die Augen und suchte den Rhythmus dieses Tanzes, was immer das sei, zu erfassen – nur um nicht durchzudrehen, vor Angst verrückt zu werden.

»Wasser! Wogen, strömt zum Schiff!« befahl Trent, da er neben ihnen dahinruderte, und schon fühlte Althea eine Kraftwelle und eine mächtige Woge, die sie alle drei mit unglaublicher Geschwindigkeit vorwärts spülte.

»Heiiii!« lachte die Herrin – worauf Althea sich fragte, wie die nur so glücklich klingen könne. »Noch bevor Rasharis den Strand erreicht, sind wir außer Bogenschußweite!«

»Das ... war ... auch ... so ... gedacht«, gurgelte Trent, den Kopf ab und an aus der Welle reckend, die er, bei all seiner Masse, zu reiten suchte.

Binnen Minuten hatten sie das ihnen entgegengesandte kleine

Boot erreicht. Starke Hände packten Althea an den Schultern, hoben sie empor und über die Längsseite, ließen sie los, daß sie in einer Pfütze auf dem Bootsboden zusammenbrach. Da lag sie dann, unfähig, sich zu rühren, unkontrollierbar zitternd. Bald war auch ihre Herrin geborgen, dann Trent. Schon schrie alles aufgeregt durcheinander. Aber Althea, nun ein einziges schlotterndes Bündel, war vor Kälte und Schreck wie taub und außerstande, auch nur ein Wort zu verstehen ... Und als ihre suchenden Augen die Sonne fanden, hängte sie sich verzweifelt an deren Wärme.

Man rüttelte sie an der Schulter. Ein Gesicht schob sich vor die Sonne.

»He, wieder wohlauf?« fragte die Herrin, der aus tropfnassem Haar noch das Wasser übers Gesicht rann. »Kannst aufstehen. Alles in Ordnung, wir sind ihm entwischt.«

Althea versuchte, die Hand zu bewegen, und es ging. Sie nahm sich zusammen und setzte sich mühsam auf. Die Männer im Boot beobachteten sie gespannt, aber sie vermied es, ihnen in die Augen zu sehen ... Elintina half ihr, sich auf eine der Bänke zu setzen, und da hockte sie jetzt wie betäubt in dem sanft schaukelnden Boot.

Ihrer Herrin entging nicht, daß sie zitterte. »Sie friert, scheint mir«, sagte sie mit einer Besorgnis in der Stimme, die Althea echt schien.

»Och!« knurrte einer der Seeleute. »Ein gutes Tunken in so einem lauen Wasser hat noch niemandem geschadet. So weit im Süden ist es doch brühwarm!«

»Sie ist aus der Wüste«, versetzte ihre Herrin. »Und sicher nicht gewohnt, naß zu werden ...« Damit faßte sie Althea bei der Hand. »Auf dem Schiff kriegen wir dich trocken und warm. Versprochen!« sagte sie und lächelte und drückte ihre Hand. »Dank auch für deine Hilfe!«

Althea starrte auf ihre Hand in der ihrer Herrin und sagte sich dann, daß sie vielleicht, ja, vielleicht, die richtige Entscheidung getroffen habe. Und sie nickte, kaum merklich, und sah zur Sonne hinauf, und Herz und Hirn tanzten ihr vor einer lange nicht mehr gefühlten Empfindung – vor Hoffnung.

CHARLES M. SAPLAK

Charles Saplak hat bereits viel veröffentlicht – Fantasy, Sciencefiction und Horror –, und das in vielerlei Medien und Märkten – etwa in Year's Best Horror Stories, Chtulhu's Heirs, Tomorrow, *dem britischen Magazin* Beyond *und anderen mehr. Bei solchen Referenzen frage ich mich bedauernd: »Warum habe ich den Autor nicht schon früher kennengelernt?« Aber vielleicht können wir die verlorene Zeit doch wieder wettmachen!*
Charles lebt mit Frau und Tochter (Kathren und Charlene) in Radford, einer kleinen Stadt in Virginia. Daß er zur Fantasy gefunden habe, schreibt er mir, verdanke er seiner Charlene. – MZB

CHARLES M. SAPLAK

Das Angebot der Spinne

Abenddämmerung senkte sich über das Schlachtfeld – der erste Tag der wohl entscheidenden Schlacht um das Reich des jüngst verstorbenen Königs Therault ging zu Ende.

Prinzessin Dehaev hinkte an den Kämpen vorbei, die bedrückt um elende Biwakfeuer hockten, vorbei an dumpf stierenden, an Händen und Füßen gefesselten Gefangenen, vorbei an den Toten – an denen, die zur Feuerbestattung oder Verbringung in ihre Familiengruft feierlich aufgebahrt waren, und auch an denen, die offenen Mundes und gebrochenen Auges noch dort lagen, wo sie gefallen waren.

Der Geruch des Todes hing über dem allem.

Dehaev schmeckte ihr eigenes Blut in ihrem Munde, sauer und wie nach Rost und Eisen.

Von überallher kam das Stöhnen und Schluchzen der Verwundeten. Selbst vom Lager ihrer Gegner, jenseits des Tales, drangen Schreie her.

Der dumpfe Schmerz in ihrer Brust erinnerte Dehaev an das, was sie zu ignorieren versuchte: daß der schreckliche Hieb des feindlichen Hammerkämpfers da im Talgrund ihr bestimmt einige Rippen zerschmettert hatte. Sie würde wohl sterben, aber langsam.

Ihre Pagin Chaikev kam ihr entgegengerannt, sie zu begrüßen und ihr die Schulter, als Stütze auf dem Weg zu ihrem Zelt, anzubieten.

»Deine Leutnants warten schon, Prinzessin«, sagte die junge Frau tapfer und um eine feste Stimme bemüht, und hatte doch Tränen in ihren braunen Augen, als sie zu Dehaev aufsah.

»Sie müssen vielleicht nicht lang warten«, versetzte die und zog eine Grimasse. Aber Chaikev verstand den bitteren Scherz nicht

... oder hatte womöglich die Disziplin am Leib, ihn zu überhören.

Kurz vor dem Zelt schob Dehaev die Pagin von sich und holte tief Luft. Sie zwang sich, Haltung anzunehmen – mußte dann aber die Zähne zusammenbeißen, um nicht vor Schmerz in ihrer Brust aufzuschreien.
»Das ist wohl vorläufig alles, Chaikev ... Stell mir Brot und Wasser bereit, für den Fall, daß ich später noch etwas will, und iß du dann selbst.«
Die Pagin nickte und entfernte sich rasch.
Als Dehaev hereingehumpelt kam, erhoben sich ihre Leutnants wie ein Mann. Aber sie hieß sie mit einer Armbewegung, Platz zu nehmen. Was sie denn taten ... wobei Dehaev bemerkte, daß ihre Stiefbase Corrandin, um fünf Jahre jünger als sie, sich sehr langsam und offenbar unter großen Schmerzen setzte.
Die drei – Corrandin die Treue, Caerghal der Affenähnliche, Maastracht der Vielgereiste, Vielgeliebte und Vielgelehrte – hatten sich um ein Brett gesetzt, das, in fast noch frischer Farbe, das namenlose Tal zeigte, das hier Walstatt geworden war. Viele Holzklötzchen lagen auf dem Modell.
Und Dehaev nahm den Platz ein, den die Leutnants für sie in der Runde frei gelassen hatten.
Da rieb sich Caerghal mit knorriger Hand, unter deren Nägeln das getrocknete Blut saß, das schmutzige Gesicht und hob zu sprechen an: »Laut unserem Appell und den Berichten unserer Kundschafter und Pioniere über Jhalyns Verluste stellt sich das nun so dar ...«
Damit klopfte er auf das Modell und die Klötzchen mit ihren eingekerbten Zeichen, die jeweils Heeresteile symbolisierten – eine Phalanx Lanzenreiter, eine Reihe Bogenschützen, einen Zug Schwertkämpfer. Und dann schnippte er ein Klötzchen ums andere vom Brett, bis von jeder der zwei Seiten beinahe die Hälfte abgeräumt war.
»Eine Idee, wie wir morgen unsere Kräfte aufstellen?« fragte Dehaev.

Maastracht schüttelte den Kopf. »Wir haben keine Wahl. Eine defensive Aufstellung muß es sein. Jhalyn ist so schlau wie kein anderer Gegner … Wenn wir die Entscheidung suchen und angreifen, müssen wir unsere Reihen öffnen. Und sie hat den Schneid und ihre Armee die Disziplin, jeden Vorteil auch zu nutzen.«

»Da kommt mir ein Gedanke …«, mischte Corrandin sich mit grimmiger Miene ein.

»Und der wäre?« fragte Prinzessin Dehaev.

»Du bist nun die rechtmäßige Herrscherin von Therault. Nimm eine Schar handverlesener Soldaten. Und mach dich zur Stadt Therault auf. Warte da auf Verstärkung. Auch wenn wir Jhalyn nicht aufhalten könnten, wirst du dann noch am Leben sein.«

Dehaev verbiß sich eine harsche Antwort, nickte und suchte Corrandins Blick, ehe sie zu bedenken gab: »Wird Jhalyn mich nicht verfolgen lassen, sobald sie meine Flucht bemerkt?«

»Ich könnte ja deine Rüstung tragen, Prinzessin. Wir haben die gleiche Statur, das gleiche strohblonde Haar. Ich würde auf Leben und Tod kämpfen. Dein Fehlen fiele ihr vielleicht erst nach Tagen auf.«

Ja, Stiefbase, du würdest auf Leben und Tod kämpfen, dachte Dehaev bei sich.

»Ich will nicht sagen, daß ich nicht an Davonlaufen gedacht hätte«, sprach sie dann so laut, daß alle drei Leutnants es hörten. »Ich sehe aber Probleme. Die Wahrscheinlichkeit ist doch groß, daß Jhalyn die List durchschaut und mich noch vor Therault erledigt. Und wie könnte ich, wenn ich mich aus dem Staub mache, von den Leuten erwarten, daß sie weiterkämpfen? Natürlich würden sie das … aber verdienten sie es, eine in meinem Namen ausgetragene Schlacht zu gewinnen, vor der ich Reißaus genommen? Zudem, weshalb sollten sich die Bürger von Therault vor mich stellen, wenn Jhalyn die Stadt bedroht? Es wird manchen geben, der meint, sie habe schon mehr Anspruch auf den Thron von Therault als ich … Hätten nicht viele im Reich lieber eine Königin, die zu kämpfen gewillt ist, als eine, die vor dem Kampf davongelaufen ist?« Und als niemand darauf Antwort gab, schüttelte sie tod-

traurig den Kopf und sprach: »Nein, meine Freunde, wir können nur ...«
Doch da war Chaikev zum Zelt hereingeplatzt.
»Etwas Respekt, Pagin«, schnauzte Leutnant Caerghal sie an.
»Prinzessin D ... De ... Dehaev!« keuchte aber die Kleine – das Gesicht rotfleckig wie ein totes Blatt und die Augen weit aufgerissen im Lampenlicht.
»Was ist, Chaikev? Spuck es aus!« befahl Dehaev barsch.
»Einige deiner Soldaten töten die Gefangenen!«

Dehaev, ihrer Brustschmerzen nicht achtend, schritt mächtig aus, stieß die Soldaten, die ihr im Wege standen, dabei derb zur Seite. Und als sie jetzt noch den letzten starken Rücken weggedrängt hatte, war sie mitten in der Menge. Da standen, von einem Haufen blutiger Leichen umgeben, ein Hammermann und zwei Degen. Jeder der drei war mit frischem rotem Blut und ebenso frischen Gehirnspritzern bedeckt. Vor ihnen waren Gefangene aufgereiht – wohl zwei Dutzend an der Zahl. Alle an Händen und Füßen gefesselt. Und alle auf den Knien. Einige zu Boden gekrümmt, weinend und zitternd oder auch in fremden Zungen irgendwelche Gottheiten anflehend, die sie verehren mochten.
Einige hielten den Kopf hoch erhoben, als ob sie drauf und dran wären, ihre Henker anzuspucken oder zu verfluchen ... Einer mit der Adlernase und dunklen Haut der Mag-Kavone, dem Schnauzer und dem gestutzten Vollbart jener Krieger, kniete vor den drei Soldaten. Der Hammermann hielt ihn schon mit blutiger Hand am Haar ... den Hammer schlagbereit in der Rechten.
Und Dehaev, sie konnte nicht anders, sah dem Mann tief in die Augen. Sie sah weder Haß noch Flehen darin, sondern eine Art zäher Hoffnung wider alle Evidenz: Den Kopf schon in der Hand des Henkers und an Händen und Füßen gefesselt, hörte er doch nicht auf zu hoffen.
»Wer hat das befohlen?« fragte Dehaev rauh.
Einer der Schwertkämpfer fuhr zu ihr herum. »Die da haben es befohlen«, keuchte er, das Gesicht blutrot unter dem Schmutz, mit zitternden Lippen, an Schultern und Händen bebend.

»Die dort haben es befohlen«, wiederholte er. »Hast du nicht die Schreie gehört? Sie haben unsere Verwundeten gefangengenommen ... wie wir ihre. Aber sie haben weder angeboten, sie gegen ein Lösegeld freizulassen, noch, sie auszutauschen ... Siehst du nicht ihre Feuer dort? Hast du nicht diese Schreie gehört?«
Dehaev sah sich um, musterte die Gesichter der Soldaten, die sie umringten, und die der Gefangenen und ihrer Henker.
Müde, blutige, abgekämpfte Gesichter; Augen, die dem Tod ins Antlitz gesehen hatten.
»Ich habe das nicht befohlen«, sprach sie.
»Mein Bruder ist heut auf der Walstatt geblieben«, sagte der Schwertkämpfer. »Aber er lebte noch ... Heute abend habe ich seine Schreie gehört. Als er starb, spürte ich es hier drin. Ich weiß, daß er Qualen litt.«
Damit zeigte er wilden Blicks auf seine Brust. Und unter den Männern und Frauen, die alles das beobachteten, machte sich eine beinahe greifbare Spannung breit. Dehaev vermeinte, sie schon im Nacken zu spüren.
»Dann müßt ihr mich zuerst töten«, sagte sie und zog blank, mit zusammengebissenen Zähnen. Sie war so müde und schwach, daß sie ihr Schwert kaum halten konnte ... schaffte es aber dann doch, es auf jenen Mann zu richten, der das Reden übernommen hatte.
»Mein Bruder und ich sind dir gefolgt!« rief er. »Wir haben für dich getötet. Heute, da ist er für dich gestorben. Und morgen sterbe ich wahrscheinlich für dich.«
Dehaev nickte. Und als sie sprach, sprach sie mit flacher, gleichförmiger Stimme, aber so laut, daß alle Männer und Frauen, die sie umgaben, sie hören konnten.
»Wenn ihr die töten wollt«, sagte sie, »müßt ihr vorher mich töten.«
Totenstille – Dehaev spürte ihr Herz gegen ihre gebrochenen Rippen schlagen, ganz wie ein verängstigter Vogel gegen die Stäbe seines Käfigs.
Aber schließlich ließ der Kämpfer, der das Reden übernommen hatte, seine Waffe fallen, machte kehrt und zog mitten durch die

Menge ab. Dann steckte der andere sein Schwert ein, und der Hammermann ließ den Schopf des Gefangenen los.
Dehaev senkte ihre Klinge.
»Gebt den Gefangenen da Wasser«, befahl sie einer Ordonnanz. »Und jedem ... eine halbe Ration Brot, wenn wir es erübrigen können.«
Der so dem Hammermann entkommene kniende Gefangene starrte Dehaev in die Augen.
Du hast dir deine Hoffnung bewahrt, und heute abend war sie begründet, dachte sie, sprach es aber nicht aus ... sondern schenkte dem Gefangenen noch einen Blick und sagte: »Du hast Glück gehabt.«

Bei Anbruch der Nacht wurde Dehaev von ihren Leutnants mit sanfter Gewalt in ihr Zelt geschafft, auf daß sie ruhe.
Sie legte sich auf ihre Matte, hatte dabei acht, ihre Rippen zu schonen. So ein paar Stunden. Das würde reichen. Wenn sie doch nur ein paar Stunden für sich haben könnte ... Nicht als Prinzessin und Generalin und Prätendentin auf den Thron von Therault, nein, als ganz normale Frau. Ein paar Stunden Ruhe und Frieden.
Ein paar Stunden der Ruhe ...
Als sie so still und reglos lag, die Augen gegen das Licht der Lampe geschirmt, sah sie in den Schatten am Zelthimmel einen winzigen Fleck sich bewegen und gleich auch fallen, sich dann fangen und an dünnem Faden langsam, langsam auf sie zu geschwebt kommen.
Eine Spinne!
Dehaev zwang sich ein grimmiges Lächeln ab, fühlte sie sich doch an eine der beliebtesten Geschichten von Sprakgist dem Erzähler erinnert. Denn die handelte von dem König, der nach der Schlacht vom Wundlager aus einer Spinne zusah, die über ihm webte und wirkte – und ihn so zur Zurückeroberung seines Reiches inspirierte.
»Hallo, Achtbeiner, bist du gekommen, mich zu inspirieren?« flüsterte sie.

Die Spinne verhielt für einen Moment und ließ sich dann jäh auf ihr Kopfkissen fallen – so knapp neben ihr Gesicht, daß sie gleich hochfuhr.

»Nein«, erwiderte die Spinne jetzt.

Dehaev zog die Braue hoch.

»Ganz und gar nicht«, sagte die Spinne, mit einer Stimme so zart wie der Hauch einer Blechflöte. »Ich bin hier, um dir ein Angebot zu machen.«

Also bettete Dehaev sich wieder. Die Rippen taten ihr noch immer weh; die Lampe verbreitete noch immer ihr Licht, und die Schatten huschten noch immer übers Zelttuch. Sie hörte immer noch das Quietschen von Leder, das Klirren von Stahl, die vom Kommen und Gehen draußen im Lager kündeten. Und sie roch noch immer den Rauch heruntergebrannter Feuer. Sie war sich also sicher, nicht zu träumen.

»Was für ein Angebot?« fragte sie. »Was könnte denn so ein Achtbeiner schon tun?«

»Der kleine Achtbeiner ist der Teil, den du siehst. Ich bin die Verkörperung eines anderen.«

»Und wie lautet dein Angebot?« fragte Dehaev erneut.

»Deine Stiefschwester ist jetzt auf den Thron aus. Wie wird es im Königreich Therault wohl aussehen, wenn sie erst an der Macht ist?«

»Das kann ich dir genau sagen ...«, erwiderte Dehaev zornigen Blickes. »Sie wird sich Land und Reich nach ihrem Bilde formen, zum Abklatsch ihrer selbst. Was sie nicht zu Tode besteuern kann, wird sie verbieten. Sie wird sich zur Göttin erheben und alle, die sie nicht anbeten, bei lebendigem Leib als Ketzer verbrennen lassen. Und wenn sie dieses Königreich nicht verspielt ... glaub ja nicht, daß sie das zwangsläufig täte ... Untertanen sind Menschen, haben Angst wie jeder und könnten darum mit ihr vorliebnehmen ... so sie es also nicht verspielt, wird sie es in eine Kriegsmaschine verwandeln ... Ich kenne sie gut. Sie ist wahnsinnig.«

Da kroch die Spinne auf das Schlachtfeldbrett und nahm genau in dessen Mitte – zwischen den beiden feindlichen Linien aus Klötzchen – Position.

»Von da«, sagte sie und wies mit einem ihrer acht Beine nach Nordwesten, »kam Jhalyn mit den kavonianischen Barbaren und Söldnern, die sie mit Beutezusagen und Kostproben ihrer Grausamkeit gewann. Und von da«, nun wies sie nach Südosten, »kamst du mit deinem Heer aus Verbündeten und Gefolgsleuten Theraults.«

Dehaev nickte.

»Und sie ist hier aufzuhalten oder gar nicht mehr, richtig? Wenn sie an dir vorbeikommt, gehört das Königreich ihr?«

»Sie kommt nicht an mir vorbei«, fauchte die Prinzessin und fuhr, von ihren Gefühlen überwältigt, hoch, sank dann jedoch wieder mit einem Seufzer auf ihr Kissen zurück. »Zumindest nicht, solange ich lebe.«

»Da liegt also der Hase im Pfeffer«, sagte die Spinne leise, mit schlauem Unterton, und krabbelte in einer Weise auf dem Brett umher und über die Klötzchen weg, die Dehaev irgendwie obszön vorkam.

»Wen oder was verkörperst du, Achtbein?« fragte sie.

»Jemanden, der viel weiß«, erwiderte die Spinne. »Jemanden, der helfen kann.«

»Wie könnte uns jemand helfen? Wenn du etwas zu Theraults Rettung weißt, mußt du es mir sagen.«

»Heute seid ihr aufeinandergetroffen, du standst mit deinen Truppen da drüben, und Jhalyn rückte mit den ihren von dort vor. Du hast den ganzen Tag gekämpft und dabei von fünf Leuten zwei verloren, mit Geschick und Klugheit ihr jedoch gleich große Verluste beibringen können. Die Schlacht morgen wird mit gelichteten Reihen, aber ebenso blutig ablaufen und ein ähnliches Resultat haben. Ebenso die tags darauf … und ebenso die tags darauf. So dürften eure Truppen einander bis nächsten Vollmond hingeschlachtet haben. Ich sehe schon, wie ihr zwei Kriegerinnen inmitten eines riesigen Leichenhaufens aufeinanderstoßt, die eine die andere tötet und dann selbst ihren Wunden erliegt.«

»Achtbein, du sagst mir nichts Neues … das habe ich schon von meinen Leutnants gehört.«

»Aber diese blutige Vision muß ja nicht Wirklichkeit werden,

Prinzessin. Es gibt eine Möglichkeit, das zu vermeiden ... wenn du sie nur sehen wolltest und den Mut hättest, sie zu nutzen.«
»Und die wäre? Die Kapitulation?«
»Das käme weder Jhalyn noch dir in den Sinn, Prinzessin.«
»Eine List, ein Trick?«
»Sie ist ja ebenso argwöhnisch, wie du schlau bist, Prinzessin. Nein, kein solcher Trick könnte gelingen.«
»Eine neue Taktik?«
»Ihr seid euch ja auch in Wissen und Wildheit ebenbürtig. Da gibt es darum keine Taktik, die das Blutvergießen vermeiden ließe.«
»Wie lautet dann die Lösung? Rasch, Achtbein, sonst sterbe ich womöglich noch, ehe du zum Ende kommst!«
»Ich biete dir im Auftrag meines Herrn einen Handel an. Dabei käme Magie ins Spiel. Eine Magie, die der Schlacht eine neue Wendung geben kann.«
»Und was gewänne ich bei dem Handel? Was verlangt dein Herr und Meister als Gegenleistung?« fragte Dehaev.
»Jhalyn und ihre Leute wären tot. Du müßtest ihn dafür, so du diese Schlacht überlebst, was natürlich nicht garantiert werden kann, ungehindert in deinem Königreich leben lassen. Das müßtest du schwören ... aber auch, weil du ja ums Leben kommen könntest, alle deine Leutnants geloben lassen ... daß das Reich Therault meinen Meister nicht behelligen würde.«
Sie nickte. »Mir gefällt nur nicht, daß er mir sein wahres Gesicht nicht zeigt.«
Die Spinne hatte darauf nur ein Achselzucken als Antwort.
»Wenn ich zustimmte ... was ich aber keineswegs tue ... wie genau würde dein Herr denn dieser Schlacht eine neue Wendung geben?«
»Verstärkungen«, erwiderte die Spinne.
»Es sind doch schon alle volljährigen und tauglichen Männer und Frauen in der Schlacht.«
»Das stimmt nicht«, versetzte die Spinne. »Es stehen nahebei noch ein paar tausend zum Kampf bereit. Und diese Krieger da sind ohne den Makel, den so viele deiner Leute zeigten.«
»Und welcher Makel ist das, Achtbein?«

»Der Makel, sterblich zu sein.«
Sprach die Spinne und huschte zu den Klötzchen, die Caerghal – stellvertretend für die am ersten Tage gefallenen Soldaten – vom Brett gestoßen hatte, und setzte sich oben auf den Haufen.
»Diese Soldaten sterben also nicht?« forschte Dehaev.
»Diese Tausende sterben nicht … wieder.«
Da starrte Dehaev eine lange Weile auf die Spinne. Die Lampe verbreitete noch immer ihr Licht, und die Schatten huschten noch immer übers Zelttuch. Sie hörte noch immer das Klirren von Stahl und das Quietschen von Leder, die vom Kommen und Gehen draußen im Lager kündeten. Und sie roch noch immer den Rauch heruntergebrannter Feuer. Das jetzt war kein Alptraum, sondern Wirklichkeit.
»Fort mit dir, du Scheusal!« stieß sie zwischen den Zähnen hervor.
»So sag du schon mal dem Thron von Therault Adieu!« zischte die Spinne. »Gibt es denn etwas, das du mehr als den Thron liebst? Warum schlägst du meine Hilfe aus?«
»Teuflische Versucherin!« rief Dehaev und drehte sich nach etwas um, womit sie die elende Kreatur erschlagen könnte – aber da war diese auch schon fortgehuscht … Oder vielleicht einfach verschwunden.
Wieder ließ sich die Prinzessin auf ihre Matte fallen. Dann lag sie für einen Moment still und reglos. Sie hatte ja über so viel nachzudenken und so viel zu erledigen.
Und doch …
Sie litt solche Schmerzen …
Und doch …
Es war gut, ruhig dazuliegen und die Augen zu schließen …

Dehaev erhob sich. Die Rippen schmerzten nicht mehr, und der Blutgeschmack im Mund war nun vergangen. Sie blickte an sich hinunter, um zu sehen, ob sie noch die Prellungen und Wunden aufwies, die sie aus dem Kampf davongetragen hatte. Ja, sie waren noch da, taten aber überhaupt nicht mehr weh.
Das Zelt ringsum löste sich mit einem Schlag in Luft auf.

Sie stand auf einer weiten Ebene, unter wolkenverhangenem Himmel.
Und sah in der Ferne eine Gestalt mit ausgestreckter Hand, wie sie erwartend.
Und sie tat einen Schritt auf diesen Jemand da zu, der ihr irgendwie bekannt vorkam.
Der Jemand winkte.
Jetzt erkannte sie ihn: König Therault der Gerechte war es, der da unter einem grauen Himmel stand.
Sie rannte auf ihn zu, und der scharlachrote und purpurrote Staub, den ihre Füße aufwirbelten, sank geräuschlos hinter ihr wieder zu Boden.
Der König trug noch sein Grabtuch, wie einen Umhang um sich gezogen. Sein Gesicht war unverändert … die mächtige Stirn und kühne Nase, die vorspringenden Wangenknochen, die weiße Bartkrause.
Aber er hatte sich auch verändert, soviel sah Dehaev auf den ersten Blick: Nichts mehr von jener Schüttellähmung, die ihn die letzten Jahre geplagt hatte. Und ganz kerzengerade hielt er sich, nicht mehr von Alter und Kriegsverletzungen gebeugt war sein Rücken …
»Ja, komm zu mir, meine Dehaev! Komm und höre mir zu!« rief er ihr entgegen, mit fester und starker Stimme, die doch in der öden Steppe ohne Echo blieb.
Binnen Sekunden war sie bei ihm.
»Oh, Vater«, rief sie aus und breitete die Arme, um ihn zu herzen, den hochgewachsenen König.
Doch er wich zurück und zeigte ihr die Innnenseite seiner Rechten. Da erschrak sie und erstarrte.
»Nein, du kannst nicht mit mir kommen, Dehaev! Ich darf hier nur für kurze Zeit verweilen.«
»Wohin geht dein Weg, Vater?« fragte sie.
König Therault zeigte zu einer fernen Gebirgskette. »Dorthin wandere ich … ja, einen Tag und eine Nacht für jedes Jahr, das ich gelebt. Was ich dort aber finden oder sehen oder tun soll, weiß ich nicht.«

»Soll ich dir folgen, Vater?«
»Nein, du bist nicht tot. Ich durfte nur auf dich warten, um dir zu sagen, daß du recht tatest, das Angebot dieser Spinne zurückzuweisen.«
»Dann werden wir Jhalyn also besiegen?«
Der König schüttelte betrübt den Kopf. »Das habe ich nicht gesagt. Nein, nur, daß du recht getan hast.«
Dehaev sank das Herz. Als König Therault sich jetzt von ihr abwandte, sah sie durch ihn hindurch die fernsten Berge. Sie legte sich die Hände vors Gesicht ... und konnte, wenn sie sie auf eine ganz bestimmte Weise hielt, durch die Hände hindurch den Boden zu ihren Füßen sehen.
»Ich sehe jetzt so vieles«, sagte der König. »Ich weiß auch so vieles, fühle aber kaum noch etwas. Mein ganzes Leben war so klein und so kurz ...«
Nun blickte er Dehaev in die Augen. Die seinen waren klar und ruhig. Und als sie ihn ansah, erschienen sie ihr so unglaublich blau und friedvoll.
»Doch diese Welt ohne Pein ist noch nicht dein, mein Kind. Es gibt Grenzen, die man nicht überschreiten darf. Man mag in die Welt jenseits davon mal einen Blick werfen oder gar für kurze Zeit hinübergleiten, aber manche Grenzen darf man nicht überschreiten. Nur noch eines darf ich dir mitgeben ... ein Gebot. Du wirst es wieder vergessen, aber es kommt vielleicht einmal die Stunde, da du etwas tun mußt, was du um keinen Preis tun willst ... etwas, das ganz wider deine Art ist ...«
Nun hob er die linke Hand und legte sie ihr auf die Stirn.
Dehaev drehte sich alles vor Augen unter seiner Berührung. Das öde Land wurde zu einem Chaos von Grautönen und das Gesicht des Königs fern und ferner.
»Wie seltsam, daß ich dich, die ich als halbverhungertes Kind in einem fremden Land im Walde fand, so sehr geliebt habe ... während mir Jhalyn, mein eigen Fleisch und Blut, immer fremd geblieben ist«, hörte sie ihn noch sagen, und das war schon wie ein Echo aus weiter Ferne.

Chaikev die Pagin beugte sich schluchzend über ihre Brust, riß sie verzweifelt am Ärmel.
»He, he, Pagin«, krächzte Dehaev. »Ist das neuerdings deine Art, mir Respekt zu erweisen?«
»Oh, Prinzessin!« stieß Chaikev hervor. »Ich konnte dich mit nichts mehr aufwecken! Und mir war so, als ob du nicht mehr atmetest!«
Da setzte Dehaev sich vorsichtig auf. Die Rippen taten ihr weh ... das Zahnfleisch und die Lippen waren ganz mit Blut verkrustet.
»Wisch dir den Rotz ab, mein Kind. Und hole mir meine Waffen und Rüstung. Ein Tag des Kampfes und der Schlacht steht uns bevor.«

Das Tal lag still und dunkel da. Der Mond war untergegangen. Und der östliche Horizont rötete sich von Purpurlicht wie ein sich ausbreitender Blutfleck. Nebelschwaden hingen wie schlafende graue Schlangen über den Niederungen.
Dehaev atmete so gleichmäßig wie möglich, weil ihr die Brust noch brannte, und sah zu, wie ihr Atem in dieser Morgenkühle wölkte ... Rings um sie, da war das Quietschen von Leder, das gedämpfte Klirren von Eisen und Stahl. Da alles nur halblaut sprach, kam ihr das Heer wie ein großes, vielstimmiges Tier vor, das vor sich hin murmelte oder betete.
Da standen ihre Soldaten in Reih und Glied, bereit, auf ein Hornsignal oder einen mit mächtiger Stimme erteilten Befehl aufzumarschieren.
Und rings um die Prinzessin standen ihre Leutnants.
»Siehst du, welche Schlachtordnung sie eingenommen haben?« fragte sie nun einen kleinen Soldaten zu ihrer Rechten.
Der spähte angestrengt ins Dunkel.
»Soweit ich sehe, noch keine. Sie sind bereit und gewappnet, mit Front zum Schlachtfeld angetreten, scheinen aber noch auf etwas zu warten.«
Dehaev fühlte, wie die Furcht mit kalten Fingern ihr Gehirn umschloß.

Als die Sonne durch den Nebel brach, schälte sich für Dehaev und ihre Leute das Heer jenseits des Tals langsam aus Dunkel und Dunst.
»Was, um alles, machen die?« fragte Corrandin. »Die haben da eine Art Sperriegel gebaut, seht ihr das?«
»Sind die verrückt?« flüsterte Maastracht. »Das sind ja ... Packen und Stecken ...«
Caerghal schüttelte den Kopf. »Das sind keine Stecken. Sieht eher nach Speeren und Schwertern aus. Die verdammten Narren! Haben dort lauter Vogelscheuchen aufgereiht und ihnen Speere und Schwerter zu halten gegeben!«
Dehaev keuchte – ihr war, als ob ihr das Herz in der Brust schrumpfte. »Die Spinne«, sagte sie nur.
»Das sind keine Vogelscheuchen«, stöhnte Corrandin. »Diese Barbaren! Diese abergläubischen, abartigen Narren! Seht ihr denn nicht, was die getan haben?«
»Doch«, sagte Maastracht. »Ekelhaft!«
»Jhalyn hat sein Angebot angenommen«, sagte Dehaev, doch an niemanden im besonderen gewandt. »Sie spürte keine Grenze des Anstands. Sah bloß die Chance, die Schlacht zu gewinnen. Jhalyn hat sein Angebot angenommen.«
Keiner der Kommandeure sagte etwas darauf oder gab auch nur zu erkennen, daß er ihren Ausbruch gehört habe. Sie starrten nur alle vier gebannt zu jenen feindlichen Soldaten hinüber, die hinter Reihen zusammengesunkener, steifer toter Soldaten standen. Hinter Leichen, denen die Kinnladen herunterhingen.

Doch erst als die Sonne ganz hinter den Wolken hervorkam und ihr Schein die toten Krieger traf, wurde es Dehaevs Stab und Heer offenbar, was ihr selbst ja längst Gewißheit war ...
Denn sobald die Sonnenstrahlen auf die Gesichter der Toten fielen, reckten die die Köpfe, beugten sie die Arme, hoben die Klingen und richteten die Speere auf ihre Feinde ... und drückten den Rücken durch und zogen die verdrehten Beine an, auf daß die Beine die Last gewappneter, fühlloser Leiber trügen.
Da lief ein Murmeln durch Dehaevs Reihen.

»Stellung halten!« bellte Caerghal.
Drüben, hinter Jhalyns Linien, erklang ein Hornsignal. Da setzten sich die toten Krieger rasselnd in Marsch, rückten mit abrupten Bewegungen vor.
Aus Dehaevs linker Flanke brachen zehn, zwölf Soldaten und suchten das Weite.
»Stellung halten!« bellte Caerghal.
Und wie diese Toten durchs Tal vorrückten, formierten sich die Lebenden dahinter und folgten ihnen in Reih und Glied, geradewegs auf Dehaev und ihre Stellung zu.
Irgendwo hinter ihr und links brach nun in ihren Reihen erneut Unruhe aus.
Maastracht hob den Langbogen über den Kopf und rief also die Bogenschützen in Bereitschaft. »Auf mein Signal!« schrie er.
Langsam, bedächtig kamen Jhalyns Soldaten näher. Dehaev nahm sich die Zeit, sich umzudrehen, um nach dem Grund der Unruhe auf ihrer linken Flanke zu sehen ... Irgend etwas ging da vor sich, weit hinter der Front.
Als Jhalyns vorderste Linie nur hundertfünfzig Klafter noch entfernt war, streckte Maastracht die Rechte aus und schrie: »Schießt!«
Da sangen wohl hundert Bogensehnen und zischten wohl hundert Pfeile los, daß es klang wie das Keuchen eines vielstimmigen Riesen. Sekunden später nur fiel ein wahrer Geschoßregen auf Jhalyns Linien. In der zweiten Reihe gingen auch manche, die diese schlanken Eschenpfeile trafen, zu Boden. In der ersten aber, mit ihrer mehrfachen Zahl an Getroffenen, brachten sie keinen auch nur aus dem Schritt – sondern zierten nur totes Fleisch, so wie Stecknadeln ein Nadelkissen ...
Als Dehaev das sah, war ihr klar, daß diese Schlacht für sie verloren war.
»Verteidigungsstellung«, befahl sie ihren Leutnants.
»Reihen schließen!« rief Maastracht den Korporalen zu. »Die Reihen schließen, verbundene Phalanx!«
Diese vertrauten Befehle schienen die Soldaten zu beruhigen. Gut trainiert und geschliffen, wie sie waren, formierten sie sich me-

chanisch zur befohlenen Verbundstellung: Binnen einer Minute war so, außer auf der linken Flanke, alles auf seinem Posten.
Dehaev ging nach hinten und schwenkte ihr Schwert überm Kopf und nahm sich ihre Leute vor: »Position! Position!« brüllte sie.
Aber dann sah sie, was die Ursache der Unruhe war: All ihre Gefallenen, auf die das Sonnenlicht fiel, rührten und regten sich, richteten sich wieder auf. Und ihre Kameraden standen, mit blanker Waffe und schulterhoch erhobenen Speeren, um sie geschart und wußten nicht, was sie tun oder lassen sollten.
Aber das gab sich schnell, als sie Zeugen folgenden Vorfalls wurden:
Ein Schwertkämpfer – Dehaevs alter Bekannter vom Tag zuvor – kniete sich neben einen der Toten, der nach Gesicht und Haar sein Bruder war und, in seinen Umhang wie in ein Leichentuch gehüllt, auf der Erde lag, die Hände auf der Brust gefaltet und fest um eine Halskette mit dem Zeichen seines Clans und Heimatlands geschlossen.
Als jener Schwertkämpfer seine Klinge beiseite legte und den toten Bruder an den Schultern aufrichtete, um ihn zu umarmen – öffnete der zu Dehaevs Schreck die Augen und blinzelte in die Sonne, beinahe wie ein aus tiefem Schlaf Erwachender … und tastete zugleich mit der Linken den Boden ringsum ab.
»Vorsicht!« schrie da Dehaev.
Doch zu spät – der Tote ließ die Halskette fallen, faßte die Klinge seines Bruders, die er nun gefunden, erhob sie, ohne ein Wort zu sagen oder eine Miene zu verziehen, und rammte sie dem Arglosen tief in die Seite …
Das jedoch war das Signal für Dehaevs Leute, sich mit ihren Schwertern, Speeren und Hämmern auf die sich regenden Toten zu stürzen – war doch so offenbar, daß die Gefallenen dieser Schlacht, auf welcher Seite sie auch gestanden hatten, bevor sie diese Welt verließen, als Verbündete und Soldaten dieser elenden Jhalyn wiederkehrten.
Aber was können sie denen noch anhaben? fragte Dehaev sich. Diesem Soldaten etwa, dem man nun zum zweitenmal binnen zwei Tagen das Herz durchbohrte? Er brauchte sein Herz nicht

mehr zum Marschieren und zum Kämpfen! Und diesem mit einem Hammer Erschlagenen, der sich ein Schwert aus dem Rükken zog und es gegen den Hammerkämpfer, dann gegen den nun wehrlosen Degen kehrte? Und dem, der weder blutete noch vor Schmerz schrie, als er einen Arm verlor, und einfach weiterkämpfte, derweil der abgehauene Arm den Feinden nach den Fußknöcheln griff ...

Nun kamen von fern Hornsignale. Da fiel Jhalyns vorrückende Armee in einen Laufschritt – brüllend die lebenden, nur rasselnd, stampfend die toten Krieger. So legten sie jetzt rasch die letzten Fuß Talboden zurück und rannten bald gegen Dehaevs Defensivformation an.

Wir sind verloren! dachte die Prinzessin.

Ihre Leute, diszipliniert und loyal, kämpften weiter – aber auf verlorenem Posten. Ach, ihr gutes Training kehrte sich nun gar gegen sie: Denn die Taktiken des »Mann gegen Mann«-Kampfes, die ihnen zur zweiten Natur geworden waren, halfen nichts gegen Feinde, die man nicht töten konnte. Auch hing der Erfolg vieler Manöver auf Korps- oder Phalanxebene davon ab, daß man die Schützenlinie mit getöteten Feinden schließen konnte – aber diese Toten hier kämpften einfach weiter. Was sollte nun ein Pfeilregen, wenn er nicht mehr Effekt hatte als ein sommerlicher Regenguß? Und was ein Lanzenstich dem Feind durch die Brust, wenn der sich längs des Zwei-Klafter-Schafts bis zu dem hinarbeitete, der ihn in Händen hielt?

Der Kampf wurde zum Wirbel unvergeßlicher Szenen: Massierte feindliche Kräfte strömten durch jene Lücke in ihrer linken Flanke ... einige kopflose Leichen, zuhauf geschart, rangen den Degen und den Hammermann, die sie tags zuvor erschlagen hatten, nieder ... Maastracht und Caerghal gingen in einem zwei, drei Ränge tiefen Kreis aus graugesichtigen Kriegern zu Boden, die das Schwert ohne Kunst und Präzision, aber mit tödlicher Wirksamkeit führten ... Und Chaikev (Das liebe Kind, als Waise von ihr vom kriegszerstörten Hof der Eltern gerettet!) rannte einer die Lanze durch und durch, dem sie weder Kombattantin noch Kind war, sondern nur ein Lebewesen und daher Feindin ...

Dehaev jedoch kämpfte weiter. Es wäre leichter gewesen, das Schwert zu senken und sich den Klingen dieser übermächtigen toten Krieger zu überlassen ... Die Todespein wäre in einem Moment vorbei, und sodann fände sie vielleicht Frieden. Sie könnte Therault auf der Reise zum fernen Gebirge begleiten, das er ihr tags zuvor gezeigt ...

Aber die Waffen strecken kam nicht in Frage. Wie könnte sie nun aufgeben, wo für sie Tausende in den Tod gegangen waren? Es sprach aber auch ihr ureigenes Interesse dagegen: Welchen Ausweg bot der Tod denn an diesem verfluchten Tag? Würde sie nicht gleich als Sklavin ihrer Stiefschwester wiederkehren?

Plötzlich teilte die Angriffswelle sich. Und durch den Staub und Blutdampf, der überm Schlachtfeld hing, sah sie dann das Feldzeichen der verrückten Jhalyn nahen. Doch es trug nicht mehr das Wappen der Theraults – das Seepferdchen, Symbol der Weisheit, das es immer geziert, war jetzt durch das Bild der Spinne ersetzt und desgleichen das Auge der Gerechtigkeit durch einen Reißzahn als Zeichen der Macht.

Und die toten Krieger wichen von Dehaev, ohne daß ein Signal zu sehen oder Befehl zu hören gewesen wäre – sie waren wohl durch ein geheimes Air, einen verborgenen Kanal mit Jhalyn, der Schrecklichen, verbunden, die sie soweit gebracht hatte.

»Liebste Schwester«, rief Jhalyn, diese Worte wie eine süße Obszönität betonend.

»Du hast dir da ein paar elende Helfer genommen«, erwiderte Dehaev und wies auf die weichenden Soldaten. »Ich biete mich schon all die Zeit ihren Klingen an, aber die sind als Tote nicht geschickter denn als Lebende ... Was muß ich tun? Mein Schwert fallen lassen? Wäre das aber nicht ausgesprochen stillos?«

Jhalyn lachte, streckte eine Hand zur Seite. Schon legte ihr eine tote Pagin mit verstümmeltem Gesicht ein schimmerndes Schwert darein. »Oh, ich lasse dich nicht in Stücke hacken! Dich habe ich für mich aufgespart«, rief Jhalyn und hob ihre Klinge.

Und Dehaev avancierte die ihre, trotz ihrer Brustschmerzen. »Mehr kann ich nicht verlangen«, sagte sie. »Ich weiß, daß ich dich in einem fairen Kampf noch immer besiegen kann.«

Jhalyn funkelte sie böse an, sagte aber kein Wort.
Jetzt nahm Dehaev zur Rechten eine Bewegung wahr. Sie suchte auszuweichen, war aber nicht schnell genug: Der Hieb mit der flachen Klinge, von einem dieser toten Krieger geführt, traf sie am Handgelenk ... Gebrochen? Sie war sich nicht sicher: Weder stachen Knochen durchs Fleisch noch war das Gelenk verdreht. Aber sie konnte die Hand, ihre Rechte, nicht mehr bewegen.
Da bleckte Jhalyn die ebenmäßigen Zähne und zischte: »Einen fairen Kampf? Du wagst es, mir von fairem Kampf zu reden? Du Schlange, die mein Vater in sein Haus nahm ... Du Kuckucksei! Du Viper, die sich da an seinem Herd wärmte. Du hast ihm den Sinn gegen mich vergiftet. Du und er, ihr wart beide schwach und erbärmlich. Oh, ich hasse euch mit einer Inbrunst heißer als die Sonne!«
Da bückte Dehaev sich, um ihr Schwert aufzuheben – mit der Linken, da die Rechte nicht mehr taugte.
Aber einer der toten Krieger Jhalyns ging dazwischen, stieß ihr Schwert mit der Spitze seines Speeres außer Reichweite.
»Mir ist wohl ohnehin nicht nach einem fairen Kampf, liebste Schwester!« höhnte Jhalyn. »Ich weiß nur, daß ich dich töten will, und das langsam und mit Genuß, ja, vielleicht gar ein wenig an dir herumschneiden, wie an dieser Pagin ...« (Damit wies sie auf die Kleine mit dem verunstalteten Gesicht.)
Jetzt sah Dehaev nur noch zwei winzige Chancen für sich.
»Dann töte mich schnell, Jhalyn, damit ich es nicht erleben muß, dich auf dem Thron von Therault zu sehen, der von Bluts wegen ja dir gehören mag, den ich aber schon länger begehre, als du dir vorstellen kannst!«
»Ja, natürlich kann ich mir das vorstellen«, seufzte Jhalyn, »und natürlich ließe ich dich einerseits gerne leben und auf eine Weise leiden, wie diese toten Männer nicht leiden können, aber dann wärst ja du am Leben und könntest mir noch schaden, und das kann ich nicht wollen. Andererseits brenne ich darauf, dich als lebende Tote zu sehen, etwa als meine Pagin oder Ordonnanz, die mir aufwartet. Das wäre doch interessant, nicht? Und obwohl du dann tot wärest, wüßte ich, daß da tief in dir ein winziger Teil von

dir ist, dein wahres Ich, das sieht, wie ich das Königreich regiere, und das darunter leidet ...«

Also sprach Jhalyn süß lächelnd und darauf: »Ja, der Gedanke gefällt mir so ...« und rief dann laut: »Was meint ihr, meine Krieger? Können Tote leiden?«

Da murrten und trampelten die ringsum gescharten Soldaten in einer Art und Weise, die Dehaev wohl erschreckt hätte, wenn sie nicht viel zu müde, erschöpft und über den Punkt hinaus gewesen wäre, noch irgend neue Furcht zu empfinden.

So wappnete sie sich denn für das Kommende, jedoch so, daß Jhalyn nicht sähe, wie sie sich anspannte. Überleben würde sie das hier nicht ... aber Jhalyn mußte schon nahe an sie herankommen, um sie mit eigener Hand zu töten ... und wenn sie ihr dann das Schwert entreißen könnte ...

»Liebes Schwesterlein«, sagte Jhalyn nun honigsüß wie zuvor. »Wir waren einander immer so ebenbürtig. Weißt du noch, alle unsere Strategiespiele, die endeten immer unentschieden ...«

»Was willst du damit sagen, Jhalyn?«

»Oh, ich will sagen ... hoffe nicht darauf, mir mein Schwert abnehmen und es gegen mich wenden zu können ...«, höhnte die und befahl dann: »Haltet sie fest!«

Einige ihrer Leute rührten sich und traten vor, konnten aber nicht mehr Hand an sie legen – denn da war ein Geräusch, wie von einem Greis, der sich vorbeugt und etwas flüstert ...

Und Jhalyn schrie gellend auf! Ein Pfeil stak ihr in der linken Brust. Als Dehaev herumfuhr, sah sie in einiger Entfernung einen Mann in der Kluft und mit der Haartracht der kavonianischen Krieger seinen Bogen senken.

»Ich sterbe«, röchelte Jhalyn und zerrte wie wahnsinnig am Schaft des Pfeils, der sie getroffen hatte. »Hört ihr? Ich sterbe ...«

Schon brach sie in die Knie.

Da näherten sich der Bogenschütze und ein weiterer Krieger dem kleinen Trupp rings um Dehaev – und alle, die dicht um sie geschart waren, erstarrten, und der Lärm der Schlacht ebbte ab, verklang wie das letzte Echo eines Schreis, den ein alter Mann von jenen fernen Bergen getan ...

Jhalyn wankte auf unsicheren Knien, tastete mit einer Hand nach dem Boden, nach Halt.
»Tötet sie«, ächzte sie. »Tötet meine Stiefschwester, Männer! Haut sie in Stücke! Schickt sie mit mir zusammen ins Land der Toten! Ich sterbe, hört ihr, ich sterbe ...«
All die toten Männer und Frauen und Kinder rings um Jhalyn machten auch nicht eine Bewegung auf Dehaev zu, wagten nur ein paar zögerliche, steife Schritte hin zu ihrer gefällten Anführerin.
Da stellten grobe Hände Dehaev wieder auf die Füße.
Zur Rechten sah sie den kavonianischen Krieger stehen, den Bogen fest im Griff ... ja, es war der Mann, dem sie abends zuvor das Leben gerettet hatte!
Zu ihrer Linken aber gewahrte sie die Stiefbase Corrandin.
»Kannst du gehen, Prinzessin?« fragte die.
»Ja.«
»Gut, dann sollten wir die Beine unter die Arme nehmen!«
Jhalyn sackte noch weiter zusammen. Da legte sie, mit wohl gewaltiger Anstrengung, den Kopf zurück, um aufzusehen. Blut rann ihr den Arm hinab, fleckte den Staub um ihre Hand. Die freie Hand, die streckte sie jetzt nach Dehaev und Corrandin aus ...
»Verlaßt mich nicht«, stöhnte sie dabei.
Und diese toten Krieger schlurften näher, die glasigen Augen fest auf ihr Gesicht gerichtet, als ob sie dort das einzige Licht in ihrer Welt erblickten.
»Lauf!« rief Corrandin jetzt der wankenden Dehaev zu.
»Und unsere Leute hier?« wehrte sie. »Die Schlacht ist nicht zu Ende!«
»Lauf!« wiederholte Corrandin nur, und es war, als ob dieses Wort etwas in Dehaevs Bewußtsein löste. Und sie fing sich und taumelte Corrandin und dem Kavonier hinterher. Dabei kam sie an einigen eigenen Leuten vorüber, die sich noch verzweifelt wehrten, und an anderen, die verletzt darniederlagen – aber diese waren wenige an der Zahl.
Die meisten, die sie erblickte, waren Jhalyns tote Krieger, alle, wie

ihr schien, mit dem starren Gesicht dahin gewandt, wo sie eben noch gewesen war.

»Lauf!« schrie Corrandin da erneut.

Jetzt stellten die Soldaten die Einzelkämpfe ein und wandten sich der Stelle zu, wo Jhalyn sterbend lag!

Die drei gewannen unbehelligt das Weite, während die toten Soldaten ihre Klingen und Speere und Hämmer schwenkten und wie von Sinnen zu ihrer Königin stürzten.

Corrandin und der Kavonier schleiften Dehaev wie einen Sack voller Steine den nächsten Hügel hoch. Irgendwann ließen sie sie kurzerhand fallen, und da wälzte sie sich auf den Bauch, um ins Tal zurückzusehen.

Von dort drunten stieg ein Lärm und Toben auf, wie von einem Gewitter: Die toten Soldaten, die hackten und stachen, einer wie der andere, nun aufeinander und auf jene winzige Gestalt ein, die in ihrer Mitte lag …

Wie Motten das Licht umschwärmten sie diese Gestalt!

»Sie ist ihre Königin«, japste Dehaev. »Und ihre Pforte, ihr Weg zurück ins Land der Toten, dem sie sich jetzt zugehörig wissen.«

Es gibt Grenzen, die man nicht überschreiten darf.

Jetzt schleppten Corrandin und der Kavonier sie vollends den Hang hinauf, und sie wurde ohnmächtig.

Der Himmel war dunkel, als Dehaev wieder zu sich kam, und ihre beiden Gefährten lagen keuchend und röchelnd neben ihr auf der Erde. Da rollte sie sich auf die Seite und hob den Kopf, aufs Schlachtfeld hinabzublicken.

Aber da war nichts mehr wie zuvor!

Wo Bäume gewesen waren, da waren nun bizarre, zerbrechliche Gebilde aus Asche, die bei der feinsten Brise zerfielen; wo hohes Gras gewesen, war jetzt bröselnde Masse aus verkohlten Fasern; und wo sich wogende Steppe gedehnt, war zerklüfteter Felsengrund.

Und mittendrin hockte ein Wesen, dessen Anblick allein schon ihr den Magen umdrehte. Das war wohl, vor Zeiten, ein Mensch gewesen, aber die waren längst vorbei – denn dieses Ding war offen-

sichtlich Opfer von Praktiken geworden, die zu seiner Verwandlung geführt hatten.
Es war etwa so groß und massig wie ein Büffel, wohl auch so bucklig, und es hatte einen riesigen flachen Kopf mit einem Männergesicht – wie von einem unbeholfenen und zornigen Kind hastig skizziert – und dazu acht Gliedmaßen, vier auf jeder Seite, merkwürdig geformte und gefügte Dinger, die zugleich wie menschliche Arme und Beine ... und wie keines von beidem aussahen.
Das war also diese Kreatur, deren Verkörperung die Spinne, die tückische Versucherin, gewesen war.
»Eines Tages«, keuchte Corrandin, die schweißüberströmten Gesichts Dehaev beim Handgelenk faßte, »eines Tages werden wir uns um das dort kümmern müssen!« Dabei zeigte sie mit dem Kopf zu dem Spinnenwesen, das jetzt vor den Augen der beiden erschöpften Kriegerinnen unter einen Haufen Knochen und verwaister Rüstungen glitt.
Dehaev setzte sich auf und musterte mit offensichtlichem Ekel besagte Stelle.
»Ganz deiner Meinung. Es darf nicht am Leben bleiben. Und es wird sich auch nicht mit dem Territorium begnügen, das es ja nun besitzt. Durch die Überlistung Jhalyns bekam es, was es wollte ... den Zutritt zum Königreich.«
Corrandin ließ sich auf den Rücken fallen, keuchte: »Eines Tages ... aber nicht heute ...«
Dehaev verzog den Mund zu einem bitteren Lächeln. »Nein. Wir gehen in die Stadt zurück, um zu genesen und Nachforschungen anzustellen. Und du schickst erst mal einige Wächter her ... so sich welche finden.«
Nun erhob sich ihr Gefährte, der Bogenschütze, auf die Knie und dann, wenn auch zitternd, auf die Füße, und sah über die Schulter ins Tal der Spinnenkreatur hinab und schließlich zu Dehaev hin.
»Dein Problem«, meinte er dann. »Glück gehabt.«
Dann machte er kehrt und eilte von dannen.
Dehaev und Corrandin blickten ihm hinterdrein. Er ging

nach Südwesten, die grobe Richtung zu seiner Heimat, Mag-Kavone.

»Was hat er wohl damit gemeint?« fragte Dehaev.

»Vielleicht«, meinte Corrandin achselzuckend, »›lebe wohl, Dehaev, du rechtmäßige Königin von Therault.‹«

HEATHER ROSE JONES

Manchmal denke ich, daß gut die Hälfte aller Frauen, die ich kenne, Heather heißen; mein zweiter Sohn ist mit einer Heather verheiratet, meine Tochter nimmt bei einer anderen Stimmunterricht ... Und dann gibt es da diese talentierte junge Frau, die in meinem Büro arbeitet und eine prächtige Verwandlungsstory geliefert hat – die übrigens in denselben Welten spielt wie »Bälge« (in: Band XII der Magischen Geschichten*).*
Heather arbeitet in Teilzeit für mein Magazin und absolviert daneben an der University of California in Berkeley ein Graduiertenstudium in mittelalterlichem Walisisch. Zudem ist sie in der »Gesellschaft für kreativen Anachronismus« aktiv und gibt eine Zeitschrift zu Walisisch-Studien heraus. Davor hat sie, wie sie das formuliert, eine »lukrative Karriere in der biomedizinischen Forschung« gemacht – was werden wir wohl noch alles an ausgefallenen und interessanten Geschichten von ihr lesen?
Heather ist zudem Musikantin und Liedermacherin und hat auch einige wirklich schöne Titel geschrieben – darunter eines meiner Lieblingslieder, das wie folgt endet: »Die Jahre, sie huschen davon wie Katzen bei Einbruch der Nacht. Daß sie dahin sind, weißt du erst, wenn du sie vermißt.« Und sie muß es schließlich wissen, denn sie hat, wie viele AutorInnen, etliche Katzen ... Heather Rose Jones hat zwei Kassetten aufgenommen und singt bei Science-fiction-Kongressen und Veranstaltungen der Society for Creative Anachronism.
Außer den Storys hat sie schon mehrere Artikel zu walisischen Namen und einige Gedichte veröffentlicht. »Und wie alle Welt«, sagt sie, »arbeite auch ich an dem einen oder anderen Roman. Wäre doch gut, andere Optionen zu haben, wenn sich der Markt für Walisisch-Experten als etwas zäh erweise!« – MZB

HEATHER ROSE JONES

Mehr als eine Möglichkeit

Ich wartete dort in der Hütte schon den längsten Teil der Nacht – und hoffte doch, daß ich mich irrte und der Morgen mich zwar müde, aber heil und allein anträfe. Aber in Ashólis Auge war Mordwut gewesen, als sie mich über das Grab ihrer Großmutter hin angeblickt. Ich dachte gar nicht daran, ihr das Erbe zu nehmen, auf das sie ein Recht zu haben vermeinte ... Aber ich konnte ihr das nicht sagen – noch nicht. So wartete ich und ersann derweil ein Bannlied, das sie hoffentlich bände, bis ich sie zum Zuhören gebracht hätte. Die Nacht war immer mein Element gewesen, und so bestand, obwohl ich nicht mehr über Auge und Ohr einer Eule gebot, kaum Gefahr, daß sie mich nun überraschte. Nein, diese Nacht barg für mich kaum Risiken ... doch für sie? Würde sie die Schwelle überschreiten und sich dorthin begeben, wo ich ihr nicht mehr helfen konnte?

Wir, also Dyoan und Ale'en und ich, hatten zwei Tage zuvor um Mittag den Strom überquert, nachdem wir noch am grasigen Ufer, das das weite Wasser säumt, geruht hatten. Dyoan wollte seinen Wolfsbalg anlegen, um das Terrain zu erkunden. Aber es waren da Fährten und Fußspuren von Menschen gewesen, und so hatte ich ihm zu Vernunft und Vorsicht geraten.

Erst drüben dann hatte ich eine Last von mir fallen gespürt, von der ich nicht einmal gewußt hatte. Ja, Ganasset lag nun endgültig hinter uns: ein Land, wo man gegenüber jeder Magie viel zu mißtrauisch war, um uns gastlich zu sein. Ich sah Ale'en zu, wie er im Sonnenlicht tanzte, mit dem Balg aus Adlerfedern hinter sich im Wind. Er war so stolz darüber, daß er uns übers Wasser geflogen hatte, wie nur Kinder es sind, wenn sie die Arbeit von Erwachsenen getan haben! Auch wenn ich den Adlerbalg um uns drei gesungen hatte, er hatte uns mit seinen Flügeln und in seiner Großmut heil und trok-

ken ans andere Ufer gebracht. Es war schwer, nicht auf jene Großmut zu bauen, nach all den Jahren, da sie ihre Bälge bloß durch mein Wort hatten tragen können. Aber nachdem wir im letzten Jahr nur mit knapper Not noch einmal davongekommen waren, hatte ich nun all meine Kunst daran gesetzt, jedem der beiden sein Balglied zu geben. Nun, da sie sich selbst Pelz und Gefieder an- und aussingen konnten, hielt ich meine Zunge im Zaum und mischte mich nicht mehr in diesen Bereich ihres Lebens ein. Aber manchmal kam mich das doch sauer an, jetzt, wo ich die langsamste von uns war, weil ich bloß noch auf zwei Beinen gehen konnte.
Ich kniff die Augen und spähte, nach Anzeichen menschlicher Behausungen suchend, über das von unserer Flußseite mählich zum fernen Gebirge ansteigende offene Waldland. Ich hoffte, eine Familie für die Buben zu finden, da hier Leute unseres Volkes leben sollten. Aber in einem Land, das von Kaltaoven heimgesucht war, konnte ein Fremder ebensoleicht Verwandter wie Feind sein. Wir sind nicht immer einfache Nachbarn.
Da machte ich einen Rauchfaden aus, der hinter einem fernen Hügel hochstieg – und uferauf auch einen schmalen Pfad, der dorthin zu führen schien. Wir lenkten sogleich unsere Schritte darauf zu, und doch waren »sie« es, die uns fanden: Trat uns doch da eine Frau, von zwei knurrenden Jagdhunden flankiert, in den Weg! Ich spürte, wie Dyoan neben mir erstarrte und an seinem Wolfspelz fingerte … und legte ihm besänftigend die Hand auf den Arm. »Sachte!« zischte ich. »Wir sind hier die Fremden!« Da zwang er sich zu Ruhe und Gelassenheit. Und die fremde Frau lächelte belustigt, als sie das sah.
»Kommt ihr denn von weit her?« fragte sie in unserer Sprache. Damit nahm sie uns als Verwandte an. Seltsam bloß, daß ihre Frage an Dyoan gerichtet war!
Aber der sperrte Mund und Augen auf vor Staunen darüber, diese Sprache von anderen als unseren Lippen zu hören, daß ich an seiner Stelle antwortete: »Von Dyelenol ursprünglich, aber jetzt von Ganasset.«
Sie runzelte darauf die Stirn, wohl nicht nur irritiert, und fragte: »Dyelenol?«

»Bei Karscar, im Norden. Zu weit vom Land unseres Volks weg, wie sich erwies ... Und jetzt suchen wir nach freundlicherer Aufnahme.«
Sie schien meine Worte zu überdenken ... schon auch zu einem Schluß gekommen zu sein ... »Wir bieten euch natürlich unsere Gastfreundschaft. Mag sein, daß der Rat euch sogar noch mehr anbietet«, meinte sie, ließ das aber eben in der Schwebe und schnipste dafür mit den Fingern nach den Hunden. Die warfen in einem Nu ihr Fell ab – und standen als junge Frau und Jüngling vor uns, die wohl Zwillinge hätten sein können und uns angrinsten, als ob sie sich für ihr vormaliges Geknurre entschuldigen wollten. Und die Frau stellte sie uns vor und hieß sie dann, die Beine unter die Arme zu nehmen, um uns im Dorf anzukündigen.
So kamen sie denn allesamt zu unserer Begrüßung heraus, fast alle, wie wir sehen sollten. An die fünfzig Köpfe zählte der Ort – eine Anzahl strohgedeckter Hütten, die sich auf einer weiten Lichtung zum Kreis scharten. Ich sah wohl, daß Ale'en und Dyoan diese Hütten mit dem schönen steinernen Haus ihrer Eltern verglichen – aber das lag ja jetzt in Trümmern.
Das Seltsame war – wie mir aber erst nach Minuten aufging –, daß die beiden Jagdhunde die Jüngsten waren, die einen Balg trugen. Nicht ein Kind hier hatte ein Haar- oder Federkleid, sogar einige Erwachsene gingen ohne so ein Gewand. Die haben keine Sänger, dachte ich, keine, die ihnen neue Zauberlieder dichten. So bleibt ihnen nur, die alten weiterzugeben ... Das gab es natürlich, wie ich ja wußte, auch bei anderen Clans. Aber es war riskant und nicht eben eine Überlebensgarantie: Wenn jemand in seinem Balg starb und niemand sein Lied wußte – hatte der Stamm gleich wieder einen Balg weniger. Und ein altes Lied, das besaß auch nie soviel Kraft wie ein für den Träger erdachtes. Also zählte ich die der Anwesenden, denen man sicher Balg und Bann fertigen müßte, und schätzte auch, wie lange ich dazu bräuchte, wenn man mir etwa diese Aufgabe anhinge – und das Ergebnis schreckte mich nicht wenig!
Man führte uns nun in die lange Dorfhalle – aber mit vielen Ent-

schuldigungen, weil es so ernst und so gar nicht lustig hergehe. »Die Großmutter stirbt«, erklärte einer der beiden Jagdhunde, als man uns Platz anbot und zu essen holen ließ, und wies zum Kamin.

Als ich jetzt hinüberblickte, sah ich erst nur eine junge Frau mit braunen Haaren – und beim zweiten Hinsehen die klapperdürre Wildkatze, die sie im Schoß hatte und ganz sachte und ruhig streichelte. Nun ging die Frau, die uns entgegengekommen war – Boesen hieß sie –, zu ihr und sagte etwas in scharfem Ton. Mit Tränen in den Augen blickte die junge Frau hoch und erwiderte: »Es lindert ihre Schmerzen. Warum willst du es nicht leiden?«

»Weil wir es uns nicht erlauben können, noch einen Balg zu verlieren«, sagte Boesen, nun schon milder. »Sie weiß das, bestärke sie also nicht darin.«

Die junge Frau nahm die Katze so sanft wie möglich hoch und bettete sie auf eine Pritsche vor dem Feuer. »Großl, Großl«, hörte ich sie sagen, und dann flüsterte sie noch etwas, aber das so leise, daß ich es nicht verstand. Schon fiel das Fell ab und lag dort ein verhutzeltes uraltes Weib, das so schwer atmete, daß es mir im Herzen weh tat, das zu hören.

Boesen legte der jungen Frau die Hand auf die Schulter und sagte: »Komm zum Abendessen, Ashóli, du kannst nichts mehr tun.«

»Doch, ich kann etwas tun«, erwiderte die, nahm die Hand der alten Frau und setzte sich an das Lager.

Achselzuckend wandte Boesen sich ab.

Mir war es fast peinlich, Zeugin dieses Vorgangs gewesen zu sein – aber sonst hatte ihn wohl niemand mitbekommen. Dyoan und Ale'en hatte man, sehr zu ihrem Erstaunen und Entzücken, auf die Ehrenplätze gesetzt, mich jedoch zum jungen Volk ans untere Ende der Tafel. Nach meiner Beobachtung soeben glaubte ich auch zu wissen, warum. Sie servierten uns Schweinebraten mit Haferbrei und ließen Schalen mit frischer Milch herumgehen. Nach dem Mahl wurden diese Schalen mit Bier statt mit Milch gefüllt, zogen sich die Kinder und die, die ohne Balg waren, zur Wand zurück und intonierte Boesen das Lied zur Eröffnung der Versammlung.

Man fragte Dyoan nach unseren Namen – was vor der Bewirtung ja unhöflich gewesen wäre –, und er nannte sie, den formellen Vor- und Zunamen, mit Clanzugehörigkeit und Herkunft. Als er sich jedoch anschickte, mich als Sängerin vorzustellen, fiel ich ihm mit irgend etwas über meine Heimat ins Wort, zog so seinen Blick auf mich und schüttelte dann warnend den Kopf.

Boesen sah mich stirnrunzelnd an und sprach: »Du bist fremd hier, also verzeihen wir dir deine Unkenntnis. Aber Kinder dürfen im Rat nur sprechen, wenn man sie fragt.«

Es war schwer, nicht zu lachen – wie ich Ale'en da steif vor Achtjährigenwürde neben Boesen sitzen sah. Aber sie hatte ja den anderen Wortsinn gemeint: »Die noch keinen Balg tragen«. Natürlich wurde der Balg bei einem Stamm, wo es nur wenige davon gab, zum wichtigen Kriterium des Erwachsenenseins. Also sah ich zu der jungen Frau hinüber, die man Ashóli nannte, und fragte mich, warum sie keinen trug und nicht im Rat saß, wo doch einige, die jünger waren als sie, diesen Vorzug genossen.

Das Gespräch verlief nun weitgehend wie vorherzusehen: Woher wir kämen, wohin wir wollten, ob wir von Verwandten in der Region wüßten ... Sie lebten hier wohl ziemlich isoliert und brannten wie wir darauf, etwas über andere unserer Rasse zu erfahren. Dyoan beantwortete ihre Fragen so gut, wie ich es getan hätte; so nutzte ich die Zeit, die Leute zu studieren – bis die Nennung meines Namens wieder meine Aufmerksamkeit erzwang.

»So, du bist nicht mit Laaki verwandt, sagst du, du könntest aber ganz sicher dafür durchgehen. Ist sie verheiratet oder verlobt?«

Dyoan sah verwirrt und hilfesuchend zu mir her, aber ich zuckte nur die Achseln, und so schüttelte er eben den Kopf.

»Ah«, sagte Boesen und nickte. »Dann könnten wir wohl einen dreifachen Handel abschließen. Deine Freundin hat ja keinen Balg. Aber wir könnten bald einen überhaben.« Dabei schlug sie ein Zeichen gegen das Böse – wohl nur eine leere Geste. »Und mein Sohn, Goalnen, sucht eine Braut. Zum ersten nun, nähme Laaki denn besagten Balg als Brautpreis?«

Dyoan kam nicht dazu zu antworten, denn jetzt sprang Ashóli mit einem wütenden »Nein!« von dem Platz am Krankenbett auf.

»Ashóli, sei still!« fauchte Boesen.
»Nein! Das kannst du nicht tun! Sie hat gesagt, es sollte mir zukommen.«
»Aber ›sollte‹ ist nicht ›wird‹! Wir müssen da das Wohl der Familie im Auge haben.«
»Und Goalnen gehört zur Familie und ich nicht!« rief Ashóli. Sie war sichtlich außer sich vor Wut, sprach aber kein Wort mehr und stürzte nur zur Tür hinaus.
Boesen hob darauf beschwichtigend die Hände und sagte: »Wir müssen das nicht jetzt entscheiden. Morgen ist es noch früh genug, mit den Verhandlungen zu beginnen.« So schloß sie die Versammlung und ließ uns zeigen, wo wir schlafen würden: die Jungen im Jungmännerhaus und ich allein in der Gästehütte.

Dyoan kam vor dem Schlafengehen noch einmal zu meiner Hütte geschlichen. Ich erwartete ihn schon in der Tür. Er sah sich um, um sich zu vergewissern, daß da niemand in Hörweite sei, trat schnell ein und fragte mich, mühsam beherrscht: »Warum hast du dich so behandeln lassen? Du, eine Byal-dónen, eine Liedermacherin! Die haben doch kein Recht, dich ein Kind zu nennen!«
»Friedlich!« zischte ich. »Wir sind hier zu Gast, und du kennst nur, was in deiner Familie Brauch war. Mir ist das vertraut: daß nur Balgträger als vollwertige Erwachsene zählen.«
»Aber du hattest einen und wirst wieder einen haben!«
Mir entging trotz des Dunkels nicht, wie zerknirscht er für einen Moment war: wohl bei dem Gedanken an seinen Part beim Verlust meines Eulenbalgs.
»Wenn sie hören, daß ich Balgsängerin bin …« Ich überlegte: Wieviel ihm über den Bann sagen, der auf meinesgleichen lag?
»Als dein Vater dich und Ale'en in meiner Hut ließ, habe ich nicht nur aus Freundlichkeit, bei Gott Grund genug, für euch gesorgt. Wer sich auskennt, kann eine Liedermacherin an ihre Aufgabe binden. Er wußte Bescheid und hat einen Bann gewebt, daß ich euch Lieder machen, euch nicht verlassen dürfte, ehe ich das nicht vollbracht. Nein, ich werfe ihm das keineswegs vor«, sagte ich hastig, da ich seine Miene sah. »Er war ein Gejagter und mußte si-

cher sein, daß ihr gut aufgehoben seid. Und wenn er mit dem Leben davongekommen wäre, hätte er mich für meine Arbeit ja entlohnt. Aber so ist es nun. Wenn diese Leute davon wüßten, müßte ich ihnen auf Jahre hinaus Lieder machen. Und ich bin mir nicht recht sicher, ob ich mich hier gern niederließe.«

»Ich wußte nicht …«, hob Dyoan an.

»Aber jetzt weißt du's und wirst den Mund halten!«

Da nickte er und huschte zu seinem Quartier davon.

Tags darauf sollte weiter über den Handel gesprochen werden. Bei unserem Volke war es Brauch, die Clans durch solcherlei dreifachen Tausch zu verbinden. Ein Heiratsangebot wäre kaum auszuschlagen – aber wir könnten sie zum Rückzieher zwingen, indem wir auf einem für sie unannehmbaren Handel bestünden.

Als Goalnen jedoch am nächsten Morgen anfing, mir den Hof zu machen, begann ich, an andere Dinge als Flucht zu denken. Er war bloß wenig älter als ich und alles andere als grauslich anzusehen. Aus seinen blumigen Worten machte ich mir nichts. Aber ich sah wohl, daß er intelligent war und lachen konnte. So hieß ich Dyoan, den Rat mit Details hinzuhalten, derweil ich mir überlegte, was ich antworten sollte.

Und dann starb, mitten an diesem strahlenden Tag, die alte Frau, und da wurde alles andere ob der Trauerfeier für sie zurückgestellt. Es gab nicht viel vorzubereiten; man hatte ja den Großteil des Frühjahrs mit ihrem Tod gerechnet. Sie übernahmen es reihum, ihr die Seele auf die Reise zu singen, und Ashóli ließ sich, obwohl sie eigentlich kein Recht dazu hatte, nicht daran hindern, mit ihren Onkeln und ihrer Tante diese Nacht Totenwache zu halten. Am nächsten Tag begrub man die Großmutter mit ihrer Habe – ausgenommen, natürlich, das Katzenfell. Boesen hatte es ihr abgenommen, ehe sie erkaltet war, einfach um zu verhindern, daß es ihre Seele in der Welt festhielte, aber vielleicht auch, um als erste ihre Hand darauf zu haben …

Auch die beiden Jungen und ich erwiesen ihr am Grabe, obwohl wir sie nicht gekannt hatten, die letzte Ehre. Aber als ich über die frisch aufgeworfene Erde Ashólis starren Blick auf mich gerichtet sah, wußte ich, daß es Ärger gäbe. Sicher war es mir nicht schwer, Mitleid mit ihr zu haben. Ich hatte ja aus Geflüster und Getratsche ihre Geschichte erfahren: Sie war der Liebling ihrer Großmutter gewesen ... aber doch ohne Fürsprecher, da ihre Mutter nur eine zweite Frau und clanlos gewesen war. Darum hatte man sie bei der Balgvergabe schon mehrfach übergangen. Dies war wohl ihre letzte Chance. Selbst jetzt war offen, ob das Fell an sie ginge, falls ich Goalnen abwies. Nahm ich aber ihn zum Mann, fiele es mir zu; wobei nichts mich zwänge, es zu behalten. Aber Ashóli konnte nicht wissen, daß ich nicht auf den Balg anderer Leute angewiesen war.

Also lag ich wach in jener Nacht, ganz allein im Gästehaus, und erdachte mir ein kleines Machtlied. Sie kam schließlich beim Morgengrauen, zu der Zeit, zu der die meisten Leute am tiefsten schlafen. Ein Geräusch von der Tür her, zu laut und präzise für eine Maus, verriet sie. So ruhig und langsam wie möglich atmend, horchte ich auf die sich nähernden Schritte. Mein Tun war nur zu rechtfertigen, wenn sie die Angreiferin war.
Sie stand lange reglos, wohl bis ihre Augen sich ans Dunkel gewöhnt hatten. Sodann beugte sie sich über mich und hob die Rechte. Also sang ich schnell mein Bindelied. Da keuchte sie erstaunt und erschrocken und schien sich nicht mehr zu rühren. Und im Licht des Kienspans, den ich mir an der Glut im Kamin anzündete, sah ich nun, daß sie, ein Messer in der erhobenen Hand, an meinem Bett kniete, festgebannt, sich aber so gegen den Zauber wehrte, daß sie zitterte und bebte. Also pflanzte ich mich vor ihr auf und erlöste sie mit einem Wort. Sofort brach sie zusammen und sank, das Messer fest umklammernd, zu Boden und hauchte: »Byal-dónen!«
Ich nickte ernst und hüllte mich in einschüchternd gemeintes würdevolles Schweigen.
»Warum dann ...«, begann sie. Und ihre Augen füllten sich mit einer Hoffnung, die alle Fragen vertrieb, und weiteten sich flehentlich. »Nimm mich mit! Mach mir einen Pelz, ich zahle dafür, was immer du verlangst. Ich will deine Dienerin sein, alles tun ...

Nur laß mich nicht hier mit ansehen müssen, wie jemand anderes meinen Balg trägt ...«
»Deinen?« fragte ich, erstaunt über die Anmaßung. »Hat die alte Frau ihn dir versprochen?«
Sie wich meinem Blick hastig aus, wagte es aber nicht, mich anzulügen. »Nein ... Boesen hat es verboten, und Großl hatte nicht die Kraft, ihr zuwiderzuhandeln. Aber ich ertrüge es nicht, ihn an jemand anderem zu sehen, nachdem ...« Sie biß sich auf die Lippen vor Schreck, sich verplappert zu haben.
So riet ich eben mal und schloß an ihrer Statt: »... nachdem du ihn selbst umgehabt hast.«
Sie nickte zerknirscht.
»Und was hätte es da genützt, mich zu töten?« fragte ich.
Nun starrte sie auf das Messer in ihrer Hand, als ob sie es noch niemals gesehen, und ließ es langsam zu Boden fallen.
»Hast du geglaubt, niemand erriete«, fuhr ich fort, »wer da unter diesem Dach einen Gast ermordet hat?«
Sie starrte mich ganz entsetzt an, dämmerte es ihr doch nun – Gastmörderin, schon dieses Wort war undenkbar! Ihr Grauen war wohl so tief, daß sie ihr Vorhaben nicht zugeben konnte, nicht einmal sich selbst.
»Woher kanntest du das Balglied?« fragte ich neugierig. »Hat sie es dir beigebracht, oder hast du es zufällig gehört?«
»Es ... war keine Absicht. Nein, nicht absichtlich«, keuchte sie. »Eines Nachts, als Großl schon schlief, hab ich mir den Fellumhang bloß umgelegt, um einmal zu sehen, wie es sich anfühlt. Ich wollte nichts Unrechtes. Vielleicht wollte ich es einfach zu sehr ... und da ... da habe ich mich dann verwandelt.«
Etwas von meinem Staunen muß sie mir angesehen haben – denn sie fuhr betroffen zurück, wohl meine Reaktion als Tadel für ihr Vergehen mißverstehend.
»Aber siehst du nicht ... ich kann nun nicht bleiben, nicht, wenn sie Großmutters Katzenfell jemand anderem geben.«
Ich war ganz aus dem Häuschen. Ashóli hatte offenbar keine Ahnung, was es bedeutete, daß sie ohne Verwandlungslied, nur mit der Kraft ihres Willens, einen fremden Balg hatte tragen können.

Damit hatten die Leute die Lösung ihrer Probleme in Händen; aber keiner hier besaß den Verstand oder das Wissen, es zu erkennen.
Da kam mir eine Idee. Ich las das Messer auf und drückte es ihr, ihrer Verblüffung nicht achtend, in die Hand und zerrte sie am Handgelenk in die Morgendämmerung hinaus. Ein paar Frühaufsteher starrten uns neugierig an. Aber ich holte tief Luft und intonierte das Lied zum dreifachen Handel:

»Geol-dón, geol-dón anaol,
Geol-dón, geol-dón byenol,
Geol-dón alyen ambol.«

Als ich es zum zweitenmal begann, kamen Dörfler wie wütende Ameisen aus ihren Hütten gerannt. Bald kämpfte sich Boesen durch die immer dichtere Menge zu Ashóli vor, nahm sich das verängstigte Mädchen, das noch immer sein Messer hielt, und fragte: »Was soll das?« und wandte sich, mich ignorierend, an Dyoan, der da irgendwo im Gedränge stand: »Was soll diese Ruhestörung?«
Doch Dyoan stellte sich neben mich und erwiderte: »Laaki hat ja selbst eine Zunge. Frage sie ... sie hat zur Verhandlung gerufen.«
»Spricht sie also in deinem Namen?« fragte Boesen.
»Wenn du meinst«, gab er achselzuckend zur Antwort und ging wieder zu Ale'en zurück und harrte gespannt der Dinge, die da kämen.
Als Boesen mir ihre Aufmerksamkeit zuwandte, setzte ich mich vor sie auf den Boden – wie es zum Handeln der Brauch ist – und zog Ashóli auf den Platz neben mir herab.
»Ich habe eine ganze Reihe von Angeboten zu machen«, begann ich mit den traditionellen Worten. »Bei jedem sagst du mir, ob du das für einen fairen Handel hältst oder nicht.«
Sie war ganz offensichtlich wütend, aber doch bereits in der Zeremonie gefangen, gehalten, bis zum Ende mitzumachen. Also setzte sie sich nun vor uns hin, derweil der Rest des Dorfes sich um uns scharte.

»Die«, sagte ich und wies auf Ashóli, »hat gegen die Gesetze der Gastfreundschaft verstoßen.«

Ashóli warf mir einen ängstlichen, flehentlichen Blick zu, und die Menge begann zu murren.

»Du schuldest mir etwas dafür, daß sie wider mich, die unter deinem Schutz steht, die Hand erhob.«

»Sie wird sterben«, erwiderte Boesen tonlos.

Da hob ich, in ritueller Geste, ablehnend die Hand. »Dieses Angebot nehme ich nicht an. Der Stamm hat den Preis dafür zu bezahlen.«

Boesen kniff grimmig die Lippen zusammen und versetzte: »Sie ist eine elende Kreatur, aber Teil unseres Stammes.«

»Wirklich?« fragte ich schneidend. »Wenn dies so ist, warum habt ihr ihr dann den Balg verweigert, der ihr zustand? War das nicht, als ob ihr sie vor die Tür gesetzt hättet? Darum sage ich: Sie hat keinen Stamm und kann nicht an eurer Statt diesen Preis bezahlen.«

Ein spitzfindiges Argument, das eine Gesetzessängerin kaum überzeugt hätte. Aber man fühlte sich hier schuldig, da man so mit Ashóli umgesprungen war, und daraus mußte ich Kapital schlagen!

»Welchen Handel trägst du uns also an?« fragte Boesen, recht mißtrauisch.

Ich gab vor, nachdenken zu müssen, hielt das gut eine Minute durch und sagte dann: »Zur Sühne des Verbrechens gegen mich übernehme ich die euch zustehende Rache.« Da hob alles rings um mich erregt zu diskutieren an, nur Boesen wartete wortlos und geduldig auf eine Erklärung. Sie sah, daß ich irgendein Spiel spielte, durchschaute aber nicht meine Züge. »Gebt mir zur Sühne für euer Versagen euer Recht zur Rache an Ashóli. Sie verstieß gegen eure Gastgeberpflicht, nicht gegen ihre, und schuldet euch dafür Sühne. Gebt mir ihre Schuld anstelle der euren.«

Boesen schenkte Ashóli einen Blick, der zu verstehen gab, daß sie über diese Entwicklung nicht ganz unglücklich sei, und sagte laut: »Ich willige in diesen Vorschlag ein.«

Darauf wandte ich mich an Ashóli selbst: »Und nun ist deine

Schuld in meiner Hand. Also lautet mein Angebot: Für deine Schuld gibst du mir drei Jahre deines Lebens.«
Ashóli war sichtlich erleichtert – auch wenn sie das Ganze offenbar nicht recht verstanden hatte. »Das ist doch ein faires Angebot«, erwiderte sie.
Nun mischte Boesen sich hastig ein: »Als drittes ziehst du aber in Betracht, worüber wir bereits sprachen? Das Fell als dein Brautpreis?«
Ich sah zu Goalnen auf und lächelte etwas, um ihrer Antwort ein bißchen an Schärfe zu nehmen: »Ich muß das ablehnen. Ich möchte ja wohl lieber keine gekaufte Braut sein ... Aber bring das Fell, und ich mach dir selbst ein Angebot. Es ist dann an dir zu sagen, ob es fair sei.«
Boesen runzelte die Brauen, gab aber ihrem Sohn einen Wink. Und Goalnen ging und holte den Umhang und legte ihn zwischen uns drei auf die Erde; doch ich sah ihm dabei an, daß meine Entscheidung ihn gekränkt hatte. Ich aber streckte die Hand aus und legte sie auf das weiche, gefleckte Katzenfell. Und Ashóli brauchte all ihre Willenskraft, um nicht dasselbe zu tun ...
»Hier ist mein Vorschlag«, sagte ich. »Gebt mir dies Fell, und ihr bekommt dafür in drei Jahren eine Liedermacherin.«
Verdutztes Schweigen ringsum. Als Boesen endlich die Sprache wiedergefunden hatte, sagte sie: »Ein fairer Handel, wie du ja gut weißt. Eine Ablehnung wäre für mich kein Ruhmesblatt. Du bist eine byal-dónen?«
»Vielleicht«, erwiderte ich achselzuckend, »vielleicht auch nicht. Ich werde euch Ashóli dafür bringen. Denn sie hat das Talent dazu und in drei Jahren dann auch das Können.«
Boesen maß die junge Frau mit neuem Blick. Die aber starrte mich an, Mund und Augen weit vor Staunen. Dann dämmerte es ihr, und sie drehte sich im ruhigen Selbstvertrauen, das ihr neuer Status ihr gab, zu ihrer Tante um und erwiderte deren Blick.
Nun wußte ich, daß meine Einmischung keine bitteren Früchte, sondern süße hervorbrächte: Da war kein Haß zwischen den beiden, nur Unbehagen und Verlegenheit bei der Neubestimmung ihrer Positionen.

Jetzt nickte Boesen und beantwortete so die unausgesprochene Frage: »Ja, der Handel gilt. Gyel-dón a-don. Wir haben dabei wohl alle mehr bekommen als gegeben.«
»Das ist die beste Art von Handel«, erwiderte ich. »Gyel-dón a-don.«
Ich hob den Fellumhang und legte ihn der sich erhebenden Ashóli um die Schultern. Dabei nahm ich auch wahr, mit welch zustimmendem Blick Goalnen vom Rand der Menge her zusah. Und vielleicht, dachte ich, bringe ich gar zwei Balgsängerinnen, wenn diese drei Jahre vorüber sind.

CYNTHIA MCQUILLIN

Als ich Cynthia damals hier einführte, tat ich das noch mit der rhetorischen Frage: »Ja, gibt es denn überhaupt etwas, was diese talentierte junge Frau nicht kann?« Heute nun, viele Jahre später, bin ich davon überzeugt, daß es das nicht gibt. Sie ist nicht nur Schriftstellerin, sondern auch Liedermacherin und -interpretin sowie Kunsthandwerkerin, die schönen Schmuck fertigt, und als die Eignerin der Unlikely Publications *auch Musikverlegerin. Sie und ihre Partnerin »Dr. Jane« Robinson haben schon viele Kassetten gemacht, darunter auch* Mid-life Crisis, This Heavy Heart *und* Bedlam Cats.

Cynthia und Jane wohnen hier in Berkeley mit drei Kreaturen, die sich zwar als Katzen ausgeben, nach meiner Meinung jedoch eher Poltergeister sind – denn in ihrer Gegenwart fliegen ständig und ohne menschliches Zutun kleine Objekte von den Regalen. Cindy liest gern, mag Science-fiction-Tagungen und ist eine begeisterte Köchin – dazu eine der wenigen, die so gut kochen kann wie ich (wenn nicht besser).

Neulich hat sie mit Singer in the Shadow *ihren ersten Roman abgeschlossen – den ersten von dreien, wie sie uns sagt. Da ich selbst mehrere Trilogien verfaßt habe, verstehe ich den Drang dazu und wünsche jedem, der sich heute auf dieses Gebiet wagt, viel Glück. Aber so einen Romanerstling unterzubringen, war noch nie einfach. Madeleine L'Engles – später preisgekröntes –* A Wrinkle in Time *wurde dreizehnmal abgelehnt, ehe es seinen Verlag fand! Ich glaube, Cynthias Roman ist von gleicher Qualität, und sicher würde ich es selbst mit ihm wagen, wenn ich Verlegerin wäre. Aber wie die Dinge liegen, kann ich ihr nur viel Glück und Erfolg wünschen. – MZB*

CYNTHIA MCQUILLIN

Daeliths Handel

Hier muß die irre Irma hausen, dachte Daelith und warf sich am Ufer des angeschwollenen Stromes nieder. So alt und so gewunden, wie der Tael war, hatte er auch manchen Altarm, der fast zu Sumpf und Morast geworden. Daelith hatte sich schon jedes verlandete, überwachsene Altwasser zwischen Temaene und Delaerue angesehen ... und keines davon war auch nur annähernd so häßlich, scheußlich und widerlich gewesen wie dieses.

»Oh, warum habt ihr Götter mich mit solch unnützer Schönheit geschlagen?« klagte sie unter Tränen und hoffte dabei, recht dumm und larmoyant zu wirken. Ihre Tränen waren echt, aber eher aus Kummer und Zorn denn aus Verzweiflung geboren – Taeran, ihr Verlobter und liebster Schatz auf Erden, lag nun seit zwei Wochen im Grab: ein Opfer der irren Irma und ihrer Bosheit, das siebte in ebenso vielen Jahren ... Und ihre Jagd auf diese Hexe war trotz der Hilfe ihrer Tante, der Weisen Frau Genae, bisher erfolglos geblieben.

Da stand, wie zur Antwort auf ihre bittere Klage, die heiße Sommerluft still. Bis auf das tiefe, bedrohliche Summen von Insekten war nicht ein Laut mehr zu hören. Eine erstickende Hitze legte sich über den Platz. Und das Gesumm wurde lauter, lauter, derweil das Wasser zu kreisen begann – und der winzige Wirbel binnen Sekunden zum Strudel von erstaunlichen Ausmaßen wurde. Den Mund vor Staunen sperrangelweit aufgerissen, setzte Daelith sich auf und starrte auf die Erscheinung, die aus der Mitte des enormen Wirbels stieg.

»Wer wagt es, mich zu wecken!« krächzte die alte Vettel, als sie ans Ufer kletterte, und warf bitterböse Blicke in die Runde.

Die Hexe war die häßlichste Frau, die Daelith jemals gesehen hatte: Ihr Gesicht war wohl von der Grausamkeit und Bosheit, die ihr ganzes Wesen bestimmten, gezeichnet ... eine teigige Fratze war das, mit Raffzähnen im Maul, einem pflaumengroßen Karbunkel auf dem Zinken. Das mit Wasserpest verfilzte Haar, das ihr über die schlaffen Brüste und den schlaffen Bauch hing und doch ihr fleckiges Fleisch nicht ganz bedeckte, machte ihre unappetitliche Erscheinung gar noch abstoßender ...

»Ich ... ich ...«, stammelte Daelith angewidert, aber kein bißchen verängstigt, da sie nun diese Hexe wirklich vor sich hatte, und rappelte sich auf. Solche Häßlichkeit traf sie doch unvorbereitet, mochte sie sich auch für diese Begegnung gewappnet und gestählt haben.

»So sprich, bevor ich dich in einen Blutegel oder noch etwas Scheußlicheres verwandle!« herrschte das Scheusal sie im Ton rostiger Türangeln an, beugte sich dann vor und fixierte sie mit rotgeränderten Augen, die wasserblau oder schlammiggrau sein mochten.

»Verzeih, hohe Frau. Ich wußte doch nicht, daß hier jemand ist«, log Daelith und fuhr sich über die tränenverschmierten Wangen, um ihr jähes Erröten zu verbergen.

»Tränen?« lachte die Hexe. »Worüber muß ein Geschöpf wie du schon weinen? Du könntest die Liebe eines jedes Mannes, den du begehrst, gewinnen, ich aber bin so häßlich, daß keiner mich will, es sei denn aus schierer Gier nach meiner Macht und meinem Können. Oh, ich sollte dich auf der Stelle hängen für deine Unverschämtheit!«

Aber mit ihrem Mangel an Mitgefühl und ihrem krassen Selbstmitleid trieb sie Daelith nur zu erneuter Wut und Entschlossenheit.

»Mach zu!« schrie sie und sank, in einer eher gekünstelten Pose weiblicher Verzweiflung, in die Knie. »Die Liebe sagt mir nichts, so nimm denn meine Schönheit! Sie hat mir doch nur Leid und Schande gebracht.« Damit brach sie erneut in Tränen aus.

»Was soll das, Mädchen?« staunte die Hexe und starrte sie ungläubig an. »Was sagst du da?«

»Doch, das ist wahr«, schniefte Daelith. »Wäre ich von hoher Geburt, dann wäre es mir anders ergangen. Aber was soll ein Müllerstöchterlein mit meiner Schönheit? Kein ehrlicher Mann will mich haben ... aus Angst, ich würde eitel und faul. Und die mich haben wollen, wollen mich nicht heiraten, so bleibt mir nur, die Metze eines Reichen zu werden.«

Die Hexe musterte sie lange nachdenklich und seufzte dann: »Sähe ich aus wie du, wüßte ich schon Besseres anzufangen!«

Da hätte Daelith fast gelächelt, aber sie stellte statt dessen das Weinen ein und blickte hoch, der irren Irma genau ins Gesicht.

»Also«, sagte sie und sah der Hexe kühn in die Augen, »weil dir soviel an körperlicher Schönheit liegt, schlage ich dir einen Handel vor. Ich hätte lieber dein Wissen und deine Macht als alle Schönheit dieser Welt!«

Wahr klangen ihre Worte, denn nun, da Taeran dahingegangen, gab es niemanden mehr, dem sie hätte gefallen wollen – wozu sonst war Schönheit gut? Und dennoch sah sie mit Genugtuung, daß die Hexe schmale, ganz berechnend glänzende Augen bekam.

»Abgemacht!« schrie die irre Irma endlich und stob wie toll herum. »Was ich mit so einem schönen Gesicht und blühenden Leib an Spaß haben werde! Oh! Aber sag, wie wird es dir nun gefallen, in meinem Krötenkörper zu hausen?«

»Gut, solang er mir dient«, erwiderte Daelith. »Aber du mußt mir schwören, daß all dein Wissen und deine Macht mein sein werden.«

»Ja«, erwiderte die Hexe, mit wegwerfender Geste, als ob diese Forderung nebensächlich sei. »Das eine wie das andere! Du bekommst alles, das schwöre ich dir beim Gang des Mondes und Fließen des Stromes!«

Daelith konnte es kaum fassen, daß sie die irre Irma so leicht hatte übertölpeln können. Aber sie wußte, nach allem, was Genae ihr erzählt hatte, daß der gefährlichste Teil noch vor ihr lag.

Am Abend darauf kehrte sie kurz vor Mondaufgang zurück, wie die Hexe es gewünscht hatte. Die saß gerade, unmelodisch vor sich hin summend, am Flußufer, sah im letzten Licht des Tages noch den Inhalt eines schmierigen Rupfensacks durch, sprang aber, als

sie Daelith kommen sah, sogleich auf die Beine und winkte sie eifrig zu sich her.
»Ah, meine schöne Maid, da bist du also doch gekommen. Ich dachte ja schon, du hättest es dir vergangene Nacht noch anders überlegt!«
»Keine Angst, mein Entschluß hat nie gewankt. Aber was ist das hier?« erwiderte Daelith und stieß mit dem Fuß gegen den Sack, den die Hexe fallen lassen hatte.
»Oh, nur so ein paar Sachen zum Zaubern«, antwortete Irma und blätterte eine zerfledderte Schwarte durch, bis sie die gewünschte Rezeptur gefunden hatte, schenkte es sich aber, die dünne Krakelei zu entziffern, mit der die Seite bedeckt war, und betete statt dessen nur halblaut die Namen der erforderlichen Kräuter und sonstigen Zutaten herunter.
»Und das Buch?« bohrte Daelith, die das alles an die Art und Weise gemahnte, wie ihre Freundin Elmaenie die Zutaten eines Gerichts zusammenstellte und, ohne das Rezept näher zu lesen, einfach zusammenrührte. Sie hoffte bloß, daß diese irre Irma jetzt bessere Resultate erzielte ...
»Dies ist das Buch Jaedith«, murmelte die, schloß die Augen und sprach etwas immer wieder stumm vor sich hin, als ob es ihr schwer fiele, sich daran zu erinnern. Und als alles nun zu ihrer Zufriedenheit war, legte sie ihren Wälzer beiseite und zog einen recht bösartig aussehenden Dolch aus dem Sack.
Damit ritzte sie rings um die Stelle, auf der sie standen, einen großen Kreis in die feuchte Sode. Dann legte sie das Messer fort und ging die Linie im Uhrzeigersinn ab. Dreimal machte sie die Runde, zündete dabei in den vier Himmelsrichtungen, die uns der Kompaß weist, Kerzen an und murmelte dazu ein kurze Anrufung der vier Wächter. Daelith gab auf alles, was sie tat, ganz genau acht, um ja keinen Hinweis auf eine List und Tücke der Hexe zu übersehen oder zu überhören.
»Und wozu dient dieser Kreis?« fragte Daelith, als die irre Irma vor dem kleinen, in der Mitte aufgestellten Kohlebecken hielt, um die Glut darin zu entfachen.
»Er schützt uns vor bösen Geistern und derlei«, brummte die

Hexe und streute dabei drei großzügig bemessene Prisen einer stark duftenden Kräutermischung in die Flammen und murmelte hastig eine neuerliche Beschwörung.
»Der Zauber, den ich gewählt habe, ist ganz einfach, nun, so man die Macht und Fertigkeit hat«, fuhr sie lachend fort, trat einen Schritt von dem Becken zurück und maß Daelith mit bedeutungsvollem Blick. »Zuerst müssen wir im Schein des Vollmonds ein Blutopfer darbringen.«
Daelith krampfte sich der Magen zusammen, und die irre Irma grinste und bleckte die langen, mißgeformten Zähne.
»Kein Grund zur Sorge, Herzchen! Ein Blutstropfen oder auch drei von jeder, das wird genügen«, grunzte sie, wischte den Dolch am langen Gras ab und hielt ihn hoch, daß er im Schein des Feuers blitzte.
»Warum muß es Blut sein?« fragte Daelith, und sogar ihr kam ihre Stimme recht dünn vor. Und sie sah den ungeduldigen Blick im Auge der Hexe ... Aber weil Genae gesagt hatte, sie sollte sie am besten recht schön ablenken, fuhr sie eben fort: »Ich meine, ginge da nicht auch etwas anderes? Beim Erntedankfest symbolisiert Wein das Blut!«
»Das Erntedankfest, echt! Ein sinnloses, leeres Ritual! Das Buch sagt ›Blut‹, also nehmen wir Blut. Du wirst wohl eine dieser neunmalklugen, läppischen Zauberinnen, die aus dem Hexen so einen netten Kinderkram machen wie dieses Herzchen von Genae!« schimpfte die irre Irma, glotzte sie böse an und kniff mißtrauisch die Augen. Hatte sie etwa Daeliths Erschrecken bei der Erwähnung der Heilerin mitbekommen?
»Was du für ein anstrengendes kleines Ding bist! Was hast du nur die ganze Zeit zu fragen?«
»Weil ich wissen will, wie Magie geht«, hauchte Daelith mit der reinsten Unschuldsmiene. »Wissen ist doch Macht, oder?«
»Welche Törin hat dir denn deinen Schädel mit derlei Unsinn vollgestopft? Macht ist Macht. Ohne Macht ist mein Buch und all das Wissen, das es enthält, nutzlos, und diese Macht ... kommt von mir. Ich wurde damit geboren, eben so, wie ich mit diesem nutzlosen, häßlichen Sack Knochen als Körper geboren wurde.

Wenn mein Leib dein ist, ist auch meine Macht dein. Und das ist alles, was du wissen mußt. So, nun gib mir mal deine rechte Hand ...«

Als Daelith mit angehaltenem Atem tat wie geheißen, pikste ihr die Hexe mit der erstaunlich scharfen Dolchspitze in den Zeigefinger, hielt ihn eine Weile fest, damit das Blut auch ungehindert fließe, und befahl dann: »Also sage, wie du wirklich heißt, den Vor- und den Familiennamen«, und ließ drei dicke Blutstropfen in das Kohlebecken fallen, wo sie aufzischten und dann vergingen.

»Daelith kinMartin.«

Darauf ritzte sich die Hexe den Zeigefinger, murmelte »Irma kinShero« und ließ drei Tropfen von ihrem Blut in das Feuer fallen, nahm Daeliths Hand und drückte sie, Handfläche gegen Handfläche, und flüsterte dazu: »Blut zu Blut, Leib zu Leib, Seele zu Seele.«

»Jetzt sind unsere Seelen verbunden«, krächzte sie, fuhr ihr besitzergreifend durchs goldene Lockenhaar und wandte sich dann noch einmal ihrem abgegriffenen Buch zu.

»Aber woher hast du das denn?«

»Ich stahl es einer alten Törin, die nicht die Macht besaß, es zu benutzen. Nun sei aber still!« erwiderte die Hexe und starrte blinzelnd und unsicher auf die aufgeschlagene Seite.

Es muß schwer sein, im schwachen Licht des Kohlebeckens zu lesen, dachte Daelith und fragte sich, warum die Alte ihre Zauber denn nicht einfach auswendig gelernt hatte. Nun ja, wenn sie keine Lust hatte, sie zu lesen, konnte sie sie ja auch kaum auswendig lernen ...

Als die Hexe den endlich gefundenen Spruch herunterhaspelte, beugte Daelith sich vor, bekam auch die Schlußworte noch mit – und sah nun einen grausig grünen Nebel aus der Kreislinie steigen, der sie beide mit unirdischer Kälte umgab. Ihr war auch, als ob ihre Sinne schwänden – und als sie wieder von sich wußte, starrte sie auf die reizende, blühende Gestalt, die Augenblicke zuvor die ihre gewesen. Und Irma kinShero blinzelte sie nun mit ihren grünblauen Augen und unter der ihr so vertrauten Flut blonder Locken hervor an!

»Es ist geschafft!« schrie die einstige Hexe entzückt, riß ihr den Wälzer aus den Händen und küßte dessen schimmligen Einband ab.
»Das Buch! Gib mir das Buch zurück!« krächzte Daelith, als Irma vor Freude über ihren starken, anmutigen Leib wie irr herumzuhüpfen und herumzuwirbeln begann.
»Nimm es, du Närrin!« lachte Irma und drückte ihr das Buch in die knotige Hand. »Es ist nun ohne Wert für mich.« Und damit machte sie kehrt und tanzte unter Daeliths verdutztem Blick ganz einfach davon.
Als Daelith den Mund wieder zuklappte, fiel ihr siedendheiß ein, daß Genae sie geheißen hatte, diese Hexe da gleich nach ihrer Verwandlung zu töten! Sie hatte sie ja töten wollen – bei den Göttern, sie hatte sogar nach ihrem Blut gedürstet! Aber beim Anblick des eigenen, freudetrunkenen Gesichts und der sanft gerundeten Glieder, der Brüste und des flachen Bauchs, die ihr unter Taerans Berührungen solche Wonnen geschenkt, hatte sie es einfach nicht mehr über sich gebracht, diesen Dolch aufzulesen und zuzustechen. Und jetzt war es zu spät dazu.
»Eine schlechte Leistung, liebe Nichte!«
Als Daelith erschrocken herumfuhr, sah sie Genae am Waldrand stehen ... Die alte Frau kam kopfschüttelnd näher und sah mit ihren dunklen Augen traurig her, als sie den magischen Kreis sorgsam aufhob. Sie war zwar nicht krumm wie Irma, aber doch klein und schmalbrüstig.
»Aber wie?« stieß Daelith, heftig errötend, hervor.
»Du hast sicher nicht geglaubt, ich ließe meine einzige noch lebende Verwandte allein auf dieses irre Wesen los?«
»Aber du hast gesagt, ich müßte sie alleine angehen, da sie dich nie nahe genug für einen Schlag an sich heranließe.«
»Das stimmt, mein Herz. Mit dir, hofften wir, sie am ehesten erledigen zu können. Hätte sie gewußt, daß ich da bin, wäre sie doch nie gekommen.«
Da starrte Daelith beschämt auf den Dolch, der noch lag, wo Irma ihn hingeworfen hatte.
Der Weisen Frau entging das nicht. »Mache dir nichts daraus,

Mädchen. Was vorbei ist, ist vorbei, und wir haben noch viel zu tun«, sagte sie und fuhr ihr mit rankem Finger über die Wange. Dann wandte sie sich ab.

»Aber die irre Irma?«

»Wird tun, was an Bösem zu tun in ihrer Macht ist, wird aber die Welt nicht nach ihrem Geschmack finden. Keine Angst, sie kommt um dessentwillen wieder, was sie leichtfertig hingab, und beim nächsten Mal bist du für das Treffen mit ihr besser vorbereitet.«

Daelith warf seufzend noch einen Blick auf die alte Schwarte und half dann Genae, den restlichen Krimskrams der irren Irma aufzulesen.

Viel zu früh an einem Morgen, etwa fünf Jahre später, wurde Daelith durch ein überaus jämmerliches Geschrei aus tiefem, wonnigem Schlaf gerissen. Sie hatte die Erscheinung der Hexe und ihre Bleibe, eine Höhle im Flußufer, behalten, sie jedoch erweitert und verschönt und auch ihre Umgebung gesäubert und aufgeräumt. Darüber hatte sie zudem mit Genaes Hilfe eine Heilstatt und Kapelle gebaut. Gewohnt, zu den unmöglichsten Zeiten geholt zu werden, war sie nun also über ihren frühen Patienten kaum überrascht, obwohl doch die meisten sonst die Glocke der Kapelle schlugen. Die Leute hatten sich, nebenbei gesagt, zwar über das neue Wesen ihrer irren Irma gewundert, diese glückliche Entwicklung aber nie in Frage gestellt.

»Was ist? Was ist dir?« fragte sie und starrte schlaftrunken auf die heruntergekommene Person, die dort vor ihr im hohen, nassen Gras lag. Aber wie erstaunt und entsetzt zugleich war sie, als die Ärmste den Kopf hob – die irre Irma war das ja, übel zugerichtet und offenbar völlig verzweifelt. Da beugte Daelith sich zu ihr und half ihr auf die Beine.

»Hab Mitleid mit mir!« krächzte Irma und klammerte sich an Daeliths Gewand aus grobem, selbstgewebtem Tuch ... »Du mußt mir meine Macht zurückgeben, damit ich die Schufte, die mich mißhandelt haben, strafen kann!«

»Dafür ist noch genügend Zeit. Erst muß ich nach deinen Verletzungen sehen«, erwiderte Daelith und führte sie in die Kapelle, tränkte ein Läppchen im Wasser des Heilbeckens und machte sich daran, ihr eine der Schnittwunden an der Wange auszuwaschen.

»Laß das!« fauchte Irma aber und stieß sie weg.

»Gut, gut …«, beschwichtigte Daelith und wich auf eine der Bänke zurück, die die Wände ihres kleinen Steinbaus säumten. »Aber was ist dir denn zugestoßen?«

»Viel ist mir widerfahren«, knurrte Irma und strich sich die Haare aus den Augen, »und nur Schlimmes!«

»Aber wie das? Du warst dir doch sicher, daß diese Schönheit dir alles brächte, was du begehrst!« meinte Daelith und sah unruhigen Blicks zu, wie sie wütend auf und ab schritt.

»Ich habe erfahren, daß Schönheit kaum Macht birgt. Sie wird den Männern zu schnell fad.«

»Auch Reichtum ist Macht«, sagte Daelith ruhigen, neutralen Tones. »Du hast doch sicher vermögende Männer kennengelernt und nicht gezaudert, sie so auszunutzen wie sie dich … Bei unserer ersten Begegnung hast du mir doch geschworen, daß du mit meiner Erscheinung jeden Mann haben könntest.«

»Und das habe ich auch!« protestierte Irma. »Ich wurde dabei steinreich … Aber dann beliebte ich ja, Delaen kinKellan zu heiraten. Er schien der ideale Mann, ein reicher Großhändler … der letzte seines Geschlechts … der sich da in Kaeli's Bend zur Ruhe gesetzt hatte … Besser noch, er war ein Greis ohne Sohn, auch nicht mehr weit vom Grab … das dachte ich wenigstens! Nur Pech, daß er von mir einen Erben erwartete!«

»Aber keine von uns beiden kann ja Kinder kriegen«, seufzte Daelith, die Ursache ihres Problems begreifend. »Das gehörte zu dem Preis, den wir für die Verwandlung zu zahlen hatten.«

»Wie ich da erst entdeckte«, fauchte Irma. »Als sein Stutzer von einem akademischen Heiler mir Unfruchtbarkeit attestierte, kehrte mein Mann meinem Bett den Rücken und nahm sich, wie das Gesetz gestattet, eine andere Frau … Und als ich mich darüber beklagte, schlug der brutale Kerl mich und stellte es mir dann frei zu gehen, wann immer es mir beliebe. Aber natürlich war alles

eheliche Vermögen nach dem Gesetz sein Eigentum, ja, selbst das, das ich mitgebracht hatte.«
»Das ist vielleicht nicht fair, aber doch geltendes Recht«, erwiderte Daelith. »Und was hast du da getan?«
»Natürlich bot sich bald eine Lösung an ... Siehst du, ich hörte jetzt auch, daß ich als Witwe die Hälfte seines ganzen Vermögens erben würde. Es schien ganz einfach, wirklich, ein wenig in sein Essen oder seinen Wein, und da wären zwei trauernde Witwen, die alles halbe-halbe teilen müßten. Wobei ich doch bezweifle, daß meine Rivalin noch lang gelebt hätte!« sagte Irma mit häßlichem Grinsen.
»Unglücklicherweise«, fuhr sie böse fort, »habe ich mich bei der Kräutermischung etwas vergriffen, so ohne mein Buch, das mir bei derlei Dingen immer Führer war. Kurzum, Delaen wurde todkrank, überlebte aber, da die kinKellans die Konstitution von Ochsen haben, meinen Bemühungen zum Trotz ... Und da mein Vorhaben entdeckt wurde, ehe ich den zweiten Versuch machen konnte, suchte ich das Weite.«
»Und jetzt kommst du hilfesuchend hierher und erwartest von mir, daß ich dir diese Macht zurückgebe, einfach, weil du das willst?« fragte Daelith mit einem Unterton ungläubigen Staunens.
Genae hatte recht ... Ich hätte sie töten sollen, als ich die Gelegenheit hatte. Zu wieviel Bosheit sie meine Gutmütigkeit genutzt hat, schalt sie sich und musterte diese Fastmörderin mit hartem Blick. Die war jedoch so im Strudel ihrer Wut und Rachegelüste gefangen, daß sie nichts davon bemerkte.
»Wenn du mir nicht wiedergeben willst, was ja rechtens mein ist«, drängte sie Daelith, »mußt du mir zumindest die Mittel geben, mein verlorenes Vermögen wiederzugewinnen. Mit Geld, dem wahren Weg zur Macht in dieser Welt, wie ich jetzt weiß, mit Geld also wäre ich auch zufrieden.«
»Du könntest anderswo hingehen und neu anfangen«, murmelte Daelith und überlegte dabei, was sie mit ihr tun sollte. Es war klar, daß sie nicht in die Welt zurück durfte, wo sie ja nur neues Unheil anrichten würde.

»Ich habe Jahre gebraucht, um mir ein Vermögen zu schaffen. Die Zeit habe ich nicht mehr. Denn schon beginnt mein Leib zu verblühen und zu welken. Glaubst du denn, solcher Köder reife mit dem Alter?« kreischte Irma. »O nein, das tut er nicht!«

»Also ... Zu deinem Reichtum kann ich dir nicht verhelfen«, versetzte Daelith, die ihren Entschluß gefaßt hatte, »aber ich kann dir, so du es wünschst, einen Trank bereiten, der dein Alterungsproblem löst.«

»Nein, nein«, erwiderte Irma mit bitterem Lachen. »Den Trick kenne ich gut. Du gäbst mir Gift zu trinken, und dann würde ich wahrlich keine halbe Stunde mehr altern!«

Daelith seufzte stumm und schüttelte, wie über den Verdacht empört, den Kopf. Nun muß es der riskanteste Weg sein. Warum ist nie etwas leicht? So fiel sie wieder in das mädchenhafte Getue, mit dem sie Irma schon einmal hereingelegt hatte, und flötete: »Ach, deine Geschichte hat mich tief gerührt ... Ich wollte dich ja auch nur auf die Probe stellen, um zu sehen, ob dein Verlangen, unseren Handel rückgängig zu machen, echt sei. Denn ich an deiner Stelle würde wohl alles tun, um mir an Schönheit zu bewahren, was immer ...«

»Es ist wirklich mein aufrichtiger Wunsch, meine liebe, gute Freundin«, erwiderte Irma, der frische Hoffnung das Gesicht rötete, mit allersüßlichster Stimme.

»Das ist mir jetzt klar«, sagte Daelith seufzend, um des Eindrucks willen. »Und ehrlich gesagt, habe ich, wie du es prophezeit hast, diese freudlose Gestalt so satt und möchte nichts lieber, als mein altes Leben wieder aufzunehmen ...«

»Aber«, fügte sie hinzu, da sie den verschlagenen Glanz in Irmas Augen sah, »aber du mußt mir schwören, mich nach dem Wiedertausch an einen sicheren Ort zu bringen, wo mich der Zorn, den du in Kaelie's Bend erregt hast, nicht erreicht. Und du mußt mir erlauben, den Trank zu brauen, von dem ich sprach, denn ich habe so wenig Lust wie du, den Zauber der Jugend zu verlieren.«

Irma willigte ein, ihr blieb auch nicht viel anderes übrig.

Zwei Tage später, kurz vor Mondaufgang, kamen sie wieder zusammen. Wiederum wurde der Kreis gezogen, und dann standen die beiden Frauen, von Weihrauch und Kerzenlicht umhüllt, in seiner Mitte. Blut floß. Und Daelith sprach den Wandelzauber – aber, anders als Irma einst, aus dem Gedächtnis. So hatte sie die Hände frei für den Kelch mit dem eigens zubereiteten dunklen Gebräu.
Als aus dem Kreis nun Nebel stieg, hob sie den Kelch mit dem bitteren Trank an ihre Lippen und leerte ihn mit einem Zug. Wie Säure verbrannte ihr das Gift die Kehle, aber sie setzte ein kaltes, triumphierendes Lächeln auf ... Als Irma das sah, schrie sie vor Zorn und schlug ihr den Kelch aus den Händen. Aber da war es schon zu spät.

»Du dummes Weib«, murmelte Daelith betrübt, als sie auf die verunstaltete Leiche zu ihren Füßen hinabsah. »Wenn du dir die Mühe gemacht hättest, in dem von dir ja so verachteten Wälzer ein wenig weiterzulesen, hättest du erfahren, daß du, um die Macht zu behalten, nur deinen Körper auslöschen mußtest, sobald deine Seele in meinen Leib überging.«
Jetzt hob sie ihre Hände, wie um ein Vögelchen freizulassen, flüsterte die Lösewörte und wob einen einfachen Feuerzauber zur Einäscherung der Reste jenes Körpers, den sie fünf lange Jahre bewohnt hatte. Es war ja ein guter Körper gewesen, der für das, was er erlitten hatte, einer Feuerbestattung würdig war. Vielleicht würde ja Irma eine Art Frieden für ihre arme Seele finden, da ihr so verachtetes Fleisch endlich getilgt wäre. Ja, das hoffte sie; aber irgendwie mochte sie nicht daran glauben.
Und nachdem sie dann die Asche sorgsam mit Wasser aus ihrem Heilbecken fortgewaschen hatte, packte sie das Buch Jaedith und die übrige Ausrüstung in ihren Tragesack. Dann nahm sie sich aber noch den Moment für einen Blick über den silbern glänzenden Strom. Und als sie das Mondlicht auf den dunklen Fluten spiegeln sah, dachte sie, wie so häufig, an Taeran und alles, was ihr seit seinem Tod widerfahren war. Aber diesmal wurde sie nicht von Tränen überwältigt, sondern fühlte sich auf unerklärliche Art frei.

Und mit einem Seufzer schulterte sie ihren Sack und stieg in den Strudel, den sie mit einer Handbewegung, einem halblaut gemurmelten Wort gezaubert hatte, und verschwand in seinen kreisenden Wassern.

DEBORAH WHEELER

Deborah Wheeler war wohl in den meisten Bänden dieser Reihe vertreten (nur in denen jenes Jahres nicht, das sie und ihre Familie in Frankreich verbrachten). Ich habe Jaydium *– ihren ersten Roman – gelesen und ihn exzellent gefunden. Das sind nicht nur Worte. Ich habe doch wohl klargemacht, daß ich für jeden Autor alles tue – außer, wider besseres Wissen zu sagen, sein Roman oder seine Kurzgeschichte sei gut. Ja, diese Haltung hat mich schon Freunde gekostet. Aber die mich kennen, wissen auch, wie objektiv ich sein kann. Sie wissen, daß jemand nicht etwa darum eine positive Rezension von mir bekommen hat, weil wir Freunde, Bekannte oder Geschwister sind.*

Mit Northlight *hat Deborah nun den zweiten Roman publiziert. Beide sind Science-fiction, und ich muß sagen, ich habe sie mit Genuß gelesen. Wer mein doch begrenztes Interesse für Radar und Roboter kennt, weiß damit, daß sie wirklich gut sind. – MZB*

DEBORAH WHEELER

Der Geistpfeil

Bleigrau und düster ging die Sonne auf, und über Azkhantians Wüsten zogen gespenstische Schatten. Zum Norden hin stachen schroffe Gipfel durch den Dunst. Und auf einem einsamen Fels aus schwarzem Granit, da kauerte eine alte Frau und starrte in das Tal hinab, in dem die Geloni-Kaiserlichen ihr Lager aufgeschlagen hatten. So schwarz war der Wollumhang, den sie über dem eng anliegenden Wams und den derben Reithosen trug, daß sie aus der Ferne Teil jenes Felsgebildes selbst schien. Von nahem aber sah man, daß ihr Gesicht runzlig war und die mandelförmigen Augen vom In-die-Sonne-Starren gebleicht.

Und nun erinnerte sie sich, wie sie viele, viele Jahre zuvor mit ihrer Mutter so gehockt und von ihr gelernt hatte, einen Pfeil senkrecht in die Luft zu schießen – und ihn mit bloßen Händen dann aufzufangen. Und sie dachte auch daran, wie sie selbst das ihren Töchtern beigebracht hatte. Es war keine Mutprobe, sondern ein Akt der Hingabe, vollkommener Ruhe und Ausgewogenheit.

Ab und an meinte die alte Frau, das Lärmen der Soldaten dort unten zu hören. So viele Nächte hatte sie sie schon im Traum gehört – ihre merkwürdige Sprache, die lauten Befehle, das Klirren bronzener Schwerter und Schnallen. Auch gerochen – den Gestank ungewaschener Männer, die auf knappstem Raum zusammenleben, den Geruch von Lederpanzern und Weizengrütze.

Sie fuhr mit den Fingerspitzen den Bogen entlang, koste ihn wie einen alten Freund. Er vibrierte unter ihrer Berührung, wie begierig, wieder zum Einsatz zu kommen. Neben dem Bogen ruhte ihr Köcher. Ganz flach sah er aus, wie leer. Aber er war nicht leer – schon zog die alte Frau einen Pfeil daraus, den einzigen, einen Pfeil ohne Makel: kerzengerade und glatt der Schaft, vollkommen die Befiederung.

Den führte sie seit jenem Tage mit sich, an dem ihre jüngste Tochter in den Krieg gezogen war.

Wachtfeuer aus getrocknetem Kameldung zischten und lohten um das kreisrunde Zeltlager der Azkhantianer. Und der Wind war schwer von den Gerüchen von Pferdemist, wilden Kräutern und verkohltem Kamelfleisch. Ein Hund verbellte aufgeregt einen vorbeihuschenden Schemen. Und die am Seil angebundenen zähen kurzmähnigen Pferde stampften mit den Hufen und schnaubten, als ob sie Unheil witterten.

Früh an jenem Tag hatte man mit kostbarem Eisenholz mächtige Feuer genährt, ein junges Kamel geopfert und es, nachdem der Enaree aus den Eingeweiden Glück prophezeite, am Stück in einer Grube gegart und sodann gemeinsam verzehrt, also unter allen, die gegen die Geloni-Invasoren zögen, aufgeteilt, um sie an diesem Glück teilhaben zu lassen. Und dann hatten die starken jungen Männer und Frauen K'th, vergorene Kamelmilch, getrunken und zur Musik von Trommeln und Schalmeien getanzt.

Aimellina aber, Tochter von Oomara, der Tochter Shannivars, die hatte dabeigestanden, die Hände zu Fäusten geballt, und nur zugesehen. Wie Fieberpuls pochte der Trommelklang da in ihr, und ihre zum Schutz vor der Bogensehne straffgebundene rechte Brust pulste ... Und über ihr Gesicht zuckten wild die Schatten der Tänzer und Tänzerinnen, die da vor ihr sprangen und kreisten, daß ihre ebenholzschwarzen Zöpfe nur so flogen und schlugen. Das waren alles ihre Freundinnen und Freunde, AltergenossInnen, selbst der Rabauke, den sie Jahre zuvor zum Kampf gefordert hatte. Sie alle waren im Begriff, gegen den Feind zu reiten, zu Ruhm und Ehre.

Alle außer ihr.

»Die Weissagung des Enaree in der Nacht deiner Geburt verbietet es«, hatte Oomara, ihre Mutter, auf ihr Ansinnen mitzuziehen erwidert. »Die Hebammen fürchteten damals um uns beide, weil ein Stern vom Himmel fiel. Darauf weissagte der Enaree, du würdest überleben, aber in jungem Alter und fern von deinem Zelt sterben.«

Da war sie dann zum Enaree geeilt, mit einem Maß feinen, selbstgewebten Kamelhaartuchs als Geschenk und Zeichen ihres Respekts vor seiner Macht, und mit unsäglich klopfendem Herzen auf seinen Ruf in sein Zelt eingetreten.
Es war von rötlichem Licht erfüllt, das von einem kunstvoll geschmiedeten Bronzebecken voller glühender Holzkohlen und schwelender Kegel Sandelholzräucherwerks kam. Und Teppiche, in die mit dunklen und verschlungenen Linien der Lebensbaum gewoben war, bedeckten den Boden.
»Ich wußte, daß du einmal zu mir kommen würdest, Aimellina, Tochter Oomaras, der Tochter Shannivars«, empfing der Enaree sie und bat sie mit einer Handbewegung, Platz zu nehmen. »Du bist zur prachtvollen, starken Bogenschützin herangewachsen, so wie ich es einst vorhersah.«
»Ar-Dethien-Gelon marschiert mit seinem Heer auf Azkhantia zu, und meine Mutter verbietet mir, zu unserer Verteidigung mitzureiten!« platzte Aimellina heraus. »Und das, weil sie befürchtet, deine Weissagung könnte sich erfüllen!«
»Und du fürchtest, daß deine Freunde den ganzen Ruhm ernten, du aber zu Hause hockst, deine Kamele melkst und Yurtenkäse machst und also keine Gelegenheit hast, einen Mann zu töten und einen Ehemann zu gewinnen.«
Aimellina errötete. »Ich bin nicht auf einen Mann aus!«
»So, weshalb kommst du dann zu mir? Nicht, um mich zum Tanz aufzufordern?« kicherte der Enaree darauf, so krächzend wie eine Aaskrähe.
Da straffte Aimellina die Schultern, behielt aber die Hände offen im Schoß, und erwiderte: »Bei all deiner Weisheit und Macht kannst du mir doch wohl etwas geben, was meiner Mutter diese Last vom Herzen nimmt.«
Der Enaree saß lange schweigend da. Jede Falte, jede Runzel in seinem Gesicht warf bei dem orangefarbenen Licht einen Schatten, und seine Augen wirkten wie die eines seltsamen Tieres von dämonischer Art. Aimellina suchte sich vorzustellen, was er dachte, ob er wohl sah, wie sehr Oomara sie liebte, ob ihn kümmerte, welchem geheimen Zweck ihr Leben oder Tod dienen könnte. Und

schließlich sagte er: »Und das ist alles, was du verlangst? Den Segen deiner Mutter, nicht den Schutz deines Lebens?«
Aimellina erzitterte das Herz. Aber als keckes junges Ding, das sie war, schüttelte sie den Schrecken mit stolzer Kopfbewegung ab. »Ich will mitreiten und mitstreiten, um meinem Volk zu dienen. Auch um Ruhm zu erlangen. Alles übrige liegt in den Händen der Götter.«

Später in jener Nacht trat Aimellina nun zu ihrer Mutter ins Zelt. Die Festfeuer waren schon heruntergebrannt, nur wenige der jungen Kriegerinnen und jungen Krieger tanzten noch. Die übrigen waren wohl gegangen, ihren Rausch auszuschlafen und von künftigen Kämpfen zu träumen.
Oomara, ihrer Mutter, fiel gleich auf, wie hoch sie den Kopf hielt, wie leicht ihr Gang war, daß in ihrer Stimme nun ein Lachen schwang ... Das hatte sie schon öfters von ihr gehört, etwa, als sie ankündigte, gegen den starken Mann des Stammes antreten zu wollen, der anderthalb mal so groß war wie sie. Oder als ihr Vater, Oomaras dritter Mann, gesagt hatte, wenn sie seinen graubraunen Wallach reiten könne, gehöre er ihr.
»Nun, ich komme erneut, um deinen Segen zu erbitten«, begann Aimellina. »Du mußt nicht mehr um mich bangen ... der Enaree gab mir ein Amulett, das mein Leben in aller Gefahr schützen wird.« Und dann reichte sie ihr einen Pfeil von vollkommener Ausgewogenheit und Glätte des Schafts.
Oomara nahm ihn mit beiden Händen, prüfte seine Stärke. Und sah mit Staunen, daß sie ihn nicht zu biegen vermochte.
»Diesen Pfeil kann man«, sagte Aimellina, »weder zerbrechen noch verbrennen. Er muß ein Leben nehmen, um das meinige zu beenden. So bewahre du ihn nun für mich auf, denn solange er in deiner Hut und heil ist, bin ich es auch ... Das hat mir der Enaree geschworen.«
»Warum hat er das für dich getan? Welchen Preis hast du dafür bezahlt?«
Aimellina lachte. »Aus Liebe zu dir und aus Mitleid mit mir, nehme ich an ... Oder vielleicht auch aus Angst vor einem Sieg

der Geloni. Es heißt doch, sie sprängen mit seinesgleichen nicht sonderlich zart um!«

Oomara schloß die Augen, sah aber dennoch ihre kecke Miene, die jugendliche Gewißheit, die sich in ihrem Gesicht malte, vor sich. Sie hatte keine andere Wahl, als ihre Einwilligung zu geben. Falls sie sie verweigerte, würde ja der Enaree dies als persönliche Kränkung nehmen.

Aber sie mißtraute ihm, weil sie wußte, daß seine Wege krumm und verschlungen waren und seine Beweggründe ganz ihm eigen. Seine Loyalität galt nur seinen unsichtbaren Göttern und dem ganzen Stamm, dessen Wohl er diente … aber nicht irgend so einer dickköpfigen Bogenschützin.

Und sie mußte an den letzten Teil seiner Weissagung denken, über den sie nie etwas hatte verlauten lassen – daß nämlich Aimellina von der Hand eines Menschen sterben würde, der sie liebte.

Die Azkhantianer schickten ihre Familien und Kamelherden gen Norden, zu den Sommerweiden hin. Da streiften alsbald Keiler und Hasen und schnellfüßige Gazellen über die menschenleeren Ebenen. Und Schneeleoparden wagten sich, durch den Abzug der Stämme ermuntert, aus den luftigen Gefilden zur Jagd herab. Schwarze Bussarde kreisten hoch droben, bereit, auf jedwedes unvorsichtige Beutetier herabzustoßen. Und das Land war weit und groß unter dem unendlichen Himmel.

Aimellina ritt, auf eben dem ihrem Vater abgewonnenen Pferd, mit dem Heer der Azkhantianer ins Feld. Sie trug eine spitze Fellmütze und eine Kamelhaarjacke, die mit der stilisierten Löwin ihres Familientotems reich bestickt war. Und wenn die azkhantianischen Krieger auf ihrem Ritt ihre Schlachtlieder sangen, so erhob sie ihre Stimme lauter und wilder als alle anderen.

Als man auf einer Höhe über einem flachen Flußtal hielt, um die Pferde rasten zu lassen, da rückte die in vorderer Linie reitende Aimellina in ihrem Sattel vor und spähte, die Augen mit einer Hand schirmend, auf das noch ferne, wie unendlich langsam vorrückende Geloniheer hinab, von dessen Fortkommen eigentlich nur jene Staubwolken kündeten, die es beim Marsch aufwirbelte.

»Bei den Göttern des Feuers und des Donners«, murmelte neben ihr einer, »das müssen ja Tausende sein.«
»Fünftausend, wenigstens«, knurrte ein anderer.
»Nein, ihrer zehn!«
»Heho! Wie Heuschrecken sind sie, unzählbar bedecken sie das Land!«
Da sprang ihr das Herz im Leib wie eine erschrockene Gazelle ... die Verteidiger Azkhantians waren nur zweitausend an der Zahl! Aber der Gedanke, daß ihr Leben sicher in den starken Händen ihrer Mutter ruhte, ließ sie doch schnell die Fassung wiederfinden.
Also warf sie den Kopf zurück, daß ihre Zöpfe nur so flogen, und fauchte: »Was haben wir von Heuschrecken zu befürchten?! Zehn oder zehntausend oder hunderttausend ... was ist da der Unterschied?! Wir sind das Feuer, das vom Himmel fällt, der Falke, der jagt, wo er will!« Damit hob sie ihren Bogen, daß der graubraune Wallach unter ihr nun tänzelte und schnaubte. »Wer reitet mit mir zu Ruhm und Ehre?«
Die Männer neben ihr hoben gleichfalls die Bögen und lärmten dazu wild und jauchzten. Nur jener, der die Geloni mit einem Heuschreckenschwarm verglichen hatte, zögerte kurz – fiel aber dann mit ein.
Den ganzen Tag und den nächsten harrten sie da und sahen zu, wie die Geloni-Kaiserlichen immer näher rückten ... Aimellina drängte bald zur Attacke, aber Itheryas, Heerführer und Sohn des Häuptlings der Azkhantianer, bremste sie und all die übrigen jungen Hitzköpfe und Heißsporne mit den Worten:
»Es wird genug Ruhm zu ernten sein, zu seiner Zeit. Wenn wir nicht reißender Löwe sein können, werden wir eben tanzender Wolf sein.«
Tage verbrachten sie mit Warten, und Aimellina meinte fast, darüber verrückt zu werden. Sie ging zu Itheryas ins Lager und bot sich als Kundschafterin an. In jener Nacht sattelte sie ihren Graubraunen und ritt zum Feldlager der Geloni.
Sie kam näher heran als gedacht, ehe sie die ersten Wachen ausmachte. Da glitt sie von ihrem Pferd und legte ihm eine Hand über

die Nüstern, um es still zu halten ... Die Geloni hatten keine Pferde, bloß Esel als Zugtiere für die Karren mit Proviant und Zeug. Das Lager schien gut ausgelegt – so waren die Latrinen in ausreichendem Abstand von den Zelten ausgehoben. Und von den großen Kesseln über den Feuern kam Aimellina der Geruch von Grütze her. Da besah sie sich die Wachen, ihre Waffen und Rüstung ... feste Lederpanzer, mit Metallschuppen bedeckt ... und huschte sodann, geräuschlos, wie sie gekommen, davon, um Itheryas Bericht zu erstatten.

Und der Heerführer rief seine schnellsten Reiter, darunter auch Aimellina, und verkündete: »Vor einem Angriff auf die gelonischen Invasoren müssen wir ihre Stärke erkunden. Du, Aimellina, führst den Spähtrupp gegen sie, hältst dich aber immer außer Bogenschußweite. Ihr geht auf keinen Fall näher an sie heran! Und sobald sie angreifen, zieht ihr euch nach Osten zurück, so schnell eure Pferde laufen können.«

»Wir sollen ihnen nicht die Stirn bieten, ihnen keinen Kampf liefern?« protestierte die Jungkriegerin, die noch nichts Furchterregenderes als ein paar Präriehasen getötet hatte.

»Gemach, es wird genug Ruhm zu ernten sein, zu seiner Zeit«, wiederholte er. »Nun laßt uns erst mal sehen, wie leicht wir ihnen entkommen können.«

Aimellina führte die Schar, so wie Itheryas es befohlen. Und die Geloni-Kaiserlichen gingen flugs auf sie los, die Speere und Schilde reckend, unverständliche Schlachtrufe brüllend – doch ihre schweren Rüstungen brachten ihren ersten Ausfall rasch zum Erliegen. Die Azkhantianer aber hielten sich eben außer Reichweite ihrer Pfeile und zügelten ihre tänzelnden, springenden und aufgeregt sich bäumenden Pferde. Und als die Geloni darauf erneut angriffen, wichen sie nur etwas weiter zurück.

»Stellt euch zum Kampf, ihr Feiglinge!« schrien die Geloni.

Aimellina lachte laut, als sie dann abzogen, und trat mit glänzenden Augen und glühenden Wangen vor ihren Heerführer, um Rapport zu erstatten.

»Pah! Wir brauchen sie nicht zu fürchten! Sie sind langsam und dumm!«

Aber Itheryas auf seinem Kamellederstuhl strich sich die Bartlöckchen und erwiderte: »Auch ein langsames und dummes Raubtier kann dich töten, so es dich in die Klauen bekommt. Unterschätzen wir also dieses nicht! Laß es uns denn immer weiter von seinem eigenen Land weglocken. Dann sehen wir ja, ob diese Geloni Gras fressen und aus Steinen Wasser schlagen können!«
In jener Nacht tanzten die Azkhantianer und verspotteten die dummen, feigen Geloni ... Der K'th floß in Strömen. Aimellina tanzte so wild wie irgendein Mann, und danach lag sie dann bei Itheryas, ihrem Heerführer, im Zelt.

Weit weg davon, in den Bergen des Nordens, bei den Familien und Kamelherden, fuhr Oomara aus dem Schlafe hoch. Ihr war, als ob sie ersticke, das Herz ihr zerspringe, und sie spürte einen süßen, schmelzenden Schmerz in den Lenden. Lust in den Armen eines Mannes, die hatte sie seit dem Tod ihres letzten Ehemannes, der nach der Wildschweinjagd einer Wundvergiftung erlegen war, nicht mehr genossen. Doch dies jetzt war keine Erinnerung an einen zärtlichen Geliebten, der des Nachts zu ihr gekommen war – das war mehr, mit einem Anflug von Magie darin ...
Im samtenen Dunkel des Zelts um sich tastend, fand sie ihren Köcher und entnahm ihm den einen Pfeil, ein Stück ohne jeden Makel. Und sein Schaft, so tadellos glatt und gerade, war jetzt feucht wie von Schweiß.

Weiter, immer weiter lockte Itheryas die Geloni, sie ständig reizend und stets außer ihrer Reichweite. Doch die Ausfälle der Geloni wurden immer kürzer, merkten sie doch rasch, daß sie die schnellen Steppenreiter da nicht zu fassen bekämen. Eines Tages sah Aimellinas Spähtrupp, daß das Invasorenheer sich in drei Teile gespalten hatte. Und der eine behielt die bisherige Marschrichtung bei, stieß tiefer in das entblößte Azkhantianergebiet vor. Die beiden anderen wandten sich nach Süden respektive Norden – der eine auf die fieberschwangeren Sümpfe im tiefen Süden zu und der andere dorthin, wohin die Azkhantianer ihre Herden und Familien geschickt hatten.

Da rief Itheryas die Offiziere zur Strategiebesprechung. Und diesmal hörte er Aimellina, die doch trotz dieser Liebschaft keine Vorzugsstellung einnahm, aufmerksam zu und strich sich nachdenklich den Bart, als sie darauf drängte, einen kleinen Trupp, nicht mehr als drei Handvoll Reiter, zurückzulassen, um das Gros der Gegner mit solcher Kriegslist festzuhalten, derweil die übrigen Azkhantianer gen Norden eilten, wo sie vom Nordkontingent der Geloni, das doch nur einen Bruchteil ihrer Gesamtstärke verkörperte, nicht zu schlagen seien.
Die jungen Männer und Frauen unterstützten ihren Vorschlag begeistert, hofften sie doch, für diese Nachhut ausgewählt zu werden, unter den wenigen gegen jene vielen zu sein. Und Itheryas übertrug Aimellina das Kommando. Doch in der Nacht küßte er sie zärtlich wie eine Tochter und schickte sie in ihr eigenes Zelt.

Die alte Frau rutschte auf dem schwarzen Felssitz nervös hin und her. Von den Kochfeuern im Lager unter ihr stiegen kraus die Rauchsäulen gen Himmel auf. Und schon brannte die Sonne die Morgennebel fort, schon zeichneten sich die Umrisse der Gebirge schärfer ab. Noch aber umschloß die Morgenkühle die Frau, hing an ihr wie ein gewohntes Gewand. Der Pfeil unter ihren Fingerspitzen schien ihr warm und erbebte unter ihrer Berührung.

Die Geloni-Kaiserlichen biwakierten seit Tagen schon an den Doharraquellen. Nun näherte Aimellina sich dem riesigen Rund ihres Lagers und beschimpfte sie als Feiglinge, schoß Pfeile in die Luft, um sie mit bloßer Hand wieder aufzufangen, und führte dann, immer gerade außer Schußweite, ihre Truppe zur Hasenjagd, um den Geloni zu zeigen, wie herzlich wenig sie von ihnen hielt. Das alles lockte die Kaiserlichen diesmal aber nicht aus der Reserve.
Und dann, den Morgen darauf, waren sie verschwunden, wohl im Dunkel der Nacht geflohen. In weiter Ferne kündeten noch Staubwolken von dem hastigen Abzug. Von ihrem Lager aber war nichts geblieben als Latrinen und aufgegebenes Gepäck. Hier und dort war das harte, kniehohe Steppengras ausgerissen und platt-

getreten, und ein Großteil des Platzes sah aus, als ob da eine Armee vom Maulwürfen am Werk gewesen wäre, um ganze Haufen und Hügel aus lockerer Erde aufzuwerfen und dann mit bloßen Füßen wieder etwas einzuebnen. Und von der trockenen Erde stiegen Staubwirbel hoch, fast wie Geister.
Aimellina hielt mit ihrer Schar auf der kleinen Höhe hinter dem Lagerplatz und brach in Jubel aus. »Kommt, Leute!« rief sie und warf sich ihren Bogen wieder über den Rücken. »Sehen wir nach, was sie uns da zum Geschenk gelassen!«
So trieb sie den Graubraunen an – die Schräge hinab und der fraglichen Stätte zu. Doch der bockte und sträubte sich. Da hieb sie ihm die Hacken in die Flanken, zwang es voran, und galoppierte endlich, den markerschütternden Schlachtruf auf den Lippen, auf den Streifen geglätteten, nackten Bodens zu. Ihr Trupp folgte ihr dichtauf und hielt auf einen aufgegebenen Karren, hochbeladen mit Zeug und Gepäck, zu.
Da sackte ihr, ohne Vorwarnung, das Pferd unterm Hintern weg – und als sie nach unten blickte, sah sie, wie unter seinen Hufen die Erde nachgab und sich eine Grube auftat. Ihr Instinkt brachte sie noch von seinem Rücken, bevor sich das Pferd an den aus der Grube starrenden Speeren aufspießte!
Ihre Stiefel rutschten auf jenem mit einer dünnen Erdschicht getarnten Schild, der diese Fallgrube bedeckt hatte. Schrill schrie ihr Graubrauner, der mit voller Kraft in diese Speere gesprungen war. Das Blut schoß ihm aus Hals und Flanken. Und als er so wild um sich trat, streifte er Aimellina mit einem Huf an der Schläfe, so daß sich ihr alles vor Augen drehte, ihr der Magen sich hob und ihr ein scharfer Schmerz durch den Kopf schoß.
Rings um sich vernahm sie jetzt noch mehr Pferdeklagen, auch den Schrei eines Menschen ... und zudem schon den gutturalen Schlachtruf der Geloni!
Verzweifelt krallte sie sich an den Rand der Grube. Die Erde zerbröckelte unter ihren Händen, und ihre Füße rutschten von der Grubenwand ab ... Aber plötzlich, als ob eine unsichtbare Hand sie gepackt hätte, sie stützte, bekam sie festen Boden unter sich und kletterte hinaus.

Im nächsten Augenblick hatte sie auch schon ihren Dolch aus der Scheide am Schenkel gezogen. Und jetzt stürzte sich ein Geloni mit gezücktem Bronzeschwert auf sie – rot vor Grimm war dieses glattrasierte Gesicht da unter dem Helm mit dem mächtigen Federbusch ...

Aimellina warf sich herum und parierte seinen Schlag so gut sie konnte. Aber ihre Knie waren weich, und das Herz, das hämmerte wie wild.

Rings um sie aber spie die Erde immer neue Geloni in voller Rüstung aus – über hundert Speerspitzen blitzten bereits im Sonnenlicht. Und als Aimellina herumfuhr, um dem Angreifer die Stirn zu bieten, sah sie einen Moment lang noch einen – nur einen – ihrer Reiter, bevor ihn ein Dutzend Kaiserlicher unter sich begrub.

Noch mehr Geloni, fünf oder sechs, umringten sie, und jeder hielt sein Schwert in der Hand so angewinkelt, daß sie nicht außer Reichweite käme, und jeder hatte seinen Schild zu Schirm und Schutz. Aimellina machte ihre Ausfälle, hierhin, dorthin, kam aber nie an sie heran.

»Feiglinge!« schrie sie und spaltete mit ihrem langen Dolch die Luft. »Habt ihr Angst vor einer einzelnen Frau?«

Da reckte ihr Anführer – zumindest erschien er ihr als der Anführer, wo ihr ja alles vor Augen verschwamm und es ihr in den Ohren hoch und süß sang –, da reckte der Anführer die Schultern und schrie:

»Ergib dich!«

»Niemals!« schrie sie zurück. »Tretet an gegen mich, einer nach dem anderen, und ich spieße eure Augäpfel auf meiner Klinge auf und esse eure Leber roh!«

»Kapitulation oder Tod!« brüllte der Kaiserliche.

»Dann den Tod! Den Tod für uns beide!« rief sie und stürzte sich, den Dolch so weit wie möglich vorgestreckt, auf ihn.

Aber da traf etwas ihre Schläfe, daß ihr ganz schwarz wurde vor Augen.

In ihrem Zelt in den Bergen des Nordens schrak Oomara mit einem Schrei aus dem Schlaf. Schmerzen, endlose Schmerzen … Ihre Brust und ihr Bauch waren eine Masse blutender Wunden, die linke Brustwarze mit Zangen herausgerissen, die Gelenke verdreht, Knochen und Bein gesplittert. Hundert Augenblicke höllischer Pein, hundert Augenblicke saugenden Dunkels, von dem aber etwas sie stets noch zurückhielt …
Und sie starb immer noch nicht.
Und wieder kamen die Fragen – so auf sie herabgedonnert, daß sie sie kaum verstehen konnte.
Wo ist das Heer der Azkhantianer? Wohin hat es sich gewandt? Nach Norden oder nach Süden? Wohin? Wohin?
Oomara riß sich ihr weites Schlafgewand aus Kamelhaar herab, zog sich mit hastigen Händen auch ihr weiches Unterhemd über den Kopf. Wunderte sich, wie mühelos und wie schmerzlos ihre Schultern sich bewegten, als sie die Arme hob, und fuhr sich mit bebenden Fingern über Bauch und Brust und fand sie zu ihrem Erstaunen heil und unversehrt, ganz ohne Wunden oder Blut.
Nun zündete sie rasch das Kameltalglämpchen an und zog sich, zitternd vor Kälte, etwas Warmes über und langte dann in ihren Lederköcher, der wie immer neben ihrem Kopfkissen lag … Der Magen verkrampfte sich ihr, als sie die Hand um den einzigen Pfeil darin schloß, den Pfeil ohne Fehl und Makel. Er fühlte sich feucht an, genau wie beim vorigen Mal. Da holte sie ihn heraus und hielt ihn ins Licht.
Und sah, daß aus dem hölzernen Schaft lautlos Blutstropfen sikkerten.

Sie nahm sich nur ein einziges Pferd, eine alte Mähre so zäh wie sie selbst, dazu einen Sack Getreide und etwas gedörrtes Hammelfleisch, ihren Bogen samt Köcher. Beim Davonreiten sah sie noch, daß der Enaree ihr vom Lagerrand nachblickte. Sie fragte sich, welcher Fluch über sie käme, wenn sie ihn jetzt mit bloßen Händen erwürgte! Aber etwas an dieser so einsamen Gestalt und an der Art, wie er von seinem Zelt herhumpelte, rührte an ihr Herz. Es hieß, diese Enaree sähen viele Dinge, hätten dafür aber einen

hohen Preis zu zahlen. Sein Tod gäbe ihr Aimellina doch nicht zurück und entbände sie auch nicht von der Pflicht, die sie nun zu erfüllen hatte.
Die Geloni hatten bestimmt nicht herausbekommen, noch nicht, wohin sie sich gewandt hatten … Soviel Zeit hatte Aimellina ihnen wohl erkauft. Die Hauptmacht der Azkhantianer würde an diesem oder dem folgenden Tag eintreffen und sie alle weiter nach Norden, in die Große Wüste, bringen, wo sie dann ihren Verfolgern leicht einen Hinterhalt legen könnten.
Bestimmt und unbeirrt wie ein Magneteisenstein zog ihr Pfeil sie nach Süden. Und ihr Pferd trottete unermüdlich dahin. Die Stunden gerannen zu Tagen voll grauer Himmel und grauem Staub, grauer Furcht in ihrem Herzen.
Tag um Tag weinte der Pfeil Blut.
Nacht um Nacht schrak sie schreiend aus dem Schlaf.
Wohin haben sie sich gewandt? Nach Norden, nach Süden? Sag es, ein Wort nur, und wir beenden deine Pein.
›Durch den Tod‹ meinten sie, das wußte sie. Aber sie konnte ja nicht sterben.

Oomara kauerte auf einem schwarzen Fels und starrte in die weite Ebene hinunter und auf das Lager, das die Geloni dort aufgeschlagen hatten. Die Sonne stand schon hoch am Himmel. Die Nacht, die Nacht mit ihren Alpträumen, war vorbei.
Ein neuer Tag. Ein neuer Tag der Schmerzen.
Sie zog einen einzigen Pfeil aus ihrem Köcher, einen Pfeil ohne Makel – kerzengerade und glatt der Schaft, vollkommen die Befiederung. Und sie nahm den Bogen – seidenpoliert war sein Holz von Jahren des Gebrauchs, und er schmiegte sich in die Hand wie ein Geliebter.
Die linke Brust schmerzte wie prall von Milch. Das erinnerte sie an das Saugen eines blütenweichen Mundes und jene süßen Momente, da sie der Tochter das Pony zum ersten Ritt führte. Und an den glühenden, wilden Stolz über diese Eleganz ihres Schwertkampfs, ihre Haltung auf dem großen Graubraunen und die Adlerschärfe ihrer Augen und die Treffgenauigkeit ihres Pfeils …

Sie erhob sich und sah sich inmitten all dieser Spalten und Steinsplitter nach einem Standplatz um. Und ihre Füße kamen zur Ruhe, gut auseinander und gleichmäßig belastet – als ob dieses Fleckchen Fels seit jeher auf sie gewartet hätte.
Jetzt sah sie zum Himmel auf, und sein Blau war so klar, daß ihr die Augen davon schmerzten. Sie stellte sich eine Falkin vor, im freien Fluge und eben außerhalb der Sichtweite ihrer gealterten Augen.
Straff zog sie die Sehne auf den Bogen, legte den Pfeil auf, spannte langsam den Bügel und fühlte, wie seine Kraft in der Stärke ihrer Arme eine Entsprechung fand. Eine immense Ruhe kam über sie. Der Dunst über ihr teilte sich, und der Wind erstarb.
Ohne zu blinzeln, blickte sie in die Sonne, zielte und ließ den Pfeil von der Sehne schnellen, daß er sirrend stieg und der Bogen in ihren Händen erbebte. Und sie stieg mit dem Pfeil auf und geradewegs ins Herz der Sonnenhelle. Die Erde sank unter ihr zurück, die winzige Gestalt auch der schwarz gewandeten Alten auf ihrem Felsen so verwittert und gefurcht wie sie selbst.
Langsamer, langsamer stieg sie, bis sie endlich in den Bogen zum Boden hin eintrat. In jedem Moment aber gewann sie dabei an Kraft und Selbstsicherheit.
Ihr wiederkehrender Pfeil fiel nun so senkrecht, daß er bloß ein Punkt im Glast und Glanz des Äthers war. Oomara brauchte ihn nicht zu sehen. Denn sie fühlte ihn in sich singen – in ihrem Blute, in Mark und Bein, ganz tief in ihrem Bauch, im Zentrum ihrer Freude und Lust.
Schon sah sie die grüne und goldene Ebene auf sich zurasen und hörte den Wind sausen, und da breitete sie, im letzten Augenblick, die Arme, wie um das verlorene Kind an sich zu drücken, und reckte und wölbte die Brust, um den fallenden Pfeil zu empfangen.
Silberner Schmerz durchzuckte sie. Sie keuchte, japste und brach in die Knie und purzelte dann den Hang hinab wie eine zerbrochene Puppe und schlug schwer auf einem Haufen spitzer Felsbrocken auf. Weiter drunten jedoch, im Lager der Geloni, erbebte noch eine Frau, verzog den Mund zu einem Lächeln der Erleichte-

rung und lag plötzlich still. Nun sah sie alles nur noch vage, und die Augen brannten ihr von Tränen ... Ja, mit dem Schmerz, dem Nachtwerden hatte sie gerechnet, aber nicht mit der Woge unsäglicher Zärtlichkeit, die sie nun erfüllte, überkam und zu den letzten Ufern trug.

JOHN P. BUENTELLO

John bemerkt, er befinde sich derzeit, wie die Heldin seiner Erzählung, an einem Scheideweg. Er war dabei, eine Phase als Lehrer abzuschließen, und dabei habe ich ihn – Pardon! – als Herausgeberin gestört. Aber es gibt wohl nur eins, was unser Land ebensosehr braucht wie gute, gebildete Schriftsteller – und das sind gute, bewundernswerte Leute im Lehrfach. Ich als Abbrecherin an drei Lehrer-Colleges (SUNY in Albany, New York, Hardin-Simmons in Abilene, Texas ... und University of California in Berkeley) fühle mich wohl qualifiziert, über dieses Thema zu sprechen. Allerdings haben die mißglückten (bestimmt untypischen) ersten Stunden meiner Lehramtsstudien mich zu der Entscheidung gebracht, diesen höchst ehrenwerten Beruf lieber nicht zu ergreifen ... Bei einem jener Seminare diskutierten wir (ungelogen!) die ganze erste Sitzung über die jeweiligen Vorzüge von Heftzwecken beziehungsweise von Tesafilm für ein Schwarzes Brett, die zweite dann über den geeigneten Anlaß für die Einrichtung eines solchen und die dritte ansatzweise über die Frage, ob wir unseren Schülern anhand eines psychologischen oder eines psychoanalytischen Lehrmodells Selbstvertrauen vermitteln sollten. Da bin ich zum Saal raus und in die Verwaltung hoch, um das Hauptfach zu wechseln! In dieser ungewöhnlich mißgeleiteten Fakultät hat man mir dann auch gesagt, ohne Sprachförderkurs könnte ich nicht Lehrerin werden – ich hätte nämlich ein »flaches A« (was immer das ist!). Ich habe schließlich den Abschluß mit drei Hauptfächern gemacht – Pädagogik, Psychologie und Spanisch –, doch danach nie regelmäßig unterrichtet. Aber ich sollte für jene schlechte Erfahrung wohl dankbar sein, denn ich bin nicht zur Lehrerin, sondern zur Autorin und Herausgeberin berufen. Aber, fürs Protokoll sei's gesagt: Ich glaube, daß Kinder doch wichtiger sind als jede Menge Reißzwecken oder Tesafilm oder Schwarze Bretter, und mich könnte nichts auf Erden dazu bringen, sie so zu behandeln, als ob sie nicht wichtiger wären. – MZB

JOHN P. BUENTELLO

Die Entscheidung

Laira sah die auf sie niedersausende Klinge noch früh genug, um sie zu parieren. Aber die Kraft des Schlags zwang sie auf die Knie. Sie stöhnte, als ihr das scharfkantige Pflaster des Übungsplatzes ins Fleisch schnitt, und verscheuchte die Vision, die sie sich gezaubert, und mühte sich, die Balance wiederzuerlangen. Aber Athans Schwerthiebe hagelten so lange weiter auf sie herab, bis sie zum Zeichen ihrer Kapitulation bittend die Linke erhob und die Waffe senkte.

»O Götter, Laira! Hast du wieder geträumt? Ich hätte dir ja um ein Haar den Kopf von den Schultern geholt!« schalt der Fechtmeister, steckte sein Schwert ein und half ihr auf die Füße. Wut war jetzt in seinen Augen, aber auch ein Hauch von Besorgnis. Und als er einen Blick auf ihre Schwerthand warf, sah er, daß die zitterte und bebte.

»Sag, bist du krank?«

Laira schüttelte den Kopf und sah ihm in die Augen und sagte seufzend: »Mir geht es gut. Ich dachte nur an diesen Zauber, den ich heute morgen in der Halle des Magiers übte.«

Da ballte Athan die Hände zu Fäusten. »Was habe ich dir über Magie und Schwertkunst gesagt, Mädchen?«

Laira nickte beschämt, mit glutheißen Wangen. »Vermische die beiden nicht.«

»Damit dir der Kopf nicht vom Rumpf fliegt«, versetzte Athan säuerlich, um darauf milderen Tones fortzufahren: »Die Zeit der Entscheidung rückt näher, nicht wahr, meine Schülerin?«

Laira nickte. »Der Rat hat mir gestern eröffnet, ich hätte eine Woche dazu. O Meister, was soll ich tun?«

Er legte ihr die harte Hand auf die Schulter und strich ihr eine Strähne ihres braunen Haares aus den Augen. »Du triffst be-

stimmt eine gute Wahl. Meister Kirn und ich, wir sind uns sicher, daß du den richtigen Weg gehen wirst.«
Bei der Erwähnung des Zauberlehrers riß Laira weit die Augen auf. »O nein! Dabei fällt mir ein, ich hatte doch Meister Kirn versprochen, ihm heute morgen noch beim Kräutersortieren zu helfen.«
»Dann kommst du nun am besten gleich deinen Pflichten nach, Schülerin Laira«, versetzte er und nickte kurz und wandte sich in Richtung Wohntrakt. »Wir treffen uns heut nachmittag auf dem Duellplatz.«
Meister Kirn war bereits dabei, die Kräuterbündel zu teilen, als Laira in sein Arbeitszimmer kam. Der weißhaarige Alte lächelte sie recht freundlich an, als sie neben ihm auf der Bank Platz nahm, und sah ihr noch eine Weile zu, wie sie die getrockneten bitteren Kräuter von den frischen trennte.
»Du hast dich verspätet, Schülerin.«
Laira nickte und schlug die Augen nieder. »Ja, verzeih mir, ich hatte noch bei Meister Athan zu tun. Ich war heute wohl schrecklich schlecht beim Training.«
Da lachte Kirn und machte sich wieder ans Sortieren. »Athan war nie einer, der seinen Lehrling ungeschoren davonkommen läßt! Nicht mal einen so kundigen wie dich, Laira«, kicherte er und fragte dann mit plötzlich ernstem Blick: »Hat er mit dir über deine Wahl gesprochen?«
Sie nickte. Wenn doch nur keiner mehr danach fragen wollte! Natürlich wußte sie, daß sie mit ihrer Entscheidung bereits längst überfällig war. Alle NovizInnen hier im Internat der Meister wurden in vielerlei Fertigkeiten ausgebildet. Ihre individuellen Begabungen zeigten sie sodann mit zunehmender Erfahrung und Kunstfertigkeit. Ja, die meisten wählten den Weg, den sie danach gehen wollten, weitaus früher als sie. Sie hatte schon bald ihr Talent für den Kampf mit Dolch und Degen erkennen lassen und war auch inzwischen als Kämpferin praktisch unbesiegbar geworden. Doch hatten ihre magischen Kenntnisse mit ihren Kampfqualitäten wohl Schritt gehalten … und so war es an der Zeit, daß sie ihre Wahl traf.

Nun verfolgte der Zaubermeister stirnrunzelnd, wie das Bund Kräuter genau vor ihm trocknete – diese magisch behandelten Pflanzen verdorrten, verbrannten nämlich im Handumdrehen zu einem unnützen Häufchen schwarzer Asche. Darauf sah er Laira kopfschüttelnd an und beugte sich zu ihr und klopfte auf den kurzen silbernen Dolch, den sie an der Seite trug. »Du kennst doch die Regeln! Bitte schaffe deine Waffe aus dem Raum.«
Sie starrte auf die trocknenden Kräuter dort vor ihr auf dem Tisch, tat einen Seufzer und stürmte hinaus. Draußen im Flur zog sie ihr Messer und legte es auf dem Regal ab, mußte sich jedoch an der Wand festhalten, um nicht von heftigem Zittern überkommen zu werden ... Gott, wie hatte sie nur so dumm sein können? Es war doch allgemein bekannt, daß man beim Zaubern aller sonstigen Machtmittel bar sein mußte. Am schlimmsten waren die Metallwaffen – so ein Messer verfälschte und verdarb jeden Zauber ... Jetzt hatte sie zuerst fast den Kopf verloren, weil sie beim Kampf in Gedanken noch bei der Magie gewesen war, und nun noch Meister Kirn die Arbeit verdorben, weil sie vor seinem Atelier den Dolch nicht abgelegt hatte. Der mußte sie für strohdumm halten! Wenn sie nicht aufpaßte, gäbe es für sie keine Gelegenheit zu einer Wahl mehr, würde man sie wegen erwiesener Unfähigkeit vom Internat werfen.
»Laira?« hörte sie Meister Kirn rufen – und da kam er auch schon kopfschüttelnd in den Flur und sprach: »Gehe nicht so hart mit dir ins Gericht, liebes Mädchen. Es gibt genug auf der Welt, die das für dich übernehmen werden!«
»Es tut mir leid, Meister«, hauchte sie. »Ich wollte diese Kräuter nicht verderben!«
»Wenn wir die übrigen nicht gleich sortieren und verstauen, werden die auch noch verderben ...«, erwiderte er schmunzelnd und nahm sie bei der Hand. »Kind, es ist doch keine Schande, mal ein bißchen durcheinander zu sein. Ich, in deinem Alter, wußte oft gar nicht, welchen Fuß vor den anderen setzen. Die Wahl, die du zu treffen hast, ist aber viel schwieriger!«
Laira sah auf und blickte ihrem alten Meister in die Augen. »Aber wenn ich die falsche Entscheidung treffe?«

»Triffst du sie mit deinem Herzen, kann sie gar nicht falsch sein«, beruhigte er sie.
Schließlich war der Tag gekommen – die Meister Athan und Kirn verkündeten, nun müsse sie sich für den Weg entscheiden, den sie in ihrem Leben gehen wolle. Die nächsten Schulungsstufen erforderten ihren ganzen Einsatz. Laira erfuhr auch, daß sie mit einem der zwei zum Tempel des Meisters reiten sollte, um göttliche Führung und Lenkung für ihre Wahl zu erflehen. Als sie sich so an jenem Morgen anzog, spürte sie, daß sie nicht nur wegen der Kälte in ihrer Kammer am ganzen Leibe zitterte und bebte.
Meister Athan erwartete sie im Hof, als sie herunterkam, und hielt ihre zwei Pferde am Zügel. Er lächelte freundlich, als er sie in ihrem zeremoniellen Gewand erblickte, und eine Spur breiter noch, als er den Dolch sah, den sie da gegürtet hatte.
»Vergiß nicht, das Ding abzulegen, wenn du dich entschließt, um Magiermacht zu beten«, sagte er, als er ihr die Zügel des für sie bestimmten Pferdes gab. »Die Götter behandeln solche Unterlassung vielleicht weniger nachsichtig als wir!«
Laira nickte, schwang sich in den Sattel. »Wird Meister Kirn uns denn wenigstens verabschieden?«
Athan zeigte zur Treppe, die zu dessen Gemächern führte: Ja, der Meister war schon auf dem Weg zu ihnen herab, gemach und langsam, wie es seinem Alter entsprach. »Er kommt nicht, um dich zu verabschieden«, sagte Athan. »Nein, er wird dich zum Tempel geleiten.«
»Kommst du nicht mit?« fragte Laira.
Athan schüttelte den Kopf. »Es gibt hier im Internat zuviel zu tun, als daß wir beide abwesend sein könnten. Aber keine Angst, Laira, du wirst ganz sicher die richtige Entscheidung treffen«, versetzte er und blickte etwas traurig drein. »Und wenn es denn der Weg der Magie sein müßte, dann mache bitte, daß ich stolz auf dich sein kann, Kind!«
»Bestimmt!« erwiderte sie. »Das schwöre ich!«
Da machte er kehrt, um Kirn, als dem älteren von ihnen, aufs Pferd zu helfen. Er wartete noch ab, bis die beiden sich im Sattel zurechtgesetzt hatten, und ging dann rasch ins Haus zurück. Nun

wendete Meister Kirn sein Pferd zur Straße, die zum Wald führte, und gab ihm jäh die Sporen. Und Laira, nach einem letzten Blick zum Internat zurück, folgte ihm ...

Als sie über zwei Stunden lang zügig geritten waren, zügelte Kirn sein Pferd und ließ sich sachte aus dem Sattel gleiten, setzte sich auf die Erde und blickte zu Laira hoch. »Laß uns eine Weile rasten«, sprach er, bereits recht kurzatmig. »Das Reiten ist in meinem Alter doch weitaus anstrengender, als es scheint.«

Laira nickte und stieg gleichfalls ab. Sie hatte den ganzen Weg über ihren Gedanken nachgehangen. Und er hatte sie auch gewähren lassen und nicht nach ihrem Vorhaben gefragt – ja, er hatte kaum ein Wort gesagt, seit die Mauer des Internats hinter ihnen lag. Er suchte wohl fair zu ihr zu sein, indem er sich zurückhielt. Denn alles, was er an diesem Punkt noch sagte, könnte ihre Entscheidung ja beeinflussen.

Aber wie sie da saß und den Pferden beim Grasen zusah, mußte sie sich eingestehen, daß sie nicht annähernd zu einer Entscheidung gekommen war ... Und das nicht so sehr, weil ihr der Gedanke verhaßt war, für den einen Pfad auf den anderen zu verzichten. Die Meister hatten gesagt, diese Wahl sei der wichtigste Moment ihres Lebens. So zwischen zwei Berufungen geteilt zu sein, zerriß sie innerlich. Wenn sie sich falsch entschied, würde sie sich womöglich nie mehr heil fühlen.

Nun erhob Meister Kirn sich und breitete die Arme, lächelte ihr aufmunternd zu und sagte: »Warum nutzt du die Rast denn nicht, deinen Machtzauber zu repetieren? Die Übung wird dir guttun.«

Laira nickte und schloß gehorsam die Augen. Sie verlangsamte ihre Atmung, suchte dabei im Geiste nach dem Ort in sich, wo nur stiller Frieden waltete. Und sobald sie fühlte, daß ihre Muskeln sich entspannten, begann sie, stumm ihre Zauberverse herzusagen. Aber sie hatte den ersten noch nicht beendet, da spürte sie schon eine Hand auf ihrer Schulter.

Und als sie die Augen öffnete, sah sie Kirns mißbilligenden Blick auf sich ruhen. »Schon vergessen, was ich dir über das Waffentragen sagte?«

Da faßte sie beschämt nach dem Dolch an ihrem Gürtel und zog ihn schnell und legte ihn auf den Boden. Und als der Meister zufrieden nickte und wieder ging, nach den Pferden zu sehen, seufzte sie, schloß rasch die Augen und versuchte nun, ihren beschleunigten Puls zu bremsen. Dabei schalt sie sich stumm, hielt sich vor, daß sie weder Magierin noch Kriegerin würde, wenn sie so weitermachte. Aber nun verstand sie auch, warum Meister Kirn sie zum Üben angehalten hatte. Der Machtzauber war ... die komplexeste Form von Zauberei, die NovizInnen zu meistern vermochten. Und daß sie da wieder einmal vergessen hatte, ihre Waffe abzulegen, war ja kein gutes Zeichen. Sie mußte sich konzentrieren, mußte dem Meister wie sich selbst beweisen, daß sie die Rohenergie zu handhaben verstand. Wenn sie diese Übung erfolgreich beschlösse, hätte sie vielleicht auch Klarheit über die zu treffende Wahl.

Als sie eben die erste der sieben Ebenen des Zaubers beendet hatte und begann, sich in das tiefe Dunkel zu versenken, das ihre Ankunft am Quell ihrer Macht signalisierte, vernahm sie einen Laut. Es war ein schwaches Geräusch, so am Rande ihrer Wahrnehmung, und sie bemühte sich, es zu ignorieren. Aber es wollte nicht verstummen. Nein, es wurde lauter, erfüllte ihr Bewußtsein ganz und gar, bis ihr aufging, daß das ein Schrei war, was sie da vernahm: ein Schmerzensschrei.

Nun hörte sie, ganz nahe, einen Dornenzweig knicken, und als sie die Augen aufschlug, sah sie zweierlei zugleich: Drüben bei den Pferden, Meister Kirn, auf den Knien, die linke Hand um einen Pfeil gekrallt, der ihm aus der rechten Schulter ragte ... seine Tunika rot befleckt. Und vor ihr, nicht mehr als zwei Schritte entfernt, ja, ein Hüne von einem Mann, in dreckigem Leder und Pelz, der mit beiden Händen ein Schwert erhoben hatte ... und es auf ihren Kopf niedersausen ließ!

Laira handelte, ohne nachzudenken – sie hob die Hände, daß der begonnene Zauber ihr Denken und Fühlen floh, und packte den Kerl, als seine Waffe herabkam, an den Handgelenken, daß er vom eigenen Schwung und Gewicht über ihren Kopf zu Boden gerissen wurde – und war, noch ehe er wieder hochkam, schon auf ihm und drehte ihn hoch und nach hinten. Wild, wütenden Blicks funkelte er sie an und fuchtelte mit der freien Hand nach ihr. Aber sie scherte sich nicht darum, sondern drehte ihn weiter und weiter, bis er mit dem Oberkörper über der Spitze der Waffe lag, die er noch immer in der anderen Hand hielt. Und dann sprang sie auf – und ließ sich mit all ihrem Gewicht so auf ihn fallen, daß es ihm das Eisen tief in den Leib trieb.

Aber noch als sie sich von seiner Leiche fortrollte, brachen zwei andere Kerle aus dem Gebüsch! Der eine hielt einen Bogen in Händen, und der Pfeil, den er aufgelegt, zielte genau auf Meister Kirn. Da beendete Laira die Rolle, und als sie zum Sitzen kam, fand ihre Hand das Heft ihres abgelegten Dolches. Und sie warf ihn mit einer Zielsicherheit, die aus unzähligen Stunden Übens rührte, und verfolgte seinen Flug, bis er mitten in der breiten Brust dieses Bogenschützen zum Stillstand kam. Der gab noch ein gedämpftes Grunzen von sich und brach dann zusammen.

Jetzt war der dritte Mann aber auch schon über ihr, warf sie mit einem Stoß rücklings auf den harten Boden und versuchte, ihr beide Arme niederzudrücken. So entspannte sie sich einen Moment lang, ließ ihn ruhig auf sich lasten – und stieß ihn mit beiden Füßen jäh zurück. Dann langte sie nach dem ersten Mann, den sie gefällt, bekam auch sein Schwert, das er unter sich begraben hatte, am Griff zu fassen und riß es mit einem Ruck heraus – und kam in dem Augenblick wieder auf die Füße, als der andere Kerl mit der Klinge auf sie losging. Gekonnt parierte sie seinen unbeholfenen Hieb, verkürzte die Distanz und zog ihm schnell die scharfe Schneide ihres Schwerts über den Hals. Er starrte noch maßlos verblüfft auf den roten Lebenssaft, der jetzt aus ihm sprang – und stürzte dann tot zu Boden.

Laira ließ sogleich ihre Waffe fallen und rannte zu Meister Kirn. Der Magier saß totenblaß auf dem Boden und hielt sich die Schulter – er hatte den Pfeil herausgezogen und suchte seine Blutung zu stillen. Schnell und fest genug zu diesem Zwecke verband sie ihm die Wunde und half ihm dann auf die Beine.

»Komm, Meister, wir müssen dich zu einem Heiler bringen.«

Der Magier nickte bloß und ließ sich von ihr auf sein Pferd helfen.

Da ergriff sie seine Zügel und schwang sich auf das ihre, wendete alle zwei in Richtung Internat und ritt so mit ihm langsam die Straße hinab. Der Meister schien doch einige Schmerzen zu leiden, schloß aber die Augen, entspannte sich wohl, öffnete dann wieder die Augen und lächelte Laira an.

»Keine Sorge, Kind. Wir schaffen es schon. Die Wunde blutet nun nicht mehr, bis wir zu einem Heiler kommen ... Wenigstens dazu reicht meine Macht noch.«

Da schüttelte Laira ungläubig den Kopf. »Das ist eine Kunst, die du mich leider nie gelehrt hast, Meister Kirn!«

Er nickte kurz und langte mit dem heilen Arm nach dem Zügel seines Tieres. »Und es ist wohl auch eine, die du vielleicht nie mehr erlernst.«

»Was sagst du da?« rief Laira, die ihren Ohren nicht trauen wollte. »Soll ich denn ausgestoßen werden?«

»Nein«, sagte der Meister lachend. »Aber du hast doch deinen Weg eben gewählt. Du wirst Kriegerin sein, nicht Magierin.«

»Aber wir waren ja noch nicht im Tempel ...«, hob Laira an zu widersprechen.

»Das ist auch unnötig. Du hast drei Räuber besiegt, wie eine geborene Kämpferin. Warum riefst du nicht deine Magien auf, als du die Kerle angreifen sahst?«

Laira wollte schon den Mund zu einer schnellen Erwiderung öffnen – aber dann besann sie sich eines anderen: »Ich griff nach meinen Waffen.«

Nun nickte Kirn. »Aus reinem Instinkt. Aus reinem Herzen. Meister Athan wird erfreut sein zu erfahren, daß er seine Schülerin wiederhat ... Und eine höchst vielversprechende dazu!«

Laira fühlte sich von einem Gemisch aus Freude und Trauer erfüllt. Aber sie wußte, daß Meister Kirn recht hatte. Und sie sah ihn an und sagte: »Kann ich jetzt nie mehr Zaubern üben?«

»Du kennst die Regeln. Waffen und Magie, das verträgt sich nicht«, erwiderte er stirnrunzelnd, um dann aber mit einem milden Lächeln zu schließen: »Laß also den Dolch in deiner Stube, wenn du je wieder in mein Atelier kommen solltest!«

MARELLA SANDS

Marella hat an den Tor-Verlag soeben zwei Romane verkauft, die in derselben Welt und Zeit angesiedelt sind wie diese feine und subtile Erzählung hier. Sie hat den Magister in Anthropologie der Kent State University (bin ich wirklich die einzige Autorin in der ganzen weiten Welt ohne Magister-Grad?) und eine zahme Ratte und einen Leguan. Eine schöne Ergänzung unserer Sammlung – der erste Leguan, glaube ich; AutorInnen haben sonst Katzen, Hunde, Wölfe, Mungos und sogar einen Truthahn – der bislang das Erntedankfest überlebt hat –, aber keine Leguane.
Ihre Story wie ihre beiden Romane, sagt Marella, spiele im Mayareich Tikal, und zwar im fünften Jahrhundert nach Chr. Ihre Erzählung nun basiert auf einer historischen Gestalt: »Denn ›Froschfrühling‹ ist meine Fantasy-Version der ›Frau von Tikal‹, wie die Archäologen sie nennen. Ihr wurde sogar ein Bauwerk geweiht: das einzige Grabmal aus der klassischen Periode von Tikal, das einer Frau gewidmet ist. Und dort ist sie an der rechten Seite ihres Gemahls (also der Ehrenseite) dargestellt. Wir wissen rein gar nichts von ihr, weder ihren Namen noch was sie in ihrem Leben so vollbracht hat, können aber doch vermuten, daß sie eine bemerkenswerte Frau war. – MZB

MARELLA SANDS

Die Schildkröte weint

An die Palastwand gelehnt, starrte Froschfrühling in den wolkenlosen Himmel empor. So hell brannte die Sonne, daß er fast weiß war, ganz als ob sie alle Farbe daraus gesengt und gebleicht hätte. Diese Hitze richtete alles zugrunde. Sogar den roten und orangefarbenen Anstrich ihres Palastes, der von Tag zu Tag mehr abblätterte. Einige der Farbflöckchen landeten nun auf ihrem Gewand. Was für ein Kontrast – dieses Orange gegen das Purpur des Baumwolltuchs, das sie trug!

Ihr kleiner Sohn, der zu ihren Füßen hockte, klatschte mit seinen kleinen Händchen auf die ausgedörrte Erde des Hofes. Er hatte eben gehen und laufen gelernt und praktizierte nun das eine wie das andere mit gleicher Lust ... Im Moment aber interessierte er sich mehr für die dumpfen Laute, die er mit seinen Patschhändchen dem Boden entlockte. Ein bißchen roter Staub, bei seinem Spiel aufgewirbelt, schwang träg um ihn in der stillen Morgenluft.

Es war im Monat Yax, sonst der Höhepunkt der Regenzeit, aber statt der freundlichen schwarzen Wolken, die den *Milpas* der Bauern Wasser bringen, war Tag um Tag nur diese glühendheiße Sonne zu sehen. Ja, die Priester hatten um Regen gebetet und Kopal verbrannt, um mit dessen schwarzem Rauch die Chacs herbeizulocken, die Spender des Wassers. Und sie hatten sich Arme und Beine, Lippen und Ohren zerstochen und ihr Blut den Göttern geopfert. In allen Tempeln der Stadt hatte man Opfer dargebracht – ob Mensch, ob Tier. Und des Nachts war in allen Straßen das Quaken der Uo-Froschknaben zu hören. Aber nichts von all dem hatte geholfen.

Auch Krallenbast persönlich, der König und ihr Gemahl, hatte den großen Göttern von seinem Blut geopfert ... Nicht, daß das irgendwie hilfreich sein könnte – denn Krallenbast ehrte die Götter nicht wie seine Vorgänger im Amt. Weshalb sollten sie sein Blut annehmen? Wenn sie, Froschfrühling, so eine Göttin wäre, würde sie sich durch sein Opfer gekränkt fühlen …

Als ihr Blick nun auf die vier im Hof vor ihren Mahlsteinen knienden Mägde fiel, die als einzigen Schmuck die Holznadeln trugen, mit denen ihr schwarzes Haar hochgesteckt war, mußte sie einen Anflug von Zorn unterdrücken. Als ihr Vater noch König gewesen war, hatte man selbst die Dienerinnen und Mägde mit schönstem Geschmeide geschmückt! Sie hatte Krallenbast schon gebeten, doch das Gesinde zu Ehren des Hauses und der Götter prachtvoll einzukleiden. Aber er hatte ihr das abgeschlagen. So hatte sie das wenige, was sie an feinen Gewändern besaß, unter die Dienerinnen verteilt – aber damit bloß seinen Zorn erregt. Ja, er hatte sie darauf dermaßen geschlagen, daß sie eine Woche lang nicht mehr hatte gehen können.

Daß er, als ihr Gemahl, das Recht habe, sie zu schlagen, das akzeptierte sie. Doch, daß er sie schlug, weil sie zu Ehren der Götter und der Monarchie hatte handeln wollen, das würde sie ihm nie verzeihen.

So verschwitzt waren die Mägde vom Maismahlen, daß ihnen das hochstäubende Mehl schon an Hals und Armen klebte. Aber ihre Hände waren noch flink, und die Haufen feinen Mehls vor ihnen schon ansehnlich.

Da streckte sich die älteste der vier – die, deren bemehltes Haar auch schon vom Grau des Alters gesträhnt war –, und sie hockte sich auf die Fersen, zeigte aufgeregt zur Hofecke und rief: »Herrin! Sieh doch!«

»Ja und?« fragte die und blickte in die angegebene Richtung, ohne aber etwas entdecken zu können, und beugte sich dann zu ihrem Sohn, der dahergerannt gekommen war, um ihre Knie zu umklammern, und strich ihm übers Haar.

»Eine Schildkröte, Herrin … da, siehst du?!« rief die Magd nun ehrfurchtsgroßen Blicks.

So sah Froschfrühling noch einmal hin – tatsächlich, da war eine Schildkröte! Erregung stieg in ihrer Brust auf, und sie löste sich

schnell von ihrem Kind und eilte zur Hofecke. Ja, eine riesige Schildkröte saß da, wohl die Szene studierend – den Kopf gereckt, aber auch mit zwei dunklen Tränenspuren im Gesicht.
Froschfrühling ließ sich auf die Knie fallen und verbeugte sich vor ihr, daß ihre Ohrgehänge aus Muschelperlen klirrten und klimperten ... Schildkröten waren immer ein gutes Omen, denn sie waren die Freunde der Menschen. Sie hatten Mitleid mit ihnen und vergossen ob ihrer Leiden und Mühen dicke Tränen – Tränen, die Wunder bewirken konnten.
Wieder neigte sie den Kopf vor dem alten Reptil und sprach: »Vater Schildkröte, habe Dank für deinen Besuch in unserem Hof. Hab Dank auch für deine Tränen.«
Nun blickte sie auf: Die Schildkröte saß noch genauso da wie zuvor. Da erhob sie sich vorsichtig, wich um einige Schritte zurück, machte darauf kehrt und ging zu ihren Mägden zurück, dabei sehr bedacht, die nötige Würde zu wahren. Oh, sie wäre am liebsten gerannt, hätte am liebsten gejauchzt, frohlockt – nun würde bestimmt bald das Glück im Palast Einzug halten. Aber für die Frau des Königs ziemte es sich nicht, sich wie ein Kind zu verhalten!
»Mädchen, geh Obst für die Schildkröte holen«, hieß sie eine der Mägde. Und die Kleine sprang auf, eilte zur Speisekammer und war bald mit einem kleinen Teller zurück. Froschfrühling runzelte die Stirn – das Obst war alt und voll Druckstellen. Aber sie nahm es ohne ein Wort entgegen. Sie wußte, daß die Vorräte zur Neige gingen, und konnte sich, eingedenk dessen, was ihr letzthin zum Abendmahl an Obst serviert worden war, vorstellen, daß das hier wohl das Beste von ihrem traurigen Rest war.
So ging sie zu der Schildkröte zurück und stellte es vor ihr auf die Erde. Und das weise, alte Reptil blinzelte bedächtig und beobachtete sie dabei – und sie hoffte inständig, daß es am Zustand dieser Gabe keinen Anstoß nehme.
»Bitte, nimm dieses Opfer an«, sagte sie, ihre Verlegenheit übergehend, und nahm ihre Holzarmringe und Ohrgehänge ab und legte sie, zur Entschädigung für die Druckstellen, neben das Obst.
Da blinzelte die Schildkröte erneut. Froschfrühling ließ sie mit

dem Obst und Schmuck allein zurück. Und als ihr kleiner Sohn, der das Reptil jetzt auch entdeckt hatte, dahergerannt kam, fing sie ihn flugs ab, hob ihn im hohem Bogen hoch und in ihre Arme.

»Nein, Kind. Belästige nie Vater Schildkröte, er könnte böse werden. Laß ihn in Frieden!« mahnte sie und ging mit ihm in den dunklen, aber keinesfalls kühleren Palast zurück ... zum erstenmal seit Ausbleiben des Regens wieder voll Hoffnung und frischen Mutes.

Froschfrühling ließ ihren Sohn bei seiner Amme und kehrte in die Gemächer zurück, die sie sich mit Krallenbast, dem König und ihrem Gemahl, teilte. Er saß eben in der Mitte des Saals bei einem kleinen Kaminfeuer, hatte ein Stück Bastpapier im Schoß, den Stachel eines Rochen in den Händen und die Augen fest geschlossen.

Da blieb sie ruhig stehen, um ihn bei den Vorbereitungen zum Blutopfer nicht zu stören, und verfolgte, wie er den Stachel langsam hob und sich damit ein paarmal ins linke Ohrläppchen stach, dabei zwar vor Schmerz das Gesicht verzog, aber weder stöhnte noch die Augen aufschlug ... und dann das Papier ans Ohr hob und sein Blut darauf tröpfeln ließ.

Wenig später öffnete er die Augen wieder und warf das Stück Bastpapier ins Feuer. Und es flammte kurz auf und verging im Nu.

Da stand er gleich auf, schritt zu einem Stapel baumwollener Handtücher und nahm sich eins und hielt es sich ans Gesicht. Doch unter dem Tuch hervor tropfte es weiter so rot.

»Pah«, schimpfte er. »Ich gebe mein Blut, und die Priester geben das ihre, und doch bleibt der Regen aus.«

»Mein Gemahl, die Wunde blutet noch immer«, warf sie da ein. »Laß mich eine der Mägde rufen, damit sie sie verbinde.«

»Laß sie bluten«, knurrte er und verzog sein schönes Gesicht zur Fratze.

Da fragte Froschfrühling sich wieder einmal, wie jemand, der von so edler Gestalt und Erscheinung war wie er, denn nur so abstoßend in Auftreten und Verhalten sein konnte ... Und sie wünschte sich wieder mal, daß ihr Bruder am Leben geblieben und König geworden wäre, damit sie statt dieses ehrgeizigen Fremden da, der mit seiner Beredsamkeit und seinem okkulten Wissen ihren Vater so beeindruckt hatte, eben einen Mann aus dem niedrigeren Adel Tikals hätte ehelichen können.

Nun ließ Krallenbast das blutige Tuch gleichfalls ins Feuer fallen und zog eine leuchtend rote Tunika mit Webmustern von gelben und schneeweißen Vögeln an. Um den Hals trug er eine mehrreihige Kette aus riesigen Jadeperlen, in der Nase einen kleinen Knochenring, in den kunstvoll geflochtenen schwarzen Zöpfen ein paar purpurne Perlen aus Abalonemuscheln. Selbst seine Fußknöchel waren mit Muschel- und Jadeperlenketten schwer behängt.

»Dann laß auch mich Blut opfern«, sprach Froschfrühling da sanft. Sie wußte, daß sich das nicht geziemte ... aber sie wollte etwas tun – irgend etwas –, um ihrer armen Stadt zu helfen.

»Die Götter wollen kein Frauenblut. Du wirst sie nur noch mehr erzürnen!«

»Manchmal wollen die Götter ja das Herz einer Frau ... Warum also nicht ihr Blut?« Sie kannte die Argumente dagegen, aber sie war ihrer auch überdrüssig. Vater Schildkröte Obst und Schmuck zu opfern war eine kleine Geste gewesen, immerhin; aber sie wollte mehr tun.

»Schweig! Wärest du nicht Kan Ebers Tochter, hätte ich dich nie geheiratet!« höhnte er und hieß sie mit einem Wink, ihn allein zu lassen.

Zorn überkam Froschfrühling. Sie hatte als Mädchen genügend Männern den Kopf verdreht, um zu wissen, daß sie keineswegs häßlich war. Und sie war auch nicht faul, eitel und träge. Er wollte ihr ja nur suggerieren, daß keiner sie genommen hätte, wenn sie nicht die Tochter des Königs gewesen wäre; aber sie wußte es besser, wußte, daß es nicht stimmte. Zur Antwort auf seinen Hohn spuckte sie ins Feuer – und zahlte es ihm dann mit gleicher Münze heim: »Nein, du hättest jede geheiratet, die dich zum König machte!«

Da fauchte er vor Wut, war im Nu bei ihr und schlug sie ins Gesicht. Der Schlag ließ sie taumeln und ihre Ohren klingen, aber beileibe nicht zu Boden gehen. Nein, vor diesem Emporkömmling von einem Fremden ginge sie nie in die Knie – sie war die Tochter eines Königs, kein Bauernweib!

»Aufsässig bist du, Frau«, zürnte er, »deine Mutter hat dich schlecht erzogen, dir keine Manieren beigebracht. In meiner Stadt wird auch der Sohn einer aufsässigen Frau aufsässig.« Seine Augen wurden schmal. »Vielleicht ist ja dein Sohn die Ursache dieser Dürre.«

Eiskalte Furcht ergriff da ihr Herz, und die Knie wurden ihr weich. Denn eine der fremdländischen Sitten, die er in Tikal eingeführt hatte, war das Kinderopfer. Aber er konnte doch nicht, würde doch nicht wagen, ihrer beider Sohn zu opfern, oder? Doch auch all ihre Angst brächte sie nicht dazu, sich ihm zu beugen. Nein! Also straffte sie die Schultern und erwiderte fest: »Unser Sohn ist zu jung, um die Götter erzürnen zu können!«

»Mein Blut hilft nicht«, versetzte Krallenbast. »Das liegt an deinem Sohn.«

»Unsrem!« verbesserte sie und fragte sich, warum er sich auf einmal weigerte, seinen Sohn anzuerkennen. Wenn er sie denn der Untreue verdächtigte, würde sie noch vor Sonnenuntergang hier im Hof den Tod einer Ehebrecherin sterben. Für Ehebruch gab es nur eine Strafe ... aber die hatte sie bestimmt nicht verdient, denn sie war ihrem Gemahl immer treu gewesen, und mochte sie ihn auch noch so hassen und verabscheuen.

»Dein Sohn«, beharrte Krallenbast.

Nun baute Froschfrühling sich dicht vor ihm auf. Aber da er einen Kopf größer war als sie, mußte sie den Kopf in den Nacken legen, um in seine Augen sehen zu können.

»Falls du mich des Ehebruchs verdächtigst, mußt du mich dessen anklagen«, sprach sie kalt. »Aber ich würde auf deine Anklage spucken. Ich bin Froschfrühling, Kan Ebers Tochter, vom Geschlecht der großen Jaguartatze! Und ich kenne meine Pflicht und das Gesetz. Ich habe mir in diesem Punkt nichts vorzuwerfen.«

Wütend hob er die Rechte, aber sie zuckte nicht auch nur mit den Wimpern. Da ließ er seine Hand langsam wieder sinken und wandte sich jäh ab. »Unser Sohn!« sagte er. »Gut denn, Frau, es ist Zeit, etwas gegen dieses Unglück zu tun. Wir müssen ein Opfer darbringen.«

»Es wurde doch schon viel geopfert: Blut und Menschenherzen, Kopal ...«, erwiderte Froschfrühling, voll Angst vor dem, was ihr Gemahl als nächstes sagen würde.

»Diesmal muß unser Sohn das Opfer sein«, versetzte er ruhig. »Nur der Sohn eines Königs kann nun noch für uns eintreten. Er muß hinab, auf den Grund des heiligen Cenote, um mit dem Chac zu sprechen. Er muß ihn mit seiner zarten Kinderstimme um Regen für uns bitten.«

»Nein«, flüsterte Froschfrühling da, und das Herz wurde ihr eiseskalt in der Brust. Nicht ihren Sohn! Zum Opfer erwählt, geopfert zu werden war eine hohe Ehre ... aber der Gedanke, zusehen zu müssen, wie man ihr den einzigen Sohn ins Wasser warf, war ihr unerträglich. »Nein, dann gehe ich an seiner Statt!«

»Du?« höhnte Krallenbast und setzte sich auf eine Bank und wischte sich wieder das Blut aus dem Gesicht.

Froschfrühling wartete schweigend ab.

»Gut denn«, sprach er endlich und grinste spöttisch. Da biß sie sich vor Wut auf die Zunge – das also hatte er die ganze Zeit im Sinn gehabt ... Er hatte gar nicht den Jungen opfern, sondern sich ihrer entledigen wollen. Als Ehebrecherin oder als Opfer – das war ihm gleich, wenn er sie nur los wäre!

Aber zu spät jetzt. Sie hatte es angeboten und der König es angenommen. Froschfrühling nickte und ließ sich ihre Wut und Empörung nicht anmerken.

»Dann gehe und bereite dich vor, Frau«, sagte er. »Zu Mittag muß das Opfer in den Cenote.«

Sie verbiß sich die Antwort, die ihr auf der Zunge lag, und machte kehrt und ging hinaus. Und sein Lachen folgte ihr den Flur entlang.

Die Mittagssonne verbreitete mörderische Hitze. Ein Priester fesselte der Königin vor dem Cenote die Fußknöchel, während ein zweiter sie bei den Handgelenken hielt. Als die Knöchel ver-

schnürt waren, fesselte er sie an beiden Händen. Und sie vermied es all die Zeit, in das tiefblaue Wasser zu blicken ... dort zwanzig Klafter unter ihren Füßen.
Reglos, erhobenen Hauptes stand Froschfrühling da, die Augen geradeaus gerichtet, und mit nur dem einen Wunsch im Herzen: sich umzudrehen, um ihr Kind noch einmal zu sehen, aber fest entschlossen, dem nicht nachzugeben. O nein, sie würde ein würdiges Opfer sein ... tapfer und weder von der Hitze noch von dem Weinen ihres Kindes wankend werden.
»Nehmt dieses Opfer an, ihr Götter!« rief der Hohepriester, ein Mann, der mit Krallenbast einst nach Tikal gekommen war. Er war in eine lange, hellblaue Robe gehüllt, trug dazu ein Jaguarfell um die Schultern und vor dem Gesicht eine Maske aus Perlmutt- und Jadeperlen.
Nun umfingen starke Männerarme sie von hinten, und kaum daß sie die Augen geschlossen, wurde sie schon hochgehoben und ins Leere geworfen ...
Schmerz durchzuckte sie, als sie dann auf dem Wasserspiegel aufschlug. Sie riß den Mund zum Schreien auf, aber da schoß ihr Wasser den Schlund, die Kehle hinunter ... Verzweifelt um Atem ringend, zerrte sie an ihren Fesseln, doch die waren so stark, so eng und fest. Die Ohren klangen ihr, und am Herzen zog und kitzelte es ihr seltsam. Panik überfiel sie, raubte ihr den Verstand, und sie wand, wehrte sich wie wild, aber da kam Nacht über sie, und das Pochen ihres Herzens erstarb im Klingen und Singen.
Wieder zappelte, zerrte sie – und jetzt riß ihre Seele sich mit einem Ruck los. Und Froschfrühling fühlte sich so leicht wie Luft, frei wie eine Wolke, und spürte weder Schwere noch ihren Körper mehr. Ja, sie war ihm entwichen.
Für ihre Geistaugen war das Wasser von blendend hellem Blau. Entzückt von den schimmernden Farben, ließ sie sich treiben. Aber nun erinnerte sie sich wieder an ihre Aufgabe und hielt nach dem Haus des Chac Ausschau: am Grunde des Cenote sollte es stehen. Mit starken Stößen stieß sie in die Tiefe, wo die Sonne alle Luftblasen in schwimmende Edelsteine verwandelte. Und sie lachte – das Wasser, das an ihrem Geist vorbeiglitt, war wärmer,

angenehmer und weit lieblicher als jedes Kleid, das sie einmal getragen.
Das Haus des Chac war winzig klein, aber so prächtig, daß es ihr wie ein Miniaturpalast vorkam. Da ließ sie die Geistfüße auf den Grund des Cenote sinken, schritt zu dem Häuschen hin und trat beherzt ein – fest entschlossen, die Ursache für Tikals Heimsuchung und Leid zu entdecken.
Der Chac saß auf seiner Kaminbank und sah nach seinem Feuer. Das glühte zwar eher blau als rot oder gelb, flackerte aber, tanzte und züngelte wie jedes andere auch.
Nun erhob der Chac sich. Groß war er und blauhäutig, und er hatte den aufs Idealmaß verlängerten Kopf und einen leichten Silberblick. Seine schwarzen Augen lohten vor Zorn. Da blieb Froschfrühling ganz gebannt vor ihm stehen. Sie hatte ihren Gemahl immer für einen schönen Mann gehalten, aber der Chac stellte ihn weit in den Schatten.
»So, der König schickt seine Gemahlin als Fürsprecherin und Bittstellerin. Sollte ich mich darum geehrt fühlen oder doch beleidigt, weil er nicht selber kommt?« sagte der Chac, und seine Stimme klang von den klaren, zarten Weisen der Ströme und dem Donner des Wasserfalls wider.
Die Königin sank vor ihm auf die Knie und sprach: »O edler Chac, ich bin gekommen, Erbarmen und Hilfe für mein Volk zu erflehen. Die Regen sind ausgeblieben dieses Jahr, und also wollen unsere Feldfrüchte nicht wachsen. Die Erde der Milpas liegt rissig und ausgedörrt unter dem Antlitz der Sonne.«
Der Chac zog ruhig seine blau-grün gestreifte Tunika zurecht und setzte sich wieder. »Natürlich regnet es nicht«, gab er zurück. »Ich habe Kumku Chac, meinen Vater, gebeten, dieses Jahr die Regen zurückzuhalten, bin ich doch schwer gekränkt worden. Nun warten er und die übrigen großen Chacs jenseits der Grenze von Holhum Taz Muyal im Lande des Chun Caan, bis ich nach ihnen rufe.«
»Man hat dich beleidigt?« rief Froschfrühling aus. »Wer hat das getan?«
»Dein Gemahl natürlich«, versetzte der Chac. »Er ist ja seit gut

vier Jahren König, hat es aber nicht für nötig gefunden, mich mit einer Zeremonie zu ehren, die meiner Bedeutung und Größe würdig ist. Ja, man hat mir keinen Jadeschmuck mehr in die Cenote geworfen. Kein feines Baumwolltuch und auch kein schönes Federwerk hat mehr den Weg zu mir gefunden. Und die Opfer, die er mir darbrachte, waren ganz unangemessen.«

»Aber die Menschen haben Tiere und Tabak und Kopal geopfert, ja, gar ihr Blut und ihre Herzen! Auch mein Mann hat dir von seinem Blut geopfert«, wandte sie ein, entsetzt darüber, daß das schändliche Tun ihres Mannes ihr gutes Land Tikal an den Rand des Verderbens gebracht hatte.

Da sprang der Chac aber auf und erwiderte, erregt auf und ab gehend: »Pah! Und weshalb hat er mir dann Kinder geschickt? Was für ein Affront! Ein Opfer, das sollte ein tapferer Jüngling oder eine tugendhafte Frau sein, jemand, mit dem zu sprechen eine Ehre für mich wäre. Jemand, der sich das Recht verdient hat, mich um etwas zu bitten. Aber so ein Kind, das kommt hier daher, ohne zu wissen, warum es gesandt wurde und wie es mich um eine Gunst angehen soll.«

»Wie kann ich mein Volk retten?« fragte sie besorgt. »Oder sollen wir alle wegen Krallenbast verhungern?«

»Das habe ich mir auch schon überlegt«, grunzte er. »Aber da hat sich heute einer für euch verwandt ... Vater Schildkröte sagte mir, daß du gut zu ihm warst und ihm von dem wenigen, was dir an Speise geblieben ist, noch etwas abgegeben hast.«

»Mit Vater Schildkröte teile ich gerne, was immer ich habe«, erwiderte Froschfrühling schlicht.

Der Chac lachte. »Die meisten Menschen sagen das nur so, du meinst es aber wohl wirklich ... Gut, dafür gebe ich dir eine Chance, meinem Zorn zu entgehen!«

»Ja?«

»Wenn Krallenbast morgen bei Tagesanbruch nicht länger König ist, bitte ich meinen Vater Kumku Chac, von Holhum Taz Muyal herzufliegen und die Regen mitzubringen. Wenn er aber König bleibt, tue ich diese Bitte nicht.«

»Wie, von wem könnte er gestürzt werden?« forschte sie. »Der

Hohepriester ist doch seine Kreatur ... Oder forderst du sein Leben, soll er dir Opfer sein?«

»Nein, das gewiß nicht ... Solche Ehre hat er nicht verdient! Aber das Wie ist deine, nicht meine Sache. Du bist doch eine Jaguartatzenfrau und die Tochter Kan Ebers. Großer Aufgaben bist du würdig. Entledige dich also des Fremden und regiere du an deines Sohnes Statt, bis er groß ist.«

»Regieren? Aber ich bin doch eine Frau ... Noch nie hat eine Frau Tikal regiert!«

»Noch nie saß hier eine Frau auf dem Thron«, präzisierte er. »Was nicht heißt, daß hier noch nie eine Frau regiert hätte. Ein ungewöhnliches Los, sicher. Aber es könnte das deine sein. Vater Schildkröte hält dich dessen für würdig. Und jetzt, da ich mit dir gesprochen habe, bin ich geneigt, ihm beizupflichten.«

Froschfrühling überlegte kurz, verneigte sich dann, bis sie mit der Stirn den Boden berührte, und erwiderte: »Ich werde tun, was du verlangst, mächtiger Chac.«

Der Chac nickte. »Dann geh nun, Frau. Die Zeit verstreicht, und du hast nur bis zum Morgen ...«

Da richtete sie sich auf und verließ rückwärts gehend sein Haus. Und erneut im offenen Wasser, schwebte sie, als eben jemand ein Seil in den Cenote herunterließ, zu ihrem Körper zurück und vereinigte sich wieder mit ihm, und dies war ihr ein Gefühl wie bei einer Heimkehr.

Die Fesseln waren ganz von ihr abgefallen, und so reckte sie die Hände und faßte das hilfreiche Seil, zog sich daran hoch und streckte den Kopf aus dem Wasser.

»Sie lebt noch!« rief jemand vom Rand des Schachts, und dann drängten sich andere herbei, um das Wunder mit eigenen Augen zu sehen. Sie jedoch hielt sich erschöpft an ihrem Seil fest und starrte zu den Leuten hoch, ohne aber viel zu sehen. Und blinzelte. Es war so dunkel – war es etwa schon Nacht?

Dann kletterte ein Mann flugs am Seil herunter und ließ sich neben ihr ins Wasser plumpsen. »O Herrin«, prustete er. »Die Götter waren gnädig. Sie haben dich uns zurückgegeben!«

Sie holte Atem, um ihm zu antworten – würgte aber plötzlich und spie, spuckte soviel Wasser, daß er ihr schnell das Seil um die Brust schlang und fest verknotete, dann jemandem oben am Cenoterand ein Zeichen gab. Schon spürte sie, wie sie aus dem Wasser gehievt wurde, und das erneute Gefühl von Schwere schien ihr nun seltsam bedrückend. Sie kam sich so plump und schwerfällig vor – wünschte sich für einen Moment, wieder so leicht und anmutig wie als Geist zu sein.

Da griffen Hände nach ihr und zogen sie über den Brunnenrand und betteten sie sanft auf den Rücken. Schwer atmend lag sie da, keuchend und hustend. Jemand befreite sie von dem Seil.

Als sie endlich wieder sprechen konnte, hob sie den Kopf und fragte hastig: »Wo ist der König?«

»Im Palast, Herrin«, erwiderte ein Mann in ihrer Nähe. »Die Priester sind bei ihm.«

Nun setzte sie sich vorsichtig und langsam auf, versuchte aufzustehen, spürte dabei aber etwas Hartes in der rechten Sandale, tastete danach, holte es heraus und hielt es hoch – ein Steinchen, wie eine Träne geformt. So dunkelgrün wie ein Schildkrötenpanzer. Oder wie eine Schildkrötenträne. Und so schloß sie ihre Hand fest darum und mühte sich, die eigenen Tränen zurückzuhalten ... Sie hatte noch viel zu erledigen in dieser Nacht. Besser, sie sparte sich ihre Tränen für später auf.

Tapfer machte sie erneut Anstalten aufzustehen. Ihre Glieder schienen noch kraftlos, und die Knie zitterten ihr, aber nun gelang es ihr doch, auf die Beine zu kommen. Da warfen sich die Menschen ringsum mit dem Gesicht in den Staub, um ihr zu huldigen. Dieser Glaube wärmte ihr das Herz. Sie hoffte nur, daß sie sich seiner würdig erwiese.

So machte sie sich auf zum Palast. Die nasse Robe klebte ihr am Leib, das Haar lag wie angepatscht an Kopf und Hals. Aber die Luft war so trocken, daß sie, wie eine Verdurstende, ihr jedes Naß von Haut und Haaren sog. So war denn, als sie zum Palast kam, ihr Gewand nur noch etwas feucht und flatterten ihr die Haarspitzen schon wieder um den Kopf.

Sie fühlte sich so schwach wie ein Neugeborenes und konnte sich kaum aufrecht halten, hätte es sich aber nie erlaubt, jetzt zusammenzubrechen – nicht vor all diesen Menschen, die ihr in ehrfurchtsvollem Schweigen folgten. Die Verehrung, die sie ihr erwiesen, war ihr eine fast ebenso schwere Bürde wie der Bescheid des Chac.

Die stolzen Gardisten, die da, mit Speeren und Wurfschlingen bewaffnet, das Palasttor bewachten, starrten sie nur an, ja, starrten sie völlig ungeniert an. Normalerweise hielten sie die Augen gesenkt, wenn sie vorbeiging. Aber sie hatten auch noch nie ein Opfer zurückkehren sehen. Und so ignorierte sie diese Blicke und betrat den Palast, allein.

Unsicherheit befiel sie für einen Moment. Sie war ja noch nie im Thronsaal des Königs gewesen. Frauen hatten da keinen Zutritt. Aber wenn sich Krallenbast nun dort aufhielt, mußte sie dorthin gehen. So nahm sie allen Mut zusammen. Der Mann, der vor dem Saal Wache stand, hob die Rechte, um ihr Einhalt zu gebieten, aber sie übersah ihn. Da ließ er sie passieren – er wußte wohl auch nicht, wie er sich einem wiederkehrenden Opfer gegenüber zu verhalten hatte.

Krallenbast saß auf dem Podium und war eben dabei, mit einem der Priester Wahrsageknochen zu werfen. Das Geräusch ihrer Schritte ließ ihn herumfahren, und nun starrte er sie an, schweißtriefenden Gesichts – und der Kiefer fiel ihm herab vor Verblüffung. Er versuchte zu sprechen, brachte aber nur ein Krächzen hervor.

All seine Höflinge im Saal wichen erschrocken vor ihr zurück und verbeugten sich tief, als sie an ihnen vorbeischritt. Da erhob Krallenbast sich von seinem Thron, daß er sie wohl um Haupteslängen überragte, und verzog den schönen Mund zum bösen Knurren.

»Hinaus mit dir, Weib!« schrie er mit hoher und nervöser Stimme. »Frauen haben hier nichts zu suchen!«

»Ich bin das Opfer, vom Chac zurückgeschickt, damit ich dir seinen Beschluß überbringe«, erwiderte sie ruhig. »Für mich ist heute nacht kein Ort in dieser Stadt tabu.«

»Allerdings«, mischte sich der Hohepriester ein, obwohl ihm das einen giftigen Blick von Krallenbast einbrachte. »So sprich, Opfer. Wie lautet der Beschluß des Chac?«

Da wies Froschfrühling auf ihren Gemahl. »Die Regen bleiben aus, weil deine Gaben des Chacs nicht würdig sind«, warf sie ihm vor. »Die Gesellschaft der Kinder, die du ihm schickst, erfreut ihn nicht. Und er hat keinen neuen Schmuck mehr bekommen, ob Jade- oder Muschelperlen. Du geizt mit deinem Reichtum. Dafür geizt der Chac mit dem Regen.«
Krallenbast lachte. »Das ist doch lächerlich!« fauchte er. »Und jetzt hinaus mit dir!«
»Nein«, versetzte sie. »Denn dies hat heute nacht ein Ende.«
»Was hat ein Ende?«
»Deine Herrschaft«, erwiderte sie ruhig. »Der Chac hat klar gesagt, daß es nicht regne, solange du an der Macht bleibst. Mein Sohn muß vor Morgengrauen zum König erklärt werden.«
»Blasphemie!« keifte nun der Hohepriester. »Nur die Götter können einen König absetzen.«
Aber sie sagte sich, daß es ihm dabei ja mehr um seinen Rang als höchster geistlicher Würdenträger des Reichs denn um die Angst vor Lästerungen ging, und versetzte also ruhig: »Die Götter haben gesprochen. Er wird abgesetzt.«
Jetzt stellte sich der Hohepriester schützend vor den König. »Nein, sage ich, das wird er nicht! Du lügst, Frau. Geh mir aus den Augen! Die Götter sprechen zu mir, nicht zu dir.«
Aber sie dachte an Vater Schildkröte und die Tränen, die er um ihretwillen vergossen hatte, und sprach: »Nein, du irrst dich. Tritt hinaus vor das Volk und erkläre meinen Sohn zum König ... sonst gibt es keinen Regen.«
Der Hohepriester breitete die Arme und schloß die Augen und verfluchte sie: »Mögen die Mächte der Finsternis heute nacht über dich kommen. Möge sich Bolon Ti Ku im Dämmer Xibalbas um deine aufrührerische Seele kümmern.«
»Niemand schickt mich nach Xibalba!« beschied sie ihn.
Doch der Priester holte aus dem Lederbeutel an seiner Hüfte sein Opfermesser hervor. »Die Hand Gottes verdamme dich zu einem Leben nach dem Tod«, fluchte er und hob die Klinge aus schwarzem Glas über seinen Kopf. Und der scharfe Obsidiandolch glühte blau, nur schwach erst und kräftiger dann.

Froschfrühling aber drückte nervös den grünen Stein in ihrer Hand und kämpfte gegen die Angst an. Noch nie zuvor in ihrem Leben hatte sie gewagt ... solch einem Priester die Stirn zu bieten. Aber der Chac hatte es verlangt. Und sie vertraute darauf, daß er wußte, was sie zu ihrem Besten tun mußte. Er und Vater Schildkröte.

Eine merkwürdige Mattheit kam ihr in die Glieder gekrochen, rollte sich ihr rund ums Herz. Und sie fühlte, daß es immer langsamer schlug ... und immer langsamer ... Und sah, daß der Hohepriester lächelte und die Dolchspitze auf sie richtete ...

Da drückte sie den Stein, daß ihr das Herz sprang und sprang und alles ringsum wieder klarer wurde ... und alle Geräusche wieder lauter wurden. Und sie holte tief Luft und straffte wild entschlossen die Schultern.

Darauf runzelte der Priester die Stirn und stimmte ein Lied in einer Sprache an, die ihr unverständlich war. Schon stieg die Müdigkeit wieder in ihren Gliedmaßen hoch und griff nach ihrem Herzen. Beklemmung befiel sie dann, als ob man ihr ein starkes Seil mehrmals um die Brust geschlungen und ganz fest angezogen hätte. Ja, nun bekam sie gar keine Luft mehr ...

Heiße Wut stieg in ihr auf: Sie war das wiedergekehrte Opfer – und dieser elende Priester dort hatte kein Recht, sich ihr entgegenzustellen! Und mit ihrem letzten Funken Kraft holte sie weit aus und warf den grünen Stein nach ihm.

Sie traf ihn so fest ins Gesicht, daß er gellend aufschrie und sein Opfermesser fallen ließ. Und es zersprang auf dem Steinboden in tausend Splitterchen, die in alle Richtungen flogen.

Von seinem bösen Bann befreit, holte Froschfrühling keuchend Atem. Und da sie ringsum all diese Jungpriester und Höflinge des Königs sah, die sich jammernd ihre scharfen Glasscherben aus der Haut zogen, blickte sie an sich selbst herab, konnte aber nicht eine finden – das Glas hatte sie verschont.

Erleichtert und gestärkt ging sie zu dem Hohepriester hin, der dort rücklings auf dem Boden lag. Mit geweiteten Augen starrte er hoch zu ihr, und der Mund stand ihm offen, aber es war kein Atem mehr in ihm.

Nun kam Krallenbast herbeigestürzt und brüllte: »Was hast du getan? Dafür wirst du hier sterben!« Dabei las er den grünen Stein auf – ließ ihn aber mit einem ohrenbetäubenden Schrei gleich wieder fallen.
So bückte sie sich, hob den Stein auf und nahm ihn wieder an sich.
Da hielt ihr Gemahl ihr anklagend seine Hand vor Augen, und die rauchte und war, wo sie den Stein berührt, pechschwarz verbrannt.
»Du bist nicht länger König hier«, sagte Froschfrühling. »Du wirst Tikal heute nacht verlassen und nichts mitnehmen außer etwas Trinkwasser und Essen. Du gehst mit nichts als einem Lendentuch und Sandalen angetan und läßt all deinen Schmuck und deine kostbaren Gewänder zurück. Die opfere ich morgen mittag dem Chac unseres Cenote, zur Buße für deinen Geiz in all den Jahren.«
Krallenbast drückte die verbrannte Hand an seine Brust und schrie: »Das kannst du nicht! Ich bin und bleibe der König. Diese Männer sind mein Gefolge. Sie tun, was ich sage.«
Da drehte Froschfrühling sich langsam zu all den winselnden Höflingen um – und keiner von ihnen wagte es, ihren Blick zu erwidern. »Wer meinen Mann ins Exil begleiten will«, sprach sie, »kann gehen. Wer sich bereit erklärt, meinen Sohn als König von Tikal, mich aber als seine Regentin anzuerkennen, mag bleiben, sobald er, mit der Hand auf dem bewußten Stein, dem neuen König und den Göttern die Treue geschworen hat ... Aber seid gewarnt: Mein Stein duldet keine Lüge.«
Wütend faßte Krallenbast nach ihr, aber sie wich ihm aus mit einem Schritt. »Hinaus«, fauchte er. »Schafft sie hinaus!«
Da musterte Froschfrühling die Höflinge scharf, aber keiner machte Anstalten, ihm zu gehorchen. Also schritt sie zu dem erstbesten von ihnen und hielt ihm ihren Prüfstein hin. Und der Mann schrak zurück ... berührte ihn dann aber doch, mit zitternder Hand.
»Ich gelobe Treue, deinem Sohn wie auch den Göttern«, stieß er zwischen klappernden Zähnen hervor und zog gleich hastig die Hand wieder zurück. Doch die war unversehrt und heil.

»Dann magst du bleiben«, versetzte Froschfrühling und nickte und unterzog die übrigen Anwesenden, einen nach dem anderen, ihrer Prozedur. Jeder der Männer gelobte ihr unverbrüchliche Treue und berührte den Stein, ohne Schaden zu nehmen. Manche von ihnen zeigten Anzeichen von Furcht, aber manche auch von Erleichterung ... Also hatte Krallenbast mit seiner seltsamen Art nicht nur sie erzürnt und beschwert.

Als alle die Prüfung abgelegt hatten, drehte sie sich wieder zu ihm um und sprach: »Du bist es, der fort muß. Und das auf der Stelle!«

Diesmal leckte sich ihr Mann nervös die Lippen und sah sich hilfesuchend nach allen Seiten um ... aber keiner wollte ihm beistehen. So erhob er sich und kam von seinem Podium herab.

»Nein«, sagte sie bestimmt. »Dein Gewand und deinen Schmuck! Die läßt du hier.«

Er starrte sie zornig und haßerfüllten Blicks an, sagte aber kein Wort. Dann legte er stumm die Federkrone und die Tunika aus feinster Baumwolle ab, all seine Halsketten auch und die Ohrringe – bis er mit nichts als Bastsandalen und dem weißen Lendentuch angetan vor ihr stand.

»Und jetzt verschwinde aus der Stadt«, sagte sie. »Und komme nie wieder zurück. Wenn doch, lasse ich dich töten.«

Da schlich er langsam an ihr vorbei und zum Saal hinaus. Und seine Höflinge hoben den Blick nicht vom Boden und sahen ihm nicht hinterdrein. Froschfrühling aber folgte ihm in kurzem Abstand und eröffnete der Palastwache, die der Anblick ihres fast nackten, all seiner Amtsinsignien entblößten Herrn vor Schreck und Bestürzung auffahren ließ:

»Er ist nicht länger König. Das ist jetzt mein Sohn. Dieser Mann verläßt Tikal und darf nie mehr zurückkehren.«

»Sie lügt!« schrie Krallenbast. »Tötet sie! Tötet sie!«

Während der Wächter zu ihrer Linken noch zögerte, hob der zu ihrer Rechten schon die Lanze. Doch rückte sie ihm so auf den Leib, daß er seine Waffe nicht mehr gebrauchen konnte, und hielt ihm den Stein unter die Nase.

»Mein Sohn ist jetzt König«, sprach sie dann. »Dieser Stein ist mein Zeuge. Berühre ihn! Verbrennst du dich nicht daran, kannst du bleiben. Anderenfalls gehst du mit meinem Mann ins Exil.«

Der Wächter wich einen Schritt zurück – verwirrt, aber nicht überzeugt – und hob erneut die Lanze. Nun ergriff jäher Zorn so von ihr Besitz, daß sie auf ihn losging und ihm den Stein kurz auf die tätowierte Brust preßte.

Gellend schrie der Mann: Nur ein roher, roter Brandfleck war geblieben, wo sie ihn berührt. Doch als er wieder das Eisen gegen sie hob, stellte sich sein Kamerad schnell vor sie und richtete den Dolch auf den Gebrandmarkten und rief:

»Nein, tu ihr nichts!« – und an sie gewandt – »Herrin, ich will den Stein berühren.«

Und als sie ihm den Stein hinhielt, langte er mit der Linken danach und berührte ihn kurz. Und zog seine Hand unversehrt und heil zurück.

»Ihr könnt ihr nicht glauben«, warnte Krallenbast.

»Sie ist für ihr Volk gestorben und wurde von den Göttern zu uns zurückgesandt«, erwiderte ihm der Wächter. »Sie hat den Beweis dafür. Nun wirst du mit diesem anderen Mann da Tikal verlassen, denn eure Brandmale beweisen, daß die Götter euch verworfen und verstoßen haben.«

Krallenbast spie Gift und Galle, setzte sich dann jedoch in Bewegung. Und sein gebrandmarkter Wächter, dem die Angst ins Gesicht geschrieben stand, der folgte ihm.

Da vernahm Froschfrühling ein Geraschel und Getuschel hinter sich. Und als sie sich umdrehte, sah sie alle Höflinge dicht gedrängt im Palasteingang stehen.

»Herrin«, hob einer von ihnen an. »Wird es jetzt regnen?«

»Ja«, sagte sie. »Vorausgesetzt, Krallenbast verschwindet auf der Stelle.«

»Dann gehst du nun wohl besser«, wandte der Mann sich an den entthronten Herrscher. »Ich rufe den Rest der Wache, damit sie das sicherstelle.« Darauf machte er kehrt und verschwand im Palast.

Krallenbast drehte sich wortlos um und zog ab, den Rücken so ge-

rade wie eine Kerze, die Fäuste geballt ... Der verbrannte Krieger folgte ihm in einigem Abstand.
Schon rötete die erste Sonnenglut den östlichen Horizont. Da sah Froschfrühling zum Himmel hoch, besorgt, der Chac könnte sein Versprechen nicht einhalten.
Aber die Sorge war unbegründet – dicke Wolken sammelten sich nun am Horizont und bedeckten bald das ganze Firmament, als alle großen Chacs, aus Holhum Taz Muyal losgelassen, hinter Vater Kumku Chac dahergeflogen kamen, die Wolken und Winde und Wasser zu vereinen.
Froschfrühling umklammerte lachend den grünen Stein: Ringsum fielen die ersten Regentropfen, klatschten auf die trockenen Ziegel der Terrasse. Die Höflinge sangen eine Freudenweise, und der verbliebene Wächter kniete in ehrfürchtiger Scheu zu ihren Füßen nieder.
Jetzt wäre sie am liebsten durch diese Stadt gerannt, um den Regen durch ihr Haar, ihre Haut hinabrinnen zu spüren, aber sie war doch kein kleines Mädchen, sondern die Mutter eines Königs!
Aber was wäre schon schlimm daran? Vater Schildkröte hatte eingegriffen, und der Chac hatte sein Versprechen gehalten. Der Regen war nach Tikal zurückgekehrt; nun würde der Mais wachsen und ihr Volk gedeihen. So stürmte sie mitten durch den Wolkenbruch zum Großen Platz hin und stimmte ein in den Jubel und das Dank- und Freudengeschrei der Einwohner ihrer guten Stadt Tikal.

KATHLEEN DALTON-WOODBURY

Kathleen Dalton-Woodbury ist Direktorin des »Science Fiction and Fantasy Workshop«, eines bundesweiten Netzwerks für neue und aufstrebende Science-fiction- oder Fantasy- oder Horror-AutorInnen, und sie schreibt für deren Monatszeitschrift die Marketingkolumne. Sie gibt auch ein kleines Literaturmagazin heraus (»Promises, Pro-mss«), mit Science-fiction-, Fantasy- und Horrorstorys und je drei Rezensionen von professionellen SchriftstellerInnen zu jedem Text.
Was noch? Kathleen ist mit einem Chemotechniker verheiratet und hat drei Töchter; sie selbst hat Mathematik und Maschinenbau studiert.
Ihre Heldin in dieser Story ist eine Art Gestaltwandlerin, aber eine mit einem ziemlich ungewöhnlichen Zug. Und wie die Gestaltwandler selbst, ist auch diese Geschichte nicht ganz, was sie scheint ... – MZB

KATHLEEN DALTON-WOODBURY

Der Wille der Götter

Spätnachmittag. Die Erste Tochter Moratiri saß in ihrem Zelt und fütterte den Mungo »Tänzerin« auf ihrem Schoß, hielt ihm dabei die Brocken Fleisch so hin, daß das schlanke Tier sich zu seiner ganzen Höhe recken und mit seinen krallenbewehrten Pfötchen sogar auf ihre Schultern stützen mußte, um daran zu kommen und dabei die Balance zu halten. Da sah sie, daß der Vorhang zum äußeren Gemach bebte, und hörte jemanden wispern: »Gnädige Herrin, Zeraphane, Dienerin des Hauses Elmirais ...« Und schon trat eine hochgewachsene Frau herein und warf sich ihr zu Füßen.

Verdutzt ließ Moratiri sich von ihrem Schoßtierchen die halb erhobene Leckerei aus der Hand schnappen – nahm es dann aber am Kragen und setzte es samt Freßnapf neben ihrem Sessel auf den kostbaren Teppich, der den Zeltboden bedeckte. Elmirais! Vater hatte ihm zum Lohn für die Eroberungen riesiger Länder ihre Hand versprochen. Und jetzt feierte er, zu genau dieser Stunde, mit den anderen Herren und Kriegern im Großen Zelt in der Lagermitte und würde sie, Moratiri, bei Morgengrauen aus der Hand ihres Vaters zur Frau erhalten. Warum kam seine Dienerin dann noch zu ihr? Es war doch alles vorbereitet und bereit. Was wäre jetzt noch zu sagen oder gar zu tun?

Also beugte sie sich von ihrem hohen gepolsterten Sitz und strich der Dienerin über die ehrerbietig entblößte Schulter. »So sprich denn.«

Zeraphane sah flehentlichen Blickes zu ihr auf, schlug dann die Augen nieder und murmelte: »O gnädige Erste Tochter des Allmächtigsten Ersten Vaters unseres Landes, hör mich an!«

»Ich höre.«

»Gnädige Erste Tochter, ich bin im fernen Zenoby geboren und

wurde da, ehe der Erste Vater es eroberte, von meiner Mutter in ihren Künsten und denen ihrer Mutter und der Mütter aller Zeiten bis zurück zum Anfang allen Seins unterrichtet ... Mit Hilfe dieser Künste habe ich nun entdeckt, daß auf Elmirais, den Sohn meiner Seligsten Herrin Illiandra, möge sie bei den Göttern ruhen, ein Anschlag geplant ist.«
Da runzelte Moratiri die Stirn. »Ein Anschlag? Welcher Art? Vergiß die Formen und Floskeln und sprich!« Ein Anschlag auf ihren Verlobten, das wäre ein Anschlag auf den Ersten Vater ... und deshalb nicht zuzulassen.
Zeraphane nickte. »Im Festwagen ist eine Todesschlange. Sie wird Elmirais, den Sohn meiner Seligsten Herrin Illiandra, zu Beginn der feierlichen Prozession töten.«
Moratiri hätte zu gerne gefragt, wie sie dies denn entdeckt habe, aber ihr war klar, daß das verlorene Zeit gewesen wäre – keine Zenobyterin teilte das geheimste Wissen ihrer Mütter mit Fremden, und Fremder war, wer nicht zur Familie oder zu ihrem Volk gehörte. Außerdem gab es nun weit Wichtigeres in Erfahrung zu bringen! »Weißt du, wer sie da plaziert hat und warum?«
Die Dienstmagd zuckte mit den Schultern. »Es gibt viele, die den Auserwählten des Ersten Vaters töten möchten ... Ich weiß nur, daß du mir helfen kannst, ihn zu retten.«
Wirklich, konnte sie das? Und wollte sie es denn auch? Was, wenn Elmirais sich völlig verändert hatte? Wenn er sich bei seinem um ihre Hand geführten Kampf für Ruhm und Ehre um so mehr verändert hatte, je mehr Ruhm und Ehre er da errungen? Wenn es ihm nicht länger um sie, sondern um Schlachtenlärm und um Siegeslust ging? Sie hatte ja seit seiner triumphalen Rückkehr keine Gelegenheit gehabt, mit ihm zu sprechen – nur seinen Blick mitbekommen, bei der Verlobung durch den Ersten Vater. Doch das Leuchten in seinen Augen konnte viele Gründe und Ursachen gehabt haben!
Aber blieb ihr denn noch eine andere Wahl? Wenn dieser Krieg ihn verändert hatte, war er eben jetzt ein anderer. Wenn er neuerdings den Krieg liebte, würde er eben wieder ausziehen und ihn suchen, und sie bliebe allein zurück, als Frau eines vom Ersten Va-

ter geehrten Helden. Es sei denn, er fände den kommenden Tag den Tod.
»Hast du jemand anderem davon erzählt, Elmirais etwa?«
Zeraphane schüttelte hastig den Kopf. »Er ist noch nicht vom Ritualbad und der Feier zurück«, sagte sie und hob die Hände wie zum Gebet. »Ich hielt Mittagsschlaf ... ich bin ja nicht mehr so jung ... und da sah ich im Traum diese Schlange. Oh, ich wußte erst nicht, was tun, aber dann besann ich mich auf meine Künste, und die Götter verwiesen mich an dich. Da bin ich auf der Stelle hergekommen.«
Mit wem sollte sie nun darüber sprechen? Der Erste Vater war bestimmt noch beim rituellen Festmahl – aber er sollte doch von dem geplanten Attentat erfahren, das letztlich gegen ihn gerichtet war. Sie mußte ihn also aufsuchen, sobald er sich in sein Zelt zurückgezogen hätte.
»Danke für die Nachricht, Frau«, sagte Moratiri schließlich. »Du kannst jetzt gehen. Und schau, ob deine Künste den Kopf hinter dem Anschlag entdecken können! Ich mache mich bereit, den Ersten Vater aufzusuchen, um ihm von deiner Warnung zu berichten. Du hast dich sehr verdient gemacht.«
Nach Zeraphanes Weggang schickte sie dann eine Zofe los, mit der Weisung, ihr Nachricht zu geben, sobald der Erste Vater das Festzelt verließe, und begann, sich auf den ungebetenen Besuch bei dem Mann vorzubereiten, der sie wegen dieser Störung womöglich töten würde. Das wollte also sorgsam geplant sein!

Der Weg zum Zelt des Ersten Vaters kam Moratiri heute länger vor als sonst. Sie machte sich dann auch ihre Gedanken. Tja, so weise und so mächtig er war ... er war doch schon alt und konnte nicht mehr bis spät in die Nacht feiern – aber daß er sich so früh zurückgezogen hatte, daß ihr kaum Zeit für die Vorbereitung auf diese Begegnung geblieben war, gab zu Sorge Anlaß. Er würde es sicher nicht schätzen, über die für seine Abendtoilette nötige Zeit hinaus wachgehalten zu werden. War Elmirais' Leben es wert, daß sie es riskierte, den Zorn des Ersten Vater zu erregen?
Schön, sie mußte sich eingestehen, daß es das war. Starb er nach

der Vermählung, wäre sie nicht mehr die Erste Tochter, sondern die Witwe eines Helden ... von den Göttern vergessen und keinem mehr begehrenswert. Sie tat es also ebenso für sich wie für ihren Verlobten.

Die Wächter am Zelteingang ließen sie durch, ohne mit einer Wimper zu zucken, und der Diener im Vorraum verbeugte sich stumm und zeigte auf den Vorhang zum Empfangsbereich. Gleich zog einer das schwere Tuch für sie zurück, und als sie dann eintrat, fand sie den Ersten Vater auf seinem Thron sitzend vor, und er sah ihr entgegen, als ob er sie erwartet hätte. Verdutzt zögerte sie, aber da hob er die Hand, um sie näher heranzubitten.

Gehorsam trat sie zu ihm, kniete mit entblößter Schulter vor ihm nieder und spürte zu ihrer Erleichterung auch sofort seine Hand auf ihrer Haut.

»Erste Tochter,« begann er, »was verschafft mir das Plaisir, dich in dieser Nacht der Freude bei mir zu sehen?«

Sie blickte zu ihm auf – und mußte gleich an einen ähnlichen Blick denken ... Zeraphanes, und da lächelte sie verstohlen. Sie war ja der Dienerin gegenüber gnädig gewesen, vielleicht war er nun gnädig mit ihr. »O Großer und Geheiligter Erster Vater dieses Mächtigen Landes, Eroberer der Welt, o du Lied aus dem Herzen Deines Volkes. O du ...«

»Ja, ja ... Das genügt«, unterbrach er sie, faßte sie unterm Kinn und zwang sie sanft, ihm in die Augen zu blicken. »Du bist die passende Braut für Elmirais, mein Kind. Was willst du von mir?«

Moratiri blinzelte – sie hatte ihm seit ihrer Kindheit nicht mehr in die Augen gesehen, und diese Liebe und Güte, die ihr darin noch immer leuchteten, wärmten ihr das Herz. »O Vater! Ich habe von einem geplanten Anschlag auf meinen Verlobten erfahren ... Ja, im Festwagen wartet eine Todesschlange auf ihn! Wenn wir nichts unternehmen, ist Elmirais morgen um diese Zeit schon tot ...«

»So«, sagte er und ließ ihr Kinn los. Aber ehe sie den Blick senken konnte, sah sie noch, wie in seinen Augen Traurigkeit an die Stelle der Zuneigung und Liebe trat.

Sie wartete, aber er sagte kein Wort mehr ... Jetzt hatte sie schon so viel riskiert – durfte sie es wagen, ihn aus seinen Gedanken zu reißen? Ganz verstohlen, durch die Augenwimpern, sah sie zu ihm hoch. Mit gerunzelter Stirn saß er da, ihres kindischen Blikkes nicht gewahr. Besser, sie wartete ab, daß er von sich aus etwas sagte.

Endlich hörte sie, wie er sich regte auf seinem Thron. »Was erwartest du von mir, Kind, was soll ich tun?« fragte er.

Wieder mußte sie blinzeln. »O Vater, kannst du den Anschlag nicht vereiteln?«

»Wie denn?«

Ja, wie? Er sollte sich etwas ausdenken, nicht sie! »Könnten deine Leute nicht das Biest aufstöbern und töten?«

»Wie war es überhaupt möglich, die Giftschlange in den Wagen zu legen? Die Priester haben ihn heute morgen gereinigt und geweiht und Ritualwachen darumgestellt, damit niemand sich ihm mehr nähern könne. Nun seine Ruhe zu stören, würde nicht nur die Prozession verzögern, sondern auch die Priester und die Götter beleidigen!«

»Aber, Vater ...«

»Auch ich kann nichts gegen den Willen der Götter tun.«

»Aber wenn Elmirais nun in deinem Wagen stirbt ... in deinen Gewändern, mit deinem Szepter in Händen und mit deiner Krone auf dem Haupt, da an der Spitze der Prozession, stirbt er als du. Dann holen deine Feinde Onaziah aus dem Kerker und setzen ihn an deiner Statt auf den Thron!«

»Onaziah! Er wäre dann zufrieden, dein Bruder, nicht wahr?«

Der Gedanke an ihren Bruder ließ sie schaudern: Seine Mutter hatte einstens alle anderen Frauen und Konkubinen des Ersten Vaters drangsaliert und terrorisiert und dann ihren Sohn zum Schrecken seiner näheren und ferneren Geschwister gemacht ... Warum nur mußte er, von allen Söhnen ihres Vaters, der Erste Sohn sein? Und dann mußte sie auch an die Unfälle denken. Vielleicht waren die ja genausowenig Zufall gewesen wie der Umstand, daß diese Todesschlange ihren Weg auf den Wagen des Ersten Vaters gefunden hatte. »Der Wille der Götter, Vater, oder der des Ersten Sohnes?«

Der Erste Vater seufzte tief. »Ich bin ein alter Mann, Erste Tochter, die Götter rufen mich zu sich. Leider bin ich nicht stark genug, um Onaziah entgegenzutreten. Elmirais, so hatte ich gehofft, könnte das … Mit dir an seiner Seite. Nach der Heirat und Übergabe der Amtsinsiginien an ihn breche ich auf zur Halle meiner Ahnen. Ich sterbe also auf jeden Fall.« Nun stand er auf, berührte aber jetzt nicht ihre bloße Schulter, als sie sich tief verneigte. »Wenn es der Wille der Götter ist, wirst du einen Weg finden, den Tod des Ersten Vaters zu verhindern. Ich überlasse das ganz dir.«
Ratlos lauschte sie nun den langsamen, gemessenen Schritten, mit denen er sich in den Innenbereich entfernte.

Als Moratiri aus dem Zelt des Ersten Vaters trat, stieß sie dort auf Zeraphane, in respektvollem Kniefall erstarrt … Da tätschelte sie ihr im Vorbeigehen die entblößte Schulter und raunte: »Steh auf und komm mit.«
Daß die Dienerin darauf beharrte, ihr mit den »üblichen drei Schritt Abstand« zu folgen, entlockte ihr fast einen Seufzer der Ungeduld – für derlei Formen war doch wirklich nicht die Zeit. Aber nein, Zeraphane hatte recht: Es ist nicht gut für eine Erste Tochter, dabei beobachtet zu werden, daß sie eine Dienerin wie ihresgleichen behandelt.
Aber als sie dann mit ihr im Schlafraum ihres Zeltes allein war – ihre Zofen hatte sie unter dem Vorwand fortgeschickt, Zeraphane warte ihr auf –, konnte sie mit der Komödie Schluß machen und kam ohne Umschweife zur Sache: »Du weißt, was der Erste Vater zu mir gesagt hat, nicht wahr?«
Zeraphane nickte, sagte aber kein Wort.
Immer noch vorsichtig? Wen fürchtet sie? überlegte Moratiri, zuckte dann jedoch die Schultern. »Wenn deine Künste dir das entdecken, können sie dir dann auch verraten, wie wir dieser Gefahr zu begegnen hätten? Du hast das Wort.«
Da starrte Zeraphane ihr, wie forschend, für einen Moment in die Augen – und als sie den Blick erwiderte, sah sie etwas, was sie an Elmirais erinnerte, so wenig sie auch seit seiner Rückkehr von seinen Eroberungszügen von ihm gesehen hatte … So die Art, die

Stirn zu runzeln? Die Art und Weise, ihr bis ins Herz hineinzublicken, ihr wirkliches Ich zu sehen? Nun hätte sie am liebsten weggeschaut, aber sie war ja die Erste Tochter und schlüge also nicht als erste die Augen nieder …
»Da ist etwas, was wir tun können. Aber es birgt Risiken.«
»Gilt das nicht immer?« erwiderte Moratiri lächelnd. »So sag schon.«
Zeraphane schien wiederum in Devotheit zu versinken, gab sich dann jedoch einen Ruck und erwiderte: »Verzeih mir, Herrin. Aber das ist nun das erste Mal seit dem Heimgang der Seligen Illiandra, daß mich jemand so behandelt.« Und darauf tat sie einen tiefen Seufzer und schloß: »Ich muß dir trauen … so wie du mir trauen willst.«
Moratiri nickte.
»Was wir tun müssen? Eine Kämpferin auf das Biest ansetzen! Eine, die unbemerkt an Priestern und Gardisten vorbeikommt. Eine, die keiner im Wagenzelt entdeckt … Ja, und wer außer deiner klugen Freundin könnte eine Todesschlange besiegen?« sprach Zeraphane und wies mit dem Kopf auf Moratiris Mungo, der da zusammengerollt auf ihrem Diwan schlief.
»Meine Tänzerin«, sagte die Erste Tochter, mit einem Lächeln für die kleine Kreatur, »kämpft nur zu gern gegen Schlangen! Aber verraten uns deine Künste auch, wo die Schlange jetzt zu finden ist?«
Zeraphane tat wieder einen tiefen Seufzer. »Bei einem Mungo, der mir so verbunden wäre, schon. Aber da Tänzerin ja nicht meine Gefährtin ist, müssen wir einen anderen Weg gehen. Und da sind wir nun an dem Punkt, wo du mir trauen mußt. Du mußt nämlich deinem Ich erlauben, in ihren Leib zu wechseln, und umgekehrt. Ja, du mußt gegen die Todesschlange kämpfen, und Tänzerin wartet dann in deinem Körper auf deine Rückkehr.«
Betroffen setzte Moratiri sich zu ihrem Mungo auf den Diwan. Ihren Leib verlassen, in einen anderen, kleineren, wechseln? Würde ihr der passen? Was würde Tänzerin sagen, wenn sie in ihrem Körper erwachte? Ob Zeraphane das auch wirklich zuwege bringt? Was, wenn sie uns nicht die alte Gestalt wiedergeben kann? Ob

Elmirais wohl einen Mungo in Frauengestalt heiraten möchte? Sie konnte sich schon vorstellen, wie entsetzt er da dreinsähe, und mußte lächeln. Aber es war ja beileibe nicht lustig! »Und was, wenn wir nicht mehr in den eigenen Körper zurückkehren können?«

»Dieser Fall könnte nur durch den Tod eines der zwei Körper eintreten«, erwiderte Zeraphane, kniete sich neben den Diwan und sah ihr von unten fest in die Augen. »Falls die Schlange dich tötet, muß das Mungo-Ich in deinem Körper bleiben, und dann wird man bald meinen, du wärest verrückt geworden. Ich habe da schon viele Geschichten gehört ... ein Leib mit dem falschen Ich in sich stirbt wohl über kurz oder lang.«

Sie riskierte also ihr Leben, um seines zu retten! Aber wenn sie die Schlange nicht tötete ... Ein Leben als Witwe und mit Onaziah als Erstem Vater wäre ja nicht lebenswert. »Dann muß ich wohl darauf trauen, daß die Götter mich schützen und mir helfen, mich der Schlange zu erwehren, sie zu töten. Oh, ich habe meine Tänzerin oft genug mit Schlangen kämpfen sehen. Ich muß nur so schnell sein wie sie!« Aber sie dachte lieber nicht an die Male, da sie diese Todestänze mit angesehen und Angst gehabt hatte, die Tänzerin könnte sie nicht überleben.

»Ihr Körper wird wissen, was er tun muß ... so du ihn läßt«, gab die Dienerin zurück.

Moratiri musterte sie stirnrunzelnd. »Und du hast das selbst schon gemacht!«

»Uns bleibt nicht viel Zeit«, erwiderte Zeraphane lächelnd. »Du mußt vor Morgengrauen für Elmirais bereit sein ... Machen wir dich also zum Schlafengehen fertig, Herrin.«

Im Bett ausgestreckt, hielt Moratiri den wieder wachen, auf nächtliche Jagd strebenden Mungo eisern fest, und Zeraphane liebkoste ihn, um ihn zu beruhigen, und sprach besänftigend auf ihn ein: »Nur noch eine kleine Weile, dann bist du fort, Kleine. Und du, mach die Augen zu, Herrin.«

Die Erste Tochter schloß die Lider und wartete ab, versuchte dabei, nach dem Gehör zu schließen, was die Magierin weiter tat. Die hatte sich ja, als sie selbst sich zum Zubettgehen fertigmachte, vor ihr Toilettentischchen gesetzt und eifrig allerlei Mittelchen gemischt, die sie aus einem Lederbeutel unter ihrer Robe geholt hatte. Aber alles, was Moratiri bei geschlossenen Augen hörte, war ein leises Summen – doch dann spürte sie, wie Zeraphane ihr mit dem Finger die Augenlider berührte, dann die Ohren, Lippen, die Nase ... ihr wohl, dem seltsamen, süßen Geruch nach, etwas darauf strich.

»Leck dir die Lippen, Herrin«, hörte sie Zeraphane sagen.

Scharf schmeckte das, und es machte ihr den Mund wäßrig. Und sie konnte hören, daß auch Tänzerin sich eifrig abschleckte.

»Nun schlafe! Schlafe bis zur Stunde vor Morgengrauen.«

Moratiri fühlte sich plötzlich schwer – ihr war, als ob sie in einen tiefen gähnenden Abgrund fiele und sich im Fallen noch um sich selbst drehe. Sie wollte die Hand ausstrecken, um sich irgendwo festzuhalten ... konnte aber keinen Muskel rühren. Und da landete sie auf allen vieren. So riß sie die Augen auf und sah um sich. Sie kniete, nein, stand auf ihrem Betteppich, aber der Raum und alles darin war so viel größer als zuvor ... Und all diese Gerüche! Ihre Nase sagte ihr, daß Zeraphane und Moratiri – sie selbst? – in diesem Schlafraum waren, und niemand sonst im ganzen Zelt. Da ließ der Klang einer Stimme sie aufhorchen und flugs die Ohren spitzen. »Geh, Kleine ... Geh und suche die Schlange!« Ja! Die Schlange. Es blieb ihr nicht viel Zeit. Sie stürzte aus dem Schlafgemach – sie hatte Hunger und mußte sich erst noch erleichtern, und dann würde sie Jagd auf die Schlange machen.

Nein. Keine Zeit zum Fressen. Moratiri zuckte zusammen, weil der Wächter draußen vor dem Zelt sich rührte, als sie an ihm vorbeischoß. Kein Fressen. Suche die Schlange ... Aber zuerst mußte dieser Leib ins Gebüsch, um sich dessen zu entledigen, was er nicht länger brauchte. So, nun suche die Schlange! Wo ging es von hier zum Wagen? Sie zwang sich, all diese feinen Gerüche, die ihr den leeren Magen bestürmten, zu ignorieren. Ah, da drüben ist das Zelt. Vielleicht sollte sie dort in dem Wagen nach Nahrung suchen? So beschleunigte sie denn als Tier ihre Schritte, bis sie zu jener Stelle der Zeltwand kam, wo das Biest auch hineingeschlüpft war, und kroch unter einer Klappe durch und ihm nach. Ja! Wittere die Schlange! Wo ist sie? Es war kalt im Zelt, nicht mollig wie bei ihr, wo nach Sonnenuntergang die Kohlebecken wohlige Wärme verbreiteten ... Und der scharfe, trockene Geruch einer Schlange hing in der reglosen Luft.

Moratiri ließ ihren Tierleib gehen, dem Geruch nach zu dem Wagen hin. Schon fingen ihre Mungoohren ein sachtes Kratzen auf, wie von über den Wagenboden gleitenden Schuppen ... Dann Zischen ... Aber jetzt kam ein Geruch, der sie alle Geräusche vergessen ließ! Die Todesschlange, hoch aufgerichtet, sah da über die Wagenwand, starrte mit Augen, die von einem inneren Feuer glitzerten, auf sie herab. Wie riesig sie war! Ja, das offene Maul war schon größer als der Mungokopf, der ihr Ich barg, und der aus dem Wagen ragende Hals war länger als der ganze Körper, in dem sie stak! Nun erstarrte dieser Körper, und Moratiri zwang sich zu völliger Reglosigkeit darin ...

Einen Moment lang bewegte sich keines der beiden Tiere. Von so nahe hatte sie noch nie eine Todesschlange gesehen! Wie konnte es der Wille der Götter sein, daß sie gegen dieses Ungeheuer kämpfte? Sahen denn alle Schlangen mit so kalter Intelligenz und Verachtung an, worauf ihr Blick fiel? Etwas in ihr wollte schleunigst kehrtmachen und fliehen, aber der Körper widerstand – und was in ihr um den Grund ihres Kommens wußte, unterstützte ihn dabei. Ganz bestimmt, die Götter erwarteten von ihr, daß sie das machte ... hätten sie sonst Zeraphane zu ihr geschickt?

Da war der Kopf des Biests plötzlich verschwunden, es hatte sich wohl auf den Wagenboden gelegt. Hoffte es, so den Mungo zwingen zu können nachzukommen? Moratiri hielt den Mungo mit ihrem Willen am Boden. Welche Chance hätte sie auch bei dieser Enge? Aber wie könnte sie die Schlange ins Freie locken, wo mehr Raum zum Kampf war?

Auf den Hinterbeinen stehend, witterte sie mit der scharfen Nase der Tänzerin, daß die Schlange hinter der Wagenwand genau vor ihr lag. Also schlich sie um den Karren herum zur anderen Seite, reckte sich dabei aber alle Meter, um sich zu vergewissern, daß das Biest ihr nicht folgte – doch nein, es rührte sich nicht vom Fleck.

Das kam ihr zuerst seltsam vor, aber dann fiel ihr ein, einst gehört zu haben, daß Schlangen schlafen, wenn ihnen kalt ist … Vielleicht machte die Kälte dieses Biest ja schläfrig, langsamer.
Drüben angelangt, sprang sie auf den hervorspringenden Rand des Wagenbodens und prüfte die Luft nach Zeichen dafür, daß die Schlange sich dieser Seite genähert hätte. Aber nein, das Biest lag noch an derselben Stelle, und so wagte sie es, sich aufzurichten und schnell einen Blick über die Wagenwand zu werfen. Da hob die Schlange zwar den Kopf und züngelte so, rührte sich aber ansonsten nicht.
Ermutigt kletterte Moratiri auf die Wagenwand und sprang von dort, ehe sie herunterfallen konnte, auf den Königssitz vor. Schon hob die Schlange den Kopf, um sie auf ihrem Thron ins Auge zu fassen, und ließ ein böses Zischen hören. Mit einem Satz war Moratiri auf der Rückenlehne. Aber die Schlange zischte wieder, stieß nach ihr. Moratiri fuhr zurück, blieb aber auf dem Hochsitz, erwischte das zu kurz stoßende Reptil noch am Kopf, bevor es wieder zurückfiel …
Die Klaue brannte ihr so von der Schlangenhaut, daß sie sie sich leckte. Es war Blut daran … Ein Blick nach unten, und sie sah in allzu nahe Augen – das Reptil war nun hinter der Bank. Schon stieß es wieder nach ihr, und da sprang sie auf das Sitzkissen herunter, brachte so die Lehne zwischen sie beide. Dumpf schlug das Biest den Kopf gegen das plötzliche Hindernis und fiel dann auf den Wagenboden zurück.
Nun würde es zu ihr nach vorn herumkommen – aber auf welcher Seite? Moratiri setzte schnell wieder auf die Lehne hinauf. Doch da hatte das Schlangenhaupt sich schon erneut aufgerichtet, wiegte sich hin und her – und spuckte dieses Mal nach ihr. Sie wich dem Gift geschickt aus, rümpfte aber ihre Nase über den Gestank dessen, was da an ihr vorbeiflog. Und sie zischte das Biest ihrerseits an.
Schon stieß das Reptil wieder zu. Aber Tänzerin erwischte es und schloß den Mund um seinen Kopf, daß Moratiri vor Schreck zusammenzuckte. Laß es am Leben! Wenn es hier stirbt, kränkt das die Götter!

Muskeln wölbten sich und zuckten wild, als das Biest sich loszureißen suchte. Doch Moratiri fügte ihren Willen zu dem des Mungoleibs – und zusammen waren sie nicht abzuschütteln, mochten die Konvulsionen sie auch von der Lehne auf den Sitz herabschleudern. Und sie grub die Krallen ins Kissen, um den wilden Peitschenschlägen dieser Schlange standzuhalten. Wenn sie das lange genug durchhielt, könnte sie dieses Biest mürbe und müde machen und dann mühelos aus dem Zelt schaffen.
Das Kissen gab ihr, da nicht befestigt, jetzt nur kurz Halt, dämpfte dafür, als das Reptil sie mit seinem Wüten vom Sitz geholt hatte, ihren Aufprall auf dem Wagenboden. Sie fragte sich noch flüchtig, was die Priester sagen würden, wenn sie das Biest da sähen – kam aber durch seine immer neuen Zuckungen und Hiebe, womit es den Kopf und damit den Mungo anheben wollte, in wachsende Bedrängnis. Sie krallte sich an die Wagenwand, suchte sonstwo Halt zu finden – als die Schlange nach einer letzten Konvulsion endlich doch erschlaffte …
Vorsichtig kniete sie sich neben das Biest, dessen Kopf sie, also Tänzerin, doch noch zwischen den Zähnen hielt. War das eine List? Wie konnte sie es nur so leicht geschafft haben? Sie wartete noch einen Moment und versuchte erst dann, sich zu bewegen … Aber das Reptil rührte sich nicht, atmete nur merklich. Wenn es aufgegeben hatte oder auch nur eine Kampfpause einlegen wollte, sollte sie dies für sich nutzen! Da sah sie sich um, um herauszufinden, wie sie samt dem Biest aus diesem Wagen herauskäme … Schließlich sprang sie auf die Bank hoch. Von dort käme sie wohl leichter über die Wagenwand … Und so war es auch, fast jedenfalls. Sie setzte also auf die Wand und weiter auf den Boden, hing aber einen Moment lang fast an ihren Zähnen … als nämlich das Gewicht der Schlange im Wagen ihrem Leichtgewicht widerstand … Aber die Schuppen des Reptils waren schlüpfrig, und das half – so kam das aufgerollte Biest langsam über die Kante, fiel dann aber so schnell, daß es sie im Fallen fast noch mitgerissen hätte. Wie dankbar war sie da, in dieser Gestalt so flink zu sein – selbst mit dem Kopf einer Schlange im Maul!
Neben einem Wagenrad hielt sie und überlegte kurz, was denn als

nächstes zu tun sei. Und da hatte sie es auch schon: Sie mußte den Priestern auf die Sprünge helfen ... indem sie das Biest hinausbrachte und sie zu Zeugen dieses Wunders machte: daß ein Mungo eine lebende Schlange aus dem Königswagenzelt schleifte. Und weil es die Götter beleidigen würde, den Tod an einen von Priestern geweihten Ort zu bringen, würde sie das Reptil hinausschaffen und es den Wächtern überlassen. Dann könnte sie in ihr Zelt zurück und noch etwas ruhen.
Obwohl darauf gefaßt, fuhr sie bei dem Schrei, der erklang, als sie aus dem Zelt kam, doch arg zusammen ... und als sie herumwirbelte, um dessen Quelle auszumachen, sah sie einen Riesen von einem Schreihals über sich ragen und ein Schwert blitzend niederzucken ... Da ließ sie den Kopf der Schlange fallen und flüchtete sich unter einen nahen Busch. Also in Sicherheit, wagte sie den Blick zurück. Und sah die beiden Zeltwächter mit ihren Klingen auf das Biest einschlagen wie Drescher mit ihren Dreschflegeln aufs Korn ... und bei jedem Schlag flogen Reptilfetzen durch die Luft! Moratiri stieß einen Seufzer der Erleichterung aus und gestand sich auch ihre Müdigkeit ein. Als Tänzerin hätte sie sich am liebsten sogleich unter dem Busch zusammengerollt – aber als Moratiri mußte sie an ihr kuscheliges Bett denken, und so huschte sie davon und brachte so viele Zelte wie möglich zwischen sich und die schäumenden Wächter .

»Ich lege dir das Gewand des Ersten Vaters um die Schultern. Ich lege dir sein Zepter in beide Hände. Ich setze dich auf seinen Thron und ernenne dich nun zum Ersten Vater an meiner Statt.« Damit drehte der Erste Vater sich ruhig zu der Menge um und reckte die Arme. »Seht Elmirais, den Sohn des Großen Gottes, seht den Beschützer des Volkes, den der Erste Vater erhöht.« Und die Menge huldigte Elmirais stürmisch.
Moratiri glühte noch die Hand, die er bei ihrer Vermählung berührt hatte. Und jetzt sah sie ihn vor ihrem Vater stehen, die Königswürde empfangend. Bald würde er vor allem Volk an der Spitze der Prozession einherziehen. Bei seiner Rückkehr fände er niemanden vor, der Robe und Zepter und Thron von ihm zurück-

forderte. Ach, sie wünschte ihrem Vater alles Gute für die Reise zu den Göttern, seinen Vätern. Niemand würde sein Fehlen bemerken bei all dem Glanz und Trubel der Prozession, und niemand wagen, auch nur ein Wort über die Einsetzung des neuen Ersten Vaters an seiner Statt zu verlieren. Niemand – außer Onaziah.

Da klangen die Trompeten, dröhnten die Becken. Die Panflöten und die Tamburine fielen mit ein zum Triumphmarsch, und die Prozession begann. Und Moratiri sah gespannt dem von Ochsen gezogenen Wagen nach, von dem Elmirais mit dem Amtsstab die Menge segnete und Diener, die auf dem Wagenboden saßen, zum Beleg dafür Süßigkeiten und Goldmünzen unters Volk warfen.

Jetzt fühlte sie, daß jemand an ihren Röcken zupfte, und als sie an sich herabblickte, sah sie Zeraphane gebeugt zu ihren Füßen. Und sie berührte sie kurz an der entblößten Schulter und folgte ihr dann hinter die Tribüne, von der aus die Notablen der Prozession zusahen.

»Was ist?«

»Herrin«, entgegnete die Dienerin, ihren Blick meidend, »ich erhielt eben die Nachricht, der Erste Sohn sei erkrankt. Es heißt, er winde sich so zischend, fauchend in seinem Bette, daß man ihn bändigen müsse.« Jetzt endlich hob sie die Augen und sah die Frau des neuen Ersten Vaters an. »Es heißt, er sei wie von einer Schlange besessen.«

Moratiri fühlte ihre Augen sich weiten, sah dann Zeraphanes Lächeln. Doch es ziemte sich wohl nicht, es zu erwidern. So senkte sie den Blick und nickte. »Schön. Hab Dank für diese Kunde! Ich werde besser schlafen, da ich nun den Willen der Götter weiß, Elmirais keinen Gegner erwachsen zu lassen.« Damit nahm sie ihre Hand: »Du hast mir einen großen Dienst erwiesen. Mögen die Götter dich segnen, Zeraphane, oberste meiner Dienerinnen.«

Und Zeraphane verbeugte sich lächelnd, immer noch lächelnd.

SYNE MITCHELL

Syne schrieb mir, sie wohne in einem Bauernhaus aus den zwanziger Jahren mitten in einem Orangenhain in Zentralflorida. Und im März nun habe sie ihren ersten Roman abgeschlossen, harte Science-fiction: »Eine gute Anwendung für meinen Magister in Physik!«
Allen denen, die immer fragen: »Wo nehmen Sie nur Ihre Ideen her?«, sei gesagt: Syne hat ihre Idee für diese Story wohl aus einem von ihr für Band X dieser Reihe eingereichten, aber von mir abgelehnten Text: »Ich habe mir einen ganzen Monat den Kopf über einen Vorschlag für den neuen Band zerbrochen, alle alten Bände gelesen, etwa fünf verschiedene Geschichten angefangen, die allesamt zu nichts und nirgendwohin führten. Aber dann, eines Tages, als ich mich so in meiner Badewanne einweichte, kam mir die Erleuchtung: Fang die Story dort an, wo die erste endet! Da schrieb ich ›Zweischneidig‹, in einer einzigen irren Energie-Eruption, einem Zweistundenanfall von Inspiration.«
Ist Ihnen auch schon aufgefallen, daß einem eine Inspiration oft dann kommt, wenn man sich mit einem Thema recht abgemüht und herumgeschlagen hat? Also anders gesagt: Erst das Gehirn einschalten, dann den PC.
Vergangenes Jahr hatten wir von Syne »Bernstein«, eine Story mit einer ziemlich überraschenden Wendung am Schluß. Dieses Jahr nun lesen wir von ihr »Zweischneidig«, mit doch wahrlich recht eigenen Wendungen. – MZB

SYNE MITCHELL

Zweischneidig

Schaurig hallte das Lachen des Dämons rings im Walde wider. Ein heißer Wind erhob sich und fegte der verdutzten Lillain trockenes Laub ins Gesicht. Und spitze Äste zerstachen ihr die zarte Haut. Da brach sie zitternd in die Knie. Als aber der Wind sich legte und sie die Augen wieder aufschlug … war es Nacht um sie.

»Wer ist da?« hörte sie einen Mann rufen. »Herrin, bist du es?«

Erleichtert schrie Lillain auf – das war Haverick, einer der wenigen Ritter, die ihr noch treu geblieben waren. »Ich sehe nichts«, rief sie. »Hilf mir!«

Da hörte sie es laut platschen, dumpfen Hufschlag auch, und sie versuchte sich vorzustellen, wie er wohl nun aussah, da er sein Pferd über den schweren, nassen Boden führte.

»Herrin, wo bist du?« rief er jetzt, keine Armlänge von ihr.

»Hier. Ich bin hier. Siehst du mich denn nicht?«

Doch da wieherte sein Pferd so gellend, daß Lillain sich ins Unterholz duckte, und es bäumte sich auf und zerstampfte die Erde. Fluchend versuchte Haverick, es wieder in den Griff zu bekommen, und er schrie dabei: »Du, Herrin? Den Göttern sei Dank! Aber so zeige dich doch!«

»Ich bin hier, siehst du mich denn nicht?« Die Zweige rings um sie rauschten und zerkratzten ihr die bloße Haut.

Sie hörte ihn näher kommen, hörte das Schmatzen von Stiefeln im Schlamm und das Saugen des Morasts. Sie spürte die Hitze seines Körpers. Und die Hand, die ihr über die Stirn strich.

Und sie packte sie.

Haverick schrie panisch auf und schlug ihre Hand fort. Er fiel nach hinten und schrie im Fall. Sie hörte ihn im Dreck aufschlagen.

»Ihr Götter und Göttinnen, schützt mich. Das ist sicher ein Trick von Jurlic!«

»Nein, Haverick. Ich bin es. Ja, hier. Du mußt mir helfen!«
»Heb dich fort, unsichtbarer Geist!« schrie er da, mit einem Schluchzen in der Stimme. »Erinnere mich nicht mehr daran, daß meine Herrin verschwunden ist!«
Steigbügel klirrten. Er war aufgestiegen. Und schon donnerte er auf sie zu.
»Warte …«, schrie sie und reckte die Arme. Ein Huf streifte sie an den Rippen. Etwas in ihr brach. Sie ging zu Boden, so hatte der Hieb ihr die Luft geraubt. Der nächste Atemzug war die reinste Qual. Schmerz schoß ihr die linke Seite entlang, erfüllte die Nacht um sie mit weißen Blitzen. Sie keuchte, japste, preßte die Stirn in die Erde, bis sie wieder atmen konnte.
Von dem verzweifelten Wunsch getrieben, mehr Macht über den ihr dienstbaren Geist zu erlangen, war sie in diese Wälder gekommen. Ja, sie mußte die Ambitionen ihres Bruders Jarlic fürchten … Sie sah doch, wie die Offiziere ihres Heeres zu ihm aufblickten. Es war wohl nur eine Frage der Zeit, daß er sich gegen sie erhöbe. Sie hatte sich gewünscht, sich unsichtbar unter ihren Leuten bewegen zu können, um die Treulosen von den Loyalen scheiden zu können. Nun kamen ihr die Worte des Dämons wieder in den Sinn, und sie hörte sein Lachen wieder, das wie das Todesröcheln eines alten Mannes geklungen hatte. »Das-Licht-trifft-weder-dich-noch-deine-Augen«, hatte er gesagt. »Es-ist-das-was-du-gewollt-hast. Un-sicht-barkeit.«
Blind! Mit einem falschen Schritt hatte sie das in den Boden geritzte Fünfeck verwischt. Und schon war der Dämon zischend und fauchend ausgebrochen und geflohen, verschwunden.
Nichts war ihr mehr geblieben, weder ihre Magie noch ihr dienstbarer Geist, und auch die Kleidung, die sie getragen, war ihr genommen.
Hastig suchte sie nun mit ihren langen Fingern den Boden ab, wischte verwesende Blätter und einen Käferflügel, Stöckchen und Ästchen und Steinchen fort, bis sie in der feuchten Erde eine halbmondförmige Vertiefung fand. Dann kroch sie auf den Knien umher, beide Hände ganz ausgestreckt, bis sie auf eine weitere stieß – die Spur des Pferdes würde sie zum Heerlager zurückführen. Viel-

leicht ginge sie damit in den Tod, aber wo sonst hätte sie hinkönnen?
Stunden vergingen. Es wurde wärmer. Sie hörte die Singvögel einander rufen. Jetzt wurde es wohl Morgen. Dem Geruch von Holzfeuern und Pferden nach, konnte das Lager ja nicht mehr weit sein.
»Hauch der Göttin!« ließ sich da eine Frau, wohl mittleren Alters, vernehmen.
Lillain stand auf der Stelle still und duckte sich. »Ist da jemand?«
»Was für ein Wesen bist denn du?« fuhr die Unsichtbare fort. »Halb Erde und halb Frau?«
»Sag mir, was du siehst!« bat Lillain und reckte und streckte sich, um nur kein Wort zu überhören.
»Gott, du bist mir aber ein Anblick ... Wie das halbe Gemälde einer Frau ... hier und dort nur angedeutet, mit Schmutz und Schlamm hingeschmiert. Da hast du einen Arm, Bauch und Beine sind auch da! Und der Fleck da in der Luft könnte Teil eines Kopfes sein, oder nicht? Was für ein mißratener Wicht bist du denn?«
Der Dämon hatte also nicht gelogen: Sie war unsichtbar. So erhob sie sich – fragte aber, eingedenk Havericks Reaktion: »Hast du keine Angst?«
Die Unsichtbare lachte nervös. »Gott, nein. Im Sautitten, wo ich bedient habe, war noch ganz anderes zu sehen!«
Da kratzte Lillain sich den Schlamm vom Schenkel, schmierte sich ihn dafür auf die Handrücken.
»Erschaffst dich vollends? Ja? Bist dem elenden Hexer-Herrn und seiner zweimal vermaledeiten Schwester nun in die Quere gekommen?«
Lillain ließ die Hände ruhen. »Was ist geschehen?«
Röcke raschelten, Flüssigkeit schwappte, schwappte in einem irdenen Krug. Und die Frau erwiderte: »Die Hexe von Herrin hat sich in Luft aufgelöst ... Kein Aas hat sie mehr gesehen. Manche sagen, ihre eigenen Dämonen hätten sie gefressen. Und manche, ihr Herrlein habe sie erledigt. Wie auch immer, die Wahrheit ist jedenfalls, daß der Herr nun schlimmer ist, als seine Schwester es je

war. Darum verdrücke ich mich ja, und so wie du aussiehst, hättest das besser auch längst getan.«

»Hör, ich brauch deine Hilfe!«

»Das scheint mir auch so ...«, rief die Unsichtbare und brüllte vor Lachen, »aber was kannst du mir dafür bieten, Erdfrau?«

»Kisten voller Edelsteine. Sechs Haufen Goldmünzen so hoch wie du selbst. Seidenkleider im schönsten Nachtblau ... und mehr. Wenn du mir hilfst.«

Wieder schüttelte sich diese Frau aus vor Lachen. »Was würde eine ehrliche Haut wie ich mit dem Schatz anfangen? Wo würde ich ihn verwahren, wie lange ihn behalten? Ich wäre doch der Traum jedes Räubers und Einbrechers!«

Da mußte Lillain aber an sich halten, um nicht aufzubrausen. Unter anderen Umständen hätte sie diese Person doch für ihre Unverschämtheit köpfen lassen! »Was verlangst du also?«

Die Frau überlegte kurz. »Die Liebe eines Mannes. Kannst du mir das geben, Dämonin?«

Lillain schüttelte den Kopf und begriff dann, wie untauglich das ja war. »Nein!«

»Oh ...«, seufzte die Frau, »wenigstens bist du eine ehrliche Dämonin. Wie soll ich dir helfen? Wenn ich das wüßte, könnte ich dir vielleicht meinen Preis sagen.«

Was sie wollte, war sonnenklar: Rache an dem Dämon, der sie hereingelegt hatte, und an ihrem Bruder Jurlic, diesem Kerl mit der rabenschwarzen Seele. »Führ mich ans Bett des Hexer-Herrn.«

»O Gott, warum bittest du mich nicht gleich um den Mond? Der Mann ist doch lebensgefährlich, tückisch wie Sumpfgas. Nein, Erdmaid, ich kann dir da nicht helfen.«

Wieder schwappte es im Tornister der Frau, bückte sie sich doch nach ihrem Wanderstab.

Lillain packte sie am Kragen.

»Zitze der Göttin!« fluchte die ihr unsichtbare Kellnerin.

Sie fühlte sich weich an, roch nach Schweiß. Den Tornister hatte sie geschultert. Heftig schlug sie mit ihrem Stock auf Lillain ein. Und die fuhr ihr mit den Händen am Rücken hoch, packte den

Tornister, riß den Krug heraus und schüttete ihn blitzschnell über sich aus.
Das Wasser wusch ihr im Nu Dreck und Schlamm ab. Da keuchte die Fremde vor Erstaunen ... Ganz unsichtbar war die Lillain, die nun vor ihr stand.
»Doch. Du kannst!« schloß die jetzt.

»Gott, du bist verrückt. Das geht doch nie!«
Sie saßen in Fionas kleinem Häuschen. Es duftete nach frisch gebackenem Brot und Altbier.
»Ich muß an die Quelle seiner Macht kommen. Nur so kann ich ihn aufhalten.«
»Er hat ja sein ganzes Heer um sich und führt die Belagerung fort, die seine Schwester begann. Was, wenn diese Hündin nun wiederkehrt? Dann haben wir es aber mit zwei Höllenbraten zu tun!«
»Glaub mir, das Schwesterchen kommt uns nicht in die Quere«, versicherte Lillain, die am Feuer hockte und sich die Kühle des Moors aus den Knochen zu schütteln versuchte. »Du mußt ihm bloß einen Brief von mir überbringen ... Ich gehe dicht hinter dir ins Lager. Und wenn ich erst in seinem Zelt bin, kannst du gehen.«
»So einfach ist das nicht! Es ist schon manche Frau aus der Stadt in sein Zelt gegangen und nicht daraus zurückgekehrt. Du selbst bist doch ein Opfer seiner Künste! So sehr es mir gefiele, den höllischen Herrn und seine Armeen vernichtet zu sehen ... lieber noch seh ich mich wohlbehalten alt und grau werden!«
»Ich werde dich beschützen!«
»Ich habe ja gesehen, wie du dich selber zu schützen weißt«, schnaubte Fiona. »Nein, danke!«
»Du mußt! Das Wohl des ganzen Landes hängt an dir!«
»Ha! Wenn das so ist, wo bleibt dann der Tribut? Und was ich da auf den Münzen sehe, ist ja nicht mein Gesicht ... Laß die Herren ihre Schlachten schlagen. Fiona findet auch andere Schenken, wo sie bedienen kann.«
»Ich werde dir deine eigene Schenke bauen!«
»Eine Frau als Kneipier, ja, das gefällt mir! Aber ...« Damit ver-

stummte sie und dachte nach. »Meine eigene Kneipe? Keinen Klaps auf den Hintern, kein Kneifen und kein Krügeschleppen mehr? Ich höre, Erddämonin!«

Der Wachhabende am Lagertor vertrat Fiona barsch den Weg und verlangte ihren Paß zu sehen – seine Stimme war Lillain leider nicht bekannt.
»Das wird nicht gehen«, wisperte Fiona der Leere hinter sich zu.
»Von der Hand der Herrin höchstpersönlich, sagst du?« fragte der Kerl mißtrauisch.
»Ja, Herr Soldat«, hauchte Fiona und verbeugte sich so tief, daß ihre Gelenke nur so knackten.
Papier raschelte – der Torwächter inspizierte den Paß Fionas so gründlich wie nur etwas.
Den hatte Lillain, so gut es ging, mit einem geraden Ast als Lineal geschrieben. War er aber auch leserlich? Fiona hatte gesagt, ihre Schrift sei klar und deutlich, wenn auch etwas krakelig. Ob der Soldat das akzeptierte? Lillain hielt den Atem an.
»Eine Klaue, das«, brummte der Torwächter, »könnte aber von ihr sein. Wo hast du den her?«
»Das darf ich nur dem gnädigen Herrn sagen, Herr Soldat.«
»Er hat viel zu tun und darf nicht von deinesgleichen gestört werden.«
»Was ich zu sagen habe ... würde er aber schon gern hören!«
»Besser, du sagst es mir«, knurrte er und tat einen Schritt auf sie zu, daß sein Schwertgehenk an sein Kettenhemd klirrte.
Da wich Fiona etwas zurück und flötete: »Verzeihung, was ich zu sagen habe, das ist nur für die Ohren des gnädigen Herrn bestimmt.«
»Du wirst es mir jetzt sagen, du Weibsstück, du ...«
Fiona keuchte vor Schmerz unter seinem brutalen Griff.
»Laß sie gehen, du Hund«, befahl Lillain ihm da hinter Fionas Rücken, »sonst schlage ich dich auf der Stelle nieder.«
Entsetzt fuhr der Mann zurück: Seine Furcht war förmlich zu riechen. »Gnädige Herrin«, rief er, »ich wußte ja nicht ... wir dachten alle, du wärst ...«

»... zu meinem Zelt!«
Gehorsam führte er nun Fiona ins Lager, mit Lillain an ihren Fersen.
Das erste, was Lillain auffiel, war die Stille: Kein Grölen, kein brüllendes Gelächter war zu hören. Die Soldaten, die da bei dunkler Nacht um ihre Lagerfeuer hockten und ihren Wein aus Schläuchen tranken, sprachen nur flüsternd miteinander, sangen nicht mehr, prahlten nicht mehr lauthals von früheren Siegen ...
Auch ihr Zelt war sehr verändert – da stank es so nach Blut, daß sich ihr schon im Eingang, hinter Fionas starkem Rücken, alle Haare auf den Armen sträubten: Jurlic praktizierte dort wohl seine Blutmagien! Sie hätte ihm am liebsten ins Gesicht gespuckt. Dieser Narr, er hatte ihr Zelt entweiht! Von der Zeltmitte kam nun das Knistern eines Feuers und eine Hitze, die ihr die Haut prickeln ließ ...
»Mir gefällt es hier gar nicht«, raunte Fiona, als dann der Wächter gegangen war.
»Doch sag, was siehst du?!«
»Da in der Mitte ein Kohlebecken ... und Ketten ... Der Boden ist voller Flecken ...«
»Sind dort Linien in die Erde geritzt?«
»Ja.«
»Meide sie! Wo steht der Kriegsthron?«
»Da drüben, auf der anderen Seite.«
»Bring mich dorthin.«
Und Fiona führte sie in weitem Bogen hinüber. Dann raschelte das Zelttuch und teilte sich, und herein kam ... Die arme Frau erstarrte.
»Ach, sieh da, die Meisterin der Verkleidung kehrt zurück«, höhnte Jurlic, und seine sanfte Stimme troff von Sarkasmus. »Ich muß sagen, Schwesterlein ... ich habe dich nie schöner gesehen!«
Lautlos und so sachte die Füße setzend, daß sie keinen Staub aufwirbelte, wechselte Lillain sogleich zur Rechten Fionas – näher zur Stimme ihres Bruders hin.
»Ein Bauerntrampel, so hätte ich dich nie erkannt! Ein Glück nur,

daß meine dämonischen Verbündeten dich für heute nacht angekündigt hatten!«
Da – ein Zischen, Knall ... und aus der Mitte des Zeltes kam eine höllische Hitze, kam das gellende Geschrei von tausend Seelen!
»Zum Teufel!« fluchte Fiona und wich etwas zurück. »Was war denn das?«
»Nein, erkennst du deinen alten Diener nicht wieder?« fragte Jurlic. »Du hättest gut daran getan, deine Dämonen besser zu füttern, so wie ich, meine Liebe.«
Da ging Lillain aber auf ihn los. Doch sie bekam ihn nicht am Hals ... nur an der Schulter zu fassen.
Er keuchte, wirbelte auf den Absätzen herum. Und sein Dolch schlitzte ihr die Schulter auf, daß sie lauthals schrie vor Schmerz.
»Was für ein übler Trick ...«, keuchte Jurlic.
Aber sie griff nach seinen Händen, packte ihn mit der Linken am Handgelenk, schnappte mit der Rechten nach seinem Messer.
»Heut nacht trinke ich noch blaues Blut!« fauchte da der Dämon im Glutbecken, mit einer Stimme wie das Rascheln des Laubs auf einem Grabstein, und kicherte dazu.
Die Arme brannten ihr vor Schmerz, vor Anstrengung auch, den Dolch aufzuhalten, der ihre unsichtbare Kehle suchte und nun schon ihre Wange streifte. Sie schmeckte Blut.
Ihr Bruder lachte. »Schlau, schlau, Schwester! Leider warst du noch nie stark genug, deine Macht auch zu halten!« Und da kitzelte ihr die Spitze seiner Klinge die Halsgrube ...
Jetzt tat es einen fürchterlichen Schlag. Und Lillain spürte noch, wie ihrem Bruder die Schulter davon vibrierte, und nun schon, daß er jäh auf sie zu und ihr in die Arme fiel.
So wuchtete sie sich ihn auf die blutende Schulter und schrie: »Bei meinem Blutspakt, löse den Bann, Alter!« Und damit warf sie ihn in die Mitte des Zelts.
Es fuhr ein heißer Wind daher, erhob sich ein Staub, der ihr die Haut aufriß. Und als die Luft sich wieder geklärt hatte, sah sie dann Fiona mit einer gußeisernen Pfanne in der Hand dastehen und offenen Munds auf das ausgebrannte Kohlebecken starren.

Sofort kamen vier Krieger ins Zelt gestürzt. Aber bei Lillains Anblick blieben sie wie angewurzelt stehen und warfen sich gleich vor ihr auf die Knie. »Herrin«, sprach der eine, ein Hauptmann, »es hieß, du seist tot.« So er ihrer Nacktheit gewahr war, ließ er sich jedenfalls nichts anmerken.

»Nicht mehr. Sagt der Truppe, daß vielmehr Jurlic tot ist«, erwiderte sie und dann noch, mit einem Blick auf das leere Kohlebekken: »Gib den Männern Order, die Pferde zu bepacken. Wir heben die Belagerung auf und reiten morgen früh nach Hause. Geh jetzt.«

Der Mann sprang auf und machte kehrt, die Order auszuführen, und seine Leute folgten ihm auf den Fersen.

Da ließ Lillain sich schwer auf den Kriegsthron fallen.

»Und jetzt ziehst du einfach ab?« fragte Fiona.

»Ich habe keine Freude mehr am Krieg, und mein Ehrgeiz ist mir genauso vergangen wie die Lust am Umgang mit Dämonen«, seufzte Lillain und wischte sich mit dem Handrücken Blut von der Wange. »Wo hättest du deine Schenke nun gern hingebaut?«

Fiona schüttelte den Kopf. »Das hier ist kein Pflaster für Wirtinnen ... dachte, ich versuche es lieber im Norden, in irgendeinem Königreich, wo die dankbare Monarchin darauf sieht, daß mir die Diebe nicht meine Schenke unter der Nase stehlen«, sagte sie und hob ihr ein Seidenkleid auf. »Besser, du ziehst dir etwas an. Einer nackten Königin zahle ich keine Steuern!«

»Gut, gut«, knurrte Lillain. »Aber da ist noch etwas, was ich nicht verstehe: Als Jurlic und ich um das Messer rangen, da konntest du mich doch nicht sehen. Woher wußtest du dann, wohin du zu zielen hattest für deinen Schlag?«

Fiona senkte den Kopf und wurde knallrot. »Um die Wahrheit zu sagen, Herrin, da ich inzwischen wußte, wer du bist, habe ich einfach zugeschlagen. Ich dachte, wen von euch mein Hieb auch träfe, dem Königreich erwiese ich auf jeden Fall einen guten Dienst!«

P. ANDREW MILLER

Andrew Miller dichtet und unterrichtet nur noch, seit er im Fach Kreatives Schreiben den Magister hat. Er schreibt Geschichten und Gedichte – aber wer tut das nicht? Haben wir nicht alle irgendwo das Manuskript eines unveröffentlichten epischen Gedichts? Er schreibt auch Fantasy und Mainstream, Lustiges und Ernstes, war schon in so unterschiedlichen Publikationen wie Dragon Magazine *oder* The Magic Within, Nuthouse, Plot *oder* The Journal of Kentucky Studies *vertreten und hat auch als Attending Author oder Autorenvertreter an der »International Conference on the Fantastic in the Arts« teilgenommen.*
Nun hoffe er, sagt er, daß der Verkauf dieser Geschichte den Beginn einer lukrativen Schriftstellerkarriere bildet, damit »ich nie mehr Besucher in Einkaufszentren, das Notizbrett in der Hand, für irgendeine Umfrage anhauen muß«.
Und da glaubte ich damals doch, ich hätte es mit dem Putzen schlecht erwischt! – MZB

P. ANDREW MILLER

Patchwork-Magie

Das ist meine erste Erinnerung an die Flickendecke von Tante Cordelia:

Ich war gerade fünf geworden, als die Schergen Lord Margons unser Dorf überfielen ... Zum Geburtstag hatte ich von Tante Cordelia, die in Wahrheit die Tante meiner Mutter war, eine Patchworkdecke bekommen, an der sie viele, viele Jahre lang genäht hatte. Ich saß auf meinem Bett im Eck, das Gesicht an den weichen gelben Flicken am rechten oberen Ende der Decke geschmiegt, als ich die ersten Schreie vernahm ...

Meine Mutter fuhr vom Kessel über dem Feuer herum. Da zerriß noch ein Schrei die nachmittägliche Stille ... Sie rannte zur Tür. Da fiel die Tür schon krachend auf sie, und der Schuft, der die aus den Angeln getreten, kam, das blanke Schwert in der Hand, über meine arme Mutter weg hereingestürzt ...

Und ich, ich schrie auf, duckte mich unter meine neue Decke, um nicht sehen zu müssen, was auf mich zukam. Doch so unter der Decke verborgen, sah ich plötzlich die goldene Stickerei auf einem Flicken aus weichem Leder erglühen. Ja, sie schien Licht und eine leichte Wärme zugleich zu verbreiten!

Vor mir hörte ich diesen Kerl keuchen und ein Klirren – das typische Geräusch, wie ich dann erfuhr, wenn Stahl von Stahl abprallt. Ich hörte sein Schnaufen und Fluchen – aber sonst keinen Laut im ganzen Raum. Dann schrie er plötzlich heiser auf und polterte mit seinen schweren Stiefeln zur Stube, zur Tür hinaus. Unter der Flickendecke aber verging das Glühen – und bei näherem Hinsehen stellte ich fest, daß diese gesamte goldene Stickerei verschwunden war. Aus Angst, der Scherge mit dem Schwert könnte zurückkommen, blieb ich noch einige Minuten in meinem Versteck. Aber mir war auch bewußt, daß meine arme Mutter mich brauchte ...

So streckte ich schließlich vorsichtig den Kopf unter meiner Decke hervor – und sah außer meiner Mutter keinen Menschen in der ganzen Stube. Da sprang ich aus dem Bett und lief zu ihr. Ich rief sie, schüttelte sie, aber sie gab keine Antwort und rührte sich nicht. Tränen schossen mir in die Augen, stürzten mir über die Wangen – doch nun jagte mir ein neuerlicher Schrei da draußen solchen Schrecken ein, daß ich unter mein Bett kroch, dabei auch die Decke mitnahm und sie mir gleich wieder über den Kopf zog.
Da muß ich mich irgendwann in den Schlaf geweint haben – das nächste, was ich weiß, ist jedenfalls, daß eine bleiche Frau mich wachrüttelte, mir einen Becher Wasser, auch einen Apfel reichte – und ich sie, als ich beides entgegennahm, verdutzt anstarrte und dann jäh bemerkte, daß ich durch sie hindurchsah … Der Wasserkessel, der Schrank, den mein Vater für die Mutter einstens gebaut hatte, all das sah ich zwischen ihren Schultern, geradewegs durch ihre Brust hindurch!
Und als ich auf meine Decke hinabblickte, sah ich, daß daran jetzt ein anderer Flicken glühte, zart purpurrot der … ein Stück rosa Stoff mit aufgestickten Blümchen.
Ich musterte wieder die Frau vor mir – ihr durchscheinendes hauchzartes Gewand schien von derselben Machart, wenn nicht aus demselben Material.
Der Quilt glühte, und die Frau pflegte mich, bis Lady Cromas Leute ins Dorf kamen. Ja, als der Hufschlag ihrer Pferde zu uns drang, schwand meine durchsichtige Pflegerin genauso wie die Blümchenstickerei und das Purpurrot.
Minuten später fanden Lady Cromas Diener mich dann. Ich war der einzige Überlebende im Dorf. Meinen Vater und die anderen Männer hatten sie auf den Feldern getötet, die Frauen, auch Tante Cordelia, in den Häusern erschlagen. Man fragte mich, wie ich denn hatte überleben können, wo diese Kerle doch in den Dörfern, die sie überfielen, jeden Menschen töteten, da sie allezeit nur eins im Sinn hätten: Angst und Schrecken zu verbreiten. Da erzählte ich ihnen, wie ich mich unter meiner Flickendecke versteckt hatte. Sie glaubten mir, und ich nahm das kostbare Stück natürlich mit, als Hauptmann Hawkins mich zu sich nach Hause nahm.

Er und seine Frau zogen mich, da sie selbst kinderlos waren, als ihre Tochter auf. Ich behielt die Decke immer auf meinem Bett. Aber die Runen darauf, und das waren diese Stickereien meiner Ansicht nach, blieben ruhig ... schlichtes Fadenwerk.

Bis zu meinem dreizehnten Lebensjahr, als uns die Braunfäule heimsuchte: Da wurde der Mais auf den Stengeln schwarz, und der Weizen verdorrte auf den Feldern.

Niemand bei uns wußte, was tun. Als ich dann eines Abends im Bett lag, aber einfach nicht einschlafen konnte, weil meine Stiefeltern in der Wohnstube noch miteinander flüsterten – sah ich den Quilt plötzlich wieder erglühen.

Diesmal kam das rote Licht von einem Quadrat grauen, groben selbstgewebten Tuchs. Und ich wartete auf eine Erscheinung oder deren Wiederholung, aber nichts geschah.

Dann verging das Licht, und der Flicken war leer, die »Rune« darauf verschwunden. Ein Gefühl der Enttäuschung befiel mich – hatte die Magie versagt? Also besorgt, aber doch wunderbar geborgen unter meiner schweren Decke, schlief ich ein.

Am anderen Morgen erwachte ich aber mit einem ganz seltsamen Gefühl. In meinem Kopf summte, brummte etwas herum wie eine eingeschlossene Wespe ... Aber als Mutter mich fragte, ob ich wohlauf sei, bejahte ich und ging vors Haus.

Irgend etwas trieb mich zum Wald hin, und es war ganz anders als bei all meinen früheren Streifzügen dort. So zielstrebig schritt ich dahin und ging achtlos an all den schönen wilden Blumen vorbei, die ich sonst zum Strauß für unseren Tisch pflückte, und ich ging auch an dem Baum vorüber, auf den ich immer gern stieg ... Doch dann, tief in des Waldes Dunkel, wo sich so dicht und hoch das Laubdach wölbt, zog eine Handvoll Pflänzchen meinen Blick auf sich. Ich hatte dergleichen noch nie gesehen, kannte auch nicht ihren Namen oder Nutzen und brach sie doch auf der Stelle ohne Zögern.

Kaum nach Hause zurückgekehrt, hängte ich einen großen Kessel Wasser übers Feuer.

»Was machst du denn da, Marya?« fragte Mutter erstaunt.

Und da ich in Wahrheit nicht wußte, was ich ihr antworten

sollte, sagte ich nur, ich hätte einfach das Gefühl, das tun zu müssen.
Sie sah mich entsetzt an und verfolgte dann besorgt, wie ich die Waldpflänzchen in meinem Mörser zerrieb und den grünen Brei ins schon kräftig kochende Wasser rührte ...
Doch der Geruch, der dann daraus stieg, war so fürchterlich, daß ich zurückfuhr – und Mutter herbeistürzte, um den Kessel auf der Stelle aus dem Haus zu schaffen.
Aber ich hielt sie zurück und rief: »Bitte, laß mich das zu Ende führen!«
Sie sah zu mir herunter, runzelte leicht die Stirn, rümpfte die Nase, nickte aber.
Der Gestank war bald so stark und so durchdringend, daß wir beide die Küche verlassen mußten. Eine Stunde später traute ich mich mit zugehaltener Nase aber wieder hinein und nahm das Gebräu vom Feuer.
Ich ließ es kalt werden, brachte es zu den Feldern des Dorfs hinaus und bespritzte damit die eben getriebenen Ähren. Und das gräulichgrüne Zeug schlüpfte in die Pflanzen, warf aber Blasen, sobald es auf eine verdorrte Ähre traf.
Ich besprühte so viel Weizen und Mais, wie ich konnte, holte dann noch mehr von dem Kraut und kochte noch mehr von diesem Absud ... Am Abend jenes Tages war ich so rechtschaffen müde, daß ich froh war, wieder unter meine behagliche Flickendecke kriechen zu können.
Am nächsten Tag ging es wie ein Lauffeuer um: Die Braunfäule ist verschwunden! Ja, die jungen Ähren waren alle frisch und gesund, die alten aber vollends verdorrt und abgefallen.
Mutter sah mich darauf so an – eine aufkeimende Frage in den Augen. Ich zuckte die Achseln, sah nach dem Quilt und strich mit der Hand über ein paar der bestickten Flicken. Er konnte ja nicht nur Geister rufen, sondern auch Wissen schenken ... Und ich fragte mich, aber das nicht zum erstenmal, wie Tante Cordelia ihn wohl gefertigt habe.
Den erneuten Beweis magischer Kräfte gab die Patchworkdecke, als ich einmal ein so schlimmes Fieber bekam, daß meine Haut ris-

sig wurde und ich nur noch verschwommen sah, nicht einmal mehr das Gesicht meiner Mutter erkannte.
»Bitte«, flehte ich damals, »bitte, bring mir die Decke.«
Die Mutter schüttelte den Kopf. »Du mußt dich kühl halten«, sagte sie.
Aber ich packte ihre Hand und drückte sie fest. »Bitte, Mutter! Denk an das Getreide ...«
Da löste sie sich aus meiner Hand, verschwand und kam gleich darauf mit meiner Patchworkdecke zurück.
Und kaum hatte sie sie mir übergelegt, erglühte die silberne Stikkerei auf einem blauen Flicken etwa in der Mitte, und es war ein Licht so weiß wie das des vollen Mondes.
Mutter starrte verblüfft darauf und streckte die Hand danach aus, zog sie aber wieder zurück, ohne sie berührt zu haben.
Mein Fieber fiel tags darauf, aber das Licht blieb. Ich fing schon an, mich zu wundern, als erst Vater und dann Mutter ein heftiges Fieber befiel. Kaum unter die Flickendecke gepackt, genasen sie aber alle beide so prompt wie ich.
Ich schlief dann immer nur mit der Decke. Manchmal bemerkte ich morgens, daß wieder ein Flicken leer war ... dafür wußte ich in den nächsten Tagen immer wieder etwas Neues – zumeist ein Rezept für einen Schlaftrunk, ein Fiebermittel. Manchmal wußte ich beim Aufwachen auch etwas aus ganz alten Zeiten zu erzählen – die Geschichte des Hauses Croma etwa oder die der antiken Helden.
Als ich zur Frau herangewachsen war, suchten mich viele aus dem Dorf um eines Tranks oder einer interessanten Geschichte willen auf. Das waren meist junge Frauen. Aber manchmal kam auch der eine oder andere Mann mit. So etwa Doran.
Wenn die Leute sich dann im Kreis um mich setzten, um meine Quiltgeschichten anzuhören, nahm er am anderen Ende Platz. Und ich tat, als bemerkte ich ihn nicht, und er, als ob er mir gar nicht richtig zuhörte – wobei aber keiner wohl von uns beiden sich täuschen ließ.
Aber eines Nachts wachte ich irgendwann nach Mitternacht vom Glühen eines Flickens auf – es kam diesmal von der roten Rune

auf einem weißen Quadrat und verging dann zusehends wieder. Ich blieb nicht lange wach, schlief fest und tief – und wußte am nächsten Morgen, mit welchem Trank man die ewig unsterbliche Liebe weckt.

»Nein danke, Tante Cordelia«, flüsterte ich und strich über den Saum meiner Decke, »das schaffe ich auf meine Weise.«

Ich hielt Wort – Doran und ich heirateten, als ich neunzehn war. Wir zogen nach Ringoldstadt, wo Lady Croma residierte. Doran trat der Garde bei und wurde, dank Vaters Ermutigung und Hilfe sowie eigenen Könnens, bald selbst Hauptmann. Und ich wurde schwanger.

Der Quilt hatte sich in all der Zeit nicht geregt. Es waren jetzt auch aber bloß noch drei runenbestickte Flicken übrig: ein aschgrauer, ein blauweiß gestreifter, ein schwarzer. Und dieser schwarze da ... Mich schauderte jedesmal, wenn ich den berührte, und ich fragte mich, welche Essenz Tante Cordelia wohl darin eingeschlossen hatte.

Dann starb unsere Lady eines Nachts. Die Nachricht von ihrem Tod betrübte uns alle. Aber sie kam nicht überraschend, war Lady Croma doch schon über siebzig Jahre alt gewesen.

Jetzt wurde ihr Großneffe, Lord Nelvon, Schloßherr, und auch seine Gemahlin, Lady Shira, nahm hier Residenz. Eines Tages, nicht lange danach – ich braute eben in meinem Atelier eines meiner Quilttränklein –, klopfte es laut und vernehmlich. Ich wischte mir schnell die Hände an der Schürze ab, öffnete die Tür – und stand Lady Shira gegenüber.

Sie hatte eine breite Nase, darüber grüne Augen, die zu weit auseinanderstanden ... was sie mit zuviel an blauem Puder zu verbergen suchte, und das dünne gelbe Haar war mit goldenen Kämmen, von Saphiren schwer, hochgesteckt ... So reizlos war sie, daß es in der Stadt schon hieß, sie habe sich ja ihren Gemahl wohl nur mit schwarzer Magie geschnappt.

Aber was immer ich über ihr Äußeres dachte, ich machte einen Knicks, begrüßte sie geziemend und fragte: »Was führt dich, gnädige Herrin, zu meinem bescheidenen Haus?«

Lady Shira winkte ihrer Eskorte, vor der Tür zu warten, trat ein

und marschierte schnurstracks zu meinem Arbeitstisch. Da streckte sie einen Finger nach den Fläschchen aus, nahm ihn schnell wieder zurück, ohne etwas berührt zu haben, und zog, was mir nicht entging, auch noch die Unterlippe kraus, bevor sie sich umdrehte und zu einer Antwort bequemte:
»Es heißt, du wüßtest gewisse Absude und Elixiere zu brauen, Liebestränklein etwa. Nun wollte ich einmal sehen, was daran wahr ist.«
»Ja, ich verstehe ein wenig davon«, erwiderte ich und nickte beflissen. »Hast du an dergleichen Bedarf?«
Bei aller roten Schminke auf ihrem Gesicht sah ich doch, daß die Lady tief errötete ...
»O nein«, hüstelte sie aber, »das brauche ich nicht, mein Gemahl und ich, wir sind sehr glücklich mit einander ... Aber mich plagen manchmal Schlafschwierigkeiten. Vielleicht hast du ja dagegen etwas?«
Ich nickte. »Doch, da müßte sich etwas finden. Wenn du mich für einen Augenblick entschuldigen wolltest?«
Und auf ihr knappes Nicken hin huschte ich hinaus, zu meiner Schlafkammer, wo ich derlei Mixturen sicher aufbewahre. Ich wollte auch eben an das Wandversteck gehen, als ich die Lady hinter mir ausrufen hörte: »Was für ein schöner Quilt!«
Und da ich herumfuhr, sah ich, daß sie schon Tante Cordelias Patchworkdecke befühlte, sie jetzt sogar von ihrem Platz auf dem Bett nahm und sie an sich drückte, sich damit auch übers Gesicht rieb und der Gedanke, daß die ganze Schminke daran haftenbliebe, ließ mich sicher erbleichen.
»Wieviel verlangst du dafür?« fragte sie und hatte nur noch Augen für die runenbestickten Flicken.
Da muß ich kreideweiß geworden sein, soviel ist sicher. Und ich mußte mich schnell am Bettpfosten festhalten, um nicht umzufallen.
»Der Quilt steht nicht zum Verkauf«, sagte ich.
»Unsinn. Ich bezahle gut dafür«, erwiderte sie ungerührt und fing an, mit dem Finger eine der Runen nachzufahren.
»Verzeih, gnädige Herrin, aber den Quilt hat mir meine Tante

noch kurz vor ihrem Tod geschenkt. Ich könnte mich nie von ihm trennen!«

Damit trat ich vor das Bild an der Wand, klappte es beiseite und nahm aus dem Geheimfach dahinter ein Fläschchen mit dem guten Schlaftrank, reichte es ihr und sprach:

»Hier, Herrin, nimm das, als eine Aufmerksamkeit von mir!«

Ich drängte ihr das Gläschen förmlich auf und riß ihr dafür den Quilt aus den Händen ... Zum Glück schien er nichts von ihrer Schminke abbekommen zu haben!

»Und nun, gnädige Herrin, willst du mich wohl entschuldigen, ich bin sehr müde«, sagte ich und rieb mir den dicken Bauch und begann, sie mit meiner Leibesfülle zur Tür zu drängen.

»O ja, danke«, erwiderte sie. »Aber könntest du dir das mit dem Quilt nicht noch einmal überlegen?«

»Nein, wohl kaum, fürchte ich«, beschied ich sie, beförderte sie mit leisem Nachdruck vollends hinaus, sagte ihr Lebewohl und schlug ihr, obwohl sie verkniffenen Auges noch zu einer Antwort anzusetzen schien, die Tür vor der Nase zu.

Ich versuchte, ihren unangenehmen Besuch zu vergessen, indem ich mich wieder auf das Brauen konzentrierte, und das gelang mir auch recht bald. Da kam Doran heim. Als er durch die Tür kam, drehte ich mich um, ihn mit einem Lächeln zu begrüßen – aber das Lächeln erstarb mir, noch ehe es mir auf die Lippen kam ...

»Doran, was ist los?«

»Marya, hattest du heute Besuch von Lady Shira?« knurrte er düsteren Blicks und mürrisch verzogenen Munds.

»Ja, doch«, antwortete ich und legte meine Schöpfkelle hin. »Sie kam wegen einem Schlaftrank, und den gab ich ihr.«

»Warum hast du ihr den Quilt nicht verkauft?« fragte er, und es war ihm offenbar ernst damit.

Kreidebleich muß ich geworden sein, und die Beine wurden mir weich, daß ich mit einem Plumps auf einen Stuhl sank.

Da war er im Nu neben mir und ergriff meine Hand.

»Marya, geht es dir gut?«

Wütend machte ich mich los.

»Wie kannst du mich das fragen?« schimpfte ich.

Er schüttelte den Kopf und erwiderte, nun mit einer kleinen Falte zwischen den Augen: »Du siehst etwas schwach aus. Ich will wissen, ob du wohlauf bist.«

»Nicht doch«, stöhnte ich und hob abwehrend die Hand. »Wie kannst du mich nur wegen der Decke fragen? Daß du überhaupt glaubst, ich könnte sie verkaufen ...«

Hochroten Gesichts sprang er auf.

»Das ist doch nur ein Quilt, Marya! Und sie ist Lady Shira, und ihr Gemahl ist Herr über uns alle und mein Dienstherr. Willst du, daß wir ohne Lohn und Brot sind, wenn unser Kind auf die Welt kommt?«

Das wollte ich mir nun nicht länger anhören ... nein, Schluß damit!

»Nur ein Quilt? Nur ein Quilt?« schrie ich. »Daran ist keine Spur von ›nur‹... Er ist etwas Besonderes. Etwas Besonderes für mich. Wohl eher als du!«

Aber jetzt hätte ich mir am liebsten die Zunge abgebissen ...

Statt Sorge war ihm nun stille Wut ins Gesicht geschrieben. Doch er blieb stumm – wie immer, wenn er gereizt war. Nein, er sagte kein Wort, drehte sich um und ging zur Tür hinaus. Ich sah ihm nach, lief dann in meine Schlafkammer, warf mich aufs Bett und zog die Flickendecke fest um mich. Verzweifelt starrte ich auf die drei noch bestickten Flicken und hoffte, daß wenigstens einer davon zum Leben käme, um dieses Problem für mich zu lösen ... wie das in der Vergangenheit schon oft geschehen war. Aber kein magisches Licht wollte sich zeigen.

So unter die Decke gekuschelt, schlief ich dann ein. Mitten in der Nacht hörte ich Doran heimkommen, bald auch gegen den Küchentisch stolpern ... Glas zerbrach auf den Fliesen, und ich fragte mich, welches meiner Elixiere wohl nun den Boden ziere ...

Jetzt ging quietschend die Schlafkammertür auf, Stille – er starrte wohl herüber. Aber ich hielt die Augen geschlossen und zog den Quilt fester um mich. Ein paar Minuten später hörte ich, daß er die Tür schloß und in die Küche zurückschlurfte, einen Sessel über den Boden schleifte, dann ein Knarren – er hatte wohl darin Platz genommen. Ich horchte noch eine Zeit, bekam aber nur noch ein gewaltiges Schnarchkonzert zu hören. Und irgendwann schlief auch ich dann ein, wieder ein.

Als ich morgens aufwachte, war Doran bereits fort: die Küche leer und der Boden gefegt und geputzt. Für letzteres war ich natürlich dankbar – aber ich hätte Doran noch gern gesehen, mich bei ihm entschuldigt.

So nahm ich nach dem Frühstück meinen Kräuterkorb und machte mich zu dem Wäldchen auf, das unsere Burgstadt flankiert, um jetzt vor meiner Niederkunft noch soviel an Heilpflanzen zu sammeln wie möglich.

Ich brauchte gut zweimal so lang wie sonst für den Weg, aber ich hatte mir ja einen Imbiß eingepackt und einen ganzen Tag für den Ausflug eingeplant. Es war noch hochsommerlich warm, und ich genoß es, wieder in der freien Natur zu sein. Und da ich mir Zeit ließ beim Sammeln und wegen meines Zustands oft Pausen einlegen mußte, war die Sonne fast untergegangen, als ich mich endlich wieder auf den Heimweg machte.

Noch als ich die Tür öffnete, wußte ich, daß Doran nicht da war, und ich bereute denn auch erneut mein harsches Wort vom Abend zuvor.

Ich stellte den Korb auf den Küchentisch und eilte ins Schlafzimmer, um mich zu vergewissern, ob er überhaupt schon nach Hause gekommen war. Aber ich sah da weder seinen Umhang noch sonst ein Anzeichen dafür. Dann fiel mein Blick auf das Bett – leer war es, meine Decke war fort!

Hastig durchsuchte ich die ganze Stube, sah unters Bett, in den Schrank. Nichts. Dann ging es mir auf: Er war dagewesen. Und jetzt schmückte mein Quilt bestimmt Lady Shiras Lager!

Als ich mich dann rücklings aufs Bett fallen ließ, bemerkte ich erstaunt, daß mir die Augen trocken blieben – der Schock hatte mich wohl der Tränen beraubt! So lag ich da, dachte an alles, was die Patchworkdecke mir gebracht hatte, und hätte zu gerne gewußt, was die letzten drei Zauberfelder denn wohl bargen. Welche Wunder und Schätze entgingen mir jetzt?

Da riß mich ein Laut von nebenan aus meinen trüben Gedanken: Die Küchentür hatte gequietscht … es mußte jemand gekommen

sein. Ich setzte mich auf – da streckte Doran den Kopf durch die Tür.
»Marya?« fragte er vorsichtig.
Und schickte sich an hereinzukommen – da flog ihm ein Schuh von mir so knapp an der Nase vorbei, daß er schnell den Kopf zurückzog, damit nicht etwa das zweite Exemplar noch ins Schwarze träfe …
»Marya! Was soll das?!« empörte er sich.
»Wie konntest du ihn nur weggeben?« schrie ich.
»Ich mußte«, erwiderte er, von hinter der Tür hervor. »Lord Nelvon machte mir klar, daß entweder seine Frau diesen Quilt bekäme oder aber ich mich nach einer anderen Stelle umsehen müßte, wo ich mir meine Brötchen verdienen könnte.«
Nun begannen bei mir doch die Tränen zu fließen!
»Und warum hast du nicht den Dienst quittiert? Wir hätten ja anderswohin gehen können!«
»Was erzählst du? Ist das dein Ernst? Zählt denn diese Decke mehr als alles, wofür ich gearbeitet habe? Zähle ich weniger als dein ach so kostbarer Quilt?«
Und ich? Ich wiegte mich auf meinem Bett und hätte fast zurückgeschrien: Ja, er bedeutet mir alles … schwieg aber statt dessen, was ja vielleicht noch schlimmer war.
»Schön, Marya! Dann sehe ich mal nach, ob ich in der Kaserne eine Bleibe finde. Vielleicht finde ich ja gar ein Bett samt Häschen!«
Natürlich wußte ich, daß er mich damit verletzen wollte, und er schaffte es ja auch beinahe. Aber ehe ich antworten oder er gehen konnte, setzten die Wehen ein, fuhr mir ein Schmerz gleich einem Schwert durch die Eingeweide, daß ich nur noch aufschrie.
»Marya?« rief Doran entsetzt, kam ins Schlafzimmer gestürzt, ließ sich neben mir auf die Knie fallen, ergriff meine Hand und drückte sie fest.
»Marya, was ist denn? Das war doch nur Spaß von mir!«
Japsend hockte ich da und konnte ihm erst nach einer Weile sagen, daß das wohl das Kind gewesen sei.
»Aber du hast doch noch einen Monat bis dahin!«

»Sag das mal dem Kleinen«, stöhnte ich.
»Da, leg dich hin«, drängte er, faßte mich bei den Schultern und zog mich behutsam aufs Bett zurück.
»Doran?«
»Ja, Marya?« fragte er und strich mir das Haar nach hinten.
»Geh nun und hole Larisha, die Hebamme. Sag ihr, ich brauche sie.«
Ein Kopfschütteln war seine Antwort.
»Geh, Doran. Ich komme schon zurecht, bis du zurückkehrst. Bitte, ich brauche ihre Hilfe.«
Da strich er mir noch einige Male übers Haar und stand dann auf, hielt noch für einen Moment meine Hand und ging darauf.
Kaum zehn Minuten war er fort, als die nächsten Wehen kamen. Aber ich verbiß mir jeden Schrei, denn wer weiß, vielleicht hätte er mich ja gehört und wäre auf der Stelle umgekehrt!
Ach, wie ich mir meinen Quilt wünschte! Allein schon seine Schwere zu fühlen, hätte sicher alles wieder gutgemacht. Ja, ich fühlte genau, daß etwas nicht stimmte; aber ich wollte gar nicht so genau wissen, was es sei.
Bis zu den nächsten Wehen brauchte es noch fünfzehn Minuten. Ich erwartete Doran jeden Moment zurück, die Hebamme wohnte ja nicht weit weg – aber er kam und kam nicht.
So verging eine Stunde, die Wehen kamen und gingen. Aber noch immer kein Doran. Wo war er bloß hin?
Endlich hörte ich die Haustür gehen, und ich hob erleichtert den Kopf, um die Hebamme zu begrüßen. Aber Doran war allein, als er ins Zimmer trat, und er kam, ließ sich neben dem Bett schwer auf die Knie fallen und wischte sich dicke Tränen aus seinen Augen.
»Ich habe es versucht«, sagte er. »Ich bin zu ihr, aber sie war schon zu einer anderen Entbindung, wohl eine schwierige Geburt. Und sie sagte, sie kommt, sobald sie kann.«
Da ließ ich mich auf mein Kissen zurücksinken.
»Oh, Marya, liebste Marya«, rief er, »kann ich sonst etwas für dich tun?«
Wortlos schüttelte ich den Kopf. Dabei hätte ich ihn doch am lieb-

sten angeschrien: Geh nur meinen Quilt holen, dann kommt alles wieder ins Lot! Aber er hätte mir doch nicht geglaubt, und das Ganze war eh ein leidiges Thema zwischen uns beiden.

Diese Nacht litt ich unter häufigen Schmerzanfällen, wobei mir jedesmal war, als ob mir einer den Bauch umdrehte. Doran blieb bei mir, hielt mir die Hand und rieb mir ab und an mit einem feuchten Tuch die Stirn ab. Und alle beide glitten wir von Wehen zu Wehen, zwischen Wachsein und Schlafen hin und her.

Hin und wieder, wenn etwa der Wind an der Haustür rüttelte, fuhren wir beide auf, weil wir dachten, es sei die Hebamme. Aber wenn Doran dann mit fliegenden Händen öffnete, war nie jemand vor der Tür.

Mit den ersten durchs Fenster fallenden Sonnenstrahlen kamen neue Wehen. Schmerzgeplagt faßte ich Dorans Hand und drückte sie so fest, daß er trotz aller Müdigkeit eine Grimasse zog.

Dann hörten wir es an der Tür klopfen. Er wollte sofort aufstehen, aber in meiner Not lockerte ich meinen Griff um keinen Deut. Erst als der Schmerz, der mich zu zerreißen schien, abebbte, ließ ich ihn los. Schon klopfte es lauter, immer lauter. Und Doran rannte, ja, flog zur Haustür …

Aber nicht die Hebamme, sondern Lady Shira war es, die er da hereinführte. Einen dunklen Umhang trug die Dame, als ob sie heimlich komme. Als sie die Kapuze zurückwarf, sah ich auch, warum: Dicke rote Flecken verunzierten ihr Gesicht, und ihre Handgelenke schienen dick geschwollen. Da erst gewahrte ich, daß sie meinen Quilt in den Armen trug … Hoffnung durchfuhr mich so wie zuvor der Schmerz.

»Tu etwas!« schrie sie Doran an. »Mach, daß es sie tilgt!«

Der stand versteinert, den Knopf der Schlafkammertür noch in der Hand und die Augen weit aufgerissen: Er glaubte sicher, die gnädige Herrin sei verrückt geworden.

Wütend kehrte sie ihm den Rücken – und entdeckte mich da auf dem Bett. Schon schoß sie auf mich zu. Doran trat ihr in den Weg – sicher überzeugt, ich sei in so schlechter Verfassung, daß sie mich nicht noch anstecken müsse. Aber sie stieß ihn beiseite, schleuderte den Quilt auf mein Bett und rief: »Tu etwas!«

Wieder packte mich eine Wehe, und ich schrie gellend auf, da ich seine Hand ja nicht mehr drücken konnte.
Die Lady wich zurück, so weit es ging, und sperrte Mund und Augen auf – sie hielt mich wohl für irre. Doch Doran stürzte herzu, stieß sie zur Seite, faßte meine Hand und drückte und drückte sie fest. Als die Schmerzen endlich nachließen, bat ich ihn, mich mit meinem Quilt zuzudecken.
»Warum, was soll das helfen?«
»Bitte, tu es einfach«, flüsterte ich.
Er sah mich von der Seite an, zog mir die Decke dann aber hoch und stopfte sie mir gar unters Kinn. Und ich legte die Arme auf das alte Tuch, streichelte es und spürte dabei auch einige recht abgenutzte Stellen.
Plötzlich bemerkte ich, daß der schwarze Flicken unten, der, den ich noch nie gemocht hatte, blank war! Aber ein Blick zu der Lady, die unbeachtet und elend an der Wand lehnte, sagte mir, wo seine Runen hin waren.
Ein Aufleuchten, aus den Augenwinkeln wahrgenommen, brachte meine Aufmerksamkeit zum Quilt zurück – die Silberstickerei auf dem grauen Flicken erwachte zum Leben!
Da streckte ich die Hände danach aus und verfolgte das Spiel des silbernen Lichts auf meinen Fingernägeln, blickte nun zu Doran auf, lächelte. Er starrte wie gebannt auf den Flicken, drehte sich dann zu mir um und sprach:
»Kein Wunder, daß er dir so wichtig war! Es tut mir leid!«
»Mir auch«, sagte ich und nahm seine Hand.
»Nein! Es muß mich heilen, muß mich heilen!« zeterte da Lady Shira, kam zum Bett gerannt, wollte mir den Quilt entreißen. Aber ich hielt ihn eisern fest, ließ ihn nicht gehen … Und als sie anfing, mir das Gesicht zu zerkratzen, sprang Doran mir bei und packte sie und riß sie zurück.
»Nein, gnädige Herrin! So beruhige dich!« sprach er auf sie ein. Doch sie sträubte sich, wehrte seinem Griff und beharkte ihm mit den Fingernägeln die bloßen Arme, daß die roten Striemen nur so sprangen … Da fragte ich mich bang, ob sie ihn nicht mit der Krankheit ansteckte, die sie in sich trug.

Aber mein Bauch ließ mir keine Zeit, mir darüber den Kopf zu zerbrechen, und zuckte bald in Wehen, daß ich aufschrie vor Schmerz und die Hände in die Decke krallte. Doran sah sich unruhig nach mir um, Panik stand ihm im Gesicht. Er wäre mir nur zu gern zu Hilfe gekommen – wagte aber nicht, Lady Shira loszulassen.

Heißer und heißer glühte mir der Bauch in Schmerzen, und das silberne Licht wurde immer heller, bis es allen Sonnenschein im Raum überstrahlte und uns drei silbern leuchten ließ. Da erschlaffte selbst Lady Shira in Dorans Griff.

Nun konzentrierte sich das Licht neben dem Bett, verdichtete sich rasch, bis es eine menschliche, weibliche Gestalt annahm ... und wenige Minuten später stand eine silberhaarige, ganz in Grau gewandete Frau vor mir, der das Silberlicht enger noch als ein Schatten anhing.

»Schscht, entspanne dich, Liebste«, flüsterte sie.

Auch legte sie mir nun die Hand auf die Stirn, daß die Schmerzen sogleich abebbten, wandte sich dann an Doran und sagte: »Wir brauchen heißes Wasser und ein paar Leintücher.«

Er wies mit dem Kopf auf die aufgedunsene Lady. »Und was ist mit ihr?« fragte er.

»Du kannst sie loslassen.«

Und die gnädige Herrin, kaum wieder frei, lehnte sich erneut an die Wand und blieb mir damit vom Leib.

Da spürte ich schon die nächsten Wehen kommen und faßte nach der Fremden – und ich fühlte festes Fleisch. Sie aber neigte sich zu mir und sprach:

»Es wird alles gut!«

Wieder schwoll der Schmerz in mir, schwoll und schwand. Ich lächelte der Frau zu, und sie erwiderte mein Lächeln.

»Jetzt ist es Zeit für dein Kind«, sagte sie.

Mir verging das Lächeln, und ich sah sie mit großen Augen an. Ich war doch zu früh dran.

»Unsinn«, raunte sie bloß, als ob sie meine Gedanken gelesen hätte, und deckte mich auf und malte mir mit sanfter Hand Zeichen auf den dicken Bauch, die mich an diese Stickereien erinner-

ten und denn auch bald silbern zu glühen begannen ... einfach zu glühen begannen dort auf meinem Bauch.
Und ich ... spürte weiterhin die Kontraktionen darin, hatte aber keine Schmerzen mehr.
»Und jetzt pressen«, sagte sie, und ich preßte. Ich fühlte, wie mein Körper mir half, und ging mit ihm mit. Die Fremde hatte die Rolle der Hebamme übernommen, und ich war es auch zufrieden.
Da kam Doran mit einem Kessel voll heißem Wasser und einigen Decken hereingestürzt – ließ aber bei dem Anblick, der sich ihm bot, beides prompt fallen. Die Silberfrau warf ihm einen schrägen Blick zu und meinte kichernd:
»Du solltest vielleicht neues bringen.«
Er stand für einen Moment wie vom Donner gerührt, verschwand Hals über Kopf in die Küche, erschien erneut, hob hastig den Kessel auf – und war auch schon wieder draußen!
»Nun haben wir's gleich«, murmelte die Frau, und ich preßte, so fest ich konnte. Ich sah auch, wie sie sich über mich beugte, und dann war mir, als ob etwas risse, bräche in mir. Als ich die Augen wieder öffnete, sah ich, daß meine Hebamme ein noch blutverschmiertes kleines Mädchen hochhielt und ihm einen Klaps auf den Po gab, daß es lauthals schrie und also seine Lungen mit Luft füllte.
Jetzt kam Doran mit dem Wasserkessel und einer kleinen Decke wieder zur Tür hereingerannt ... Und die Quiltfrau ließ sich von ihm die Decke geben, säuberte damit das Kleine und legte es dann mir in die Arme.
»Danke«, konnte ich da nur sagen.
»Gern geschehen, liebe Ur-Ur-Enkelin«, erwiderte sie.
»Was ...«, hob ich gleich an, aber die Erscheinung gebot mir, zu schweigen.
»Bei wem hat Tante Cordelia wohl einst gelernt?« fragte sie.
In diesem Moment kam Lady Shira wieder zu sich.
»Und was ist mit mir?« rief sie. »Tut doch jetzt auch etwas für mich ...«
Ur-Ur-Großmutter warf ihr einen Blick zu und brachte sie mit einem »Still, Frau!« zum Schweigen, ging dann zu ihr hinüber

und malte ihr ein Zeichen auf die Stirn. Das erglühte gleich silbern – und dann sah ich ein schwarzes Gespinst, etwas wie eine Stickerei, ihr von der Stirn fallen.
»Gehe heim und ruhe dich aus«, gebot die Erscheinung, »dann wirst du genesen.«
Und Lady Shira, das Silberleuchten noch in den Augen, drehte sich wortlos um und verschwand.
»Sie hat Doran gekratzt«, sagte ich rasch. »Wird er krank?«
Ur-Ur-Großmutter schüttelte den Kopf. »Dieser Flicken diente nur dazu, die Decke vor fremden Händen zu schützen. Nein, er bleibt gesund und munter.«
Doran setzte sich nah zu mir, um unser Kind zu bewundern.
»Ist sie nicht schön?« fragte ich glückselig.
Er nickte stumm, ganz überwältigt, und koste ihr die Wangen.
Aber als ich dann nach meiner Ur-Ur-Großmutter sah, war die nur noch halb da ... und schwand zusehends mehr.
»Halt, geh noch nicht!« schrie ich, aber da hob sie nur die Hand und verschwand vollends.
»Tja, das war's wohl«, sagte Doran, der all das mitverfolgt hatte.
Aber ich wußte, daß mir noch etwas zu tun blieb ...
Ich zog also meine Patchworkdecke hoch, bis ich den letzten magischen Flicken fand – den blauweiß gestreiften und golden bestickten. Den legte ich um unser Kind. Da kamen die Runen mit einem goldenen Blitz zum Leben, der uns beide die Augen schließen ließ. Und als wir sie wieder öffneten, waren die magischen Zeichen verschwunden.
Doran schüttelte lächelnd den Kopf.
»Und wie soll unsere Kleine heißen?« fragte er.
»Cordelia«, erwiderte ich.

DIANA L. PAXSON

Es gibt nicht viele AutorInnen meiner (oder einer jüngeren) Generation, die sich auf unbekannte Mythologien einließen – so ist wohl ein Großteil heutiger Fantasy in der keltischen Dämmerung daheim. Diese Story hingegen spielt im Zwielicht einer Gesellschaft, die bestimmt nicht keltisch ist, sondern altnordisch, also von etwas exotischerer und ausgefallenerer Art.
Aber Dianas Geschichten sind ja immer etwas anders – nichts, was gängigen Erwartungen gehorchte. Was unter anderem heißt, daß sie eben nie klischeehaft sind. Ja, Diana ist inzwischen eine ganz eigenständige Autorin geworden.
Diana Paxson hat zwei schon berufstätige Söhne und ist die erste aus meiner Generation in der Familie, die Großmutter geworden ist. Ihr Enkel, »Evan Raphael Kelson Grey«, ist ein ganz bezauberndes Kind – aber das gilt wohl für alle Babys: Denn sie haben doch nichts anderes zu tun, als bezaubernd zu sein. Und eben das, denke ich oft, sichert das Überleben der Menschheit. – MZB

DIANA L. PAXSON

Zwielicht

Hochsommer war es, und die Sonne rundete den Himmel und sank kaum je unter den Horizont. Die Männer aus Tronds, die Jarl Sigurds Ruf zum Thing gefolgt waren, verbrachten die langen Stunden des Zwielichts schwatzend und trinkend in den großen Zelten aus Fell und Hütten aus Flechtwerk, die unterhalb der Grabhügel der Könige aus der Wiese aufgeschossen waren. Bera Steinbjornsdottir, die im Walde über dem Lager Küchenkräuter suchte, war ein wenig neidisch auf sie. Aber die Völva mußte etwas hier Gewachsenes in ihrem Mittagessen haben, damit die Geister des Landes ihr morgen beim Seidh halfen wahrzusehen, und so hatte sie denn Anweisung erhalten, alle Kräutlein zu sammeln, die sie finden konnte.

Doch wie sie nun ins Waldesdunkel spähte, tat sie jäh einen Satz – denn das dort, was sie für einen gestürzten Baumstamm gehalten hatte, war ein halbnackter Mann, der der Länge lang auf dem Bauch lag, Rücken und Arme voll blauer Flecken. Sie hielt die Luft an, befürchtete schon, ihn geweckt zu haben; doch er rührte sich nicht. Und bald ging ihr auf, daß einer, der sich hier zu einem Schläfchen ausgestreckt, das ja kaum halbnackt getan oder sich wenigstens eine Decke oder einen Umhang untergelegt hätte! Nein, dieser Schläfer dort würde bestimmt nie mehr aufwachen …

Also faßte sie sich ein Herz und beugte sich über den Toten. Es war kein Blut zu sehen – aber mit der Form des Kopfes, da stimmte etwas nicht. Zitternd richtete sie sich auf und trat einen Schritt zurück. Vom Feld dort drunten kam das schrille Wiehern eines Hengstes, dann das Geschrei der Männer, die den Pferdekämpfen zusahen. Aber im Wald hier rings um sie war es still. Und die Leiche vor ihr hatte dieses unbeschreibliche Etwas an sich, diese Ver-

lassenheit und Einsamkeit der Toten, die schon einige Zeit tot sind.
Sie biß sich auf die Lippen und unterdrückte den Impuls, die Beine unter die Arme zu nehmen und das Weite zu suchen. Ein Mann, der aus ehrenhaften Gründen tötete, der bekannte sich zu seiner Tat, zahlte sein Wergeld. Das hier jedoch, das war verschwiegener Mord, das schlimmste aller Verbrechen. Und wer sein Opfer so abseits liegenließ, könnte ja leicht auch wiederkommen, um es richtig zu verstecken … und würde wohl kaum zögern, auch sie zu töten, wenn er sie hier vorfände!
Da knackte hinter ihr ein Ast. Und sie raffte den Rock, ohne sich lange nach Grund und Ursache umzuschauen, und lief auf und davon, so schnell ihre Beine sie trugen.
Binnen Minuten war sie nun zwischen den Zelten, verschnaufte erst einmal pochenden Herzens und zwang sich dann, langsam von Lagerfeuer zu Lagerfeuer zu schlendern. Sie war klein und schwarzhaarig, ein rechter Lockenkopf, und sähe, in den alten Schal gehüllt, für jedermann eben wie eine Dienstmagd aus.
Hier und dort fing sie Gesprächsfetzen auf, Bruchstücke von Liedern auch, und fügte das eine zum anderen, bis es ihr einen Sinn ergab. Ganze fünf Jahre war es her, daß Groa sie aus ihres Vaters Haus geholt, um sie die Kunst einer Seherin zu lehren, und fünf Jahre zogen sie nun schon von Gehöft zu Gehöft, wie die Not es eben gebot. Aber noch nie war sie auf einer der großen Versammlungen gewesen, bei denen die Männer Rechtsstreitigkeiten regelten und ihren Königen den Heerbann stellten. Vielleicht könnte sie ja, wenn sie ihnen lauschte, das Gesehene vergessen …
Drüben in England war König Äthelstan, der Eric Blutaxt über Jorvik gesetzt hatte, gestorben. Und Edmund, der neue König, hasse Eric, erzählte man, und wolle ihn aus dem Land jagen. Wenn Eric ohne Land dastünde, könnte er leicht seinen Sinn auf Norwegen richten, wo sein jüngerer Bruder, König Hakon, regiere. Aber Ernte und Fang waren immer gut gewesen, seit Hakon den Thron bestiegen, und so wollte niemand hier Eric und Gunhild wiederhaben.
Da liegt es auf der Hand, dachte Bera, welcherart Fragen man der

Völva beim Seidh stellen mag! Denn mochte der König auch Christ sein – von seinen Häuptlingen war das keiner. Und sie würden von der Seherin fordern, ihnen zu weissagen, ob Eric angreife, und wenn ja, welchem der beiden Brüder die Götter den Sieg gewähren würden.

Als sie zu Jarl Sigurds Zelten auf einer Anhöhe am Thingplatz kam, hörte sie heftigen Streit. Sah auch gleich ein Zelt wanken ... und einen stämmigen Kerl in Fellweste zur Zelttür herausstürzen ... und sprang beiseite, um nicht über den Haufen gerannt zu werden. Und als sie, wie die Klappe wieder aufging, dort drin das bleiche, erschöpfte Gesicht eines Schwarzgewandeten sah, zudem das immer lautere rohe Gelächter dieser vom Kampfplatz kommenden Männer hörte, hatte sie ganz plötzlich das Gefühl, daß dies kein guter Ort für sie sei.

So hielt sie für einen Moment inne, richtete ihren Geist auf die Erde, sog daraus, wie Groa sie gelehrt hatte, eine große Ruhe und schlug sie um sich wie einen Umhang aus Dunkel und Schatten. Ich bin nicht hier ... sagte sie bei sich, als die Krieger immer näher kamen, hochgewachsene und starke Männer, halb betrunken schon. Ihr seht nichts als Zwielicht.

»Wo warst du so lange?« fragte Groa, Hafersuppe rührend, die jäh eintretende Bera, und ihr grobknochiges Gesicht sah im Schein des Herdfeuers aus wie eine Maske aus Licht und Schatten.

»Bin durchs Lager gegangen«, versetzte die junge Frau. »Ich hatte doch noch nie so viele Leute auf einem Fleck gesehen!« Aber was sie da sonst noch gesehen, wagte sie auch der Völva nicht zu berichten.

»Und was hast du da gehört?« fragte die Seherin und nahm ihr den Korb ab und begann, die Kräuterblätter zu zupfen und in den dampfenden Kessel zu werfen.

»Die Leute sind sich uneins«, erwiderte Bera und setzte sich ans Feuer, fühlte da auch gleich ihre Anspannung nachlassen. »Sie schätzen den König, fürchten aber seinen Bruder. Manche sagen, die Götter zürnen Hakon, weil er es anderen überläßt, ihnen Opfer darzubringen.«

»Auch Eric und Gunhild haben sich taufen lassen«, merkte die Völva an.
»Wohl wahr, aber das hält jeder für Heuchelei. Eric Blutaxt glaubt nur an seinen rechten Arm, und daß Gunhild eine Hexe ist, weiß doch jeder. Aber das weißt du ja auch alles, oder? Hat nicht Jarl Sigurd selbst dich gerufen?«
Auf Groas Bett lag ein ganz neuer, zobelfellgesäumter Umhang – ob der Jarl den gesandt hatte? Es ging doch das Gerücht im Lager, sie hätten vor vielen Jahren zusammen überwintert und seien ein Paar gewesen.
»Die Menschen fürchten die Zukunft, nicht die Vergangenheit. Ich habe seit meiner Ankunft noch kein Wort mit Jarl Sigurd gesprochen. Was sonst reden die Leute?«
»Vielleicht sollte ich dir das nicht sagen«, versetzte Bera stirnrunzelnd. »Wenn du zuviel weißt ... wie willst du denn da sagen, ob deine Visionen echt oder nur Einbildung sind?«
Ja, diese Frage machte Bera zunehmend zu schaffen. Zu Beginn ihrer Ausbildung hatte sie ganz vorbehaltlos an Groas Kräfte geglaubt und hatte sie auch bemerkenswerte Dinge vollbringen gesehen. Aber mit zunehmender Erfahrung, bei solchen Reisen, waren ihr Fragen gekommen. Was unterschied Seidh-Visionen von Träumen oder reinen Phantasien? Natürlich wußte sie, daß sie niemals absichtlich schwindeln würde, aber wie konnte ... die Seherin so sicher sein?
Da reckte die Völva sich und zwang sie so, ihr in die Augen zu sehen.
»Wenn ich auf einem Gehöft eine Seidh vorbereite, was mache ich dann?«
»Du streifst umher, siehst dir ihre Felder an ... und du ißt ihre Speisen ... damit du die Ortsgeister fühlen kannst.«
Groa nickte und sprach: »Ihre Fragen drehen sich ja meist um Ernten und Herden. Hier aber geht es um die Ängste dieser Männer. Ich kann nicht einfach unter ihnen umhergehen, vor den Emotionen so vieler versagen selbst meine Schutzzauber. Aber du, du kannst mein Ohr sein. Du tust recht, dich vor Irrtum und Verblendung zu fürchten ... auch ich könnte nicht sagen, wie ich zwi-

schen Vision und Wunschbild unterscheide. Aber du weißt doch selbst, daß die Wahrheit sich oft nur in Bildern zeigt, die ohne unsere Deutung niemandem etwas sagen.«

»Es ist aber nicht an uns, zu entscheiden, was das ist!« rief Bera aus.

»Die Wahrheit hat eben viele Gesichter. Sag, was ist besser: In Rätseln zu sprechen, die zu Mißverständnissen Anlaß geben können, oder eine Vision zu deuten und, wenn erkennbar, zum besten Kurs zu raten? In Zeiten wie diesen, wo meiner Worte wegen vielleicht die Armeen marschieren und Männer sterben, muß man bei Gott wissen, welche Wahrheit man zu sagen hat.«

Bera nickte mürrisch: Sie hatte immer geglaubt, die Wahrheit erhelle die innere Landschaft wie die Mittagssonne ... Groas Worte nun waren wie das Zwielicht, weder Nacht noch Tag. Und als sie die Holznäpfe und Hornlöffel zu ihrem Mahl holte, dachte sie an den unbekannten Toten oben im Wald, sagte der Völva aber kein Wort über ihren grausigen Fund.

Wenn der anonyme Mörder geplant haben sollte, die Leiche zu verstecken, ließ er sich damit jedenfalls viel Zeit. So kam es, daß zwei Männer, die sich bei tiefster Dunkelheit in die Büsche schlugen, um sich nach dem feuchtfröhlichen Abend zu erleichtern, über den Toten stolperten und mit ihrem Gezeter dann das halbe Lager aufweckten. Bald machte aber eine noch weit interessantere Kunde zwischen den Zelten und Hütten die Runde – daß der Tote Brynjulv Hjaltison war, einer von Jarl Sigurds Männern, und daß er nicht bei einem Streit im Rausch getötet worden war. Aber warum dann? Weil er etwas geplant oder weil er etwas erfahren hatte?

»Den Mörder wird man bestimmt bald finden. Jarl Sigurd nimmt das nicht einfach hin, daß einem der seinen so etwas angetan wird«, sagte Bera, die schon Alpträume wegen des Toten gehabt hatte, ganz schwach vor Erleichterung. Denn hätte man ihn nicht gefunden, hätte sie ihre Entdeckung ja melden müssen. Aber jetzt konnte sie es auf sich beruhen lassen, denn was wußte sie schon über diese Sache?

Groa nickte dazu, schon etwas abwesend – wenn erst die Seidh-Zeremonie begänne, wäre sie völlig dem Weltlichen entrückt. Sie selbst hatte bis dahin noch alle Hände voll zu tun, mußte sie doch mit Haki den Bau des Hochgerüsts leiten, von dem aus die Völva wahrsagen konnte … Und als der Himmel dann zum langen nordischen Zwielicht aufhellte, da hatte ihr die körperliche Arbeit denn fast alles Grübeln ausgetrieben.
Nun noch die Falten des alten blauen Umhangs zurechtgezogen, die schweren Bernsteinketten über ihrer Brust zurechtgezupft – da traten bereits die Bonder, die adligen Bauernhäuptlinge nordischer Länder, ein. Die wohlhabenderen von ihnen hatten Sitzbänke mitgebracht, auf denen sie jetzt umständlich Platz nahmen; und die anderen stellten sich hinter ihnen auf. Und dann redeten schon alle mit gedämpfter Stimme durcheinander. Die Leute waren immer etwas erregt, wenn sie auf den Beginn eines Wahrsehens warteten – aber soviel Gespanntheit wie an diesem Tag hatte Bera dabei noch nie empfunden.
Das liegt daran, daß der König und sein Bruder …, sann sie, als sie so die Menge beobachtete. Und dann: Das liegt an dem Mord … Findet der Jarl den Mörder nicht, lassen die anderen den König fallen. Die Männer von Tronds waren wie die Wölfe. Wenn ihr Anführer schwächer wurde, spürten sie es gleich und machten ihn nieder.
Nun begannen die Männer zu murmeln und sich umzudrehen. Und als Bera aufblickte, da sah sie Jarl Sigurd mit seiner Leibwache eintreten – verschlossen und finster war sein sonst offenes, freundliches Gesicht. Die sehen alle so grimmig aus, dachte sie beim Anblick der jungen Kerle, die bei den Pferdekämpfen gewesen waren – Sigurds Neffe Orm Einarsson an ihrer Spitze, dann Rogn mit den schwarzen Brauen, der als Berserker galt. Und mit den Kriegern kamen die übrigen Mitglieder des Hauses Sigurd. Bera sah da auch den Mann, der aus dem Zelt gestürzt gekommen war – Skagi war das, ein Schmied und angeblich der Bruder des Ermordeten –, aber den anderen, den sie für einen Moment im Zeltinneren erblickt hatte, den sah sie nirgends.
»Ist die Völva bereit?« fragte der Jarl und drehte sich um, als Bera

hastig nickte, und ließ seinen Blick über die Menge gehen, daß das Gemurmel rasch erstarb. »Seid ihr aus Neugier hier oder um Fragen zu stellen?« fuhr er nun fort. »Aber das bleibt sich nun gleich. Ich bezahle ja die Seidhkona für ihr Kommen. Vielleicht sieht sie die Lösung unseres Problems und einen Weg aus der Not. Wenn sie meine Frage beantwortet hat und noch bei Kräften ist, könnt ihr anderen sie befragen.« Damit setzte er sich, und Bera räusperte sich und rief:

»Sobald die Völva ihren Platz eingenommen hat, beschwöre ich die Geister.« Ihre Stimme klang ihr da aber so dünn, daß sie schon fürchtete, beim Gesang zu versagen.

Nun nickte sie Haki, Groas Diener, zu, und er führte die mit Schal und Umhang Verhüllte aus dem Dunkel der Bäume hervor, verschränkte die Hände zum Steigbügel und hob sie damit auf das Gerüst aus jungen Bäumen, das sie frühmorgens errichtet hatten. Da schien die Seidhkona, mit der durchs Blätterdach brechenden Sonne im Rücken, selbst Teil des Dunkels, aus dem ihre Visionen gekommen waren.

Und Bera hob an zu singen – wie sie früher das Vieh, das sie gehütet, abends heimgesungen hatte: in den hohen, kühlen und scharfen Tönen, die einen Weg zwischen die Welten schnitten. Die Männer verstummten, mieden des anderen Blick, weckte der Gesang doch Gefühle in ihnen, die Kriegern nicht anstehen ... Über ihr jedoch wiegte sich seufzend die Völva auf ihrem mit Gänsedaunen gefüllten Kissen, ließ ihr Bewußtsein gehen. Nun fühlte Bera, daß alle Geister aus Feld und Wald innehielten und auf ihren Kreis zutrieben, und es drängten sich bald so viele, daß sie eine Gänsehaut bekam. Die Völva gähnte schon, ließ sich an die Brüstung sinken, daß das gesamte Holzgerüst quietschte. Bera sang immer weiter, hielt sich dabei aber an dem Hochsitz fest, so schwankend erschien ihr die Erde unter ihren Füßen, so stark der Druck noch größerer Mächte, als da der Teil Midgards, der der Seidh-Kreis selbst war, sich nach dem größeren Midgard ausrichtete, das darin liegt.

Das Lied verklang, erstarb – Stille. Die Völva saß reglos wie eine Tote. Angst, schreckliche Angst befiel Bera – aber nein, sie spürte den Geist der Seidhkona noch immer ...

»Margerd ...«, flüsterte sie, »hörst du mich? Oh, Alte Eine, erwache aus deinem Traume. Die Menschen hier, die brauchen deine Weisheit und dein Wissen.«
Das Laub über ihnen raschelte in einem Wind, und sodann war wieder Stille. Bera holte Atem zu neuerlicher Beschwörung.
»Es ist so dunkel hier und so ruhig«, sprach Groa, und ihre Stimme schien wie von weither zu kommnen. »Frieden herrscht hier. Wer ruft mich? Wer denn stört meinen Schlaf?«
Tuch raschelte. Als Bera sich darauf umdrehte, sah sie, daß Jarl Sigurd sich stirnrunzelnd erhob.
»Ich bin der, der dich ruft ... Sigurd von Lad, der Jarl der Tronds. Bei dem Band, das uns beide einst geeint, bitte ich dich, mir zu sagen, wer einen Mann namens Brynjulf Hjaltison ermordet hat und warum!«
»Wie ... starb er?«
»Niedergestreckt wie ein Hund im Wald«, grollte da der Jarl. »Ich fürchte, du mußt ihn in Hels Reich suchen.«
Die Völva seufzte. »Das wird eine weite, gefahrvolle Reise, aber ich gehe auch nicht allein, nicht wahr, Schwarzmähne?« raunte sie dem Pferdegeist zu, der ihr Gehilfe war. »Mein Geisthengst, ich rufe ...« Und dann ein Pfiff, und da vernahm Bera Hufschlag und leises Gewieher. Auch andere in der Runde schienen es zu hören, hoben sie doch den Kopf und sahen sich verblüfft um.
»Drei große Wurzeln halten den Weltbaum. Schwarzmähne trägt mich unter sie«, sprach die Seherin. »Durch Nebel und Nacht führt unser Weg. Wir streifen die Ausläufer der regennassen Berge von Jotunheim, wir preschen durch eiskalte Flüsse, durch den verkohlten Myrkwald, vorbei an der Quelle Wyrd ... Rund herum und hinab geht es, rund herum und hinab ...« Und ihre Stimme stieg und fiel, immer je nach den Landmarken, die ihren Weg kennzeichneten. Bera blinzelte – ja, sie mußte sich bei den Seidhs von Mal zu Mal mehr dagegen wehren, selbst in Trance versetzt zu werden. Nein, das durfte sie nicht zulassen ... sie mußte doch auf der Schwelle zwischen den Welten bleiben.
»Ich komme an Hels Tor, es öffnet sich wie von selbst unter meiner Hand. Da schweben die Toten auf mich zu, Menschen aus

Nebel gemacht. Die Geister versammeln sich. Ich muß Brynjulf rufen ...«, murmelte die Völva und zuckte, verströmte eisigen Hauch. »Ich sehe ihn ... er will etwas sagen ...«
»Nein! Gottlose!« fiel ihr einer ins Wort. Und während Bera vom Schock der Störung wankte, kam einer in schwarzer Tunika nach vorn gestürzt und begann, am Gerüst hochzusteigen. Doch nun kletterte Haki, aus seiner Starre gerissen, ihm nach ...
»Die Toten zu wecken, du Scheusal!« schäumte der Kerl jetzt und faßte Groa am Gewand.
Die Seherin schrie gellend und fuhr zurück. Das brachte Bera wieder so zu sich, daß sie den Angreifer von hinten ansprang und sich an ihn hängte. Und Haki schnappte sich Groas Stab, schlug ihm damit auf beide Unterarme, daß es nur so krachte. Da fluchte der Mann und ließ los, und die Seherin sank Bera stöhnend an die Brust.
»Verrat!« brüllten einige.
Aber dann ging der Streit los:
»Recht hat er getan. Es bringt bloß Unglück, einen Toten zu stören.«
»Aber der hätte uns den Namen des Mörders sagen können!«
Ringsum Wortgefecht und Gebrüll.
»Diese Hexe hat in Jarl Sigurds Bett gelegen. Wie sollen wir da ihren Worten trauen?«
»Sehr richtig, das bringt Unheil«, murmelte einer. »Der Gerichtsbarkeit des Königs dient der Seidh doch nicht.«
»Was ihr da macht, das ist Verrat an der Justiz!« schrie der Jarl. »Hattet ihr vor ihrer Offenbarung Angst?« Damit bückte er sich zu Bera. »Ist sie verletzt?«
»Das weiß ich nicht. Sie lebt noch, ist aber nicht mehr bei sich ... oder schlimmer noch ... Ich weiß nicht, ob ihr Geist wieder zurückfindet«, klagte die junge Frau und beugte sich dann wieder über ihre Lehrerin und Meisterin.
»Margerd«, flüsterte sie ihr ins Ohr. »Kannst du mich hören? Oh, komm zurück!«
Und über ihr, da schickte Jarl die anderen fort.
»Sie wird den Weg finden«, sagte er barsch, als endlich alle gegan-

gen waren. »Sie hat diese Reisen schon gemacht, als du noch nicht auf der Welt warst, und ihre Geister haben große Macht.«
Bera nickte. »Behüte mich …«, murmelte sie und beugte sich über die reglose leibliche Hülle ihrer Mentorin. »Margerd, komm heraus, laß Hels Tor hinter dir zufallen! Schwarzmähne, bringe sie schnell in Sicherheit!«
Da seufzte Groa und schauderte und entspannte sich dann wieder. Bera raste das Herz, aber sie redete und redete weiter, rief Groas Verbündete zu Hilfe. Und wie sie vom Jenseits sprach, fühlte sie sich selbst wieder hineingezogen. Sie spürte die Wärme des Bären hinter sich, der ihr Schutzgeist war. Jetzt sah sie Hels Tor vor sich, stieß es mit des Bären Kraft und Beistand auf und rief und rief.
Eine Zeitlang tat und rührte sich nichts, schien alles wüst und tot, und dann war Pferdewiehern zu hören. »Schwarzmähne, bring sie her!« schrie sie gleich. Und da sah sie das Pferd heranpreschen, mit einer dunklen zusammengesunkenen Gestalt auf dem Rükken. Sie faßte es an der Mähne, hängte sich daran, zog das Tier durchs Tor und stieg dann mit ihm den steilen, steinigen Weg zur Welt der Menschen hinan …
Als sie wieder die Augen öffnete, sah sie nur noch Haki und Jarl Sigurd an ihrer Seite und hörte Groa ganz tief und gleichmäßig atmen.
»Groa …«, sprach sie, »hör, es ist Zeit, dich aufzuwecken. Dein Leib und dein Geist sind wieder eins. So komm zurück! Bitte … ich brauche dich« – und es brach ihr die Stimme.
Da nahm Jarl Sigurd die Hand der Seherin und rief: »Groa, im Namen alles dessen, was wir einstmals teilten, beschwöre ich dich … Komm, meine Liebe, du bist in Sicherheit!«
Die Völva seufzte schwer, rieb unruhig den Kopf gegen seinen Arm. »Ich höre euch. Was ist mit mir geschehen?«
»Du warst in Trance«, erwiderte Bera. »Du wurdest gestört.«
»Du hast Brynjulf gesucht«, sprach Sigurd. »Hast du ihn denn gefunden? Wer hat ihn ermordet?«
»Ja … ich habe ihn gesehen«, murmelte sie. »Aber … der Hieb, der ihn tötete, kam von hinten. So wußte er nicht …«, bebend schlug sie die Augen auf, »ihr Götter, mein Kopf tut so weh …«,

und sie versuchte, sich aufzusetzen – drehte sich plötzlich zur Seite und übergab sich.
»Was kann ich für dich tun?« fragte der Jarl. »Etwas Met?«
»Nein«, flüsterte sie, »da ist noch Tee. Bera weiß, wo.«
»Kannst du sie tragen?« fragte die junge Frau; die Völva war ja groß und kräftig. »Wir müssen sie ins Bett bringen. Sie braucht jetzt viel Ruhe.«
Der Jarl nickte. »Ich schicke euch eine Wache zum Schutz«, sagte er, schob die Arme unter Groa und hob sie schnaufend hoch.
»Den einzigen Schutz, den wir brauchen, ist deine Erklärung, sie habe versagt«, versetzte sie. »Die nicht an unsere Magie glauben, wären auch nicht überzeugt, wenn sie dir den Mörder genannt hätte. So entgehen wir einer Anklage wegen Betrugs.«
»Und die, die daran glauben?«
»Wenn der Schuldige dazu gehört, könnte er zu einem weiteren Mord bereit sein, um ihr den Mund zu stopfen«, sagte sie und hüllte die Völva in Wolldecken ein.
»Wenn sie mir einen Namen genannt hätte, wüßte ich, wen ich anklagen und zum Zweikampf fordern müßte ... Und dann könnten die Götter entscheiden.«
»Aber das hat sie eben nicht«, versetzte sie. »Und sie wird Zeit brauchen, um sich zu erholen. Viel Zeit. So sage allen: Wer immer diese Tat verübt hat, hat jetzt nichts von ihr zu befürchten.« Für einen Moment herrschte Stille. Bera fühlte seinen prüfenden Blick auf sich.
»Und was ist mit dir?« fragte Jarl Sigurd dann.
»Ich bin nur ihre Schülerin«, erwiderte sie rasch.
»In dir ist eine große Kraft. Wie in der jungen Groa.«
»Muß ich mich geschmeichelt fühlen? Wenn du das weitersagst, bin auch ich des Todes. Was ich an Können habe, brauche ich, um sie zu heilen. Nein, Herr, ich kann dir nicht helfen. Laß uns also in Frieden ...«
»Glaubst du, ich bitte für mich? Es ist für den König, der den Bondern bei seiner Krönung ihre alten Rechte zurückgab. Falls Mißtrauen uns spaltet, hat Eric Blutaxt leichtes Spiel mit uns, wenn er kommt. Und Gunhild erlaubt nur ihre eigene Magie ...«

Bera schüttelte den Kopf, ohne aber ihren Blick von Groa zu lösen, die in unruhigen Schlummer gefallen war. »Es tut mir leid«, sagte sie. »Aber ich kann nichts für dich tun.«

Den nächsten Tag verschlief Groa weitgehend, wachte nur von Zeit zu Zeit auf, trank Weidenblättertee, sank dann wieder in einen nervösen Schlaf. Aber als dann der Abend dämmerte, war sie soweit wiederhergestellt, daß Bera sie allein lassen und zum Fluß hinunter konnte, um ihre Wäsche zu waschen. Die körperliche Anstrengung, das schmutzige Leinen auszuklopfen, gab ihr jetzt eine merkwürdige Befriedigung, als ob sie alle Ängste und die Wut der letzten Tage an dem unschuldigen Tuch hätte auslassen können.
Endlich konnte sie nicht mehr. Also wrang sie das nasse Zeug aus, rollte es zum Bündel, um es ins Lager zurückzutragen ... Da war es, obwohl es noch hell war, schon stiller geworden: Die meisten der Männer saßen nun um die Lagerfeuer und aßen zu Abend. So gab Bera sich denn, während ihre Füße wie von allein dem vertrauten Pfad folgten, ganz ihren Gedanken hin und sah und hörte nichts von dem, was rings um sie geschah.
Doch ihr sechster, wohl durch Training geschärfter Sinn, der warnte sie, kurz bevor die dunkle Gestalt, die da hinter den Bäumen gelauert hatte, mit einem blitzenden Stahl in der Hand auf sie zugestürzt kam ...
Ein Dolch! Da konzentrierte sie sich schlagartig wieder ganz auf das Hier und Jetzt, ließ die nasse Wäsche fallen und machte kehrt, um zu fliehen. Aber es legte sich ihr ein Arm wie aus Eisen um die Brust, und die kalte Schneide einer Klinge berührte ihre Kehle. Wenn er mich hätte töten wollen, wäre ich jetzt schon tot, dachte sie und schluckte und wartete dann reglos ab.
»Wird die Völva vor Ende des Things gesund?« hauchte es ihr heiser, rauh von hinten ins Ohr. Nun war sie sich plötzlich sicher, daß der, wer immer er sein mochte, der Mörder war.
»Was geht dich das an?«
»Besser, ihr Zustand hält vor ... bis das hier vorüber ist, bleibt sie besser zu krank, um ihre Kunst auszuüben. Kein Gespräch mit Toten!«

Bera biß sich auf die Lippen – es wäre unnütz, zu sagen, daß Groa nichts erfahren habe. Die Leute konnten manchmal ja nur hören, was mit ihren Hoffnungen oder Ängsten übereinstimmte!
»Ihre nächste Krankheit heißt Tod, wenn sie noch mehr Magie veranstaltet. Sag ihr das!«
Sie fühlte, wie seine Muskeln sich anspannten – und da stieß er sie nun von sich, daß sie zu Boden ging. Dann knackte es, Laub rauschte, Zweige krachten unter flüchtigen Füßen ... Und als Bera wieder die Luft und Kraft hatte, den Kopf zu heben, war der Kerl längst verschwunden und das Abendlicht schon so schwach und so diffus, daß sie kaum noch ihren Weg ausmachen konnte.

Sie lag noch wach, als die Sonne hinter den Bergen aufstieg, durchlebte wieder und wieder den Überfall. Ihr ging auf, daß sie nach dem Fund dieses Toten lauter falsche Entscheidungen getroffen hatte. Manchen Dingen mußte man sich stellen, und man machte alles bloß schlimmer, wenn man sich zu verstecken versuchte. Sie hatte Groa nichts von dieser Drohung gesagt – die Völva wäre doch nicht so dumm, vor der völligen Genesung wieder den Geistpfad zu wandeln, warum sie also beunruhigen? Aber sie konnten es sich ja auch nicht leisten, die Hände in den Schoß zu legen, die Dinge ihren Lauf nehmen zu lassen. Außerdem, der Überfall hatte sie geärgert. Groa würde in der Sache nichts mehr unternehmen – selbst wenn sie das vermocht hätte, der Vorwurf der Parteilichkeit hatte sie getroffen ... Aber sie selbst hatte doch auch gelernt, zwischen den Welten zu wandeln. Gut, es war streng verboten, alleine Hels Reich aufzusuchen. Aber sie mußte gar nicht dahin, die Völva hatte ja bewiesen, daß es da nichts zu erfahren gab.
Seufzend setzte sie sich auf – Groa schlief noch friedlich, dort auf ihrer Pritsche in der anderen Hälfte des Zelts. So nahm sie denn ihren Umhang, schlich auf Zehenspitzen hinaus und schlug unverzüglich den Weg zu den Grabhügeln ein.
Die grasbewachsenen Hügel, die angeblich die Gebeine der alten Könige bargen, hatten noch kaum einen der Männer, die ihr Thing doch in ihrem Schatten abhielten, zu einem Besuch verleiten

können. Also hatte Bera, als sie vor dem höchsten Hügelgrab, dem mit der Vertiefung an der Rückseite, stand, keine Angst, gestört zu werden ... Sie legte die Hände auf das Erdreich und bat den Geist, der darin lebte, um Erlaubnis und Schutz. Und als sie den seltsamen Hauch spürte, der wie die Veränderung der Luft ringsum war und ihr sagte, daß sie erhört worden sei, legte sie sich auf den schon ausgebreiteten Umhang und schlug ihn sorgsam über sich.

Als sie sich das dicke, dicht gewebte und gut nach Pferd und Gras riechende Wolltuch übers Gesicht zog, fand sie sich zum erstenmal seit Wochen wieder im Dunkel. Dann drehte sie sich, legte sich zurecht, entspannte verkrampfte Muskeln und vertiefte ihre Atmung und zählte die Atemzüge, bis sie das warme wollene Tuch, das sie einhüllte, und den harten Boden unter sich nicht mehr bewußt wahrnahm.

»Honigtatze, Winterschläfer, Brúnbjorn, weisester Helfer von allen, komm zu mir!« All ihr Sein und Wesen legte sie in die Beschwörung dieses Bären, ihres Hamingja oder Verbündeten in den anderen Welten, und ihr Herzschlag klang wie gedämpfter Trommelwirbel. »Deine Tochter ruft dich, Alter Einer. Komm, und ich bringe dir Kronsbeeren, prächtige Preiselbeeren, zum Opfer!« Wieder wartete sie – bis sie sein vertrautes Grunzen und Schnaufen hörte. Und sie seufzte, erleichterter, als sie zugegeben hätte, und sank mit diesem letzten Spannungsabfall dann vollends in Trance.

Allmählich wich dann das Dunkel hinter ihren Augenlidern dem fahlen, diffusen Licht, das das innere Midgard erhellt: Eine weite Ebene dehnte sich vor ihr, mit einem riesigen Baum in der Mitte. Seine drei mächtigen Wurzeln drangen tief in die Erde, und sein Wipfel streifte den Himmel, und wenn das hohe Geäst im Winde schwankte, dann strahlte und schimmerte es hell hindurch ... Am Fuß dieses Weltbaums aber saß, den Rücken an den Stamm gelehnt, Brúnbjorn und leckte sich den Honig von den Tatzen.

Und als der Braunbär dumpf seufzend aufsah, lief sie zu ihm, begrüßte ihn – und in seiner atemberaubenden Umarmung hörte sie ihn sagen: »Wenigstens hast du gewartet, bis ich mit dem Honig fertig war. In welchen Schwierigkeiten steckst du denn jetzt?« Und als er sie losließ, unterdrückte sie ein Schluchzen und hob dann an, ihre Geschichte zu erzählen ...

»So kam ich zu dir«, schloß sie. »Groa ist gefährdet, solange der Mörder nicht gefaßt ist. Er muß im Lager geblieben sein, mit einer Abreise hätte er ja riskiert, Verdacht zu wecken. Aber der Jarl würde niemanden auf ein Wort allein verurteilen, auch auf Groas nicht ... Mit einer unbewiesenen Bezichtigung brächte ich mich nur noch mehr in Gefahr!«

»Du weißt es bereits ...«, grunzte Brúnbjorn.

»Was meinst du damit?« fuhr sie auf und starrte ihn an.

»Ihr Menschen ... geht achtlos an den besten Pilzen vorüber. Ihr seht den glitzernden Strom, aber nicht die Fische darin. Du dummes Kind, der Beweis liegt doch auf der Hand, du mußt bloß verstehen, was deine Augen sehen.« Damit mähte er sich mit einer Tatze ein Büschel Bärlauch, der da im Gras gedieh, und stopfte es sich ins Maul.

»So denk einmal nach, Angsthase ... was verrät dir Brynjulfs Leiche?«

Seine handfeste Kraft wärmte Bera das Herz. Jetzt fühlte sie sich zum erstenmal imstande, sich unerschrocken mit diesen Erinnerungen zu befassen, und Dinge, die sie gesehen, ohne sie recht wahrzunehmen, traten ihr in unirdischer Klarheit vor Augen.

»Sein Rücken war mit blauen Flecken übersät. Er muß anderswo getötet worden sein und eine Zeitlang auf dem Rücken gelegen haben, ehe er weggeschafft wurde. In dem Zelt ... bei meinem flüchtigen Blick in Jarl Sigurds Zelt ... da sah ich gewebte Bodenmatten mit einem Muster dieser Art! Es heißt, der Jarl sei seit dem frühen Morgen aus gewesen, erst beim Thing und dann beim Hengstkampf ... Er kann den Mann also nicht getötet haben! Brynjulf wurde wohl erschlagen, weil er etwas gehört hat, was er nicht hätte hören sollen, und an Ort und Stelle verwahrt, bis alles zum Pferdekampf ging.« So überlegte Bera laut und fuhr dann nach einem Seufzer fort, ihr Gedächtnis zu erforschen:

»Der Mann, der aus Jarl Sigurds Zelt gestürzt kam, roch nach Rauch und Esse ... so roch auch der Mann, der mich bedrohte.

Schmied Skagi war das, Brynjulfs Bruder. Der Mann, der sich auf Groa stürzte, war der aus dem Zelt, nur daß er dort ...«, jetzt sah sie es wieder vor sich, »... ein Kreuz um den Hals trug. Ich glaube, einer der beiden hat Brynjulf ermordet ... Aber welcher und warum?«

»Du verstehst nicht, was deine Augen sehen oder deine Ohren hören ... Du hast sie sprechen hören. Erlaube dir, dich zu erinnern, was sie gesagt haben.«

Nun hätte Bera am liebsten aufbegehrt – sie war viel zu weit weg gewesen! Aber Brúnbjorn musterte sie mit so hartnäckiger Geduld, daß sie sich das Gemurmel, das sie gehört hatte, ins Gedächtnis rief. Und diesmal verstand sie dann jedes Wort.

Im inneren Midgard geht die Zeit einen anderen Gang ... Bera entglitt aus der Vision in tiefen Schlaf. Als sie erwachte, wußte sie zuerst nicht, wo sie war oder warum sie dort war. Sie schlug den Umhang beiseite, setzte sich auf und atmete in tiefen Zügen die sommerlich warme Luft ein.

Die Sonne hatte den Himmel gänzlich umrundet und schien hell und klar. Von irgendwo nahebei war dumpfes Stimmengewirr zu hören – wohl wieder ein paar Männer in hitzigem Streit. Noch schlaftrunken stolperte sie zur Spitze des Grabhügels empor. Da verstummten die Männer unter ihr, und von einer Schar zur anderen teilte sich dies Schweigen mit, bis sie alle wie ein Mann stumm heraufstarrten. Und Bera ... ihr ging erst später auf, wie sie ihnen erschienen sein mußte: so in den weiten, faltenreichen blauen Umhang gehüllt, als ob sie diesem Hügel selbst entstiegen sei.

»Die Völva«, flüsterten sie, »sie steht aus dem Grabe auf!«

Bera rieb sich die Augen, nieste, und da rief einer lachend: »Nein ... das ist doch nur die Gehilfin ...«

»Aber sie ist seidhkundig«, widersprach einer, »und sie hat auf dem Hügel ausgeharrt!«

»Junge Frau!« mischte sich der Jarl ein und drängte sich zum Fuß des Hügels vor. »Hab keine Angst! Sprich, mein Kind. Was für Visionen sind dir gewährt worden?«

Sie starrte ihn nur an und stieg langsam, denn ihr Geist kam langsamer zu sich als ihr Leib, zu dem grauen Stein, der aus dem Berg gewachsen war, und nahm darauf Platz. Ihr war plötzlich so nach Lachen zumute! Da hatte sie ja der Groa vorgeworfen, den seltsamen Bildern, ihren Visionen, die eigenen Deutungen aufzupfropfen – und nun, da sie mit handfesten Informationen von ihrer Reise heimkehrte, dachte sie gleich daran, sie mit einem Schuß Geheimnis aufzuputzen, damit die Bonder sie auch wirklich und tatsächlich glaubten ...

Daß sie aber zuerst nur ein Krächzen hervorbrachte, das war keine Verstellung! So räusperte sie sich kurz und versuchte es von neuem:

»Der Weltbaum biegt sich im Wind des Wandels. Ratatosk trägt ein merkwürdiges Rot vom Fuß bis zur Krone. Krieg naht, wehe den Menschen!« Götter, sie hörte sich ja an wie Gro an einem schlechten Tag! Tief Atem holte sie da: »Eine blutige Klinge bringt manchem Kummer. Hütet euch vor dem Tag, da der Bruder gegen den Bruder kämpft ...«

Auch die eingefleischtesten Krieger hier waren ja skaldisch beschlagen. Und so machte nun bald, da man Bera zu verstehen begann, ein beifälliges Murmeln die Runde.

»Ich verstehe ...«, sagte der Jarl hochroten Gesichts. »Wenn Eric gegen Hakon kämpft, werden alle zu leiden haben.«

»Verstehst du mich auch wirklich?« versetzte sie. »In euren Herzen kämpfen die Könige doch schon ...«

Da blinzelte er und wurde ein wenig blaß auf der Stirn. »Du hast recht, leider. Aber hast du etwas gesehen, was uns bei unseren Problemen hier helfen kann?«

»Hört nicht auf sie!« ließ sich jemand vernehmen – Skagi der Schmied, wie Bera sah, da sie herumfuhr. »Hier kommen Männer unter der Herrschaft des Rechts zusammen. Da ist kein Platz für Hexen und ihr Treiben!« brüllte er und verschränkte die muskelbepackten nackten Arme.

»Sie hat die ganze Nacht auf dem heiligen Hügel zugebracht. Das gibt ihr ein Anwesenheitsrecht, das älter ist als dieses Thing«, gab der Jarl zurück und sah Bera erwartungsvoll an.

Ihr Blick lag auf dem Schmied. »Volundrs Söhne«, spach sie, »sind stark und schlau. Mit einem Hammer kann man den einen Verrat vereiteln, aber doch nicht alle töten, die gefährlich werden könnten. Der Rat des Weißen Christus ... er quält das Gewissen.«
Und sie folgte Skagis fahlem, nervösem Blick dahin, wo sich eben eine dunkle Gestalt aus der Schar der Zuschauer stahl.
»Merkwürdige Worte, weise Frau«, sprach der Jarl. »Kannst du uns sagen, was sie bedeuten?«
»Stellt Skagis Geschwister neben seinen Bruder!« erwiderte sie kühl, der Aufmerksamkeit aller dort gewiß.
»Sein Bruder ist doch tot!« wandte einer ein.
»Sein Bruder flieht ...«, rief Bera, die Rechte ausgestreckt. Da, ein Handgemenge am Rand der Menge, ein Schrei, und schon schleppte man einen erbittert sich Wehrenden zum Hügel her.
»Wer ist denn das?« hörte sie es raunen. »Ist das nicht Kol, Hjaltis jüngster Sohn? Ich dachte, er sei vor langer Zeit im Frankenland gestorben. Was hat er hier zu schaffen?«
Da sah der Mann zu ihr hoch – sein bei dem Kampf entblößtes Kreuz blitzte im Sonnenlicht –, schlug das Zeichen gegen das Böse, drehte sich jäh zu den übrigen Männern um und rief mit bebender Stimme: »Ich stelle mich eurem Urteil ... beschwöre euch aber: Glaubt nicht den Lügen dieser Dämonin!«
»Wovor hast du Angst?« fragte Bera. »Wenn du dem Glauben der Väter treu geblieben bist, bin ich eine heilige Frau, der du Verehrung schuldest ... Wenn du dem Weißen Christus anhängst, mußt du zuvörderst sein Gesetz befolgen, bist du ein Sünder, wenn du jetzt nicht sprichst.«
»Was meinst du damit?« forschte Jarl Sigurd und richtete den Blick auf die beiden Brüder – auf Kol, der gesenkten Hauptes dastand, und auf Skagi, der schweißnaß war auf der Stirn und doch die Fäuste ballte, daß seine Armmuskeln sich wölbten ... Niemand durfte beim Thing Waffen tragen, und doch schloß nun Sigurds Leibwache ihren Ring enger um die beiden – wie eine Meute Doggen um den Wolf.
Bera sah nun von einem Bruder zum anderen. War denn die Zeit gekommen, die Wahrheit an den Tag zu bringen?

»Skagi«, hob sie an, »nahm König Erics Gold ... dafür daß er unter den Bondern für ihn spreche. Brynjulf bekam Wind davon und stellte ihn zur Rede, es kam zum Streit, und da Brynjulf sich zum Gehen wandte, schlug Skagi ihn im Zorn nieder. Kol, insgeheim zurückgekehrt mit der Hoffnung, seinem Gott Seelen zu gewinnen, bewahrte Stillschweigen über diese Tat, um den überlebenden Bruder zu retten, und schaffte die Leiche des toten Bruders weg. War das nicht so ... Gregorius?«

Eine schreckliche Stille kam auf. Skagi trat einige Schritte von seinem Bruder weg, ballte und öffnete seine großen Hände in einem fort, und Sigurds Leibwache stand wie eine Mauer.

»Kol Hjaltison ...«, rief der Jarl, »im Namen welchen Gottes auch immer, dem du nun dienen magst, fordere ich dich auf zu sagen, ob das wahr ist!«

»Miserere nobis!« flüsterte der Mann, der nun Gregorius war, und sank zitternd auf die Knie. »Satan fängt mich mit meinem eigenen Glauben! Die Hexe spricht die Wahrheit!«

Skagi brüllte und wollte sich auf ihn stürzen, aber Sigurds Männer rangen ihn nieder. Jetzt schrie alles durcheinander. Und Bera setzte sich seufzend wieder.

Groa hatte ihr einmal erzählt, wie Heide die Götterdämmerung prophezeit hatte: »Brüder ... kämpfen bis zum blutigen Ende gegeneinander, Schwestersöhne verraten ihre Geschwister ...« War das das Ende der Zeit oder nur das jener Welt, die sie kannten?

Die Männer zeigten erregt auf sie und schwatzten von Seidh. Aber die einzige Magie, von der Bera hier Gebrauch gemacht hatte, war die, die sie sehen ließ, was sie eigentlich schon wußte.

»Du hast gute Arbeit geleistet«, lobte der Jarl und streckte ihr die Rechte hin. »Vielleicht glauben die Bonder nun, daß Eric eine Gefahr ist.«

»Nicht mehr«, raunte sie in Erinnerung an das, was Brúnbjorn ihr gesagt hatte – das einzige, was ihr unbekannt gewesen war.

Der Jarl stand wie versteinert.

Da ergriff sie seine Hand, zog sich daran hoch und sprach: »Eric Blutaxt ist in England gestorben. Er wird euch niemals mehr heimsuchen!«

Heiß spürte sie die Sonne auf dem Kopf, als der Jarl sie nun fortgeleitete. Aber sie wußte jetzt, daß deren Klarheit eine Illusion war. Die Wahrheit war ein Geschöpf des Zwielichts, und von jetzt an wäre nichts mehr so einfach wie zuvor.

LYNN MICHALS

Die Leute haben die unterschiedlichsten Trost-Speisen – aber bei den meisten meiner guten Freunde ist das Schokolade. Bei Lynn ist es wohl Milchreis: Den jedenfalls besorgte ihr ihr Verlobter – dem sie diese Geschichte hier widmet – noch spät am Abend, nachdem ich ihre vorige Story abgelehnt hatte. Nun sagte sie mir: »Wir werden Ende Juni auf einem Berggipfel in Virginia heiraten. Wir sind College-Lehrer – die einander am nächsten gelegenen Stellen, die wir bisher bekamen, sind jetzt in Washington und North Carolina.«

Ich habe schon andere Storys von ihr veröffentlicht ... zwei in Darkover-*Anthologien und eine in* Feenschwester (Magische Geschichten, Band XI). *In den letzten zwei Jahren – zwischen North Carolina und District of Coxlumbia pendelnd – habe sie zwei knallblaue, knallgrüne Papageien mit Namen »Geduld« und »Trost« gehabt, die ihr während der Semester Gesellschaft leisteten, aber wie Pfauen kreischten und ihr Körner auf den Computer feuerten, wann immer sie Hefte zensieren oder etwas schreiben wollte. Ja, besser ihr als mir! Misty Lackey, deren erste Texte ich gleich zu Beginn meiner Arbeit kaufte, pflegt dutzendweise Greifvögel, um sie wieder auszuwildern. Nun, wenn einer das mag, soll er das auch tun ... Aber, geben Sie mir einen Hund oder eine Katze, wann immer Sie möchten, und ich bin glücklich! – MZB*

LYNN MICHALS

Persönliches Bedürfnis

Cora landete auf dem öden Eiland, steckte ihr Boot in Brand und hob an zu warten. Sie wartete ruhig, voll Gottvertrauen, und fastete drei Tage lang. Dann lief ein Skiff knirschend auf den Kiesstrand, und es watete ein noch junger Mann an Land. Er reichte Cora eine Flasche Wasser und einen Laib von ihrem Lieblingsroggenbrot.

»Du hättest mir auch eine Brieftaube schicken können, weißt du«, sagte er dabei. »Du mußtest nicht dein Leben in Gefahr bringen, bloß damit ich alles fallen lasse und herbeigeeilt komme!«

Wasser schlürfend, prustete sie ungläubig.

»Du Lügner! Für weniger hättest du dich ja nicht gerührt, du mit deinen zwölf Bürgermeistern und zwanzig Botschaftern da, die dich um Audienzen anflehen, und der Braunfäule in diesem lächerlichen Kornfeldchen, das du deine Westprovinz nennst.«

Coras bekannt schonungslose Art war mit ein Grund dafür, daß sie auf dem bestem Weg war, Oberzauberin zu werden – während Prinz Arn von Oland leider nur als Magier unteren Grades vom Parahaus abgegangen war.

»Also, da du mich so ohne Skrupel hergelockt hast, in welche verrückte Sache willst du mich nun wieder hineinziehen?«

»Oh, ich hatte fast schon vergessen, wie vergnüglich es ist, einen ehrbaren jungen Fürsten vom rechten Weg abzubringen«, murmelte sie nachdenklich. »Du wirst Weland den großen Schlüssel stehlen und ihn der Großkönigin von Iria, der er ja rechtens gehört, zurückbringen.«

»Das ist unmöglich! Außerdem ... wir liegen mit Iria bereits seit Generationen in Blutfehde ... der Großonkel der Königin hat doch meinen Großvater getötet und mein Vetter ihre Tante väterlicherseits ...«

»Ein Grund mehr für einen progressiven jungen Aristokraten wie dich, diesen Zwist mit großer Geste zu beenden. Und Iria hat auch schon zuviel Macht verloren … ihr Grenzzauber und ihr Feldbann werden immer schwächer. Und Weland ist emsiger, als für uns gut sein kann, dabei, Talismane anzuhäufen.«

»Du sollst doch bald Zauberin werden?« fragte Arn irritiert – Untermagier oder nicht, er kannte schließlich das Gesetz. »Warum mischst du dich dann in menschliche Angelegenheiten ein?«

»Ich? Ich bin doch bloß die Brieftaube des Erzzauberers. Das ist deine Reise, nicht meine, keinerlei Magie erlaubt, außer deinen Illusionen und Zaubern natürlich … Ich begleite dich nur.«

»Ich begleite dich zum Strand, meine Liebste, aber das ist auch alles. Hättest du dich denn auf diesem Felsen wirklich zu Tode gefastet, wenn ich nicht aufgetaucht wäre?«

Cora schniefte.

»Natürlich! Man darf doch um eines persönlichen Bedürfnisses willen nicht die Regel brechen. Man darf es nicht einmal fühlen.«

»Ich dachte immer, die Könige seien harte Männer … bis ich die Zauberer kennenlernte. Den sterblichen Göttern sei Dank, daß ich nur ein kleiner Untermagier bin!« sagte er und küßte ihr galant die Hand. »Du weißt bestimmt, liebe Cora, daß ich unmöglich mit dir auf Fahrt gehen kann. Ich muß ja zu meinen zwölf Bürgermeistern und zwanzig Botschaftern zurück.«

Sie lachte, hörte sie doch aus seinen verantwortungsbewußten Worten wieder den verantwortungslosen Eifer heraus, der noch dem allerkleinsten jener herrlich verheerenden Regelverstöße vorausgegangen war, zu denen sie ihn während der Studienzeit hatte hinreißen können!

So fand er sich, zwei Wochen später, mit dem Rücken zur Wand der Schatzkammer König Welands und mit dem Gesicht zu einem Dutzend Gardisten, die mit blanker Waffe auf ihn eindrangen. Doch so sehr er sich da auch ängstigte, sein Illusionszauber würde halten: Er würde als ein namenloser, auf frischer Tat ertappter Einbrecher aus Barbarenland sterben und nicht als Prinz Arn von Oland, dessen Blut nach dem Blute unzähliger künftiger Generationen von Welandern verlangte.

Aber da legte Cora die Gestalt eines Kletteraffens des Diebes aus dem Barbarenland ab und schoß als sie selbst hervor: als halb wahnsinnige Zauberin in blinder Wut.

»Krümmt ihm ein Haar … und ihr ersauft in flüssiger Lava!« schrie sie die Kerle an.

Eine überflüssige Drohung: Das kleine Schatzhaus kochte und krachte schon so von Gefahren, halb entfesselten Hurrikanen, von Gewittern und Erdbeben …

… daß die Gardisten Reißaus nahmen.

Da barg Cora das Gesicht in den Händen, gab sich einer Flut von Einsichten hin – der Zauberin größtes Privileg und auch oberste Pflicht.

»Das war vielleicht ein Bluff!« sagte Arn, unsicheren Tones, und starrte auf den glitzernden Kristallschlüssel in seiner Hand, als ob er nicht mehr wisse, was das sei. »Ich nahm dir deine Drohung ja auch schon bald ab.«

Sie sah ihn an, unterdrückte aber das Verlangen, vor Kummer hin und her zu schaukeln, zu stöhnen und zu klagen.

»Ich habe nicht geblufft! Ja, Lieber, wir dachten immer, ich sei dein schwacher Punkt, der dich stets in Schwierigkeiten bringt. Aber die Wahrheit ist: Du warst mein schwacher Punkt und bist es ja noch. Damit ich das herausfände, hat mich der Erzzauberer hergeschickt. Du bist mein letztes persönliches Bedürfnis.«

Stumm sah sie zu, wie sich die Regel vor ihr entfaltete, und schloß dann: »Bringe der Großkönigin von Iria den Schlüssel, sie wird dich kraft seiner Kraft heiraten, beende sodann die alte Fehde, herrsche mit der Königin weise und gerecht. Ich verbringe nun das nächste Jahr im siebenfachen Labyrinth von Para, um mich von der Vorstellung zu befreien, jeder deiner Atemzüge sei mehr wert als die ganze Regel selbst, jetzt und einst und künftig.«

Arn wollte widersprechen, protestieren, schluckte aber seine Worte – und küßte Cora statt dessen die Hand, aber nicht mit der alten Galanterie des Freundes und Liebsten, sondern mit der Demut des Untermagiers, der der Zauberin seine Reverenz erweist.

ANDREA J. HORLICK

Über sich schreibt mir Andrea Horlick: »Ich habe einen neun Jahre alten Sohn, der Danny heißt, zwei Katzen und eine ganz schräge Phantasie. Ich wohne einen Katzensprung nördlich von Boston und verdiene mir meine Brötchen als pädiatrische EEG-Technikerin.«
Ich habe ja schon eine ganze Kollektion eigenartiger Berufe, mit denen sich die Leute so ihre Brötchen verdienen, ehe sie das mit Schreiben schaffen – aber der hier ist mir doch neu! Andrea hat das so erklärt: Sie versuche, Babys dazu bringen, mit Elektroden am Kopf zu schlafen. Teufel auch, von meinen älteren Söhnen wollte nie einer schlafen, nicht mal ohne eine Elektrode am Köpfchen! Erst bei meiner kleinen Tochter habe ich erlebt, wie lange so ein Baby schlafen kann – vor allem, wenn man es fotografieren oder sonst etwas mit ihm machen möchte.
Zu ihrer Schriftstellerei sagt Andrea: »Mein erstes Werk, in der Schule verfaßt, hat die Lehrerin so kommentiert: ›Schön, ich werde den ganzen Tag depressiv sein, nachdem ich das nun gelesen habe!‹, und so fröhlich und aufbauend ist meine ganze seitherige Produktion gewesen.«
Andrea J. Horlick ist eine neue Autorin hier – als solche jedoch untypisch: Die meisten meiner neuen AutorInnen bieten mir kurze und komische Texte an, wohingegen ihre Story weder kurz noch komisch ist (es sei denn für Leser mit einer sehr merkwürdigen Art von Humor!). – MZB

ANDREA J. HORLICK

Catrionas Töchter

Ich hätte nie gedacht, als Gefangene in Burg Remor zu enden. Nein, beim Anblick dieses alten, aber immer noch imposanten grauen Granitklotzes, der so abrupt aus der Ebene aufsteigt, hatte ich mich eher als ein willkommener, geschätzter Gast gesehen. Oder gar – falls der alte Perry, der Burgherr, für weiblichen Charme noch empfänglich wäre – als die künftige Herrin von Remor. Dann wieder realistischer, hatte ich mir gedacht, auf Burg Remor eine Weile bleiben zu können, dort auch Arbeit zu finden und mir den einen oder anderen Batzen verdienen zu können. Es war doch ein langer und verregneter Marsch von Halthern her gewesen.

Ich war Heilerin, seit dem fünfzehnten Lebensjahr. Den Titel »Weise Frau« konnte ich nicht für mich beanspruchen – nicht in meinem noch zarten Alter –, und als Hexe wollte ich mich keinesfalls titulieren lassen. An meiner Arbeit war ja keine Spur von Magie. Ich heilte die Kranken und half den Frauen, Kinder zu bekommen oder keine zu bekommen, ganz nach Wunsch – aber Liebestränklein, Schadenszauber, Glücksbringer, alles das lag jenseits meiner Fertigkeit. Nicht daß Luke, Richter in Halthern, irgend etwas davon gewollt hätte. Doch auf die Weigerung, ihm ein Fläschchen Gift oder aber meine Unschuld zu verkaufen, hatte er mir mit einem Hexenprozeß gedroht ... Was anderes hätte eine alleinstehende, schutzlose junge Frau wie ich dann tun können, als die Stadt schleunigst zu verlassen und auf das Beste zu hoffen?

»Ah, überleg doch noch mal, Jerika«, hätte mein Bruder Rafe da gesagt, wenn er noch am Leben gewesen wäre. Lieber einen Hexenprozeß an den Hals bekommen, selbst einen so eindeutig getürkten nach Lukes Art, als hier, an die schleimigen Wände des Kerkers von Schloß Remor angekettet, mein Leben beenden. Ja, lieber die schnelle, saubere Exekution als das langsame Verrotten in dieser Zelle hier! Aber davon ahnte ich ja noch nichts an jenem Nieselmorgen im Frühling meines neunzehnten Lebensjahres, als ich vor den Mauern Remors stand und Einlaß begehrte, nicht nachließ, rief und rief, bis die Wächter ans Tor kamen und mir öffneten.

Sie wußten offensichtlich nicht, was sie von mir halten und was sie mit mir anfangen sollten – ich war tropfnaß und ungewaschen, trug aber Stiefel aus feinstem Leder und ein Kleid, das zwar schmutzig und kotbespritzt, aber nicht von Bäurinnenart war. Desgleichen waren mein Wortschatz und meine Aussprache nicht die einer unwissenden und ungebildeten Magd. Aber eine Frau von Stand wäre wiederum nicht ohne Begleitung gereist.

Die beiden Wächter berieten sich flüsternd, doch hörbar, ehe sie mich einließen, waren aber auch nun noch so mißtrauisch, daß ihrer einer, die Hand am Schwertgriff, hinter mir ging, als sie mich zu ihrem Herrn, dem alten Perry, führten.

Sein Anblick verschlug mir den Atem – denn nach dem wenigen, was ich dort in Halthern über ihn gehört, und natürlich nach seinem Spitznamen, hatte ich ihn mir als rechten Tattergreis vorgestellt. Aber der Mann, den ich dort an einem prächtigen Marmortisch beim Würfeln sah, war wohl mittleren Alters und von bester Gesundheit. Da kamen mir meine Heiratsphantasien gleich wieder plausibler und reizvoller vor.

Nun hob er das Haupt, daß ihm die schwarze Lockenpracht nach hinten fiel, grinste mich an, daß ihm die schneeweißen Zähne pur aus dem Bart leuchteten, und fragte: »Was haben wir denn da?«

Der Wächter vor mir murmelte nun irgendeine Erklärung, ohne dabei den Blick vom Boden zu heben. Recht unterwürfig, für einen Soldaten, dachte ich, schob den Gedanken aber sofort beiseite, da Perry wieder das Wort an mich richtete.

»Wanderst so ganz allein durch die Ebene, meine Hübsche? Wie seltsam. Doch du wirst mir das bestimmt bald erklären. Erst wollen wir dir aber mal eine kleine Stärkung kommen lassen!« sprach er, und während ich meinen Dank murmelte und mich in den angebotenen Sessel sinken ließ, rief er schon mit einem Händeklatschen eine Dienerin herbei.

Sie brachte einen schönen dicken Eintopf und heißen Apfelwein, und fast alle Manieren vergessend, machte ich mich darüber her. Aber ich war ja halb verhungert und verdurstet: Der Proviant, mit dem ich von Halthern losgezogen war, hatte nur für drei Tage gereicht – und eßbare wilde Pflanzen, über die ich ja gut Bescheid wußte, gab es so früh im Jahr noch kaum.

Perry sah mir amüsiert nachsichtsvoll zu, wie ich mein Stew in mich hineinschaufelte, pardon hineinlöffelte, und fragte, als ich die letzten Reste aus meiner Schüssel kratzte: »Mehr gefällig, meine Dame?« Mag sein, daß dabei ein Hauch Ironie in seiner Stimme lag, aber wenn, so nahm ich die, bei meinem vollen Bauch, nicht wahr.

»Nein, danke, Herr«, erwiderte ich, nun auch satt genug, um mir mit der dargebotenen Serviette zierlich und gesittet den Mund abzutupfen.

»Dann kannst du mir vielleicht sagen, wer du bist und wohin du gehst?«

»Ich heiße Jerika und komme von Halthern, Herr, und ich bin die beste Kräuterkundige bei uns in der Stadt.« Ich hatte genügend Erfahrung mit so hochgestellten Herrn, um zu wissen, daß bei denen ein bißchen Angeberei, in allen Ehren, niemals schaden konnte. Zeige zuviel Bescheidenheit oder gar Demut – und sie behandeln dich gleich wie eine Bettlerin!

»Ah ... Und wie kommt es, daß du so fern dieser schönen Stadt unterwegs bist? Und so allein?« fragte er und sah mich unter schweren Lidern hervor mit seinen so sinnlichen Augen an.

Natürlich hatte ich bei meinem einwöchigen Marsch genug Zeit gehabt, mir für diese Frage eine schöne Antwort auszudenken. »Ich hatte Probleme, hoher Herr, und war gezwungen, Haus und Heim zu verlassen. Meine ganze Familie ist tot, und ich habe niemanden, der mir Schutz böte. So hoffe ich, nach Kelm zu kommen und dort neu anfangen zu können.«

»Du fliehst also vor dem Gesetz?« fragte er, als ob ihm das nichts bedeutete. Doch mir verkrampfte sich dabei der Bauch.

»Aber nein!« rief ich. Und das war nicht gelogen, jedenfalls nicht wirklich. Luke hatte mir bloß gedroht ... aber meines Wissens keinen Haftbefehl gegen mich erlassen. »Ich bin nur eine ehrliche Frau, die für eine Zeit Obdach sucht. Und ich kann für deine Barmherzigkeit bezahlen. Ich bin, wie gesagt, eine Heilerin von Rang. Brauchst du vielleicht die eine oder andere Medizin für deine Leute?«

»Du wirst es mir schon in irgendeiner Art entgelten, Jerika, da bin ich mir ganz sicher!« Wieder das Lächeln, das Blitzen weißer Zähne. So war das also, ja? Tut mir leid, mein Herr, wie schon Luke feststellte: Meine Jungfräulichkeit ist nicht so billig zu haben. Aber stecke mir einen Ehering an, und die Sache sieht schon ganz anders aus. In einer Burg so reich wie Remor konnte man als Frau doch recht angenehm und bequem leben.

»Könnte ich wohl ein Bad nehmen und etwas ausruhen?« fragte ich, um das Thema zu wechseln.

»Aber sicher, meine Dame.« Wieder sprach er mit einem Hauch Ironie, aber anders nun zu seiner Dienerin, die er mit einem Klatschen hereingerufen: »Bringe Frau Jerika auf ein Zimmer und kümmere dich um sie. Meine Liebe, wir sehen uns beim Abendessen ...«

Die Magd schleppte eimerweise heißes Wasser herbei, um meine Badewanne zu füllen, und brachte mir eine Seife so fein, wie sogar ich sie nicht zu sieden wüßte, und eine Haarbürste und einen Schwamm und Leinenhandtücher und legte im Kamin sodann ein wohlriechendes Holz auf, das sogleich die ganze Luft mit seinem Duft erfüllte. So schienen mir denn, da ich ins warme Wasser glitt, die Mühen und Entbehrungen der letzten Tage so fern wie die Unwägbarkeiten der Zukunft. Ach wie, fragte ich mich, können die Reichen denn je unglücklich sein?

Noch größerer Genuß erwartete mich nach dem Bade: ein langes Kleid aus weichstem, grünem Samt, schwungvoll über mein Bett gelegt. O großer Himmel, wenn Perry mir das geschickt hatte, hieß das, daß er in mir eine Dame sah ... Eine begehrenswerte dazu. So erlaubte ich mir, beim Ankleiden davon zu träumen, Herrin auf Remor zu sein. Ach, Rafe, die Dinge machen sich!

Aber wenn er Romantik im Sinn hatte – das Dinner gab nichts dazu her. Wir aßen zwar nicht im Speisesaal, sondern in dem kleinen privaten Speisezimmer ... waren aber eindeutig nicht allein. Nein, als die Dienerin mich hineinführte, saßen dort schon drei andere Personen am Tisch. Erstens ein Soldat, der wie Perry mittleren Alters war, aber nicht sein Wappen trug. Zweitens ein magerer, sauertöpfischer Kleriker, krähengleich in seiner schwarzen Robe. Und drittens, überaus erstaunlich, eine junge Zwergin, die mir eben bis zur Hüfte reichte. Und sie wurden mir, wie es sich geziemt, gleich vorgestellt, und zwar als Gillen, Vater Todd und Marielda.

Vater Todd sah zuerst mich und dann Perry stirnrunzelnd an. »Gnädiger Herr! Findest du das –«

»Hüte dein Zunge!« schnitt der ihm das Wort ab – ohne einen Hauch von Respekt in der Stimme. Interessant. Selbst so hohe Herren erwiesen sonst Priestern ein wenig Achtung. »Gillen, du hast heute mittag die Schießübungen verfolgt. Was hältst du von den neuen Bogen von der Hand meines Waffenmeisters?«

»Ja, ich habe mir das angesehen ... Die Bogen? Da könntest du an Treffsicherheit einbüßen, was du an Reichweite gewinnst!«

»Die Treffsicherheit, die kommt mit der Erfahrung und hartem Training.«

»Vielleicht. Aber ...«

So ging es das ganze Abendessen – Perry und Gillen sprachen über militärische Fragen, Vater Todd musterte mich stumm und finster und wurde selbst weitgehend ignoriert und prompt unterbrochen, wenn er einmal etwas sagte. Und diese Zwergin? Sie war so still, daß ich schon an ihrem Verstand zweifelte. Ich versuchte mehrmals, mit ihr ins Gespräch zu kommen, aber sie nickte dann immer nur und zog den Kopf ein. So begnügte ich mich damit, den reichlichen Braten, den teuren Wein und den gelegentlichen verschleierten Blick Perrys zu genießen – und nach dem dritten Glas jenes edlen Tropfens wurde er immer anziehender, und das nicht nur wegen seines Geldes.

Auch Gillen schien den Wein zu genießen. Er leerte zwei Glas für jedes von mir und hatte, als man die Tafel aufhob, schon glasige, stiere Augen und antwortete auf Perrys Fragen nicht mehr mit der gebotenen Präzision. »Würdest du gern dein Bett aufsuchen, alter Freund«, fragte Perry da. »Wir können diese Unterhaltung morgen früh bei der Jagd zu Ende führen …« Und die mit frisch gefülltem Krug eintretende Dienerin – es war die, die mein Zimmer gerichtet hatte – wies er herrisch an: »Bring Meister Gillen hinauf, Gemma. Und sieh zu, daß du für sein … Wohl sorgst.« Es klang da etwas in dieser Anweisung an – ich versuchte es zu ignorieren, auch wenn es mir schwerfiel.

»Kann ich mich zurückziehen, Papa?« ließ sich da die Zwergin vernehmen.

Ich erstickte fast an meinem Schluck Rotwein, so perplex war ich: Ich hatte sie ja schon für stumm gehalten … jetzt war sie auch noch sein Kind! In keiner der Geschichten über ihn, die ich zu Ohren bekommen, war von Heirat die Rede gewesen. Wobei natürlich die Heirat keine Bedingung für die Zeugung eines Kindes war. Und wenn diese Marielda seine Tochter war, war auch klar, warum ich nie ein Wort über sie gehört hatte. Perry war doch wohl nicht der Typ Mann, der es an die große Glocke hängt, daß er Vater einer Mißgeburt ist … Nicht, daß Marielda unhübsch gewesen wäre. Mit ihrem dichten, rötlichen Haar und ihren großen braunen Augen sah sie sogar irgendwie mir ähnlich.

»Natürlich, mein Kind«, erwiderte er. »Du hast dir ja deinen Schlaf heute abend verdient. Aber morgen früh, solang Gillen und ich auf der Jagd sind, könntest du Jerika die Burg zeigen.«

Nun zog die Zwergin wieder stumm den Kopf ein und ging – und hinterließ bei mir das vage Gefühl, die Aussicht auf unseren gemeinsamen Rundgang erfülle sie nicht eben mit Freude.

»Wartet nicht auch auf dich das Bett, Priester?« knurrte der Herr von Remor da und hob ironisch die Braue. Mir hüpfte das Herz im Halse. Er wollte wirklich mit mir allein sein! Aber ich mußte mich sehr klug verhalten. Ihm nichts Unziemliches gestatten, aber gleichzeitig die Hoffnung nähren, ich könnte meinen Sinn ändern. Verflixt, ich hätte doch nicht so viel Wein trinken sollen. Seine vollen Lippen wirkten so unsinnig verlockend. An ein paar Küssen konnte doch nichts Schlechtes sein …

»Es ist ja noch früh, Herr. Und ich muß das Werk des HERRN tun«, erwiderte Vater Todd unverblümt.

»Sorge du dich um deine Seele, Priester«, meinte Perry kühl, vertiefte das Thema aber nicht. »Magst du Musik, Jerika?«

Als ich am nächsten Morgen aufwachte, sah ich geradewegs der Dienerin Gemma ins Gesicht, die scheu durch die Bettvorhänge hereinstarrte. Ich war benommen von dem Wein und voll wirrer Erinnerungen: wie ich in Perrys Arm zu Flötenspiel durch das Speisezimmer gewirbelt war, wie er mir die Hand vertraulich auf den verlängerten Rücken gelegt, wie dieser Priester uns all die Zeit so finster beobachtet hatte ...

»Verzeihung, Herrin«, brachte Gemma sich zu Gehör. »Fräulein Marielda erwartet dich in der Halle. Zu deinen Diensten!«

Also, es schien mir ungehörig, dieses arme mißgebildete Kind warten zu lassen. So gab ich mir einen Ruck, stand auf – und fand nun zu meinem Erstaunen meine eigenen Sachen vor: alles wundersamerweise frisch gewaschen, geflickt und gebügelt und sauber über einen Stuhl gelegt ... Ach, Rafe, dachte ich, das Leben in einer Burg wie dieser kommt mir immer verlockender vor. Es war gut zwei Jahre her, daß er von mir gegangen war, aber die Gewohnheit, in Gedanken mit ihm zu reden, war geblieben und würde wohl niemals vergehen. Die Bindungen, die zwischen verwaisten Zwillingen walten, sind stärker als alle anderen.

Als ich in die Halle trat, warf das Fräulein ihre Näharbeit hin und erhob sich, um mich zu begrüßen. Sie war noch ebenso nervös und fürchtete sich offenbar, mit mir zu sprechen, gab sich aber größte Mühe, ihrem Vater eine gehorsame Tochter zu sein ... ihre Angst vor ihm ging wohl tiefer als jede Furcht vor mir. »Willst du einen Tee trinken oder frühstücken, Frau Jerika, bevor wir die Burg ansehen?«

»Nein, eigentlich nicht, ich habe keinen Hunger«, sagte ich. Es wäre ja zu grausam gewesen, diese Situation auszudehnen.

»Gut. Ich dachte, wir könnten mit meinem Atelier beginnen«, schlug sie hastig vor und sah mich fragend an. »Wenn es dir recht ist.«

Atelier? Ich folgte ihr ein paar steile Steintreppen hinab – ganz erstaunt darüber, offen gesagt, wie schnell sie die mit den verkümmerten Beinen nahm. Als sie ihre schwere Eichentür aufstieß, begriff ich, warum Perry sich über mein Angebot so amüsiert hatte, ihm Arzneien herzustellen: Marielda verfügte über ein Herbarium weit reicher als alles, was ich bis dahin zu Gesicht bekommen hatte! Getrocknete Kräuter hingen da in Hülle und Fülle an den Wänden. Ihre langen Tische waren ganz mit Krügen, Flaschen und Phiolen bedeckt, die säuberlich, in einer krakeligen Handschrift, gekennzeichnet waren.

»Du mußt in der Wissenschaft der Heilkunst überaus bewandert sein, Fräulein«, sagte ich.

Sie lächelte nur, es war das erste Lächeln, das ich bei ihr sah, und breitete die Hände aus. »Und womit sollen wir beginnen, gnädige Frau?«

Als ich sie so alles gefragt hatte, was ich zu fragen hatte, und ihr Inventar inspiziert hatte, da war es Essenszeit. Mir brummte der Kopf, jetzt nicht mehr von den Nachwirkungen des Weins, sondern von den Mühen, mir all die Informationen, die sie mir gegeben hatte, einzutrichtern. Zum Glück war im Lauf unseres Gesprächs alle Schüchternheit von ihr abgefallen und das Eis zwischen uns geschmolzen, so daß wir endlich nur noch zwei fachsimpelnde Kolleginnen waren – genauer gesagt: Schülerin und Meisterin, denn ich wußte ihr ja nur wenig zu sagen, was neu für sie gewesen wäre.

»Wo hast du all das gelernt, Fräulein Marielda?« fragte ich erstaunt, aber auch etwas neidisch, da sie wohl drei, vier Jahre jünger war als ich.

»Meine … Kinderfrau«, erwiderte sie zögernd und lächelte wieder, dieses Mal, wie mir schien, sogar etwas verschmitzt. »Später dann brachte Papa mir Bücher von seinen Reisen mit. Er ist ja überall in der Welt gewesen.«

So, tröstete ich mich, da hätten wir es wieder: Wissen kann man kaufen, wie jedes andere Gut. Und diese Reichen bekommen doch immer, was sie wollen!

»Du solltest zum Essen hoch, Frau Jerika«, sagte sie, schon wieder leicht befangen und verlegen.

»Kommst du nicht auch?«

»Nein, Papa hat mich gebeten, für ihn etwas zu erledigen.«

Ich wollte schon zu bedenken geben, er wolle bestimmt nicht, daß sie mit leerem Magen an die Arbeit gehe, an welche auch immer. Aber da fiel mir mein Plan wieder ein! Je weniger wir bei Tisch wären, je intimer die Atmosphäre. Vielleicht würde ich eines Tages ja die Stiefmutter dieser Kleinen. Dann sähe ich aber darauf, daß Perry sie besser behandelte. Mit dieser Selbstberuhigung ließ ich sie nun an ihrem Arbeitstisch allein.

Aber es gab in den nächsten Wochen leider wenig Gelegenheit zur Zweisamkeit mit Perry. Er war die ganze Zeit mit Gillen und Gardekapitän Quincy auf der Jagd oder saß mit ihnen beim Wein und Würfelspiel. Und wenn einmal nicht, hing Vater Todd mürrischen, mißbilligenden Blicks um uns herum. Perry machte sich über ihn dann lustig oder ignorierte ihn eben, schickte ihn jedoch, was zu bemerken ich nicht umhin konnte, nie weg. Derweil erging es mir so wohl, daß ich bald höchst zufrieden und glücklich, ja, fast eingelullt war. Ich verbrachte ganze Tage damit, die von Marielda geliehenen Bücher zu lesen oder einfach aus dem Fenster meines Zimmers zu starren … und zu träumen. Abend für Abend mit einem neuen prachtvollen Kleid angetan, das ich auf meinem Bett vorgefunden, aß, trank und tanzte ich mit Perry. Und entzog mich ihm nicht gleich, wenn er seine Hände von meinem Rücken auf meinen Hintern gleiten ließ. Und duldete es, wenn er mir Hals und Schultern küßte.

Vielleicht hätte das endlos so gehen können – vom Frühling zum Sommer, Herbst und Winter –, und ich wäre im Wechsel der Jahreszeiten mählich in die Rolle seiner Mätresse gewechselt und in ein Leben der Muße, der Privilegien … in ständiger Erwartung eines Heiratsantrags und dem schrittweisen Verlust meiner selbst. Aber dann kam der Tag, da ich Gemmas Striemen sah, und das veränderte alles mit einem Schlag.

Sie war dabei, meine Badewanne zu füllen, und leerte nun den wohl zwanzigsten Eimer Wasser hinein. Ich hatte ihr all die Zeit zugesehen und stumm ihre muskulösen Arme bewundert. Mit dieser Schlepperei mußte man stark und kräftig werden! Aber als sie sich bückte, um den Zuber auszuleeren, glitt ihr die Bluse von einer Schulter, und da wurden einige häßliche rote Striemen sichtbar, die sich kreuz und quer über ihre bleiche Haut zogen. Der Anblick nahm mir den Atem! »Gütiger Himmel, Gemma, woher hast du denn die? Soll ich …«

Da fuhr sie herum und zog hastig ihre Bluse wieder hoch. »Es ist nichts, Herrin. Nein … Es ist wirklich nichts«, hauchte sie, und da war ein Anflug von Panik in ihrer Stimme.

»Gemma, hat Gillen das getan?« fragte ich langsam – denn so sehr ich das in den allerhintersten Winkel meines Gehirns zu verdrängen suchte, konnte ich doch nicht so tun, als ob ich nicht wüßte, daß Perry sie ja Nacht für Nacht zu Gillen aufs Zimmer gehen hieß.

»O nein, gnädige Frau«, beteuerte sie. »Nein, bitte. Es ist nichts.« Dabei hielt sie ihre Bluse aber fest zu, damit ich ja keinen zweiten Blick tun könnte.

Übelkeit überkam mich da wie eine Woge, aber ich ließ mir nichts anmerken. Ich zwang mich, ihr in diesem sanft aufmunternden, sachlichen Ton, den ich sonst bei kranken kleinen Kindern oder Sterbenden anschlug, zu antworten: »Auch wenn dein Herr dich wegen Ungehorsams zu Recht gezüchtigt hat, solltest du mich danach sehen lassen, Gemma … Du willst doch nicht, daß das Narben gibt!«

Aber sie sah mich nur stumm und mit großen Augen an.

»Und wenn du, wie ich meine, ein braves Mädchen bist und das nicht verdient hattest«, fuhr ich fort, »brauchst du es auch nicht stumm zu ertragen. Du bist fleißig und ordentlich. Du findest jederzeit woanders Arbeit.«

Da starrte sie mich noch für einen Moment an und schüttelte dann den Kopf, ein einziges Mal, und sagte, flüsternd fast: »Nein. Nein. Sie ließen mich doch nicht gehen. Er würde ihr befehlen, mich zurückzuhalten.«

Damit schloß sie den Mund so fest, als ob sie ihre Offenheit bereute und sich kein Wort mehr entschlüpfen lassen wollte, schnappte sich den Eimer und stürzte zur Tür hinaus.

Mein Badewasser war etwas zu heiß, aber ich war wie betäubt … so daß ich mich nicht darum scherte. Oh, Rafe, wie konnte ich nur so blind sein? Wie diese Fäulnis und Verderbtheit ignorieren, die dem Reichtum hier zugrunde lag. Sicher, überall auf der Welt wurden Frauen mißhandelt, gedemütigt. Und sicher, es war gang und gäbe, daß Bäuerinnen von ihren Herren mißbraucht wurden. Aber das hier war mehr. Kann ja sein, daß Gemma nicht fortkonnte, wie sie gesagt hatte, aber ich, ich würde jetzt bald von hier verschwinden!

Perry musterte mich scharf, als ich zum Abendessen erschien. »Du siehst wunderschön aus, liebste Jerika. Nur ein wenig blaß, meine Hübsche. Fühlst du dich nicht gut?«

Und während Todd mich wie immer finster beäugte und Marielda mit ihrem Löffel spielte, erwiderte ich, in Miene und Stimme beherrscht: »Vielleicht, Herr, bräuchte ich bloß ein bißchen Sonne. Etwas frische Luft ... Ja, vielleicht mache ich morgen einen kleinen Ausritt.«

»Vielleicht«, wiederholte er da mit seltsamem Lächeln, nein, Zähneblecken ... Bildete ich mir das nur ein? Nein, er wußte, ahnte wohl etwas. »Aber komm, setz dich. Unser Tischgespräch begann schon zu erlahmen. Was meinst du, Jerika, erzählst du uns eine Geschichte? Über deine Familie, ja!«

Nun hustete Vater Todd unerklärlicherweise in sein Bierglas.

»Da gibt es ja nicht viel zu erzählen, Herr«, erwiderte ich. »Meine Mutter starb, als ich noch ein kleines Kind war. Mein Vater erlag einem bösen Fieber, als ich kaum zwölf war. Und mein einziger Bruder fiel in der Schlacht von Creadon.« Wenn ich nun immer noch im Sinn gehabt hätte, Perry zu heiraten, hätte ich mich vielleicht eher an die Wahrheit gehalten. Und ihm etwa erzählt, daß meine Mutter weggelaufen war, auf und davon, als Rafe und ich noch kaum entwöhnt waren ... und daß wir seither rein gar nichts mehr über sie, geschweige denn von ihr, gehört hatten. Und ich hätte ihm etwa erzählt, daß mein Großvater dem niederen Adel angehört hatte, bis zu dem Tage, da er seinen Titel verkaufen mußte, weil er beim Spiel sein ganzes Vermögen verloren hatte ... Aber jetzt ging ihn das ja alles nichts mehr an.

»Ich habe auch eine Geschichte zu erzählen«, meldete sich da der Priester rauh zu Wort. »Manche mögen sie sogar lehrreich finden. Ja, sie handelt von sündigen Männern, die die Frauen anderer

Männer rauben und gar aus schierem Hochmut und eitlem Stolz morden ...«

»Genug!« befahl Perry in leisem, drohendem Ton. Aber diesmal ließ sich Vater Tod nicht bremsen!

»Eine interessante Geschichte, sicher«, fuhr er fort. »Über Ausgeburten der Hölle, die ihr eigenes Fleisch und Blut in Schwarzer Magie unterrichten und der Heiligen Kirche Gottes spotten.«

»Genug!« knurrte Perry und knallte sein Glas auf den Tisch. »Priester, ich hätte dich schon längst zum Teufel schicken sollen!«

Und schon faßte er nach seinem Schwert! Mund und Augen riß ich gleich auf vor Schreck. Doch ein dumpfer Laut ließ mich herumfahren – Marielda war vom Stuhl gefallen, mit dem Kopf wohl auf dem Boden aufgeschlagen, so schwer und schlaff lag sie da, die Augen verdreht, daß man das Weiße sah.

»O bitte!« rief ich und sah flehend vom einen der beiden zum anderen. »Bitte, Fräulein Marielda geht es nicht gut.« Damit hob ich sie schon von der Dielenstreu hoch und hielt sie, so federleicht war sie, wie ein Kind in meinen Armen. »Nun seht doch, sie braucht Hilfe!«

»Sie neigt eben zu Anfällen und Ohnmachten«, erwiderte Perry kühl. »Bring sie nur zu Bett. Sie wird früh genug wieder auf sein.«

Ich machte kein Auge zu in jener Nacht, saß einfach auf dem Rand meines Bettes, den Reisesack mit meiner ganzen Habe auf dem Schoß, und wartete gespannt auf den Morgen. Beim ersten Lichtstrahl dann schlich ich die Hintertreppen hinab und in die Ställe. Einer der jungen Knechte war schon auf und fand an meiner Bitte um ein Pferd nichts seltsam oder verdächtig. Auch der Wächter wohl nicht, der mir das Tor öffnete ... Ich lächelte ihn charmant an und sagte, ich hätte Kopfschmerzen, hätte schlecht geschlafen und bräuchte frische Luft. »Reite ja nicht zu weit hinaus, gnädige Frau, die Ebene ist voller Gefahren«, war alles, was er mir erwiderte.

Nun war ich also wahrhaftig eine flüchtige Verbrecherin. Für Pferdediebstahl konnte man ebensoleicht hingerichtet werden wie für Hexerei. Vielleicht sollte ich die Stute, sobald ich weit genug weg und so in Sicherheit wäre, laufenlassen, nach Remor zurückschicken ... Außerdem, es hatte doch seinen ganz eigenen Reiz, sich jeder Verbindung zu Remor zu entledigen.

Ich ritt den ganzen Morgen durch die Ebene – fort von Remor, weg von Halthern. Zu Mittag hielt ich an einem Bach, um mein Pferd zu tränken und beiden eine Rast zu gönnen. Meine Angst wich immer mehr der Erleichterung, ja, einem Hochgefühl: Man war mir nicht gefolgt. Perry hatte mein Verschwinden sicher noch gar nicht bemerkt – ich stand ja oft erst um diese Zeit auf. So ließ ich die Stute am Bachufer grasen, streckte mich auf meinem Umhang aus und schob mir den Reisesack als Kissen unter den Kopf.

Ein Prickeln im Nacken und das gräßliche Gefühl, nicht mehr allein zu sein, weckten mich. Und als ich behutsam die Augen öffnete, sah ich Perry auf dem Stein zu meiner Linken sitzen und sich mit dem Dolch die Fingernägel säubern. »Aber, aber, Jerika«, begann er da. »So abrupt aufzubrechen, und ohne Lebewohl zu sagen!«

Ich setzte mich auf und versuchte, mein Zittern zu unterdrücken. »Ich wollte dir ja das Pferd zurückschicken, Herr. Ich würde doch nichts behalten, was dir gehört!«

»Ob wahr oder gelogen ... meine Schöne, ändert nichts daran, daß wir nicht quitt sind! Du hattest versprochen, mir meine Barmherzigkeit zu entgelten. Davon habe ich aber noch nichts bemerkt!« Damit kam er von seinem Stein, setzte sich zu mir und legte mir die Hand aufs Haar.

»Herr«, sprach ich, »ich bin noch Jungfrau, wie du weißt.«

Da kicherte er so eisig, daß mir das Blut gefror. »Bist du wirklich so dumm, Kleine? Wenn ich das von dir wollte, hätte ich es längst gehabt. Aber Jungfernhäutchen sind das Dutzend für einen Heller zu haben ... Und du bist doch viel mehr wert als das!«

»Ich weiß nicht, was du meinst.«

»Du warst sehr unartig, Jerika. So fortzulaufen und mein Hab und Gut zu stehlen. Und mich anzulügen, letzte Nacht ...« Ich öffnete den Mund, um zu widersprechen, doch da schüttelte er den Kopf und fuhr völlig unbeirrt fort: »Deine Mutter starb nicht, als du

noch in den Windeln lagst. Nein, du warst so fünf oder sechs Jahre alt, als ich sie zu Tode prügelte.«
Mund und Augen sprerrte ich auf und starrte ihn an, sah aber nicht sein, sondern Marieldas Gesicht vor mir – ihre Augen, ihren Teint, der dem meinen so glich.
»Ich neige nicht sehr zum Bedauern, aber das bedaure ich! Es war ein Wutanfall, der Zorn übermannte mich. Als klar wurde, daß das Kind nicht recht wachsen würde, daß es anormal war, da machte ich Catriona dafür verantwortlich. Natürlich hätte ich das Kind töten müssen, nicht sie ...«, sprach er und warf mir wieder so ein eisiges Lächeln zu. »Wenn ein Mann einmal seine Seelenverwandte gefunden hat, dann sollte er sie nicht überstürzt abtun. Eine so schwarze Seele in einem so schönen Leib, das findet man nicht alle Tage!«
Entsetzt versuchte ich, auf Händen und Füßen fortzukriechen, aber er riß mich brutal an den Haaren zurück. »Was willst du von mir?« rief ich, nun doch mit zitternder Stimme.
»Marielda wird nun immer mehr zur Meisterin in ihrer Kunst«, erwiderte er. »Als ich dich auf dem Markt zu Halthern sah, so deiner Mutter an Schönheit gleich, befahl ich ihr, einen Anziehungszauber auszuwerfen. Wie gut der doch gewirkt hat! Schon zwei Wochen später hast du an mein Tor geklopft!«
Seine Augen glitzerten – vor Bosheit oder Irrsinn oder auch beidem. Oh, Rafe, dachte ich, wenn wahr ist, was er da sagt, wie könnte ich mich dann wehren? Ich bin der Zauberei nicht mächtig, bin schutzlos gegenüber Schwarzer Magie.
»Die andere Arbeit, die ich ihr auftrug, die ist sicherlich schwieriger«, fuhr er fort. »Ja, all die alten Schriften und das ganze Wissen des Orients nach dem richtigen Zauberwort durchzugehen. Das ist kein Kinderspiel! Nein, eine Seele aus der Hölle zurückzurufen ist fürwahr kein Kinderspiel ... Es ist auch nicht leicht, sie in eines anderen Menschen Leib zu verpflanzen. Aber wenn es ihr gelingt, habe ich, du Schöne, meine liebe Catriona wieder!«

Ich weiß nicht zu sagen, wie viele Monde ich schon in diesem Kerker hier in Ketten schmachte, weiß nur, daß es schon lang so währt – die Hitze des Sommers ist gekommen und gegangen, und jetzt weht ein eisiger Wind durch die Ritzen und Spalten der Kerkerwand. Wenn Marielda zu Besuch kommt, sehe ich manchmal Spuren einer wachsenden Ungeduld ihres Vaters an ihr – blaue Flekken im Gesicht und, nur halb vom Hemd verdeckt, die eine oder andere Narbe am Arm. Den Versuch, sie dazu zu bewegen, ihre Kunst gegen ihn zu wenden, habe ich bereits aufgegeben. Dafür duckt sie sich schon zu lang vor ihm! Aber sie besitzt Macht und ist stark. Wer andres als sie hat denn Vater Todd all die Jahre im Zaum gehalten? Wer anders als sie hat das Böse auf Burg Remor aller Welt verborgen?

Ich weiß nicht, ob Perry seinen Plan verwirklichen kann, ob er sich überhaupt verwirklichen ließe. Aber ich hoffe, daß Vater Todd für meine Seele betet. Ich hoffe, daß mein guter Rafe im Himmel ist und bei all den Heiligen Fürsprache für mich einlegt. Ich hoffe, daß ich bald sterbe.

Bevor ich es herausfinde.

LAURA J. UNDERWOOD

Laura gehört zu »meinen« AutorInnen: AutorInnen, die wohl ich entdeckt habe (und deren Werke ich außerordentlich schätze). Sie ist Bibliothekarin, rezensiert für die News Sentinel *in Knoxville, Tennessee, und hat eine Harfe, die übrigens ihr Vater gebaut hat, und zwar nach dem Vorbild der »Glynnanis« – jenes Instruments, das in einigen ihrer Storys figuriert, die in meinem Fantasy-Magazin erschienen sind.*
Laura war einmal Bundesstaatsmeisterin im Florettfechten und geht heute in den Bergen ihrer Heimat Ost-Tennessee gern auf Bergtour. Stephanie Shaver, eine meiner Hausgenossinnen, hat mir erzählt, sie habe sie auf dem Drachenkongreß »Dragon Con '95« kennengelernt ... und ihre Harfe gleich mit. Es ist ein Schoßinstrument, und wie sie mir beschrieb, hat es einen Rahmen aus hellbraunem Holz, worauf ein Einhorn steht, das eine Muschel als Horn trägt.
Diese Story spielt in Schottland, einer Gesellschaft, die ich, zugegeben, sehr schätze. – MZB

LAURA J. UNDERWOOD

Der Knochen des Geisterhunds

Die Frau, die auf der geborstenen Mauer der alten Feste saß, hatte bernsteinfarbene Augen und schwarze Zöpfe. Brighid Nic Cooley hatte sie noch nie gesehen. Aber die junge Frau schlug allen Mut wie ein warmes Cape um sich und ging quer über die Heide auf sie zu. Keine Keltoran bei Verstand – ein Widerspruch in sich, wie manche aus anderen Königreichen Ard-Taebhs meinten – hätte es sich einfallen lassen, in einer Nacht wie dieser durch Moor und Heide zu wandern ... Der volle Mond goß sein fahles Licht über das alte Gemäuer und das rauhe Gelände. Eine Geisternacht, ohne Zweifel – aber das ließ Brighid nicht wanken. Sie mußte an den Spott ihres Vetters Liam denken, »stur wie ein Ochse« sei sie, aber das brachte sie nicht von ihrem Entschluß ab, in der alten Häuptlingsburg den Knochen des Geisterhundes zu suchen.

»Wahnsinn!« hatte Liam dazu gemeint. »Nicht einmal ein Mann hat den Knochen je ergattert. Der Geisterhund wird dich zum Abendessen verputzen!«

»Das ist mir egal«, hatte sie erwidert. »Ich bin es müde, bloß herumzusitzen und zuzusehen, wie sich die Männer des Dorfes vor diesem fiesen Blutmagier da unter ihren schönen, warmen Schottendecken verstecken. Dieser Knochen ist unsere Chance, Ultan Mac Narr zu besiegen!«

»Halt, halt, Kind«, war seine Antwort gewesen. »Du weißt ja nicht mal, was du mit dem verdammten Knochen machen mußt. Du bist keine Zauberbürtige, weißt du!«

Die Wahrheit schmerzte sie noch immer! Ihr Vater stammte von einem über Ard-Taebh verstreuten Magiergeschlecht ab, das in jeder Generation wenigstens eine Zauberbürtige hervorbrachte. Also hatte sie immer gehofft, die zu sein, in der sich jene Macht zeige. Doch in ihrem fünfzehnten Jahr waren ihr erste, zarte

Zweifel daran gekommen, daß ihr Leben eine so gute Wendung nähme. Denn die meisten Zauberbürtigen fühlten schon mit Beginn der Pubertät ihre Kräfte in sich keimen und blieben sodann unter sich. Die Frauen allgemein genossen in Keltora zwar Respekt, konnten aber, anders als die in anderen Reichen Ard-Taebhs, weder Eigentum an Grund und Boden haben noch auch sich ihre Ehemänner selbst aussuchen – die Zauberbürtige durfte sich immerhin den Mann selbst auswählen, so sie überhaupt einen wollte. Brighid hatte jetzt Angst, daß ihr Vater sie Vetter Liam zur Frau gäbe. Der war nur ein Jahr älter als sie und, wie die meisten jungen Männer in Keltora, die sich ihr Plaid verdient hatten, ein rechter Langeweiler. Sie aber richtete den Blick längst über solch eine Zukunft hinaus.

Daß ihr Leib, wenn auch im Schutz ihres Kilts und Überhemds, ja, des Tartanschals, den sie um die Schultern trug, nun so üppig erblühte, war ihr überhaupt nicht recht, so wenig wie der Umstand, daß ihre sturmgrauen Augen und ihre feuerroten Haare, für Liam das ausgemachte Symbol ihres Temperaments, immer mehr die Aufmerksamkeit der Burschen im Dorf auf sich zogen ... Sie wollte nicht ihr restliches Leben in Banbriar verbringen müssen, Kinder gebären und einen so undankbaren Kerl wie ihren Cousin versorgen. Nein, sie wollte Magierin werden – von ganzem Herzen!

Die unheimliche Fremde auf der Ruine rührte sich nicht, als Brighid den Burghügel zu ersteigen begann, folgte ihr jedoch mit ihren gelben Augen, die im Mondlicht wie zwei Glutstücke aus dem Nachtdunkel leuchteten ... bis sie auf der Hangkrone hielt. Außer Atem, stützte sich die junge Frau nun auf ihren Eschenholzstab, der sich laut ihrer Großmutter dazu eignete, die angeblich in den Mooren von Keltora hausenden Gespenster zu verprügeln.

»He«, sagte die Fremde und lächelte flüchtig, wobei sie zwei Reihen erstaunlich weißer Zähne sehen ließ. »Was du doch für ein mutiges Kind bist. So des Nachts zur alten Burg zu kommen!«

»›Ein dummes Kind‹, würden manche sagen«, versetzte Brighid. »Bist du eine Zauberbürtige?«

Da warf die Fremde den Kopf zurück, und ihr Lachen klang wie ein

Heulen, so schaurig hallte es. »Zauberbürtige erkennen einander im allgemeinen, nicht?« fragte sie dann.

»Ich bin aber keine«, erwiderte Brighid.

»Wirklich?« murmelte die Fremde und hob, wie zweifelnd, die Brauen. »Dann habe ich mich wohl geirrt. Aber was führt eine dumme Sterbliche in einer Nacht wie dieser hierher?«

»Ich suche den Knochen des Geisterhundes«, versetzte Brighid schlicht.

Da zog die Frau die dunklen Brauen zu einem einzigen Strich zusammen.

»Ein törichtes Unterfangen«, sagte sie. »Warum riskierst du dafür dein Leben?«

»Ich muß einem Blutmagier das Handwerk legen!«

»Einem Blutmagier?« staunte die Frau auf der Mauer. »Und welchem?«

»Ultan Mac Narr ...«, zischte Brighid. »Er hat sich zum Herrn von Banbriar erklärt und stiehlt uns mit seinem bösen Zauber das Leben. Aber die Männer in Banbriar kuschen wie geprügelte Hunde vor ihm. Und die Adligen auf ihren großen Burgen sind zu weit weg, als daß wir auf ihre Hilfe rechnen könnten. Mit diesem Knochen da könnte ich seinem sinnlosen Wüten Einhalt gebieten.«

Die Frau zog die Lippen zurück, wie zu einem Knurren, und grollte aus tiefster Kehle: »Ultan Mac Narr! Der Schuft lebt also noch?!«

»Du kennst ihn?«

»Nur zu gut«, erwiderte die Fremde kopfschüttelnd. »Er und ich, wir hatten im Laufe der Jahrzehnte manchen Zwist. Wenn er nicht wäre ...« Da biß sie sich auf die Lippen und sah zur Seite, als ob sie fast zuviel gesagt habe.

»Jahrzehnte?« staunte Brighid. Diese Frau, die sie im Dunkel der Nacht ausmachte, kam ihr gar nicht so alt vor. Ihr langes Haar war so ebenholzschwarz, daß es in ihre schwarze wollene Tunika und ihre schwarze Hose überzugehen schien und man kaum hätte sagen können, wo das eine aufhörte und das andere anfing. Aber der Glanz ihrer seltsam wilden Augen erinnerte sie an ihre erste Begegnung mit dem Geisterhund, einst hier im Moor.

Sie war erst zehn Jahre alt gewesen, und Liam hatte sie dazu herausgefordert, mit ihm des Nachts zu der langen Moorstraße hinunterzugehen, um dort Füchse zu jagen. Sie hatte sich ein Herz gefaßt und war mit, hatte sich aber da auf dem einsamen Abschnitt unter der alten Burg von einem jämmerlichen Geheul so erschrekken lassen, daß sie Hals über Kopf Deckung suchte ... Wohin ihr ebenso verängstigter Vetter verschwand, sah sie nicht, steckte sie doch, wie man es laut der Großmutter beim Geheul des unseligen Biests machen mußte, den Kopf ganz fest ins Heidekraut. Doch ihre kindliche Neugier hatte bald über ihre Furcht obsiegt, und also hatte sie den Kopf gehoben ... und tatsächlich einen riesigen schwarzen Hund die Straße herangaloppieren sehen ... die feurigen Augen so haargenau auf sie gerichtet, daß sie mit einem Stoßgebet an die Götter ihr Gesicht wieder vergrub. Dann hatte sie auch schon seinen heißen Atem gespürt und dann die kalte feuchte Nase, die ihr neugierig schnüffelnd den Rücken hinab- und hinaufstrich, so daß sie, wie gelähmt, nur noch darauf wartete, daß er sie am Hals fasse und zerfleische und in den Tod reiße.
Doch nein, er hatte von ihr abgelassen und war auf und fort, und da hatte sie sich nach einer Weile getraut und war, so sehr ihre Beine auch noch zitterten, nach Hause ... wo Vater und Mutter ihr samt ihrem Vetter eine von Zorn und von Sorge diktierte Gardinenpredigt hielten. Liam, der sie feige ihrem Los überlassen hatte, war etwa eine Stunde vor ihr zurückgekommen, aber geräuschvoll genug, um ihre Eltern aufzuwecken, und war darum deren Zorn ebensowenig entgangen wie sie selbst ...
»Weißt du denn, wie der Knochen wirkt?« fragte die Frau nun und beugte sich etwas vor.
Brighid musterte ihre bernsteingelben Augen und schüttelte dann den Kopf. »Nein«, gab sie zu. »Aber du?«
Da lachte die Fremde erneut. »O ja, mein liebes Kind«, sagte sie. »Ich weiß sogar, wo er vergraben ist.«
»Dann sag es mir«, bat Brighid gleich.
»Ach, ich sähe nur zu gern, wie dieser Hund Ultan Mac Narr die Kehle zerfleischt ... Aber Wissen hat seinen Preis, mein Kind«, versetzte die Frau und wandte den Kopf leicht ab.

»Welchen?« fragte Brighid und umfaßte ihren Eschenholzstock fester.
»Verbrenne den Stab, das als erstes«, sagte die Fremde. »Der Anblick des schrecklichen Holzes tut mir in der Seele weh.«
»So zählst du zum Geistervolk, nicht zu den Zauberbürtigen!«
»Das könnte man so ausdrücken.«
»Du bist eine Unselige«, sagte Brighid. »Verrückt wäre es da von mir, mein Eschenholz zu verbrennen, denn dann würdest du Arawn meine Seele zum Fraß vorwerfen!«
»Das könnte ich eh, wenn ich es wirklich wollte«, erwiderte die Fremde barsch. »Aber dieses Holz, das dich vor den … meisten … Launen des Bösen schützt, hindert mich leider auch daran, dir die gewünschte Auskunft zu geben.«
»Und woher weiß ich, daß du die Wahrheit sprichst?«
»Wie gesagt, ich hatte mit diesem Ultan Mac Narr eine Unzahl von Meinungsverschiedenheiten«, sagte die Frau da und setzte sich aufrecht hin auf der geborstenen Mauer. »Und würde mit Freuden jedem behilflich sein, der ihn zu vernichten sucht.«
»Dann nenne mir deinen Preis.«
»Daß du das scheußliche Holz verbrennst«, sprach die Fremde. »Und daß du ein wenig von deinem Blut …«
»Von meinem Blut …«
»Aber nicht viel«, beeilte sich die Frau zu sagen. »Hast du ein Messer?«
Brighid nickte unsicher.
»Und Zunder und Flint?«
Brighid nickte erneut.
»Gut«, versetzte die Fremde und ließ sich zu Boden gleiten. »Dann schlage den Stab dort an der Mauer zu kleinen Stücken. Die zündest du mit deinem Feuerzeug an, und wenn dein Feuer heiß genug brennt, hältst du den Dolch in die Flammen. Rufe dabei an Göttern an, wen du willst, aber ritze dir mit der glutroten Klinge die Handfläche, bis Blut kommt, und laß ein paar Tropfen ins Feuer fallen. Und dann rufe den Hund!«
»Mit welchem Namen?«
»Du kannst ihn ›Schuhu‹ oder auch ›Schwarzer‹ rufen, wenn du

magst. Er wird dir nie seinen wahren Namen anvertrauen, aber vielleicht den Knochen geben, wenn du zu verhandeln weißt.«
Damit trat die Fremde den Rückzug an.
»Wo gehst du hin?« rief Brighid. »Ich dachte ja, du wolltest mir zeigen, wo der Knochen vergraben ist!«
»Das kann nur der Hund selbst!« sagte die Frau und war schon im Dunkel der Burgruine verschwunden. Brighid lauschte noch, spitzte die Ohren, konnte aber bei dem Geheul des Windes da im Moor nicht ausmachen, ob sie sich überhaupt noch bewegte. Viele Herzschläge lang stand sie wie erstarrt, ließ nur den Blick über die Weite wandern, zur schwarzen Silhouette des viereckigen Turms, der sich über dem fernen Banbriar erhob. Wie die Burg, war auch er lange vor dem Tag, an dem Keltora seinen Namen erhalten hatte, gebaut worden – vielleicht ja, wie es hieß, durch die Alten Einen, in denen die Zauberbürtigen ihre Urahnen sahen. Ihr war er nur eine finstere Erinnerung an den Mann, der in ihr abgeschiedenes Dorf gekommen war, um ihnen mit seiner Gier das Leben zu nehmen.
Ja, sie hatte es in Händen, seine Herrschaft zu beenden, der Opferung der Ihren für seine Zauber Einhalt zu gebieten. Was diese Fremde ihr aufgetragen hatte, klang nach Hexerei. Aber Zauberbürtige tun das zur Bestärkung ihrer Magien, beruhigte sie sich. Das hatte ihr die Großmutter gesagt, die ja einen Zauberbürtigen zum Bruder hatte ... Aber ich bin doch keine! Wie konnte sie es also wagen, mit solchen Hexereien ihr Dorf von der Tyrannei Ultan Mac Narrs zu befreien?
»Ein Versuch kann ja nicht schaden«, seufzte sie dem Wind zu und ging zu der Mauer, schlug den Stock in vier, fünf Stücke und die mit einem Stein, der obenauf gelegen hatte, zu gutem Kleinholz und häufte es auf dem Weg unterhalb des Gemäuers, drehte dann den Rücken gegen den Wind und zündete es an. Wie leicht sprang die Flamme auf, viel leichter, als sie gedacht hätte – und in diesem flüchtigen Augenblick fühlte sie sich dem Feuer auf seltsame Art verwandt. Merkwürdig. Schrieb man nicht Zauberbürtigen solche Gefühle zu?
Nun nahm sie den Dolch vom Gurt, kauerte sich ins Heidekraut

und hielt ihren scharfen Stahl ins Feuer, bis er rot glühte, und ritzte sich, die Zähne fest zusammenbeißend, damit die linke Hand. Sengende Hitze und höllische Schmerzen peinigten sie – aber sie hielt den Schrei in ihrer Kehle zurück, zwang sich, die blutende Hand übers Feuer zu halten und, derweil ihr die heißen Tränen die Wangen netzten, einige Blutstropfen in die Flammen fallen zu lassen. Doch deren zorniges Gezisch wurde durch ein Geheul übertönt, das ihr kalte Schauder den Rücken hinabjagte. O Cernunnus und Arianrhod, schützt mich, flehte sie – in der Hoffnung, ein Gebet an den Beschützer sowie an die Herrin des Silberrads habe doppelte Kraft. Dann sprang sie auf und schrie in den Wind hinein: »Schuhu! Schwarzer! Komm denn, du Hund der Dunklen Straße, und zeig mir deinen Knochen!«

Wieder erklang das Geheul, aber weitaus näher schon. Brighid fuhr herum, kehrte dem Feuer den Rücken, preßte die blutige Hand an den Kilt, faßte den Dolch fester und sah der dunklen Gestalt ruhig entgegen, die aus dem Nebel auf sie zugehuscht kam … der Geisterhund, mit Augen wie glühende Kohlen! Mit hängender Zunge, einer Zunge schwarz wie Pech, blieb er vor ihr stehen, eine Bestie mit einer Schulterhöhe weit über der ihres Lieblingspferds, und knurrte sie an, bleckte die Fänge – mit Zähnen weißer als Perlen, die im flackernden Licht nur so glitzerten. Vor Schreck tat sie einen Schritt zurück und wäre dabei fast in ihr Feuer getreten. Aber der Hund setzte sich und funkelte sie mit diesen schrecklichen Lichtern an.

»Warum hast du mich gerufen?« fragte er.

»Ich …«, hob sie an, räusperte sich aber, um diesen Kloß in ihrer Kehle loszuwerden, der ihre Angst verriet, reckte sich nun, soweit möglich, setzte einen ebenso funkelnden Blick auf und sprach: »Ich bin des Knochens wegen hier.«

»Der hat seinen Preis, junge Frau.«

»Der auch?«

»Was willst du damit?«

»Die Schreckensherrschaft eines Blutmagiers beenden.«

»Der Preis ist … ein Leben.«

»Wessen?«

»Ich treffe die Wahl. Abgemacht?«
»Nein ... Wessen Leben willst du?«
»Ist das von Belang?«
»Aber sicher doch!« protestierte sie, strich sich mit der verletzten Hand durch die Haare und verbiß sich den auflohenden Schmerz der Messerwunde. »Ich kann ja nicht zulassen, daß du einen Unschuldigen tötest!«
»Das ist ohne Belang ...«, beharrte er. »Ich treffe die Wahl. Abgemacht also?«
Sie nickte stumm, mit Tränen in den Augen und von der Frage gequält, der entsetzlichen Frage, wen aus ihrer Sippe, ihrem Dorf sie da zum Tode verurteile. Aber sie konnte jetzt nicht mehr kehrtmachen ... Ultan Mac Narr mußte das Handwerk gelegt werden. Banbriar mußte frei sein. So nickte sie nun, langsam und sich die Tränen aus den Augen zwinkernd, und erwiderte: »Gut. Ich bin einverstanden.«
»Dann folge mir«, sagte er und machte kehrt und trottete ins Dunkel hinein ... Und Brighid wischte sich mit dem Handrücken die Tränen ab und folgte, mit großem Bedauern, dem schwarzen Tier in die Tiefen der alten Feste. Lang war es her, daß sie in Trümmer gesunken war, bei der Katastrophe damals, die die Alten Einen fast vernichtet und so gezwungen haben soll, zur Erhaltung ihrer Macht sich mit Menschen zu vermischen ... Die junge Frau sah sich schnell um, fragte sie sich doch, ob die Fremde vielleicht in der Nähe sei – aber nichts, keine Spur von der seltsamen Unseligen.
Da hielt der Geisterhund vor einem Steinmal und begann dort zu graben, aber so wild, daß die Erdklumpen und Steine nur so flogen ... und sie beiseite trat und den Arm vors Gesicht hob, um es vor diesem Hagel zu schützen.
Sekunden später hörte er schon auf zu wühlen – aber da hatte er bereits ein Loch beinahe so tief wie ein Grab ausgehoben. Sie fröstelte bei diesem Gedanken, beobachtete aber gebannt, wie ihm ein Schlangenhals zu wachsen schien, als er nun den Kopf hineinsteckte. Und da hörte sie schon Zähne auf Knochen schlagen und sah ihn wieder auftauchen – ein weißliches Ding zutage fördern,

das fast so dick wie ihr Unterarm war. Der Knochen! Seltsam sauber dafür, daß er so lange dort gelegen hatte ... Nun legte er ihn ihr zu Füßen, wie ein verspieltes Junges, das eben sein Frauchen mit seinem Lieblingsball zum fröhlichen Fangspiel bewegen will.

»Nimm ihn, bring ihn gleich zum Turm«, sagte der Hund. »Und gib ihn Ultan Mac Narr, ›mit meinem Segen‹!« Damit machte er schon kehrt und verschwand mit ein paar Sätzen im Dunkel der Nacht.

Brighid starrte schaudernd diesen Knochen an, der einen so hohen Preis haben sollte. Ein Leben. Wer müßte sterben? Ihr Vater? Ihre Mutter oder Großmutter? Liam? Oder jemand aus dem Dorf, den sie kannte. Man würde das Opfer irgendwo finden, blutig, zerfleischt, mit zerbissener Kehle ... wenn die Geschichten stimmten, die Großmutter über den Geisterhund erzählte. Und es wird meine Schuld sein. War Ultan Mac Narrs Vernichtung einen so schrecklichen Preis wert?

Doch sie besann sich, hob den Knochen vorsichtig auf, hüllte ihn in ihren Tartanschal, nahm das Bündel dann wie ein Kind in die Arme und trat, die Kehle zugeschnürt und das Herz so schwer wie der Knochen, den sie da trug, den Rückweg an. Zur Landstraße stieg sie hinab und sah sich dabei immer wieder um, da sie gern gewußt hätte, was aus jener Fremden geworden war. Da sprang eine Person vor ihr auf den Knüppeldamm, eine schlanke Hünin, die ganz in Schwarz gekleidet war ... Und wie ein Hündchen grinst, dachte sie säuerlich.

»Du hast ihn ja, wie ich sehe!« sagte die Frau von der Burg. »Gut gemacht, Mädchen!«

»Er kostete noch etwas«, knurrte Brighid und hastete weiter die Straße dahin. Sie wollte den Pfad unterhalb von Banbriar nehmen und nicht etwa keck die Dorfstraße – und da womöglich aller Welt erklären, was sie vorhatte.

»Hast du gedacht, du bekämst ihn umsonst?« fragte die Fremde und folgte ihr so munter wie ein freundlicher Schatten. »Ich hatte dir doch geraten, klug mit ihm zu verhandeln.«

»Er ließ überhaupt nicht mit sich reden«, erwiderte Brighid steif. »Er verlangte ein Leben dafür, ohne zu sagen, wessen Leben.«

»Ist das so wichtig?«
»Für mich schon! Jemand aus Banbriar muß sterben ... und ich bin dafür verantwortlich.«
»Was ist dir denn lieber: daß viele Ultans Bosheit zum Opfer fallen oder einer stirbt und damit alle rettet?«
»Wie heißt du denn?« fragte darauf Brighid.
»Nenn mich Duvessa. Und du?«
»Brighid.«
»Licht und Dunkel, sind wir nicht ein ideales Paar?« meinte Duvessa laut lachend. »Aber du hast meine Frage noch nicht beantwortet.«
»Kein willkürlicher Tod ist gerecht«, versetzte Brighid und runzelte die Stirn.
»Aber die Alte Kunst hat ihren Preis, und so starke Medizin, wie du sie in den Armen trägst, eben einen sehr hohen Preis. Die Blutmagier wissen das seit Anbeginn der Zeit. Daß große Magie etwas kostet, haben selbst die Alten Einen gewußt ... oder soll ich sagen, durch eigenen Schaden lernen müssen?«
»Ich weiß immer noch nicht, was ich damit tun muß!«
»Tu einfach, was dir der Hund gesagt hat. Gib ihn Ultan Mac Narr!«
»Aber was weiter?« fragte Brighid ungeduldig. »Ich kenne die Worte nicht, dank derer der Knochen ihn vernichtet ...«
»Kind, der Geisterhund gibt ihn nicht jedem, der ihn will«, sprach Duvessa. »Überbring du den Knochen samt seinem Segen. Alles übrige geschieht ganz von allein.«
»Aber ...«
Brighid erstarb der Protest auf den Lippen, denn da sie sich umdrehte und fragen wollte, was dann geschähe – wich Duvessa ins Dunkel und verschwand ... Wohl nicht zu früh, war Brighid doch vor Ärger so fest ausgeschritten, daß sie sich, ehe sie sich's versah, am Fuß der Mauer wiederfand, die den besagten Turm umschloß. Schaudernd sah sie an diesem rechteckigen Bau empor, der wie ein himmelhochragender Kasten war. Doch dann holte sie tief Luft und eilte zu dem nahen Tor, das ein Hüne von Mann bewachte. Vom Klang der Schritte alarmiert, hob er drohend den Spieß, ließ

ihn aber beim Anblick der wohl nicht bedrohlichen jungen Frau, die dann, mit einem Bündel im Arm, vor ihn trat, wieder sinken und setzte dafür ein anzügliches Grinsen auf.

»Tja, wen haben wir denn da?« polterte er.

»O bitte, Wachtmeister, ich muß zum gnädigen Herrn Ultan Mac Narr«, erwiderte sie und mußte an sich halten, um nicht ihre Nase zu rümpfen ob des Gestanks, den dieser Kerl verströmte. Der hatte wohl schon lang kein Bad mehr gehabt ... und sein Vollbart und sein langes Haar wirkten genauso ungepflegt wie das Plaid, das ihm lose über Hemd und Hose fiel.

»In welcher Angelegenheit, mein süßes Kind?« fragte er jetzt impertinent.

»Ich habe etwas für ihn ...«, erwiderte sie zögernd, hob dann aber das Bündel an die Brust und sah mit unschuldigen Augen zu ihm auf. »Es heißt doch, der gnädige Herr zahlt für jedes Neugeborene einen Silberling.«

»Ein Kind?« schnauzte der Wächter. »Ich kenne dich, Kleine. Du bist doch Manus Mac Cooleys Tochter! Mir ist aber nichts davon zu Ohren gekommen, daß du ein Kind geboren hättest!«

»Ich fand es droben in der Burg«, sagte sie. Und schalt sich gleich eine Idiotin, als ihr aufging, daß sie den Mann schon oft in der Umgebung des Dorfes gesehen hatte.

»Dann laß uns mal sehen«, rief er und griff nach dem Bündel. Sie war schon drauf und dran zurückzuweichen, damit er ihren Betrug nicht entdecke, als ein wildes Knurren die nächtliche Stille zerriß und der Geisterhund so jäh aus dem Dunkel kam, daß es ihr den Atem verschlug, und so scheußlich heulte, daß der Wächter fluchend herumwirbelte und abwehrend die Waffe hob. Doch da sprang er den Mann auch schon an ... Brighid nutzte ihre Chance und huschte durchs Tor und in Richtung Turm ... warf aber auf halbem Weg noch einen Blick über die Schulter zurück, und da sah sie den Wächter fallen und mit dem Kopf gegen die Steinmauer knallen. Aber von dem Geisthund wieder keine Spur!

»So als ob er eine Ausgeburt des Nebels und meiner Phantasie wäre!« murmelte sie irritiert, als sie vor der zweiflügligen Turmtür anhielt. Dann klopfte sie, und es öffnete sich unter ihrer Hand

einer der Flügel wie von allein. Ob ich erwartet werde? Hoffentlich nicht, dachte sie und wartete, bis ihre Augen sich an das Dunkel gewöhnt hatten.
Aber als sie noch darüber staunte, wie gut das diesmal ging, sah sie die Luft ringsum so seltsam erschimmern, daß ihr die Nackenhaare zu Berge standen. Zeigt sich Magie denn etwa so? Nun roch sie das Vieh, das hier unten untergebracht war, und hörte es in den Boxen stoßen und scharren. Also suchte sie sich behutsam ihren Weg über Mist und Stroh und stieg dann eine enge Steintreppe hinauf.
Dunkel war es in der Halle im ersten Stock, in die sie jetzt kam. Nur deren anderes Ende war vom Schein eines Kaminfeuers etwas erhellt. Dort sah sie auch einen hohen Sessel stehen, aus dem der Zipfel eines Männerplaids hing … ganz bis auf den Boden.
»So steh doch nicht herum, Kind«, ließ sich da eine düstere Stimme vernehmen. »Komm zum Feuer her, damit ich dich besser sehe.«
Sie atmete tief durch, daß ihr Magen sich beruhige, huschte dann scheu wie eine Maus durch den ganzen Raum und musterte, aus gutem Abstand, den Inhaber des Sessels.
Seine Hoheit Ultan Mac Narr – denn das war er – sah ja nicht viel älter aus als ihr Vetter Liam. Aber Zauberbürtige, hieß es, bewahrten sich ja auch lang ein jugendliches Aussehen … Schulterlanges goldenes Haar hatte er, tiefblaue Augen dazu. Er musterte sie scharf und grinste breit und böse. »Schau, schau«, sagte er dann, »ein schönes Kind bist du. Eine Schande, dich Arawn geben zu müssen. Aber der Mond ist voll, und ich brauche ein Opfer.«
Jetzt erhob er sich aus seinem Sessel, daß sein sieben Ellen langes, rot und weiß gestreiftes schwarzes Plaid die Fliesen fegte, und langte nach ihr.
»Ich komme nicht als Opfer für deinen Götzen«, fuhr sie auf und wich zurück aus seiner Reichweite. »Zu viele sind schon zur Nährung deiner Macht gestorben.«
»Warum bist dann hier, mein Kind?« fragte er, noch immer grinsend. »Doch, ich spüre das Magierblut in dir, weiß aber, daß deine

Kräfte noch nicht erblüht sind. Glaubst du, so ungeübt, wie du bist, könntest du mich herausfordern?«
Da sperrte sie die Augen auf. Magierblütig? Ungeübt? War das denn die Möglichkeit?! Zauberbürtige erkennen einander im allgemeinen, nicht? Hatte nicht Duvessa das gesagt? Wenn ja – neuer Mut erfüllte ihr Herz. »Vielleicht bin ich wirklich gekommen, um dich zum Kampf zu fordern«, rief sie kühn und entschlossen. »Hier, das ist für dich!«
Damit hielt sie ihm ihr Bündel hin. Stirnrunzelnd nahm er es und schlug einen Zipfel des Schals zurück – und sah ein Ende des Knochens. Blankes Entsetzen, mit blindem Zorn gemischt, malte sich da in seinem Gesicht.
»Ich bring dir das mit dem Segen des Geisterhundes«, rief sie und wich einen großen Schritt zurück.
»Du Miststück!« fauchte er. »Wie kannst du es wagen!«
Sein Wutanfall ließ sie kehrtmachen: Vor diesem Zorn verging ihr der letzte Rest an Mut wie Morgentau. Sie hatte ja schon mit eigenen Augen gesehen, wozu Ultan Mac Narr in seiner Wut fähig war. Ja, er würde Feuer auf sie regnen lassen, sie mit magischen Kräften in Stücke reißen, wenn er ihr nicht sogar das Leben nähme, um das seine zu nähren ... Aber noch auf dem Treppenabsatz war ihr klar, daß es kaum ein Entrinnen gäbe!
Da kam ein schwarzes Etwas die Stiegen heraufgeschossen und fuhr mit einem Wind an ihr vorüber, der sie rücklings gegen die Turmmauer taumeln ließ. Und das Ding schwoll und wogte, bis es zu einer Frau mit nachtschwarzem, lockigem Haar und glühenden Augen wurde, in denen das Feuer des Geisterhundes lohte. Duvessa!
»Ich hoffe, du kennst mich noch, Ultan Mac Narr!« knurrte sie.
Er warf den Knochen zu Boden und hob die Hände, hob zu einem Bann in obskurer Zunge an. Doch er hatte kaum das erste Wort gesprochen, als sie sprang – mitten im Satze zum Geisterhund wurde, wie im Flug über ihn kam, ihn an der Kehle packte und dann wie eine Ratte schüttelte. So gellend schrie der elende Magier, daß Brighid sich schnell die Augen bedeckte, um sein schreckliches Ende nicht mit ansehen zu müssen ...

Erst als es still wurde, wagte sie, ihre Hände wieder sinken zu lassen. Und dann sah sie, wie der Geisterhund dem schlaff Niedergesunkenen vollends das Leben aus dem Leib schüttelte, seinen Leichnam darauf zu Boden fallen ließ und die feurigen Augen auf sie richtete! Da schnürte sich ihr die Kehle zu – nun würde das Ungeheuer sich auf sie werfen! Der Geisterhund würde ihr Leben fordern ... als Preis, den er verlangte. Wie angewurzelt stand sie, mit dem Rücken zur Wand, und wartete auf das, was kommen würde ... Besser ich als einer derer, die ich liebe, dachte sie sich zum Trost.

Aber der Hund warf sich nicht auf sie ... Nein, er schüttelte den Kopf, daß das Blut umherspritzte, nahm dann den Knochen, kam zu ihr her, legte ihn ihr zu Füßen und setzte sich, sah mit hängender Zunge zu ihr hoch – und löste sich auf. Übrig blieb Duvessa, und die strich sich die schwarzen Haare aus ihrem zugleich jungen und alten, unirdisch schönen Gesicht.

»Du brauchst dich nicht in diese Wand zu verkriechen, Kind«, begann sie. »Es ist nicht so, wie du denkst! Wie gesagt, ich kannte Ultan Mac Narr ja schon seit Jahren ... und hatte mir geschworen, ihn für eine uralte Schuld büßen zu lassen. Aber damit ich diese magische Schranke überwinden konnte, mit der er seinen Turm vor mir beschirmte, mußte er den Knochen berühren.«

»Den Knochen ...«, murmelte Brighid.

»Er war alles, was mir von einem Verehrer geblieben war, den Ultan Mac Narr für seine Blutmagie geopfert hat«, erwiderte Duvessa.

»Aber du bist doch eine Unselige!«

»Sicher, Kind, aber das heißt ja nicht, daß ich nicht lieben könnte. Kehre du jetzt auf deinen elterlichen Hof zurück. In ein paar Jahren werden deine Zauberkräfte wohl vollends erblühen. Nicht alle Zauberbürtigen kommen zur gleichen Zeit in den Vollbesitz ihrer Macht.«

»Aber der Preis ...«

»Der Blutpreis? Er hat mit seinem Leben bezahlt. Jetzt nehme ich aber meinen Knochen und verschwinde ...«

Und da war Duvessa wieder, wie ein Rauch, in den Geisterhund verwandelt, der den Knochen packte, zur Treppe trottete und, sacht mit dem Schwanz wedelnd, die Stufen hinab aus Brighids Blickfeld entschwand.

Und Brighid saß nur da und starrte zuerst Ultan und dann die eigenen Hände an. Eine Zauberbürtige also! Oh, sie konnte es kaum erwarten, es diesem arroganten Liam zu sagen. Aber erst mußte sie allen im Dorf verkünden, daß ihr gefürchteter Herr tot war.

Aber nur, weil Duvessa mit diesem elenden Knochen noch eine Rechnung zu begleichen gehabt hatte.

JOETTE M. ROZANSKI

Wie gesagt – ein Thema des diesjährigen Manuskriptangebotes war der »Gestaltwandel«. Dies ist auch das Thema der folgenden Geschichte. (Was Sie, liebe Leserinnen und Leser, natürlich bereits dem Titel entnommen haben!)
Joette Rozanski erzählt, sie habe sich wahnsinnig über ihren Vertrag gefreut. Ja, freut Euch – ich glaube, ich werde nie so alt und so verbittert sein, daß ich mich nicht mehr über den »Verkauf« eines Manuskripts freuen würde. Der erste Autorenvertrag im Leben ist eins der wenigen Vergnügen, die weder illegal noch unmoralisch sind, noch dick machen! Joette ist Rechtsanwaltsgehilfin mit einem Faible für Fantasy; das hat sie seit der Zeit, da sie Grimms Märchen lesen konnte (bei mir waren es Andersens Märchen). An ihrem Drang, ihre eigenen Geschichten zu schreiben, sei aber Tolkien schuld. Viele von uns haben mit JJR Tolkien begonnen ... er hat ganze Generationen von uns inspiriert. Was wohl sein Karma sein wird – ob er wirklich die Verantwortung dafür übernehmen will, daß all diese jungen Leute zu schreiben angefangen haben?
Joette ist Mitglied von MENSA und hat eine Waschbärenkatze, die »Zenda« heißt. Ich habe erst ein Exemplar dieser Art zu Gesicht bekommen, aber es war das größte Katzentier, das ich je außerhalb eines Zoos gesehen habe (sie sollen sehr gutmütig sein!). Der Philosoph und Dichter Ralph Waldo Emerson (oder war es jemand anders?) hat einmal gesagt, Gott habe die Katzen erschaffen, damit der Mensch einen Tiger streicheln könne.
– MZB

JOETTE M. ROZANSKI

Die letzte Lektion für den Werwolf

Das rostbraune Eichhörnchen lag tot und ganz zusammengerollt am Fuß des Walnußbaums. Fahren bückte sich, nahm die kleine Kreatur in beide Hände und bewunderte die Vollkommenheit der nun blinden schwarzen Knopfaugen, den weichen, dichten Pelz. Ja, sie würde der Geschenke, die Vater Wald ihr machte, nie müde.

»Oh, Kleines«, flüsterte sie. »Es tut mir in der Seele leid, daß deine Tage vorüber sind. Doch du kannst mir noch dienlich sein.«

Sie besah sich die kleine Leiche sehr genau, fand aber keine Anzeichen eines gewaltsamen Todes. Und das war gut so – denn Gewalt, von Mensch oder Tier, durfte die Mittel ihrer Magie nicht liefern. Unfälle waren in diesem Leben aber wohl unvermeidlich …

Zufrieden richtete sie sich auf, machte kehrt und lief flugs zu ihrer Seelenhöhle zurück, und ihr Knotengrasrock streifte dabei das hohe Kraut beidseits des Wegs, daß es rauschte und raunte. Der Eingang der Höhle war durch Magie verborgen, die Felskluft in eine efeuüberwucherte Sandsteinwand verwandelt: nur Fahrens Augen durchdrangen diesen Trug, der ihre heilige Stätte sicherte und schützte … Behende zwängte sie sich nun durch den engen Eingang und trat ins Dunkel der Grotte ein.

Die Luft hier war rein und trocken, trocken auch jener feine goldene Sand, den ihre weißen Birkenrindensandalen aufwarfen. Diese angenehme Trockenheit, die sich wohl der unmittelbaren Nähe der Großen Wüste verdankte, hatte Fahren einst zur Wahl ebendieser Höhle bewogen.

Die Strahlen der Frühsommersonne, die durch die Spalten der Decke fielen, ließen die Tierbälge aufleuchten, die Holzfiguren bekleideten: meisterlich geschnitzte, bis zu den Klauen und Fängen und Ohren genaue Wiedergaben jener Tiere, die diesen Pelz oder jenes Federkleid da getragen hatten. Zumeist waren es Kleintiere wie Wühlmäuse, Mäuse und Singvögel; aber hier und dort lehnte auch ein Dachs oder eine Wildkatze in einer Ecke ... Es war jedoch keines darunter, das eines gewaltsamen Todes gestorben wäre – denn mit Schwarzer Magie hatte Fahren nichts im Sinn.

Sie kniete vor den Altar mit den fein geschliffenen Messern, sprach ihre Gebete und machte sich dann an die Arbeit. Nicht lange, da spannte sie den frischen Balg zum Trocknen auf ein Gestell und trug die ... Reste hinaus in den Wald und begrub sie unter vielen, vielen geflüsterten Dankesworten.

Doch nun mußte sie noch ihre Runden gehen. Und so kehrte sie in die Höhle zurück, malte mit einem Stock Zeichen in den Sand, nahm das gefleckte Fell einer Katze, legte sich nieder und breitete es über ihren Leib und schloß dann fest die Augen.

So atmete sie ein paarmal durch. Und mit jedem Ausatmen floß Seelenmaterie ab und füllte ihren Katzenbalg mit Bewußtsein. Nur wenige Augenblicke später sah sie auf ihren Menschenleib herab, und er war nun kalt und steif. Da trat sie zurück und trottete auf weichen Pfoten zur Höhle hinaus.

Doch nach einigen Fuß Wegs hielt sie ein. Sie brauchte immer einige Zeit, um sich an die neue Welt zu gewöhnen, eine Welt voller Gerüche, Geräusche und flüchtiger Bewegungen. Hinter ihr spulte sich eine dünne, schimmernde Seelenschnur ab, die sie mit ihrem Körper verband und sich, wenn erforderlich, um die ganze Erde zöge. Würde sie jedoch durchtrennt, bedeutete das ihren Tod. Aber Fahren machte sich darüber keine Sorgen, denn die einzigen, die die Macht dazu besaßen, waren andere Geistwesen – Pfeile und Speere gingen durch sie hindurch wie Steine durchs Wasser. Das war das Wunderbare an ihrer Magie: Sie konnte auf die Welt einwirken, aber diese Welt nicht auf sie.

Nun trabte sie wieder an – erstarrte aber gleich darauf. Ihr Geistsinn lohte, eine winzige Flamme, die hinter ihren Augen sengte. Ihr erster Gedanke war, da lauere ein Spion von einem der vielen feindlichen Clans der Region. Aber bald stand für sie fest, daß kein Normalsterblicher Anlaß ihres Unbehagens war. Es gab einen Eindringling in ihrer spirituellen Welt!

Dann war diese fremde Präsenz verflogen, wie eine Wolke von der Sonne. Und Fahren setzte, von allerlei Gedanken geplagt, ihren Weg fort.

Beim Morgengrauen eilte Fahren, den Kopf voller Neuigkeiten, den Pfad nach Jofam, ihrem Dorf, hinab. Ihre Sinne waren wie taub, aber das gäbe sich bald ... Schon roch sie den Duft der wilden Rose wieder, den der Wind ihr zutrug, und die Knöchel prikkelten ihr kühl vom Tau der Gräser, die sie streifte. So wohl war ihr, daß sie gleich ein Lied vor sich hin summte ... Wie sie um eine scharfe Kurve bog, wäre sie beinah in Nonny, ihre jüngere Schwester, hineingerannt ... Die junge Frau, die sogar im wärmsten Sommer fror, war von Kopf bis Fuß in einen langen roten Schal gehüllt – und jetzt ließ sie einen Schrei und sprang zur Seite, beide Arme so ausgebreitet, daß sie einer riesigen Fledermaus glich.

»Fahren! Du hast mich ja fast zu Tode erschreckt!«

Da lächelte Fahren ihr ins gerötete Gesicht.

»Was führt dich zu dieser Stunde hier heraus?« scherzte sie. »Geschichtenerzählerinnen müssen doch nicht mit den Hühnern aufstehen!«

Darüber konnte Nonny, dank ihres enormen Gedächtnisses die erste Instanz in Klatsch, Tratsch und mündlicher Geschichte des Dorfes, nur lachen ...

»Eine unerhörte Neuigkeit, Fahren! Dar ist zurückgekehrt. Er trifft gerade auf dem Marktplatz die Ältesten. Ich wußte ja, daß du kommen würdest!«

Wieder spürte Fahren jene Flamme hinter ihren Augen. Dar war einmal bei ihr in die Lehre gegangen. Er war sehr geschickt gewesen und hatte das Gros ihrer Balgpuppen geschnitzt. Aber er war dickköpfig, eigensinnig, gewaltbereit gewesen, und so hatte sie ihn fortgeschickt. Beim Abschied hatte er ihr aber geschworen, über sie, seine Lehrerin, noch zu triumphieren.

»Er praktiziert das Balggehen, genauso wie du«, sagte Nonny, ihre Gedanken wohl erratend. »Unsere Ältesten sind an seinen Diensten sehr interessiert.«

»Er will ihnen nichts Gutes!« sagte Fahren und eilte weiter, von der Sorge um ihr Dorf getrieben.

Als sie ihn dann inmitten der Ältestenschar stehen sah, als Zentrum dieser gespannten Erregung, konnte Fahren sich eines Anflugs von Stolz nicht erwehren – solch ein Anblick war er: groß und schlank, muskulös und braungebrannt. Das strähnige schwarze Haar fiel ihm über die großen braunen Augen, Augen, die ihn immer erstaunt und überrascht aussehen ließen. Er trug eine Tunika und Hosen aus Bast, ging aber barfüßig. Und ein wunderschönes weißes Wolfsfell hing ihm wie ein Cape von den Schultern.
Da drehte er sich zu ihr um und schrie: »Fahren!«
Zitternd hielt sie an, kaum ein paar Schritte von ihm. Diese Stimme – sie hörte den Widerhall von Wildheit, ein Geheul in der Wüste darin.
»Hallo, Dar«, erwiderte sie, wieder ruhiger. »Was führt dich nach Jofam? Vor fünf Jahren hast du dich ja bei uns nicht so wohl gefühlt!«
Dar grinste und bleckte seine scharfen weißen Zähne. »Ich hatte eine Lehrmeisterin, die mich nichts lehren wollte, so mußte ich mir jemand anderen suchen ... Und ich bin, wie du siehst, doch tatsächlich Balggeher geworden!«
Fahren musterte das Wolfsfell. »Es stinkt nach Blut! Du hast ihn getötet. Du bist ja kein Balggeher.« Damit drehte sie sich zu den Ältesten um. »Er ist ein Werwolf!«
Dar warf den Kopf in den Nacken und lachte – und das war ein wilder Laut. »Nenne mich, wie du willst ... aber ich bin die Antwort auf Jofams Gebet. Ich bin hier, um diese Menschen zu beschützen.«
»Sie zu beschützen? Wovor?«
Da trat Kehann, der Sprecher der Ältesten, vor.
»Fahren!« sprach er, und Schweißperlen rollten ihm über das runde Gesicht. »Du hast doch selbst Überfälle auf die Karawanen gesehen und vor Angriffen auf unsere draußen auf den Feldern arbeitenden Familien gewarnt!«

»Du kriechende Ratte!« fiel jetzt Lan, sein zaundürres Weib, höhnisch ein. »Spionieren ist doch alles, was du kannst! Wir brauchen aber richtigen Schutz! Und den gibt uns Dar!«

»Er wird euch überhaupt nichts geben!«rief Fahren, in heller Wut über das schlaue Grinsen um Dars volle Lippen. »Er wird bloß nehmen! Ich warne euch. Er hat Blut getrunken, um das zu werden, was er jetzt ist. Über kurz oder lang wird er das eure kosten!«

»Ich habe Macht geschmeckt!« höhnte Dar. »Du hast davor doch Angst, nicht, Fahren? Spiel du ruhig die Maus, wenn der Löwe brüllt!«

»Laß ihn einfach in Ruhe«, schloß Kehann mit strenger Miene. »Du hast geschworen, den Anweisungen der Ältesten zu folgen. Wir tun dir darum unseren Willen kund: Laß Dar seine Arbeit machen!«

Sie kickte Staub auf, als Zeichen des Protestes, machte kehrt und ging von dannen.

Als Dar seine Kampagne gegen rivalisierende Clans und Räuber und Diebe begann, ging sie ihm ganz aus dem Weg und ließ ihn gewähren. Sie war mit den Ältesten zwar nicht einer Meinung, beugte sich aber ihrem Willen.

Im Sommer und Herbst häuften sich Gerüchte über schreckliche Bluttaten, und sie währten hinter den beinernen Toren des Winters. Nonny hielt sie darüber auf dem laufenden. Aber bald nach der Wintersonnenwende beschloß Fahren, sich selbst darum zu kümmern.

An einem bitterkalten Morgen flog sie auf Rabenschwingen zur Großen Ratseiche, dem höchsten Baum der Westlichen Ebene und Treffpunkt für manche Waffenruhe- oder Friedensverhandlung. An diesem Tag wollten sich dort zwei der angesehensten Clans – darunter ihrer – versammeln, um einander für das neue Jahr Frieden und Freundschaft zu schwören. Und sie wollte sehen, ob Dar denn die Früchte seines Tuns genieße.

Und das sah sie auch: Das bleiche Licht der Sonne fiel auf Tote ohne Zahl – überall im Schnee Tote, die in Schwarz und Braun, die

Farben der Verbündeten ihres Dorfes, gewandet waren. Von blutigem Schnee waren sie rings umgeben, und die Eingeweide waren ihnen um den Hals gelegt.
Hoch von einem Ast hielt Fahren Ausschau, sah aber niemanden aus ihrem eigenen Clan. Niemanden außer Dar.
Nicht mehr weiß, sondern blutrot, umkreiste der riesige Wolf den Baum. Und nun sah er zu ihr auf und grinste.
»Was hast du getan?« fragte sie gedanklich, von Wut und Zorn erfüllt. »Dieses Treffen hätte den Frieden gebracht!«
»Ich habe Frieden gebracht«, versetzte er da und ließ seinen Blick über all die Toten ringsum schweifen. »Können sie denn noch friedlicher sein?«
»Sie kamen doch nicht als Feinde!«
»Und ich habe dafür gesorgt, daß sie das nie mehr tun.«
»Wann wirst du dich zufriedengeben, Dar?«
»Bleibe du mir aus dem Weg, kleine Fahren!« knurrte er, die schwarzen Augen drohend auf sie gerichtet. »Oder es geht dir genauso.«
»Ich werde verhindern«, schnarrte sie da, jäh die Schwingen breitend, »daß du das noch einmal tust!«
»Und wie?« heulte er höhnisch. »Als Maus? Oder als Spatz? Zu etwas Kräftigerem fehlt dir ja der Mut! Zudem, die Ältesten wollten es so. Und du hast gelobt, ihnen zu gehorchen.«
»Sie haben schreckliche Angst vor dir, Dar. Aber ich nicht. Und du mußt noch lernen, daß Macht nicht von Größe abhängt!«
Da hob sie mit so heftigen Flügelschlägen ab, daß der Schnee von den Zweigen zu einem Diamantschauer hell und blitzend zerstäubte und die roten Augen des Werwolfs blendete.

Das Tauwetter im Frühling brachte Hochwasser und Schlamm und Raunen von neuem Grauen. Die Clans ringsum waren weggezogen, die Karawanen den Räubern in sicheres Gebiet gefolgt; zurück blieb das Dorf Jofam, ärmer als je, und Dar, den es nach neuen Gemetzeln gelüstete.
Fahren verfolgte das alles. Aber als Nonny dann in ihr Haus am Waldrand geplatzt kam, da wußte sie, daß sie den Werwolf nicht

länger gewähren lassen durfte und seinem Wüten Einhalt gebieten mußte.
»Die Kinder!« jammerte Nonny und rang ihre pummeligen Hände. »Er fordert jetzt Kinder. Und sie geben sie ihm!«
Fahren fühlte eine kalte Wut in sich. »Wann und wo?« fauchte sie.

»Warum willst du dir denn keine Bärin jagen lassen?« brummte Nonny, als sie den Sandrand der Wüste entlangtrottete. »Was du tust, ist doch Wahnsinn!«
Aus der Tiefe ihrer Rocktasche war nur unverständliches Gefiepe zu hören. Fahren war das Thema leid – sie wußte doch auch, daß sie in Maus-Gestalt alles andere als beeindruckend wirkte; aber mehr brauchte sie nicht. Da mußten wohl noch einige die Lektion des Werwolfs lernen.
Nicht lange, da machte Nonny halt. »Ich traue mich nicht näher heran«, flüsterte sie und langte tief in ihre Rocktasche, nahm Fahren mit der hohlen Hand auf und holte sie heraus.
Ein Grauen erfaßte Fahren, als ihr aufging, wie nahe bei ihrem Hüttchen die Höhle des Werwolfs lag. Welch scheußlicher Ort! Im grellen Schein der untergehenden Sonne sah sie vor einer hohen, engen Höhle unzählige Knochen und verwesendes Fleisch herumliegen. Aber ihr Gefühl sagte ihr, daß das Untier nicht dort drin war.
Da ertönte hinter einem Wackersteinhaufen das durchdringende klägliche Weinen eines Kindes. Und Fahren sprang aus Nonnys Hand und huschte schnell wie der Wind dorthin …
Ein kleiner Junge, nicht älter als sechs Sommer, lag dort an einen Holzpfahl gebunden … Und Dar, in seinem vom Licht des schwindenden Tages hell leuchtenden Fell, sprang auf ihn los und wieder zurück und lachte so gespenstisch über seine Schreie, daß es ihr schier das Herz zerriß.
Nun drehte er sich um und sah grinsend auf sie herab. »Ich wußte, daß du kämst«, knurrte er und bleckte die Fänge. »Zu etwas Besserem hat deine Kunst nicht gereicht? Willst du mir die Knöchel anknabbern?«

»Ich will, daß du verschwindest, Dar«, erwiderte sie ruhig. »Du hast dich gegen deine eigenen Leute gewandt, die Narren, die! Du bist ein Ungeheuer, und ich hätte dich schon gleich zu Beginn töten sollen. Aber ich habe dich geliebt.«

Dar wich dumpf grollend weiter zurück. »Wenn ich denke, daß ich in dir einst eine Mutter sah! Du hast mich fortgejagt, Fahren, aber das wirst du nie wieder tun!«

Jetzt drehte er den Kopf und beschnüffelte den Kleinen. Und Fahren nutzte diese Chance – huschte zu seiner Seelenschnur und nahm das schimmernde Band zwischen ihre kleinen Kiefer.

Wie wild fuhr er da herum und stürzte in riesigen Sätzen auf sie los. Aber zu spät – Fahren biß zu.

Und die Schnur war kaum durchtrennt, als schon der Wolfsbalg in sich zusammenfiel, Dars Seele aber wie ein Löwenzahnsamen in die Luft flog. Da schrie sie noch lange, bis der Wind sie dann forttrug.

Jetzt kam Nonny auch herzugerannt, lief zu dem Kind, band es los und nahm es sanft in ihre Arme. Als Fahren das sah, ging ihr auf, wie dumm doch ihre Liebe zu Dar gewesen war. Nicht einmal Banditen oder Feinde hatten den Tod von seinen Fängen verdient! Jeder sollte für das eigene Verbrechen büßen, aber nicht das ganze Volk mit Rache überzogen werden ... Ja, ihre Treue zu ihm und zu ihrem Clan hatte vielen Unschuldigen das Leben gekostet.

Der frühere Dar war schon vor langem gestorben, und so starb sie jetzt auch.

Die Leute aus dem Dorf fanden Dars Leichnam in der Höhle und verbrannten ihn, zusammen mit dem Wolfsfell, an einem grauen Ort weit draußen in der Wüste. Sie verfluchten ihn in ihrem heiligen Zorn, weil er sie so getäuscht und Armut über Jofam gebracht hatte. Dann marschierten sie zu ihren Hütten zurück und beglückwünschten sich zu ihrer guten Arbeit.

Niemand bemerkte das Rotkehlchen, das da auf einem Dornbusch saß und mit seinem Klagelied die Lüfte erfüllte. Es sah noch zu, wie die Asche erkaltete, und flog dann fort.

DOROTHY J. HEYDT

Dorothy Heydt wohnt mit ihrem Mann und ihren beiden Kindern in Berkeley. Ich selbst wurde Schriftstellerin, um zu Hause bei meinen Kindern bleiben zu können – weil ich nicht wollte, daß sie von einer Frau mit geringerem Marktwert als meinem großgezogen würden.
Dorothys zwei Kleine haben sich prächtig entwickelt. Sie alle, ihre wie meine, sind fast beängstigend intelligent und sprachgewandt ... So hat ihre Tochter in meinem Fantasy-Magazin bereits ihren Erstling publiziert und ihr Sohn eine Story in einer meiner Anthologien veröffentlicht. Meine Kinder sind inzwischen alle erwachsen. Meine »Kleine« ist an die dreißig Jahre alt und Musikerin – hat also den Beruf, bei dem es noch schwerer ist, es zu etwas zu bringen, als beim Schreiben.
In dieser Geschichte läßt Dorothy wieder ihre Heldin Cynthia auftreten, den Liebling ihrer Leser wie auch ihrer Lektorin. – MZB

DOROTHY J. HEYDT

Tinnits Fluch

Der Tag begann mit einem vollkommenen Sonnenaufgang an einem wolkenlosen Himmel, in allen Schattierungen von Rosa und Gold. Cynthia und Komi saßen, die Arme umeinandergelegt, an der Reling und verfolgten, wie das zunehmende Licht die Planken ihres Bootes, den Strandweg und die vieltürmige Stadt Palermo, die sich im Westen erhob, modellierte.

Bald sahen sie sogar, wie viele Handelsschiffe dort im Hafen lagen und entladen oder wieder beladen wurden, mit kostbarer Fracht für den punischen Handel, der übers Mittelmeer seinen geschäftigen Gang ging. Man sah auch, daß viele Segler und Galeeren dort nicht Handelsschiffe, sondern Kriegsschiffe waren: eine stattliche Schar ... Zehn, zwanzig, dreißig an der Zahl! Niemand zweifelte daran, daß es früher oder später zum Krieg zwischen Karthago und Rom käme – eher wohl früher.

Im Morgenlicht nun sahen sie auch einander. Cynthia sah einen kleinen, dunkelhäutigen Mann mit breiter Stirn und schmalem Kinn, leichtfüßig, handgeschickt – ein Seemann auf kleinen Booten, seit er laufen konnte. Und Komi? Das wissen die Götter, was er in dieser hochgewachsenen falkengesichtigen Witwe von zweiundzwanzig Jahren sah – aber es gefiel ihm jedenfalls.

Wortlos umarmten sie einander und trennten sich dann. Jeder von ihnen wußte, was zu tun war – Komi mußte jetzt, da es hell geworden war, einen besseren Liegeplatz für das Boot finden, während sie in die Stadt und zu der bewußten Adresse ginge.

Er hatte ihr den Weg genau erklärt, eine Art Karte in Worten für jene tückischen Gewässer geliefert, die Palermos Straßen waren. »Gleich hinterm Tor verzweigt sich die Straße in fünf Richtungen. Nimm die zweite links, zwischen den zwei Kneipen ... dem Glücklichen Frettchen und der Kelter ...«

Sie hatte schon in punischen Städten gewohnt – in den langen Wanderjahren ihres Vaters, und es war ihr nie das Geringste zugestoßen; aber heute ging es da vielleicht anders zu. Doch dann hatte sie in den Straßen von Syrakus gegen den Priester Tinnits gekämpft, als Katze gegen die Ratte, und ihn besiegt und getötet. Das war, obwohl sie keinem davon erzählt hatte, auch in punischen Landen bekannt geworden ... Sie hielt jetzt an der Kreuzung. Da war der Brunnen mit den blauen Kacheln – also nach links!

Es war schon recht warm, nachmittags herrscht hier wohl eine Ofenhitze! Zwischen zwei Gebäuden hindurch gelang ihr ein Blick ins Zentrum: prächtige Häuser und stattliche Tempel und eine Kuppel, die einen Feuerofen anderer Art beherbergt. »Tophet« hieß der Tempel des Gottes, den sie König nannten – »Moloch« auf punisch. Da wollte sie schon ausspucken, verbiß es sich aber; am Ende sähe es noch jemand. »Miese punische Götter!«

Ihr war schließlich zu Ohren gekommen, daß die Priester Tinnits wußten, wie sie als Verteidigerin von Syrakus diesen Sendboten des Todes umgebracht hatte. Aber wie hatten sie das erfahren? Hatte es einen Augenzeugen gegeben, gut im Dunkel verborgen und sogar für Katzenaugen unsichtbar?

Wenn nun nicht Tinnit selbst diese Zeugin gewesen war ... einmal angenommen, daß sie nicht tot war, wie ja die meisten Götter heutzutage. Zeus und Hera, Hermes und Apollo wurden ja gewiß noch immer besungen und beweihräuchert. Aber die Gottheiten, die man jetzt wirklich anbetete, waren »Friede«, »Harmonie« und andere abstrakte Werte und Tugenden.

Sinnend musterte sie den Ring an ihrer Hand ... ein Geschenk von Arethusa, der Schutzherrin der Stadt Syrakus. Sie hatte die Nymphe seit dem Tag, da sie den Ring bekommen, nie mehr gesehen. Aber seine Macht, sie gegen Magie zu schirmen, war geblieben. So konnte sie darauf bauen, daß er sie vor jedem Fluch Tinnits schütze, und gegen böswillige Sterbliche müßte sie einfach ihren Verstand gebrauchen.

Aber wenn sie jemals nach Syrakus zurückkäme, dann, heilige Vorsicht und Tugend, würde sie ihre Zauberbücher herausholen und gründlich studieren! Sie kannte nur eine Handvoll Zauber – und keiner davon wäre ihr derzeit von Nutzen. Drei Lieder, um Zahnschmerz zu nehmen, und eines, um ihn einem anzuhexen. Sie kannte manche Tricks zur Erleichterung von Geburten und Linderung von Magengrimmen, Kniffe dörflicher Hexerei eben. Und diesen Verwandlungszauber, den sie aber nur wiederholen würde, wenn Komi da wäre und ihn wieder aufheben könnte. Und den Vergrößerungsbann, mit dem sie winzige Nebelbläschen zum Trugbild einer Nebelbank aufgebläht hatte. Ja, und dann noch den, der einen Fluch gegen den Absender kehrte, der aber, da er erst nach Vollzug des Fluches wirksam wurde, nicht gut zu ihrem Schutze taugte.

Da war ja das Haus: wie Komi es beschrieben hatte – von der Verteilung der Fenster bis zum Riß in der Steinplatte beim Dienstboteneingang ... Aus Vorsicht fragte sie aber doch die Frau, die das Pflaster kehrte: »Ist dies das Haus von Hanno, dem Sohn des Ölhändlers Barca?«

»Ja. Was führt euch zum gnädigen Herrn?«

»Nicht zu ihm, vielmehr zu einer Frau namens Enzaro. Wohnt sie denn noch hier?«

»Und wenn?«

»Ich bin Hebamme«, erwiderte Cynthia, »und habe ihren Bruder Komi in einem ausländischen Hafen kennengelernt. Als er hörte, daß ich hier wäre zu der Zeit, wo seine Schwester mit einem Kind niederkäme, bat er mich, nach ihr zu sehen ... Und da bin ich denn!«

Die Frau kniff die Augen zusammen, um Cynthia vor dem hellen Morgenlicht zu sehen, und sagte dann: »Du bist Griechin, ja? Sei es drum, vielleicht haben dich ja die Götter geschickt, nach alledem. Enzaro liegt seit drei Tagen im Kindbett, und es ist kein Ende abzusehen ... Der Muttermund öffnet sich nicht. Kommst du und siehst nach ihr?«

»Natürlich!« Aber nun den schwierigen Part: »Und was ist mit ihrem Bruder Komi? Ist er schon zu Hause, oder hat man Nachricht von ihm?«

»Nein. Er und der junge Herr, Myrcan, sind im Frühling nach

Karthago gereist und noch nicht zurückgekehrt ... Die Götter mögen sie behüten!« sagte die Frau, anscheinend ohne rechtes Gottvertrauen. »Aber bitte, tritt ein!«

Cynthia hatte es offenbar so eilig, daß sie über den Saum ihres langen Rocks stolperte und an die Mauer taumelte. Aber ein, zwei Schläge dagegen – und sie stand wieder!

»Ein schlechtes Omen!« flüsterte die Frau, jetzt aschgrau im Gesicht.

»Nein, ein gutes. Ich bin vor der Schwelle gestolpert, nicht darauf. So möge kein Unglück über die Schwelle dieses Hauses kommen!«

»Ja, so sei es. Nun folge mir.«

Im Eintreten warf Cynthia noch einen Blick auf die Hauswand: Die Abdrücke ihrer holzkohlegeschwärzten Hand waren ja nicht sehr dunkel, aber für einen, der danach Ausschau hielt, doch deutlich genug! Die Sklaven wußten immer alles, was im Haus ihres Herrn geschah – wenn die Frau nichts von Komis Treiben und Planen in den vergangenen Monaten wußte, dann ja wohl Hanno erst recht nicht!

Die Frau führte sie nun nicht in eine kleine, dunkle Kammer, sondern die geflieste Treppe hinauf in den besseren Teil des Hauses und bemerkte, da ihr Cynthias erstauntes Stirnrunzeln nicht entging: »Es ist doch Myrcans Kind, das Enzaro gebären wird, und der gnädige Herr will es als sein Kind anerkennen, indem er es in seinen Privatgemächern das Licht der Welt erblicken läßt.«

»Eine große Ehre, in der Tat ... Gedenkt er denn auch, es wie ein legitimes Kind aufzuziehen?«

»Aber nein!« sagte die Frau, sichtlich schockiert. »Das Kind ist sein Erstgeborenes und, nebenbei gesagt, ihres auch. Er wird es dem Großen Gott opfern, wie es sich geziemt. Was ihm aber auch nicht viel helfen wird.«

»Warum nicht? Ist dein Herr denn kein frommer Mann? Fürchtet er die Götter nicht?«

»Fromm? Vom Scheitel bis zur Sohle, nun, wo es zu spät ist. Opfer und Kasteiungen und Gebete zu allen Stunden des Tages. Auch jetzt ist er oben in der Kapelle der Hohen Göttin, ihre Gnade und

Barmherzigkeit zu erflehen ... Ob er die Götter fürchtet? Das sollte er besser!
Myrcan hätte nämlich dem Großen Gott gehört! Er war Hannos Erstgeborener, auch der seiner armen Gemahlin, die im Kindbett gestorben ist, und der Junge war alles, was ihm von ihr blieb«, sagte sie und schloß flüsternd: »Also hat er ihn verheimlicht und behalten, nicht fürs Feueropfer hingegeben. Aber die Götter werden ihn dafür strafen!«
»Hm!« meinte Cynthia. »Bislang scheint es ihm aber wohl ergangen zu sein!«
»Natürlich!« erwiderte die Frau höhnisch. »Hast du denn von nichts eine Ahnung? Na ja, du bist eine Griechin. Die Götter haben ihn erhöht, um ihn desto tiefer stürzen zu lassen. Sie sind neidisch und leicht zu erzürnen.«
»Und das Schönste von allem ist«, bemerkte Cynthia trocken, »daß er seine Erfolge nie genießen konnte.«
»Natürlich nicht! Komm, hier ist es«, sagte die Dienerin und führte sie in ein schönes Zimmer mit einem Fenster zum Meer, einem großen Bett, einer bemalten Truhe, einem Gebärstuhl – und einem Bettvorleger, auf dem fest zusammengerollt und in tiefem Schlaf eine alte Frau lag: die hiesige Hebamme, die nach diesen drei Tagen und Nächten des Wachens und Wartens ganz erschöpft war.
Die junge Frau, die in dem großen Bett schlief, konnte nicht älter als fünfzehn sein; sie hatte Komis dreieckiges Gesicht und dunkle Wimpern. Bei Cynthias forschendem Blick glitt ein Schatten über ihre Stirn, und sie sagte: »Oh!« und schlug die Augen auf.
»Keine Angst!« sagte Cynthia, als sie unter Enzaros Decke und das Nachthemd griff und ihren harten Unterleib abtastete. »Es ist nur wieder eine Wehe, und die hast du ja schon reichlich gehabt.«
Die junge Frau nickte und atmete flach, bis die Kontraktionen aufhörten. »Es ist Morgen, ja? Wie ist das Wetter?«
Cynthia schritt über die Schlafende hinweg und sah zum Fenster hinaus: »Tja, tja, bei Sonnenaufgang war nicht ein Wölkchen am Himmel, und jetzt ballt es sich im Westen nur so!«

»›Das einzige, was wir übers Wetter wissen, ist:
Ob schön oder stürmisch, es ändert sich …‹«,

zitierte da Enzaro. Sie hatte auch Komis funkelnde Augen und seine muntere Art. »Vielleicht ist das ein gutes Omen! Öffnet euch, ihr Wolken, und gebt euren Regen her. Könnte ich doch auch nur …«

Cynthia schlug die Bettdecke zurück und warf einen kundigen Blick zwischen ihre Beine – da tat sich noch gar nichts. Nun wachte die alte Frau auf und sah verstört und verängstigt um sich.

»Keine Angst!« sagte Cynthia. »Ich bin da, um zu helfen. Es ist noch nichts geschehen. Ist das Fruchtwasser denn schon abgegangen? Blutiger Schleim?«

Die Alte schüttelte verneinend den Kopf und sagte dann: »Du sagst es, junge Frau: Es ist nichts passiert. Die Pforte ihres Schoßes ist noch geschlossen. Ich glaube fast, da ist Hexerei im Spiel!«

»Wer würde eine Hexe dafür bezahlen, daß sie das Kind einer Sklavin zurückhält? Selbst wenn …«

»Selbst wenn es um eine Erstgeburt geht, die doch fürs Feuer bestimmt ist? Vielleicht gibt ja niemand einen roten Heller für Enzaro. Vielleicht will man ja Hanno quälen … der dort oben in der Kapelle mit Verneigungen und Gebrüll und Gebeten um der Götter Gnade fleht.«

»Mag sein. Also denn, Großmütterchen, du bist erschöpft, und ich bin jung und frisch. Geh du nach Hause und ruh dich aus. Vielleicht bringt der morgige Tag ja bessere Neuigkeiten!«

Und da humpelte die alte Frau davon.

Der Tag schleppte sich so dahin.

Ab und an kam jemand vorbei … um nach dem Gang der Dinge zu sehen – meistens mit irgendeinem Gegenstand bewehrt, der als Vorwand diente: Die Alte, die die Tür hütete, mit ihrem Besen. Und der junge Mann, der dann durch die Tür spähte, mit einem Korb (»Verschwinde, du Schlingel! Das sind Frauenangelegenheiten!«). Die Tür blieb selbstverständlich offen. Sie zu schließen,

hätte vielleicht bewirkt, daß der Schoß sich gar nie mehr geöffnet hätte.
Nun kam ein alter Mann vorbei, der einen Nachttopf trug, und der fragte, die Augen diskret abgewendet: »Noch immer kein Glück?«
»Guten Morgen, Chamboro! Nein, noch immer kein Glück. Bete du zu Tinnit für mich!« versetzte Enzaro und flüsterte, als er weiterschlurfte: »Er ist so fromm. Und so schamhaft, daß er nicht mal hereinschaut …«
»Es wird heiß, fürchte ich«, seufzte Cynthia nach einer Weile und tauschte Enzaros Baumwolldecke gegen ein kühles Leintuch und gab ihr einen Schluck Wasser zu trinken. »Was ist nur aus dem Sturm geworden?« Aber er hing immer noch dort im Westen. Und der Tag kroch dahin. Sie hatte Muße, nachzudenken.
Nicht, wer diese Geburt blockieren ließ, war hier die Frage, sondern wie es gemacht wurde … Die alte Kräuterfrau, ihre Lehrerin, hatte derlei nie angesprochen. Aber sie selbst hatte sich ja auch geweigert, sich mit Xanthes Lieblingsabortiva zu befassen; sie hatte wohl geglaubt, das brauche sie nicht zu interessieren. Zu Recht … außer wie man es aufhebe – und darüber stand ja in den Zauberbüchern des alten Palamedes nichts, jedenfalls nicht in dem Teil, den sie kannte. Wenn sie nach Syrakus zurückkäme, müßte sie diese Schriften zu Ende lesen …
Falls sie nach Syrakus zurückkäme! Noch hatte sie nicht die geringste Ahnung, wie sie erklären sollte, daß sie einen entlaufenen sikelischen Sklaven zum Mann hatte – vielleicht ließ sich das ja nicht gut erklären. Vielleicht sollten sie sich lieber in einer griechischen oder auch römischen Stadt, in der man sie nicht kannte, als Metöken niederlassen. Aber jetzt mußte sie irgendwie diesem Kind auf die Welt verhelfen und dann verschwinden, ehe jemand hier von Komi erführe.
Da kam ihr, aus den dunkelsten Hinterstübchen ihrer Erinnerung, zögernden Gangs eine alte Ballade wieder, ein Lied über eine junge Frau in derselben Lage – und darüber, wie ihr Mann ihr geholfen hatte! Ach, ihr fiel nur Bruchstückhaftes ein, aber ja: Er war auf die Straße hinausgelaufen, hatte die Nachbarn geheißen, ihm zu

seinem neugeborenen Sohn zu gratulieren – und da hatte die Hexe geschrien, gezetert:

»Wer hat die Hexenknoten ausgekämmt, die ich ihr zum Verhalt
ins Haar geknüpft,
Und die Sandalenriemen gelöst, damit sie niederkomme mit dem
Kind?«

… und der Mann war hingegangen und hatte alles das getan, und dann war das Kind im Handumdrehen zur Welt gekommen. Es war einen Versuch wert … Sie löste die Riemen der Sandalen, der abgetretenen Sandalen, die sie am Fuß des Bettes fand, und kämmte Enzaro mit dem Kamm aus ihrer bemalten Truhe das Haar glatt und flocht es in Zöpfe. Aber immer noch kamen und gingen die Kontraktionen ohne jede Wirkung.

Ah, aber die Götter waren offenbar doch auf jemandes Seite: Das war ja Komi, der da zur Tür hereinspähte! Enzaro schrie vor Freude, und Komi hätte fast den Geburtsstuhl umgeworfen, so stürmisch beugte er sich über sie, um sie auf die Wangen zu küssen.

»Komi, ich freue mich, dich zu sehen! Ich hatte dich nicht vor Herbst zurückerwartet. Wo ist Myrcan? Ach, ihr Götter, und ich liege hier in seinem Schlafzimmer im Wochenbett!« Damit wollte sie sich erheben. Aber eine erneute Kontraktion ließ sie keuchend zurücksinken.

»Wenn ich es doch bloß hinter mich bringen könnte«, seufzte sie dann, als sie wieder freier atmete. »Ich verstehe nicht, warum es nicht endlich … kommen will. Gaubst du, es wüßte etwas?« Das Fünkchen in ihren Augen war erloschen. Sie hielt sich, so gut es ging, mit beiden Händen ihren dicken Bauch. »Du armes, kleines Kerlchen, jetzt habe ich dich neun Monate lang sicher in mir getragen und nehme alle Mühe auf mich, um dich in die Welt zu bringen, und dann schneidet man dir noch in der Stunde deiner Geburt die kleine Kehle durch und wirft dich ins Feuer! Hast du darum Angst herauszukommen? Aber die Welt ist hart, Kind, und der Tod ist hier überall, mitten im Leben. Vielleicht ziehst du ja

das bessere Los!« Nun sah die junge Frau auf, und die Mundwinkel zuckten ihr ... »Oh, sieh: Jetzt habe ich die Hebamme weinen gemacht! Das tut mir leid. Komi, du hast mir noch gar nicht gesagt, wo Myrcan geblieben ist.«
»Ach, er ist nicht da. Ich habe unten im Haus schon erzählt, daß er sich in eine wunderschöne Karthagerin vernarrt und darüber alles vergessen hat, was Seefahrt und Handel angeht, und daß sein Vater nichts davon erfahren darf ...«
»Das ist keine Antwort auf meine Frage!« fuhr sie auf. »Komi ... du steckst in Schwierigkeiten, ja? Wo ist also Myrcan?«
»Cynthia, du siehst, sie ist schnell von Begriff!« sagte er. »Also, meines Wissens ist er noch in Karthago. Es gibt dort wirklich eine Frau, und die Götter sollten wirklich ein Auge darauf haben, daß sein Vater niemals Wind davon bekommt. Und ich, ich bin noch nicht in Schwierigkeiten, dürfte es jedoch bald sein.«
»Was hast du getan?«
»Ein Boot gestohlen«, begann er und zählte an den fünf Fingern ab: »Myrcan verlassen ... sodann in Syrakus Cynthia entführt ... mich in den Hafen von Palermo eingeschlichen, sie hierhergebracht ... das alles, um dein Kind gleich nach der Geburt zu stehlen, damit Hanno seine miesen alten Götzen in anderer Weise kaufen muß. Das ist alles!« Damit breitete er die Hände, als ob das Ganze ein Kinderspiel sei.
»Oh!« seufzte Enzaro, krebsrot im Gesicht, und erschlaffte.
Da kniete Cynthia sich voller Erwartung zu ihr: Wenn Mitleid mit dem Kind die Geburt gebremst hatte, reichte diese Kunde vielleicht, sie in Gang zu setzen. Aber wieder kamen und gingen die Wehen ohne Wirkung.
»Cynthia«, sagte die junge Frau. »Bist du die, die man ›Hexe von Syrakus‹ nennt?«
»Fälschlich so nannte, ein paarmal.«
»Dann mußt du dich hier vorsehen ... Man hat von dir geredet hier in Palermo, aber nicht freundlich. Du sollst gar einen Priester von Tinnit ermordet haben, der in Syrakus die Pest verbreiten wollte.«
»Ich? Und wer sagt das?«

»Das habe ich so gehört. Du weißt ja, die hohen Herrschaften reden über dies und das. Sie meinen wohl, wir Sklaven hätten keine Ohren, und so hören wir alles. Chamboro hat auch davon erzählt, und er ist älter als Hanno und ein gottesfürchtiger Mann.« Wieder kamen und gingen die Wehen, wieder ohne Wirkung, und Enzaro keuchte ein ungehöriges – punisches – Wort, setzte sich dann auf und tätschelte ihren Bauch wie ein unartiges Hündchen. »Komm schon, Kindchen, du hast doch ungewöhnliches Glück hier, verpaß also nicht deine Zeit!«

»Das geht vielleicht nicht mit rechten Dingen zu«, meinte Cynthia bekümmert. »Du bist doch jung und gesund und hättest bereits vor zweieinhalb Tagen gebären müssen. Die alte Frau argwöhnt, daß Hexerei im Spiel sei, und ein altes Lied, das erzählt uns ...«, es folgte die Wiedergabe ihrer fragmentarischen Erinnerung, aber vor allem die Schilderung des Ausgangs der Handlung.

»Hanno hat mit dem Kind so seine Pläne, könnte ja sein, daß jemand sie durchkreuzen will ... Jemand anderes als wir, natürlich. Sandalen, Haar, Türen und Fenster, mir fällt nichts anderes ein. Komi, du wirst wohl tun müssen, was der junge Ehemann in dem Lied gemacht hat. Geh hinunter und sage allen: ›Es ist geschafft, und Mutter und Kind sind wohlauf!‹ Sage ihnen, es sei ein Junge. Und wenn dann jemand zu zetern anfängt: ›Oh, wer hat denn dies gelöst und das?!‹, dann, bei den Göttern, spitz deine Ohren und merk dir jedes Wort. Wenn das zu nichts führt, mußt du vielleicht damit auf die Straße hinaus, was aber riskant wäre ...«

»Meinst du, das schert mich?« fragte Komi und war schon weg. Jetzt hörte man drunten im Hausflur seine Stimme erschallen und laut durch das ganze Haus hallen, Freudenrufe, Jauchzen dann – Wutgeschrei auch, eilige Schritte, die Treppe herauf. »Schnell!« rief Cynthia. »Dreh dich mit dem Rücken zur Tür. Und nimm dies hier!« Damit rollte sie eine der fortgelegten Decken zu einem Bündel von passender Größe und legte es der jungen Frau in die Arme. Schon dröhnten die Fliesen draußen vor der Tür, und der alte Chamboro kam, wie von Furien gejagt, hereingestürzt ...

»Wer?« schrie er. »Wer hat die Riemen ihrer Sandalen gelöst, da-

mit das Kind kommen könne? Wer die geknotete Schlange von ihrem Bett genommen?« Wie versteinert stand er jetzt – beim Anblick Cynthias. »Oh, du warst das!« Doch da kam schon Komi herein und drehte ihm die Arme auf den Rücken.
»Nein, aber das werden wir gleich haben!« meinte Cynthia und sah unter dem tiefliegenden Bett nach, rollte dann, weil sie da nichts fand, Enzaro etwas zur Seite und langte unter die Matratze ... fühlte etwas, eine kleine runde Büchse, packte sie und zog sie hervor – eine schöne Kupferdose –, sah aber durch den durchbrochenen Deckel eine kleine, getrocknete und zu einem Knoten gebundene Schlange! Da öffnete sie die Dose, zerbrach den Schlangenknoten und warf das alles, Büchse samt Brocken, zum Fenster hinaus. Und Enzaro rief ganz erstaunt: »Oh!«
»Nur los, 'Zaro«, lachte der Alte. »Du wirst keine Probleme mehr haben. Wir zwei haben unsere Aufgabe erfüllt: Die Hexe von Syrakus ist zu ihrem Treffen mit dem Tod gekommen.«
»Tatsächlich? Und was bezweckt ein punischer Zauberer damit, daß er hier im Hause des Ölhändlers Hanno nun die Nachttöpfe leert?«
»Nun, Hexe, ich bin nicht der Zauberer. Der Priester Tinnits hat diese Magie gemacht, ich habe sie nur für ihn ausgelegt. Die Göttin selbst sagte ihm, wie du ihren Diener in Syrakus getötet hast und wie sie dir ans Leben wollte. Du hast aber einen schwarzen Bann um dich, der alle ihre Attacken abwies. Speere wird er aber nicht abweisen, und so wirst du sterben für die Kränkung, die du der Großen Herrin angetan ...«
»Cynthia!« schnitt Enzaro ihm das Wort ab. »Ich glaube, wir sind soweit!«
»Dreht euch um, ihr beiden!«
Da drehte Komi den Alten derb mit dem Gesicht zur Wand, wie Cynthia ihn geheißen, während sie nun Enzaro behutsam in den Gebärstuhl half .... Und das nicht zu früh: eine Kontraktion, und der Kopf kam, rund und dunkel, und dann fiel Cynthia das Kind auch schon mit einem Schwall von Blut und Wasser in die Hände.
Es holte tief Luft und ließ sie in einem dünnen, gurgelnden Schrei

wieder heraus. Und in der darauf folgenden Stille war von unten Lärmen, Gerenn und der Schrei: »Es ist ein Junge!« zu hören.
»Genau gesagt: ein Mädchen«, lachte Cynthia und fing an, dem Kind Mund und Gesicht von Blut und Schleim zu säubern. »Aber sonst stimmt alles ...« Nun durchschnitt sie die Nabelschnur, verknotete sie und hüllte das Kind in lange Leinenstreifen, die da zur Hand waren.
»Ich habe nichts dagegen ...«, sagte Enzaro. »Alles Gute und viel Glück, meine Kleine!«
»Bist du wohlauf?« fragte der Alte. »Gut!« Dann schrie er in den höchsten Tönen einer brüchigen Stimme: »Hilfe! Zu Hilfe! Eine Hexe!« Bis Komi ihn mit so einem Handkantenhieb an die Schläfe wie einen nassen Sack zu Boden schickte.
»Hast du ihn umgebracht?«
»Was? Nein! Aber er wird eine Weile schlafen ... Leider haben sie ihn unten gehört. Nimm das Kind und lauf ...« Er horchte. »Nein, sie kommen die Treppe hoch. Auch die vordere Treppe. Versteck dich irgendwo, bis es sich beruhigt hat.«
Stimmengewirr kam die hintere Treppe hoch, auch die vordere. Da war ja noch eine Stiege nach oben. Jetzt aber nicht lange gefakkelt: So raffte Cynthia mit der freien Hand ihre Röcke und hastete die Stufen hoch.
Dunkel war es hier, nur ein schwacher Lichtschimmer, der von da oben kam ... Sie bedeckte das Bündel in ihrer Armbeuge mit einem Schalzipfel und stieg zügig weiter.
Da in der Dachkammer ... ein Dutzend Öllampen, im Halbkreis, die meisten erloschen, einige flackerten noch ... Hell genug, daß sie den schwarz gewandeten Mann sah, der dort auf dem Boden hingestreckt war. Er lag, in einer Haltung völliger Erschöpfung, flach auf dem Bauch, das Gesicht in den Armen verborgen. An seinen Fingern glänzte Gold. Das mußte Hanno sein, der Herr des Hauses – vom Beten und Bitten im Haustempel der Tinnit so entkräftet, daß er in tiefen Schlaf gefallen war.
Und die Göttin selbst? Sie war nur als eine überlebensgroße Holzstatue gegenwärtig – die Arme gebreitet und das Haupt von einem Schleier aus feinem Leinen verhüllt.

Ach, verdammt, da kam doch jemand die Teppe hoch ... Cynthia stieg rasch die Altarstufen hinauf, hielt dabei gut Abstand zu der Reihe flackernder Lampen – genau, was sie brauchte: eine davon die Treppe hinabzuschleudern ... Rasch hockte sie sich hinter die weiten Seidenröcke Tinnits und zog sich den Schal übers Gesicht.
»Gnädiger Herr? Herr Hanno! Wir haben ein Problem!«
Der Mann hatte trotz seiner gegenwärtigen Bedrängnis ruhig gesprochen, und er sprach mit Oberschichtakzent. Vielleicht der Haushofmeister; jedenfalls Diener zeit seines Lebens und mit Hanno aufgewachsen wie Komi mit Myrcan – also von allen Sklaven der mit der größten Aussicht, das Überbringen einer schlechten Nachricht zu überleben.
»Was ist?« Hanno war wieder wach, und nicht die Spur konfus. (Nun, er war schließlich ein erfolgreicher Kaufmann und konnte also kein Schwachkopf sein. Außer, wenn es um seine Götter ging.) »Ist das Kind geboren? Doch deine Miene ist düster. Fürchte dich nicht, es mir zu sagen ... ist das Kind tot?«
»Wohl nicht, gnädiger Herr, aber entführt. Diese Hebamme hat es sich genommen, als die Mutter noch im Gebärstuhl saß, und ist damit auf und davon gelaufen!«
»Die Hebamme? Unsere alte Pitti? Die könnte ja nicht einmal mehr laufen, wenn es um ihr Leben ginge.«
»Mit Verlaub, eine andere Hebamme, Herr ... Eine Griechin und von weniger Jahren. Die Mutter sagt, die habe ihr Bruder ihr zur Hilfe bei der Niederkunft geschickt. Und fest steht: Das Kind ist unter ihren Händen zur Welt gekommen, nachdem Pitti in drei Tagen nichts zuwege gebracht hatte.«
»Aber eine Griechin und Feindin der Götter ... Und der Bruder der Mutter, sagst du, hat sie gesandt? Was, reden wir da von Komi? Komi ist doch in Karthago, mit Myrcan!«
»Darüber scheint einige Ungewißheit zu herrschen, Herr. Die einen im Haus sagen, ja, er sei in Karthago. Und die anderen sagen, nein, und sie hätten ihn heute hier mit eigenen Augen gesehen. Und die alte Törin sagt, die Götter hätten ihn auf den Schwingen des Mistral hergeschickt, das, sagt sie, habe er ihr erzählt. Ja, es herrscht einige Verwirrung drunten.«

Von Hanno kam ein Laut wie ein Schnauben und dann ein klares Wort: »Dieser Junge sagt immer alles mögliche. Finde ihn und finde die Hebamme. Und sage auch allen im Haus, daß sie sich zusammenreißen und sich auf ihre Arbeit konzentrieren ... Ich bleibe hier und bete, bis du die zwei gefunden hast: Ja, ich tauge wohl nicht mehr dazu, Treppen auf und ab zu laufen und hinter mysteriösen Griechinnen herzujagen!«

»Jawohl, gnädiger Herr.« Und damit verschwand der Diener auf leisen Sohlen nach unten ...

»Nicht, daß ich dafür zum Beten taugte«, fuhr Hanno fort, so als ob er ein Gespräch fortsetzte. »Ich habe gesündigt, vor Gott dem Herrn und dir, euch das Opfer vorenthalten. Aber er war alles, was ich hatte, ist, alles, was ich habe. Sei ihm gnädig, Herrin. Bitte für uns beim Großen Gott. Laß uns das Kind finden. Und ich schwöre und gelobe: Sobald wir Myrcans Erstgeborenen finden, übergeben wir ihn dem Feuer. Verschone du uns dann in deiner großen Gnade und Barmherzigkeit. O laß mir die Zeit, die Kinder meines Sohnes hier in meinem Hause großwerden zu sehen. Hab Erbarmen, und vergib mir, denn ich habe gesündigt gegen dich ...«

›Das ist unanständig!‹ Kein Grieche entblößte sich so in der Öffentlichkeit oder im Privaten – so etwas Unbehagliches wie Hannos Beterei hatte Cynthia noch nie erlebt. Es war ... als ob dieser Mann nicht nur die Kleidung, sondern auch die Haut abgelegt und seine Seele enthüllt hätte. Sie spähte vorsichtig hinter Tinnits Drapierung hervor. Oh, das war ja gar nicht gut: Hanno lag nicht mehr der Länge lang hingestreckt – sondern kniete, aufrecht, auf den Fersen hockend, den Blick fest auf Tinnits Standbild gerichtet. Das kleine Nickerchen hatte ihm offenbar gutgetan: Er hatte die Augen weit geöffnet und schien für weitere drei Tage fit ... oder auch für mehr.

Doch wie ihr nun, als sie den Kopf zurückzog, ein Zipfel von Tinnits Schleier das Gesicht streifte, kam ihr eine Idee, so überwältigend wie eine Meereswelle: der Vergrößerungszauber!

Das Problem war nur, daß Hanno die Statue schon betrachtete. Würde er also den Wechsel mitbekommen, und wie? Da war etwas Staub, auf dem Boden hinter dem Standbild und in den Falten der

Röcke – sie würde versuchen, das Beste daraus zu machen. Nun rezitierte sie stumm den Vergrößerungszauber und zählte dabei an den Fingern mit ... beim letzten angelangt, zog sie der Statue den Schleier herab und warf ihn sich selbst über den Kopf.

Hanno sah erst gar nichts: Die dicken Staubwolken wogten im Dunkel, und kein Strahl des schwachen Lampenlichts traf sie. Dann schien ein Licht hindurch, ganz bleich und dünn zuerst, strahlend bald: der Widerschein von Tinnits weißem Tuch, das nun vom Lampenlicht wohl ein dutzendmal heller leuchtete als zuvor. Auch das verschleierte Bild erschien Hanno gewaltiger als zuvor. Und es bewegte sich, kam näher ... kam eine Stufe herabgestiegen, ragte nun dicht vor ihm auf. Ein Wunder, daß ihm das Herz nicht auf der Stelle stillstand! Und so beugte er sich zu Boden, schloß die Augen und harrte des Todes.

»Hanno, erhebe dich!« vernahm er dann eine Stimme so nah wie ein Flüstern und so weit wie der Wind über der Ebene. Und er gehorchte.

»So sieh mich an, Hanno. Fürchte dich nicht: Du wirst nichts schauen, was dir schaden könnte.«

Zitternd hob er den Blick. Der Schleier schimmerte weiß über der dunklen Gestalt wie der Schnee auf jenem hohen Berg, den er einst in seiner Jugend gesehen hatte. Und unter der Helle sah er nichts als einen Abglanz dunkler Augen.

»Hanno, deine Sünden sind dir vergeben«, hörte er sagen, die Worte stürzten über ihn herein, und er verstand sie nicht ... »Um deines Glaubens willen habe ich dir vergeben«, fuhr die Stimme fort. »Ich habe Fürbitte eingelegt beim Großen Gott: Daß du uns einstens Myrcan vorenthalten hast, soll dir nicht vorgeworfen sein. Ich ließ ihm das Leben, auf daß er dieses Kind für mich zeuge.« Da wurde unterhalb des Schleiers etwas Dunkles beiseite gezogen, und ein weißes Etwas wurde im Arm der Göttin sichtbar: ein in Leinen gehülltes Etwas. »Dieses Kind wird niemals dem Feuer übergeben, es gehört mir. Hanno, gelobe mir das.« Und Hanno, stumm vor Angst, nickte.

»Gehe hinab. Sage deinen Leuten nur, sie sollten die unnütze Suche einstellen und sich wieder an ihre Arbeit machen. Aber du selbst sollst Brot essen und Wein trinken und den Göttern für den Segen der Erde danken und dich schlafen legen. Nach dem Aufwachen kannst du aller Welt erzählen, was du gesehen und gehört hast. Sage ihnen, daß deine Enkelin in Tinnits Armen ist. Und nun geh!«

Und irgendwie kam er auf die Füße, irgendwie auch, trotz der Nebelschleier in seinen Augen, die Treppe hinunter.

Und weg war er!

Da seufzte Cynthia auf und schlug das Zeichen, das den Bann brach, nahm den staubigen Schleier ab, legte ihn wieder dem Bild um (diese Holzgötzin hatte ja überhaupt kein Gesicht!). Ja, sie würde hier noch einige Zeit warten, bis das Haus zu seinem normalen Leben zurückgefunden hätte, und sich sodann wegstehlen. Sie deckte das Kind mit ihrem Schal zu, lächelte dabei amüsiert über sein runzliges Gesicht. Ein gutes Kind – es hatte die ganze Affäre durchgeschlafen …

»Oh, sehr schlau«, vernahm sie eine Stimme so sanft wie ein Atem, fühlte dabei, wie sich ihr die Nackenhaare sträubten.

Die Statue – ganz unverändert war sie, aber doch anders. Sie war nicht gewachsen; sie bewegte sich nicht; sie schien aber rückwärts in die Dunkelheit auszugreifen – bis in einen Golf der Finsternis, der vor Anbeginn der Welt schon gewesen war. Was Wunder, daß Hanno sie selbst in ihrem magischen Scheinen für die Göttin gehalten hatte. Hätte er aber das da gesehen, hätte sie ihn nie hinters Licht führen können!

»Verbirgst dich hinter meinen Röcken? Jetzt lege ich meinen Fluch auf dich, und er wird im Nu wirken.«

»Wenn ich deine Kreatur dort unten richtig verstanden habe, habe ich den schon das ganze Jahr auf mir … und lebe immer noch, wie du siehst. Arethusa hat gute Arbeit geleistet!«

»Arethusa ist tot, ihre Magie erlischt immer mehr. Du hast weder Macht noch Kraft gegen mich.«

»Bin ich etwa Hanno, der alles glaubt, was man ihm erzählt? Wenn du die Macht hättest, mich hier auf der Stelle zu Asche zu verbrennen, hättest du es längst getan, statt dich in Geschwätz zu ergehen. Du hast keine Macht über mich!«

»Elende Sterbliche, du wirst ja sehen, welche Macht ich über die Dinge rings um dich habe. Hinaus aus meinem Tempel!«

Cynthia öffnete schon den Mund zur Antwort – schloß ihn aber wieder: Ja, die Göttin konnte das letzte Wort haben, wenn es denn sein mußte: Worte waren nur Worte. Es war sehr still da unten.

Als sie nun hinunterschlich, hörte sie nichts als ein undeutliches Murmeln, das die Hintertreppe hochkam. »Sie hat versucht, mich zu Tode zu erschrecken, ja, wie irgend so ein Gossenpriester. Sie versteht sich auch darauf; und wenn ich an sie glaubte, hätte es vielleicht funktioniert.«

Nach der Stille drinnen im Haus kam der Lärm draußen wie ein Schlag: Männer rannten durch die Straße, schrien »Hier!« und »Schneller!« und fluchten in unflätigstem Punisch ... Cynthia drückte sich an die Wand ... aber niemand beachtete sie auch nur im geringsten. Entweder galt der ganze Aufruhr gar nicht ihr ... oder Arethusas Ring beschützte sie noch.

Sie fand das Versteck ohne große Mühe: eine alte verwitterte Kiefer, vom Wind fast flach gegen den Hang gedrückt. Schnell kroch sie unter die tiefen Äste und legte sich auf die dicke Schicht abgefallener Nadeln, die sich da fand ... Hier könnte sie den ganzen Tag warten, vielleicht auch zwei.

Ja, sie hätte Wasser mitbringen sollen – aber noch hatte sie keinen Durst, und die Kleine schlief friedlich und brauchte noch nichts als Schutz. Wenn Komi nicht käme, würde sie sich allein aufmachen und sich ihr Essen unterwegs erbetteln. Die Leute auf dem Land halfen einem gern, wenn man in Not war – so man nicht zu lange blieb. Milch für das Kind zu bekommen, würde weitaus schwieriger sein. Aber es war Hochsommer, und die letzten Jahre waren die Ernten gut gewesen: Also dürfte das Landvolk mit Kindern gesegnet sein und deren Mutter mit Milch, von der sie sicher gern etwas abgäben. Also beruhigt, überschlug sie, wie viele Tage sie bis Syrakus bräuchte, und überlegte, wie sie die von General Hierons Truppen belagerte Feste der Mamertiner am besten umgehen könnte ...

So war etwa eine Stunde vergangen, als es in den Ästen über ihr raschelte ... Doch ehe sie vor Schrecken sterben konnte, streckte

Komi den satyrhaft mit jungem Grün umkränzten Kopf herein und rief fröhlich: »Da bist du ja! Du hast das Kind? Gut! Komm heraus. Die Sache ist noch komplizierter geworden als erwartet ... aber wir dürften wohl damit fertig werden!«
Cynthia kroch flugs aus ihrem Versteck und klopfte sich die Kiefernnadeln von den Kleidern – und da sah sie auch, worin die Komplikation bestand: Enzaro, die da mit ausgestreckten Armen bei Komi stand. Und sie reichte ihr wortlos das Kind.
»Ich dachte, du wolltest bleiben«, sagte sie dann.
»Das wollte ich auch erst«, erwiderte Enzaro. »Aber als der ganze Aufruhr losgebrochen und Komi verschwunden war, hatte ich etwas Zeit nachzudenken. Und ich sagte mir: ›Das glaubt dir ja niemand, daß du daran keinen Teil gehabt hättest, du wirst zumindest ausgepeitscht ...‹ Und ich sagte mir: ›Warum sollte ich bleiben? In diesem Hause hält mich ja nichts!‹ So zog ich mich an, raffte die paar Windeln zusammen und machte mich auf die Suche nach Komi.«
»Sie kennt alle meine alten Verstecke!«
»Nun, solang du dich reisefähig fühlst«, sagte Cynthia – sie hatte schon Frauen gesehen, die nach der Entbindung tagelang ans Bett gefesselt gewesen waren, und andere, die schon eine Stunde danach wieder aufgestanden waren und am Ende noch die Wäsche gewaschen hatten. Enzaro hatte wieder rote Backen und klare Augen und trug das Kind mit einer Gelassenheit im Arm, die zeigte, daß das, mochte es auch ihr erstes eigenes sein, bestimmt nicht das erste war, um das sie sich kümmerte.
Nun führte Komi sie beide eine tiefe Schlucht hinab zu einem gleißenden Strom. »Wir setzen uns besser ab. Ich glaube, die Flotte ist endlich nach Messina ausgelaufen«, sagte er dort und duckte sich unter ein Gestrüpp, wo er ihr Boot an einem ins Wasser gestürzten Baum hatte festmachen können. »Seht, das Wetter kommt nun doch herein!«
Er und Enzaro schritten ruhig und sicher den Stamm hinab und sprangen ins Boot, Cynthia folgte ihnen etwas vorsichtiger. Dann stieß er mit dem Bootshaken ab und paddelte hinaus, bis er das Segel setzen konnte. Ein kräftiger Westwind wehte dem Sturm vor-

aus, und er blähte ihr Tuch und brachte das Schiffchen frisch voran.
Da fiel ein Schatten auf sie, und als sie aufblickten, sahen sie, daß die sich türmenden Sturmwolken, ein Dutzend blauer, grauer und purpurner Gebilde so fest wie Kohlköpfe, sich vor die tief im Westen stehende Sonne geschoben hatten. Darunter aber stand eine Schar von weißen und bunten Dreiecken – wohl hundert an der Zahl! Segel ... eine Flotte von Segelschiffen – die punische Kriegsflotte. »Da sind sie! Wir gehen besser nicht durch die Straße von Messina, bevor das nicht vorüber ist. Vielleicht segeln wir zu den Äolischen Inseln. Ich habe euch doch von meinen Freunden an der Nordküste von Phaneraia erzählt. Mir ist jetzt ja jeder Ort recht, wenn es nur nicht Palermo ist!«
Darauf belegte er die Schoten und setzte sich neben Enzaro, die stumm an der Reling saß, das Kind in den Armen. Cynthia, die auf der anderen Seite hockte, musterte die junge Mutter genau: Sie schien recht frisch und munter, weder außer Atem vor Erschöpfung noch auch blaß von übermäßigem Blutverlust. Sklaven hatten auch kaum Gelegenheit, faul herumzuliegen und zu verweichlichen. Ja, es deutete alles darauf hin, daß sie schon zurechtkäme.
Später wäre genug Zeit, Enzaro alles zu erklären. Da sie ja angenommen hatten, sie würde Komi nur kurz und sie selbst nie wiedersehen, hatten sie ihr noch nicht gesagt, daß sie für ihn weit mehr als nur eine für den Anlaß gedungene Hebamme war. Daß er mehr für sie war als die ganze Welt zusammen ... Die Zeit, ihr das zu erzählen, fände sich später, wenn sie irgendwo Schutz und Zuflucht gefunden hätten.
Der achterliche Wind frischte auf – es fielen erste schwere, dicke Regentropfen. Dann traf sie schon der Sturm, und mit voller Wucht schüttete es aus Poseidons größtem Kübel. Komi sprang rasch auf und nahm die Schoten, um den Segeltrimm zu halten. Und die Frauen zogen sich den Schal über den Kopf.
»Geht besser nach unten!« schrie er durchs Geheul des Windes. Enzaro schüttelte den Kopf. »Du weißt, ich werde seekrank, wenn ich den Himmel nicht mehr sehe.«

Dann ließ der Sturm etwas nach, und der Wolkenbruch machte einem mäßigen Regenschleier Platz – da sahen sie, daß die punische Kriegsflotte noch immer dicht hinter ihnen war.
»Wir müssen auf die Küste zuhalten«, rief Komi, »solange wir noch wissen, wo sie liegt. Das Dorf dort auf den Klippen ist Kertyra, seht ihr es? Und darunter befindet sich ein kleiner Hafen. Riffe sichern ihn, aber keine Angst, ich weiß, wo sie sind ... Zieht den Kopf ein, ihr beiden, wenn ihr schon nicht nach unten gehen wollt, und bleibt mir aus dem Weg!«
Dann nahm er die Schoten in die eine Hand und die Leinen der Steuerruder in die andere – und wie ein Stalljunge, der zwei feurige Rosse zum Wagen führt, sie mit einem Zügel in jeder Hand dreht und wendet, je nachdem ob die schlanken rassigen Tiere sich bäumen oder vorandrängen, sie jedoch immer auf dem Weg voranbringt, den er sie gehen lassen will: so steuerte Komi sein Boot mit Schoten und Steuerleinen zwischen schimmernden Riffen hindurch sicher in den Hafen von Kertyra. Und Cynthia sah ihm da mit Wohlgefallen zu, so wie eine Frau einem guten und geliebten Tänzer zusehen mag, in seinem Tanze das Abbild jenes Tanzes sehend, den sie in der Nacht zusammen getanzt ...
Und der Sturm traf sie erneut, mit aller Kraft des Windes und einem Regenschlag, daß es das Schiff vom Kurs brachte und es sich bäumte und scheute wie ein erschrecktes Pferd. Cynthia hörte Komi im plötzlichen Dunkel »Oh, Götter ...« schreien – der Rest ging in dem Donnern, Krachen unter, mit dem sie auf ein Riff aufliefen. Da zerbrach das Boot auch schon wie eine Eierschale, schoß schäumend die salzige Flut in den Rumpf.
Die Wogen schlugen über Cynthia zusammen. Wild trat sie Wasser, kam an die Oberfläche und schlug in der Dunkelheit prustend und fluchend um sich ... Da traf sie etwas, schmerzlich hart, faßte es, zog sich daran heran – ein Holztrümmer, ein Stück Reling vielleicht, das hoch obenauf schwamm. Sie bekam den einen Arm darüber, suchte mit der freien Hand das Wasser rings um ab ... bei der dritten Runde spürte sie vollgesogene Wolle, und da schoß auch schon Enzaro wie ein Korken herauf. Cynthia bugsierte sie zu dem Stück Reling (oder die Reling zu ihr – in dieser Nässe, Nacht und

Not war das schwer zu sagen), und nun riefen beide Frauen wie im Chor: »Das Baby! Ist das Baby wohlauf?«
Ein lautes Weinen aus Enzaros Schal war die Antwort: Das unverhoffte kalte Bad hatte das Kind geweckt – und es hatte keinen Gefallen daran. Sie mußten nun schnell an Land, damit es sich nicht verkühlte!
Der Sturm war zum Glück schon weitergezogen. Nur Wolken und Regen waren geblieben. So trieb Cynthia ihr Holz samt allen Passagieren mit kräftigen Stößen durchs Wasser, brachte sie zu einem Sandstrand im Lee des Hafens. Von Komi sah sie kein Anzeichen. Aber sie wußte ja, daß der Mann wie ein Fisch schwamm, und sie würde jetzt noch nicht anfangen, sich Sorgen zu machen.
Kaum an Land, zogen sie ihre nassen Sachen aus, wrangen sie aus, so gut es ging, zogen sie gleich wieder an und hüllten sich fest in ihre wollenen Umhänge – Wolle wärmt ja auch in feuchtem Zustand und schützt allemal gegen kalten Wind. Und Enzaro hängte die Windeln über einen Busch, auf daß der Regen sie spüle und die Sonne sie trockne, so sie wieder schiene, und barg ihre Tochter nackt unter ihrem warmen Umhang. Und das Kind schlief im Nu wieder ein.
Cynthia ging nun den Strand entlang und suchte mit Blicken das Meer ab. Weit draußen, in sicherem Abstand von gefährlichen Untiefen und tückischen Riffen, segelte die punische Flotte vorüber. Näher heran trieb ein Gewirr von Holztrümmern auf der Wasseroberfläche, mit einer halbleeren Amphore dabei und einem dicken purpurroten Polster, das eine halbe Stunde lang schwamm, ehe es schließlich unterging. Aber nichts, das sich bewegte: kein menschliches Wesen. Sie versuchte lange, sich zu beruhigen: Komi war, an den Mast geklammert, weiter leewärts geweht oder auch aufs Meer hinausgetrieben worden; gleich würde er, munter wie ein Delphin, an Land geschwommen kommen oder strahlend, wie der heimkehrende siegreiche Held, den Strand entlangschlendern. Aber ihr Herz kannte die Wahrheit schon.
Sie drehte Arethusas Ring so und anders herum um den Finger,

zog ihn bis zum ersten Knöchel herunter und schob ihn wieder hoch. Tinnits Fluch war von ihr abgeprallt, wie Sonnenlicht von einem Spiegel reflektiert; und auch von Enzaro, die sie mit der Ringhand berührt hatte. Aber Komi war ja ohne Schutz und Schild gewesen, und so hatte der Bann ihn hingestreckt. Nun stand sie hier wie ein Schilfrohr … äußerlich ganz und unversehrt, aber innerlich leer und hohl. Wie mußte das der gesichtslosen Göttin gefallen!

Innen leer und dunkel – leer wie eine Kalebasse, dunkel wie ein Brunnenschacht! Es gab da am Meer Höhlen mit Röhren und Spalten, die zur Erdoberfläche reichten, und wenn die Flut kam, preßte es die Luft daraus, daß es heulte und pfiff wie Heerscharen von Furien. So ähnlich stieg jetzt in ihr etwas hoch: Kummer vielleicht oder Zorn oder etwas Namenloses, im Dunkel Verborgenes, aber etwas, da war sie sich sicher, das, kundig eingesetzt, Welten zertrümmern konnte. Der Zauber kam ihr in den Sinn – der Zauber, der einen Fluch auf demselben Weg zurückweist, den er gekommen ist. So ein kurzer Spruch: fünf Worte nur. Die stiegen ihr aus der Kehle; die zitterten auf ihren Lippen. Aber sie kämpfte dagegen an, so wie jemand gegen einen Brechreiz kämpft.

In dem Dunkel in ihr hallte ein Ruf wider – ohne einen Auslaß zu finden: Der letzte, verzweifelte Schrei Komis: ›Oh, Götter …‹, mit dieser vollen Stimme. Sie hörte es wieder und wieder, bis sie es nicht mehr ertragen konnte. Um diesen Schrei zu übertönen, sprach sie die fünf Worte.

Und schon brach der Himmel auf, kam der Sturm wieder wie ein Donner nieder, heulte der Wind mit ohrenbetäubendem Brausen. Alle Wut in Tinnits Fluch erscholl da, durch Cynthias Zauber geschleust, so dutzendfach, nein, hundertfach verstärkt wie die Stimme des Schauspielers durch die weitmündige Maske … Das blendete, betäubte sie, zauste aber kaum noch ihr Kleid: Es konnte sie nicht treffen, es war von ihr gewendet! Einst hatte sie gesehen, wie eine punische Triere strandete, auf einer Sandbank, und entzweibrach und, während die Mannschaft noch wie eine Schar Ameisen durcheinanderlief, in den Tiefen des Meeres versank. Sie sah jetzt nichts davon, hörte aber, wie ihr Gedächtnis diese alte

Geschichte wieder und wieder, wohl hundertmal, erzählte. Wieder brachen die Masten, wieder auch sanken die Ruder, und wieder versuchten verzweifelte Männer, sich ans Oberdeck durchzukämpfen, oder ertranken drunten im Dunklen, als der schwere Rammsporn den Bug unter Wasser zog, als das Meer die wilden Augen des unglücklichen Schiffes für immer schloß.
Die Wolken schwanden am Himmel, bleich und fahl wie Frost in der Morgensonne. Cynthia fühlte sich müde und elend, schämte sich. Mancher jener Seeleute hatte eine Frau gehabt, die ihn liebte, wie sie Komi liebte: Nicht jetzt schon, aber morgen, übermorgen würden diese Frauen ja die schreckliche Nachricht erhalten und weinen. Eine Art poetischer Gerechtigkeit, wenn man so will!
Schön warm war nach der Kühle des Windes nun das Wasser um ihre Fußknöchel. Dort unten gäbe es keinen Wind mehr, keinen Krieg und Kampf zwischen Griechen, Puniern und Römern, waren alle Toten gleichermaßen tot. Und irgendwo dort drunten war Komi. Sein Schrei klang noch in ihr wider: ›Oh, Götter …‹! Konnte sie dem kein Ende machen? Nicht, um den Schrei – das einzige, was ihr verblieben – zu ersticken, sondern um dem geduldigen Akteur namens Gedächtnis wieder eine andere Zeile zu lesen zu geben.
›Ich sage als jemand, der es weiß: Lieber lebendig und ein armer Sklave‹, hatte er am ersten Tage ihrer Bekanntschaft gesagt, ›als tot und eine Mumie in Seide und Gold.‹ Ja, das hatte er gesagt und um viele Tage bis zu seinem Tod gebetet, aber die hatte man ihm nicht gewährt! Doch der unsterbliche Schauspieler Gedächtnis stand, die Maske in der Hand, da vor den unsterblichen Göttern, bereit, seine Worte, ihre Zeilen zu sprechen, solange der Atem währte.
So mußte sie eben dafür sorgen, daß er möglichst lang währe. Und sie stieg rückwärts aus dem Wasser und machte kehrt.
Die Nacht kam mit einem ruhigen Sonnenuntergang bei wolkenlosem Himmel, in hunderttausend Schattierungen von Aprikose und Zitrone. Enzaro saß da, ihre Tochter an der Brust, und hielt ihr mit einem Finger das winzige Kinn hoch, um sie saugen zu

lehren. Sie würden in Kertyra um Obdach für die Nacht bitten und sich am Morgen auf den Weg machen. Cynthia sammelte die trocknenden Windeln vom Busch und faltete sie für künftigen Gebrauch. Und die Sonne ging unter, und es blieb nichts als die Erinnerung und der Wind.

QUINN WELLER

Quinn Weller schreibt mir, die »Freudenschreie, die Du wohl gestern gehört hast, die kamen von mir ...« Also, die hätten ebensogut von mir stammen können – denn unter den unverlangt zugesandten Manuskripten eine wirklich gute Story zu finden ist sicher keine alltägliche Erfahrung, und ich neige dazu, meine Freude darüber offen zu zeigen. Fragen Sie nur meine Hausgenossen – vier von uns sind Autorinnen: Ich, Elisabeth Waters, Stephanie Shaver und Cynthia McQuillin. Paul Reyes schreibt auch, und zwar sehr gut, ist aber vorwiegend damit befaßt, den Hund im Hof und Garten herumzujagen und alles zu erledigen, was bei uns so anliegt – vom Rasenmähen bis zur Buchführung für mein Magazin ... Aber alle, die hier wohnen, bekommen meine Freude mit, wenn ich wieder einmal im Stapel auf meinem Schreibtisch einen Text entdecke, den ich nehmen möchte! – MZB

QUINN WELLER

Doppel

Zhi musterte die knietiefen, trotz der frischen Verwehungen deutlich sichtbaren Spuren im Schnee und lächelte zufrieden: Das Kind fiel schon alle paar Schritt hin – die Mutter müßte es bald tragen ... Der fünfstündige Vorsprung des Wildes, das sie hier verfolgte, schmölze im Nu zusammen! Sie strich sich die Eisspitzen von den Wimpern und nahm, den Blick auf die markante Fährte vor ihr geheftet, die Jagd wieder auf.

»Dumme Zauberin!« murmelte sie und starrte auf diese beiden Paare von Stiefelabdrücken. »Ist nicht einmal so klug, sich für ihre Flucht Wintersachen zu stehlen. Auch wenn sie mir entkommen sollten ... sie und ihr Bastard werden vor Kälte umkommen!« Mit kraftvollen Schüben trieb sie die Skier voran, glitt leicht und rasch über den Harsch. Einige weitere Stöße brachten sie in eine Kiefernschonung, wo die Fährte zu einer ausgetretenen Stelle führte, um die der Großteil des Schnees geschmolzen oder niedergedrückt war.

»Hoh, hoh«, lachte Zhi und zog eine Grimasse. »Mußtest dich ein wenig ausruhen, ja? Hast sogar ein Feuerchen riskiert?« Jetzt waren sie ihr wohl nur noch zwei, drei Stunden voraus! Und so schoß sie hurtig weiter, die beiden Speere als Stöcke einsetzend und immer diesen zwei Paaren von Abdrücken – zwei kleinen, zwei großen – folgend, und zählte auch, wie oft die kleinen im Abdruck eines kindlichen Körperteils untergingen. Zumeist fiel das Kind ja offenbar auf den Hintern. Aber auch die Abdrücke zweier Ärmchen und des Gesichts waren zu sehen. Und jedesmal waren dahinter die tiefen Fußspuren der Mutter, die es da wohl wieder auf die Beine gestellt hatte.

Nach einer weiteren Stunde zügigen Laufs stieß sie auf neue Spuren des Paares, dem sie folgte – so aufschlußreich, daß sie scharf bremste und triumphierend grinsend auf die Stelle im Schnee starrte: Diesmal mußte Marran selbst gestürzt sein und ihren Kleinen mitgerissen haben! »Hast eine Weile hier im Schneesturm gesessen, ja, Marran? Ihn fest an dich gedrückt, versucht, ihn dazu zu überreden, doch weiterzugehen?« Und wie sie da, ein kurzes Abflauen des Sturmes nutzend, die Strecke entlangsah, mußte sie einen Anflug von Mitleid unterdrücken: Die Fährte, die von der Stelle weiterführte, bestand nur aus Marrans Fußabdrükken!

»Du wirst nicht mehr viel vorankommen!« fauchte Zhi. »Nicht mit einer Last von fünfzehn Kilo auf dem Rücken, vor allem, wenn die noch strampelt und schreit!«

Eine halbe Stunde später entdeckte sie die zwei: Marran, das in ihren dünnen Umhang gehüllte Kind im Schoß, hockte an der Leeseite eines Hügels vor einem kärglichen Feuer. Da duckte Zhi sich und löste und entfernte ihre Skier in einer einzigen fließenden Bewegung, riß ihren Bogen von der Schulter, legte einen Pfeil auf und zielte.

Doch Marran blickte auf, sah sie ... setzte den schlafenden Kleinen rasch auf den Boden und warf sich schützend vor ihn. »Versuche es erst gar nicht, Zhi«, schrie sie. »Du weißt ja, ich kann deine Pfeile auch schon von weitem ablenken!«

Zhi näherte sich um einen weiteren Schritt. »Ich weiß auch«, rief sie zurück und senkte den Bogen nicht um Daumesbreite, »daß du über zwei Meilen von deinem Land entfernt bist. Nein, du wagst ja nicht zu zaubern, solange du in Reichweite der Burg bist. Wo doch des Königs Magier auf den kleinsten Zauber von dir nur so lauert!« Und sie spannte den Bogen.

Marran überlegte einen Herzschlag lang, sprang hinter ihren Sohn und – hielt ihn vor sich hin wie einen Schild. »Nur zu, erschieße Canual denn«, rief sie über das Brausen des Windes hin. »Aber wenn du meinen Sohn tötest, greife ich zu jedem Zauber in meiner Macht, um dich zu vernichten, und wenn sie mich dann tausendmal aufspüren!«

Zhi zögerte. Die Pfeilspitze senkte sich ein wenig. Der Wind legte sich jäh, und die Flocken fielen sacht. Da schlang sie sich den

Bogen wieder über die Schulter und stapfte, die beiden Speere schwingend, auf Marran zu und machte dann drohend Halt – bei einem Abstand von weniger als einem Viertel ihrer durchschnittlichen Wurfweite.

»Ich töte euch zwei mit einem Wurf!« drohte sie. »Aus dieser Entfernung verfehle ich euch nicht!«

Marran hob das Kind auf die Schultern, ohne die Speere aus dem Auge zu lassen, und meinte ruhig, als Zhi rechts ausholte: »Endlich sind wir einander nahe genug, um miteinander zu reden!«

Zhi wankte der Arm. »Versuche keinen deiner Tricks bei mir, Zauberin!«

»Du weißt, ich werde keine Magie gebrauchen … es wäre denn in höchster Not. Der Magier des Königs würde mich doch im Nu in die Burg zurückhexen, wenn ich mich so verriete. Aber ich brauche auch keine Magie, um dich davon abzuhalten, mich zu töten.«

»Immer versuchst du, mich zu demütigen!« rief Zhi zornheißen Gesichts. »Aber diesmal hast du kein Glück damit … Ich habe dem König die Treue geschworen, und heute verlangt mein Eid, daß ich diesen Bastard und seine Mutter töte.«

»Canual wurde erst zum Bastard, als es dieser lächerlichen Königin endlich gelang, ein Kind auszutragen.«

»Wie dem auch sei, ich werde meinem Eid gehorchen und meine Pflicht tun!«

»Du wirst uns nicht töten!«

Da hätte Zhi mit ihrem heißen Zorn den ganzen Winter tilgen können!

»Nicht so großspurig, Zauberin!« fauchte sie und schwang die beiden Speere wieder. »Du kannst mich nicht einschüchtern … Diesmal nicht.«

»Zhi, Zhi, sieh mich an: Ich bin erschöpft und halb erfroren und hilflos so ohne meine Zauber. Wenn du uns wirklich töten wolltest«, sagte Marran sanft, »hättest du es längst getan.«

»Das … Das ist nicht wahr …«, hob Zhi an, verstummte aber, wohl wissend, daß Marran ihr Zaudern bemerkt hatte. Und sie schrie, warf sich auf die Knie, drückte sich die Spitzen ihrer Speere

gegen den Unterleib und stöhnte. »Ach, ich habe versagt, mein König! Mein Leben ist verwirkt ... Ich muß mich selbst richten!«
»Zhi, halt!« herrschte Marran sie an, legte das schlummernde Kind neben das Feuer und eilte an ihre Seite.
»Zurück! Versuche nicht, mich umzustimmen!«
»Bitte, leg deine Speere nieder. Zwing mich nicht, zu einem Zauber zu greifen, um dich zu retten!«
Zhi schreckte hoch, den Griff hinter den Speerspitzen lockernd. »Du würdest, um mich zu retten, deine Entdeckung riskieren?« staunte sie. Aber dann lachte sie bitter auf, als Marran die Antwort schuldig blieb, und schrie: »Wenn ich das gewußt hätte! Ich hätte dich dazu bringen können, dich selbst zu verraten!«
»Das könntest du noch immer.«
Darauf warf Zhi die Speere mit aller Kraft von sich. »Bitte, sag mir, daß du mich verhext hast! Bitte, sag mir, daß ich nicht aus eigener Schwäche versagt habe!« rief sie flehenden Blickes. »Hast du mich vor deiner Flucht verhext, hoffend, der König würde mich hinter dir herschicken? Wenn ja, hast du Glück gehabt. Weißt du, ich bin nicht eben seine erste Wahl als Kriegerin.«
»Aber seine beste«, erwiderte Marran mit traurigem Lächeln. »Ja, ich habe vorher noch jemanden verhext. Aber nicht dich, sondern den König, damit er dich mit der Verfolgung beauftrage.«
Das konnte Zhi jetzt auch nicht mehr überraschen.
»Ich verstehe«, sagte sie. »Du wußtest um meine Schwäche.«
»Nicht deine Schwäche. Deine Stärke!« murmelte Marran, nahm Zhis Kopf in beide Hände und zwang sie, ihr in die Augen zu blikken. »Du bist die einzige Kriegerin in seinen Diensten«, flüsterte sie mit heißer, heiserer Stimme, »die stark genug ist zu wissen, wann man einen Eid brechen muß. Die einzige, die so mutig ist, sich gegen die Art und Weise, wie er die Frauen in seiner Burg behandelt, aufzulehnen.«
»Ich habe mich da nicht zu beklagen«, protestierte Zhi lahm.
»Der König sieht dich nicht als Frau! Oder nur gelegentlich, wenn die Kerzen aus sind und alle seine Konkubinen ihn gelangweilt haben.«

Zhi kniff ganz fest die Augen zusammen. Es war so lange her, daß sie geweint hatte, fast so fern wie die Zeit, da sie an der Brust ihrer Mutter getrunken hatte. Sie würde auch jetzt nicht eine Träne vergießen! Als sie sich ihrer Stimme wieder sicher war, murmelte sie: »Woher weißt du das?«
»Würdest du gerne hören, was ich sonst noch weiß? Hast du dich nicht, wie alle anderen im Königreich, über die Geburt von Canual gewundert? Der Hofmagier, mußt du wissen, hat ja alle anderen Konkubinen zur Unfruchtbarkeit verhext.«
Zhi rappelte sich hoch und ging zornig auf und ab, kickte dabei Kiefernzapfen ins Feuer. »Das wirfst du mir vermutlich auch noch vor! Ich hatte dich nicht gebeten, mich da zu besuchen, ja, ich hatte dich sogar davor gewarnt, dir gesagt, daß der König wohl versuchen würde, dich zu versklaven.« Und wieder stieß sie einen Zapfen in die Flammen. »Er nimmt ja alle fremden Besucherinnen in seinen Harem, alle außer denen, die zu häßlich sind, um ...«
»Hör auf damit!« rief Marran.
Da packte Zhi sie bei den Schultern und schüttelte sie grob. »Du hast gesagt, ich sei stark. Gut, ich bin stark genug, um der Wahrheit ins Gesicht zu sehen ... der Wahrheit über mich selbst. Ich habe als Zauberin versagt. Und nun bin ich drauf und dran, auch noch als Kriegerin zu versagen!« Da stieß sie Marran weg, die in eine Schneewehe fiel, und lief zu dem schlafenden Kind. »Aber diesmal nicht! Dieses eine Mal werde ich etwas zu Ende bringen!« schrie sie und riß das Kind aus dem Umhang, in dem es lag, hielt es hoch und ließ es über dem Feuer baumeln. »Siehst du das? O ja, ich erinnere mich, Marran. Du hast den Wassergeist zum Zauberelement gewählt, hast deshalb keine Gewalt über das Feuer. Du wirst ihn vor diesen Flammen nicht retten können!«
Schnell wandte sie sich etwas ab, um ihr Gesicht nicht sehen zu müssen – aber ihren Seufzer konnte sie nicht überhören.
»Der König hieß mich, einen Bann gegen den seines Magiers zu setzen«, sagte Marran hastig. »Denn er fürchtete so langsam, die arrogante Idiotin, die er da geheiratet hatte, würde ihm nie einen Erben schenken. Und er versprach mir, wenn ich ihm einen Sohn gebären würde, ihn als seinen anzuerkennen.«

Da wollte Zhi den Jungen ins Feuer fallen lassen – doch ihre Hände wollten sich nicht öffnen. »Du gebrauchst einen Bann«, knurrte sie. »Der Magier wird dich noch holen, und dann töte ich den Kleinen ohnehin!«

»Ich dachte damals auch an Flucht«, fuhr Marran fort, als ob sie nichts gehört hätte, »aber da war ich schon mit etlichen anderen Konkubinen befreundet. Und die wollte ich an diesem gräßlichen Ort nicht allein lassen. Ich malte mir aber auch aus, was mein Sohn, wenn er einmal auf dem Thron säße, alles vollbringen könnte. Und so fügte ich mich ... dem Wunsch des Königs.«

Zhi versuchte, Canual von ihren Armen zu schütteln. Aber vergeblich – er ließ nur das Weinen sein und fing zu kichern an! »Marran, nimm auf der Stelle den Bann von mir«, rief sie verdutzt. »Du kannst das Kind doch nicht retten!«

»Als Canual geboren war, glaubte ich erst, richtig gehandelt zu haben. Der König ließ mich von da an in Ruhe und überließ den Jungen meiner Obhut. Ich dachte, ich könnte ihn nun nach meinem Gutdünken großziehen ... bis der König ihn als seinen Erben anerkennen würde, und zwar, wie versprochen, an seinem fünfzehnten Geburtstag. Aber da hatte ich die Eifersucht des Magiers nicht bedacht ... Er intrigierte gegen mich und schaffte es, dieser Königin eine Schwangerschaft mit glücklichem Ausgang anzuhexen!«

Da schloß Zhi die Augen und konzentrierte sich, um Canual in die Flammen zu werfen. »Nimm jetzt besser den Bann von mir, sonst holt dein Feind dich noch!« sagte sie und horchte auf die nahenden Schritte, Marrans Schritte im Schnee.

Marran ging langsam um sie herum, stellte sich ihr gegenüber jenseits des Feuers auf. »Zhi, ich habe keinen Zauber gegen dich gebraucht«, sprach sie ruhig, ohne auch nur den Versuch zu machen, ihren Sohn an sich zu nehmen.

Wie vom Blitz gefällt, fiel Zhi auf die Knie, schluchzte und preßte den Jungen an ihre Brust. »Ich kann ihn nicht töten«, klagte sie, »ich kann doch mein Schwesterkind nicht töten!«

Nun brach Canual wieder in Tränen aus und schrie nach seiner Mutter, und die kniete sich gleich neben Schwester und Sohn.

»Zhi, du bist keine unfähige Kriegerin«, sprach sie, auch in Tränen. »Ich habe dich nicht bloß als meine liebe Schwester, ›nachgeholt‹, sondern auch als Kriegerin, die mir besser als jede andere bei meiner künftigen Mission beistehen kann.«

Zhi hob das tränenüberströmte Gesicht – unfähig, die Fragen, die sie bedrängten, zu äußern. Marran beantwortete sie auch so …

»Der Sohn der Königin wird das Erwachsenenalter nicht erreichen«, sagte sie. »Diese geistlose Person hätte nie ein Kind haben dürfen. Der Magier hat ihr den Jungen bloß um den hohen Preis anhexen können, daß der schier zu dumm zum Atmen auf die Welt käme … Und nur mit Glück wird er seinen ersten Geburtstag erleben!«

»Weiß der König das?« fragte Zhi mit heiserer Stimme.

»Noch nicht. Der Magier wird das wohl bis zum Tod des Jungen verheimlichen können.«

»Und dann?«

Marran beugte sich vor, streichelte ihrem Sohn das Haar, bis er ruhig wurde, und sagte dann: »Dann komme ich zurück. Mit dem rechtmäßigen Thronerben!«

Nun legte Zhi ihrem kleinen Neffen behutsam die Hand auf den Kopf. »Meinst du wirklich, der König nimmt euch beide wieder auf?«

»Ja«, erklärte Marran. »Wenn ich erst so in Magie beschlagen bin, daß ich diesen Magier besiegen kann. Und mit einem Heer komme, das von der mutigsten Kriegerin geführt wird, die ich kenne.«

Zhi schwieg lange. Dann, ihr fest in die Augen blickend, hob sie die Stimme: »Ich schwöre, dir treu zu dienen, Schwester Zauberin«, gelobte sie. »Und dieses Mal werde ich meinen Eid halten.«

Marran umarmte sie, zum erstenmal wieder seit vielen Jahren, und flüsterte: »Ich habe volles Vertrauen zu dir.«

KATHRYNE KENNEDY

Kathryne Kennedy sagt, ihre erste Story – über Hexen – habe sie schon in der Unterstufe verfaßt und in der Schülerzeitung veröffentlicht. Und sie meint: »Verkäufliches zu schreiben, ist, entgegen landläufiger Meinung, eine harte Arbeit, für die man eine Menge lernen muß! Mir hat es sehr viel genützt, daß meine Mutter aus dem Metier ist ... Mein größtes Problem früher war, daß mir ständig der Lesestoff ausging. Da sagte ich mir eines Tages, genug zu lesen hätte ich nur, wenn ich mir selbst was schriebe.« Das kennen ja wohl viele von uns – ich jedenfalls schon. Als einmal jemand so daherkam und mir einen Schnellesekurs verkaufen wollte, habe ich ihm gesagt: »Hinaus und weg damit! Ich lese ja eh zu schnell, so daß mir immer der Lesestoff ausgeht!«

Kathryne wohnt mit Chris, ihrem Mann, und ihren zwei Söhnen, Jordan und Langdon Lee, in Arizona. Sie war schon in einigen kleineren Publikationen vertreten und wurde bei Wettbewerben »lobend erwähnt«. Aber das hier ist wohl ihr erster professioneller Verkauf. Meinen Glückwunsch! Genieße es. Das ist das aufregendste Gefühl überhaupt – nur wenn man eines Tages auf der Bestseller-Liste steht, ist es noch schöner. – MZB

KATHRYNE KENNEDY

Geistsuche

Das Untier knurrte und schüttelte sein Haupt, daß der Geifer ringsum in den Schnee spritzte. Wild wogte sein nachtblauer Pelz im jähen Wind, und es fuhr herum, drehte sich im Kreis und suchte einen Ausweg aus der Falle, in die es gelockt worden war. Aber hinter ihm ragte die glatte Gletscherwand und vor ihm der Zaun aus spitzen Speeren, die diese Dörfler reckten. Drohend fuhr es die langen Krallen aus, knurrte erneut, und sein Geknurre wurde Gebrüll und Geheul dann, das auf Meilen im Umkreis von den Eiswänden widerhallte.

Kallaka faßte ihre Waffe fester, hatte aber doch, bei aller Furcht und Beklemmung, ein kleines, triumphierendes Lächeln im Gesicht. Sie senkte ihre verschiedenfarbigen Augen – grün das eine und braun das andere, das Wahrzeichen einer wahren Schamanin – und sah besorgt nach dem Liebsten. Erstarrt, wie das Meer unter ihnen, stand Alloc da, die bernsteinfarbenen Augen und den so vollkommen geformten Mund vor Schreck weit aufgerissen. To'nua, seine Frau, tanzte vor ihm hin und her, um ihn mit ihrem schmalen Leib zu schützen, und lächelte ihm von unten zu, ein Lächeln, das ihre schwarzen, krummen Zähne entblößte. Er aber sah Kallaka an und erwiderte ihr Lächeln.

Der Wanderer war es, der endlich den Bann brach – mit rauhem Ruf bot er dem Biest die Stirn ... Er hob den Kopf, daß seine Kapuze zurückfiel, sein seltsam golden Haar im hellen Schein der Sonne gleißte. Kallaka hob vor Staunen die geschwungenen Augenbrauen: Dieser Fremde aus einem fernen Stamm schien das Untier nicht zu fürchten! Wie beschämt scharten die Dörfler sich nun schnell um das grausige Biest, um mit ihren Speeren nach ihm zu stechen, es mit ihren Schreien herauszufordern.

»Dummes Mädchen!« knurrte Binuu der Schamane, dem beide

Arme schon vom Gewicht seines Speeres zitterten, und warf Kallaka einen Blick zu – schwarz das eine Auge und funkelnd vor Wut, braun das andere, mit einem Schimmer, in dem sich Mitgefühl und Verständnis mischten.
Sie erstarrte unter dem Blick des Alten, kämpfte sich aber dann doch zu ihm hin, um ihm Luft im Gemenge zu verschaffen. »Die wollten etwas zu essen«, keuchte sie. »Jetzt haben sie es.«
»Willst mich wohl foppen, Novizin? Den fetten Bären, den ich spürte, hättest du ihnen rufen können!« sagte der alte Binuu und hustete und spuckte schmerzverzerrten Gesichts. »Und das hätte auch viel weniger Mühe gekostet.«
Da machte das Biest einen Satz, daß sie sich eilen mußte, es zurückzuscheuchen. ›Binuu hat recht‹, dachte sie. ›Mit einem rebellischen Monster ist nicht zu spaßen!‹ Aber jetzt konnte keiner mehr im Dorf an ihrer Kraft zweifeln: Es braucht viel Schamanenmacht, solch wildes Wesen so zu zähmen, daß es dem Bannruf folgt. Sie warf den Kopf zurück, daß ihr das lange, ebenholzschwarze Haar nur so über die Schultern fiel. Warum hatte Alloc nicht abwarten können, bis sie volljährig würde? Aber vielleicht trennte er sich ja jetzt von seiner Frau, um sie zu heiraten! To'nua war doch nur eine Häuptlingstochter, und sie, Kallaka, hatte sich heute als eine Frau von großer Macht erwiesen.
Das Tier wankte vor Erschöpfung, und es spürte wohl, daß die Dörfler es ermüden wollten. In neu aufwallender Wut stampfte es mit den Tatzen auf, daß die Eisdecke brach. Und die Risse verbreiteten sich so schnell, daß die Leute kaum Zeit hatten zu reagieren. Kallaka hörte es zischen und krachen und fühlte sich zugleich derb am Kragen zurückgerissen. Und das Eis, auf dem sie eben gestanden, war nicht mehr – an seiner Stelle gähnte ein Loch, in dem das wallende Wasser des Meeres wogte.
Als Kallaka aufblickte und in die grünen Augen des Wanderers starrte, erstarb ihr das Dankeswort auf den Lippen, sah doch der Fremde, der sie vor dem sicheren Tod gerettet hatte, sie so finster an, als ob er sie mit eigener Hand in die Fluten werfen wollte.
»Du hast es gerufen«, stieß er zwischen zusammengebissenen Zähnen hervor. »Jetzt schaff es uns vom Hals!«

Dann wirbelte er sie herum, daß sie das Elend sähe, das das Monster angerichtet hatte: Die meisten Dörfler waren in die Knie gesunken und blickten wie betäubt zu ihm hoch. Und der Schamane lag auf dem Eis, schwer atmend von der Anstrengung, den plötzlichen Eisbruch zu bremsen, und unfähig, die Kraft zum Aufstehen zu sammeln. Nur der Häuptling und ein paar der Tapfersten, der Beherztesten kämpften noch mit blanker Waffe gegen das Tier. Doch der Schnee unter ihren Sohlen leuchtete schon rot von ihrem Blut.

Da hetzte der Fremde um klaffende Spalten und Risse und zog das merkwürdigste Schwert, das Kallaka jemals gesehen hatte: Der Stahl waberte von unirdischen Lichtern und schien Macht auszustrahlen ... Doch Kallaka hatte keine Zeit, sich das genauer anzusehen. Denn leer brachte sie ihre Hand aus ihrer Tasche zurück, und so suchte sie hastig ihre ganze Kleidung ab. Sie hatte die kleine Flöte doch bestimmt mitgebracht!

Doch kaum hatte sie sich, dank der beim Schamanen erworbenen Disziplin, wieder in der Hand, kam sie schon drauf: im Stiefel – sie hatte sie in den Stiefelschaft gesteckt! Aber als sie unter den Fellbesatz faßte, vernahm sie den herzzerreißenden Schrei eines sterbenden Mannes. ›Bitte, laßt es nicht Alloc sein‹, bat sie die Geister und seufzte: »Oh, Alloc, liebster Alloc mein!«

Da schloß sie die Hand um die endlich gefundene geschnitzte Flöte, reckte sich, strich das Haar aus ihren Augen, suchte, gegen diese jähe Sonnenglut anblinzelnd, das verschneite Eis ab – Alloc floh, dicht hinter To'nua, aus dem Kampfgetümmel; und das Biest, der Lücke gewahr, suchte mit einem Satz das Weite und hetzte geradewegs hinter ihm her. Kallaka keuchte, unfähig, sich von der Stelle zu rühren. Wenn das Monster ihm etwas antäte, wäre das ihre Schuld!

Alloc faßte seine Frau am Arm und stieß sie dem Biest in die Bahn, ließ seine Waffe fallen, lief noch schneller. Da stieß Kallaka einen Seufzer der Erleichterung aus. Dann hob To'nua auch schon ihren Speer und stieß ihn dem Monster ins Bein ... Das brüllte und heulte und zerrte an dem Schaft und fuhr, da Alloc es mit scharfer Klinge rücklings angriff, geifernd herum, um sich dieser neuen

Bedrohung zu erwehren. Jetzt stürzten sich auch die übrigen Dörfler in den Kampf ...

Kallakas Warnruf kam zu spät für Alloc – blindlings lief er und fiel in die Spalte, stürzte ins Wasser, daß es spritzte! To'nua war sofort bei ihm, warf sich auf den Bauch und faßte ihn am Kragen und versuchte verzweifelt, ihn herauszuziehen. Die Arme riß es ihr fast aus, so groß war sein Gewicht, und es zog sie, vor Kallakas entsetzten Augen, langsam, gräßlich unaufhaltsam auf das Eisloch zu.

Da musterte Kallaka die Flöte in ihrer Hand – ein Abbild des Monsters, aus Bein geschnitzt, der Länge nach durchbohrt und am Bauch mit einer Reihe kleinerer Löcher für die Töne. ›Es wird ohnehin nicht gehen!‹ dachte sie traurig. Normalerweise brauchte sie für eine Beschwörung zwei Stunden Vorbereitung: Man mußte bestimmte Kräuterabsude trinken und dann bestimmte Bewußtseinstechniken ausüben ... Sich da einfach hinzustellen und die Flöte zu blasen, schien ihr der reine Wahnsinn ... Kurz entschlossen nahm sie die Beine in die Hand und rannte, die um ihr Leben kämpfenden Dörfler im Stich lassend, zu dem einen, der ihr wirklich etwas bedeutete.

Plötzlich schien alles um sie im Zeitlupentempo abzulaufen. Eben noch hetzte sie dahin, den Namen ihres Liebsten auf den Lippen, und nun kniete sie neben To'nua und zerrte an seinem Parka – dem Parka, zu dem sie ihm verholfen hatte, indem sie die Schneekatze aus ihrer Gebirgshöhle gelockt hatte, der Gefahr bewußt, aber ihrer nicht achtend, da Alloc das Fell nun mal gewollt hatte. Wieder und wieder rief sie ihn beim Namen und mobilisierte körperliche Kräfte, von deren Existenz sie noch nicht einmal etwas gewußt hatte. Oh, sie würde alles tun für Alloc, alles!

Als er endlich, das Gesicht nach unten, auf dem Eis lag, nur die Beine noch über die Kante hingen, da ließen ein erneuter Schrei und das Triumphgebrüll des Tiers sie erschauern. Doch mochten ihr auch die Schauder den Rücken hinunterlaufen, sie kniete sich über ihren Liebsten, um zu sehen, wie schwer er verletzt sei ... Eine purpurrote Beule an der Schläfe und ein dünner Blutfaden waren alles, was sie fand.

»Du kannst jetzt nichts sonst für ihn tun!« rief To'nua ihr zu. »Hilf den anderen!«
Wieder ein Aufschrei, und jetzt drehte Kallaka sich endlich um – sah, mit wachsendem Schuldbewußtsein, wieder einen aus ihrem Dorf fallen. Wie viele hatten wohl ihr Leben verloren, während sie Alloc rettete? Nur zwei Mann waren noch auf den Beinen: der Häuptling, kenntlich an seinem roten Pelz, und, bei Gott!, der blonde Fremde da …
Sie hob die Flöte an die Lippen. Es wäre vielleicht nutzlos, aber sie mußte es versuchen. Also schloß sie die Augen, ging ihre geistigen Übungen durch – nicht mit der Gemächlichkeit, die sonst den Weg bereitete, sondern in höllischem Tempo. Die Kräutertees fehlten auch, aber sie stellte sich vor, wie sie sie zubereitete und wie es ihr da beim Trinken warm wurde um Bauch und hell unter den Lidern von einem feinen Licht. Dann blies sie ihre Flöte. Die Kraft und die Macht erfüllten ihre Brust, befeuerten ihr Blut, bis ihr die Haut kribbelte – und sie konnte sich vorstellen, wie beides aus ihrem Mund floß und in die Flöte und durch die eisige Luft hin zu dem Biest. Diesmal wurde ihr Bannlied anders, weniger beherrscht … Sie mußte alle Kräfte aufbieten, um es zahm zu halten. Um es als Teil von sich zu wahren, statt es aufs Land loszulassen, wie ein wildes Ding ohne Zweck noch Ziel. Die Flötenweise stieg und fiel, ein gespenstisch Lied, das kein Sterblicher hätte komponieren können: das Lied des Biests.
Als sie die Augen öffnete, sah sie, wie es bebte, sich ihrem Ruf zu entziehen suchte. Es drehte sich zu ihr um, ertrug es stoisch, daß seine letzten beiden Gegner gleich wieder einen Hagel von Hieben auf seine riesigen Beine regnen ließen. Und es fixierte Kallaka mit mörderischem Auge, kam langsam, eine Blutspur hinterlassend, übers Eis geschritten und blieb dann vor einer breiten Spalte stehen.
Lauter spielte sie da, immer lauter. ›Ich habe deinen Geist in meiner kleinen Flöte‹, schien das Lied zu sagen. ›Komm zu mir!‹
Das Biest trat noch einen Schritt vor – seine Klauen standen über den Rand des Spalts. ›Komm zu mir!‹ schien die Melodie zu sagen. Das Monster hob ein Bein, und das angeknackste Eis gab nach un-

ter seinem Gewicht und brach in tausend Splitter. Wasser spritzte auf in hohem Bogen, und das Biest stürzte in die Flut.
›Doch so langsam!‹ dachte Kallaka. Tiefe Nacht überkam sie, und sie sah nur noch die Augen des Monsters: rote, glühende Bälle, die noch einmal tückisch aufblitzten und dann im Meer verschwanden.

Kallaka saß auf einer Eisscholle am Meeresstrand und war dabei, aus einem Ast einen Narwal zu schnitzen ... Mit zusammengezogenen Brauen, ganz Konzentration, schnitt sie dem Meeresriesen nun noch den Stoßzahn, vorsichtig, um das dünne lange Ding nicht abzubrechen. Doch so sehr sie sich auch bemühte, das Zittern ihrer Finger konnte sie nicht unterdrücken ... und so brach der Zahn auch diesmal – der dritte! Schimpfend warf sie das verdorbene Stück ins Meer und griff in ihren Vorratssack, um sich einen anderen ausgehöhlten Ast zu nehmen.
»Darf ich?« hörte Kallaka da eine fremde Stimme. Und als sie aufsah, starrte sie in die verblüffend grünen, nun so warmen Augen des Wanderers, die ihr doch zornfunkelnd in Erinnerung waren. Aber sie faßte sich und reichte ihm achselzuckend ihr Messer. Er musterte es kurz, gab es ihr dann mit strahlendem Lacheln zuruck und zog sein eigenes. Und machte sich nun mit so offensichtlichem Geschick über dieses Stück Holz her, daß Kallaka erstaunt die Brauen hob.
»Du bist Schnitzer?« fragte sie.
»Wie mancher, der einen langen Schneesturm ausgesessen hat«, sagte er, ohne von seiner Arbeit aufzusehen.
Kallaka musterte ihn verstohlen: Große Hände, aber schlanke Finger. Das Gewand aus feinstem, samtig weich gegerbtem Pelz gefertigt. Das goldene Haar, dergleichen man hier nie zuvor gesehen, war zurückgekämmt und mit einem Lederband gebunden. Kantiges Kinn, mit einer kleinen Narbe vorn, woher die wohl stammte? Sie hätte jetzt doch gern mehr über diesen Fremden gewußt. Er war am Tag vor der Biestjagd angekommen – und sie hatte danach ja fast nur für Alloc Zeit gehabt.
»Schläft Alloc noch immer?« fragte sie, in tiefer Sorge, daß er

nicht mehr aus der Bewußtlosigkeit erwachen würde, in der er seit seinem Jagdunfall lag.
»Es hat sich seit deinem Aufbruch nichts getan, Schamanin«, sagte er und musterte mürrisch seine Hand – das Messer war ihm ausgerutscht.
Kallaka hob erstaunt die schwarzen Brauen: Das war das erste Mal, daß sie mit diesem Titel angesprochen wurde. Sie hatte die Zeremonie noch nicht absolviert, die ihr das Recht gäbe, ihn zu führen.
»Du kommst von weither, Wanderer?«
Er knurrte Unverständliches; aber dann: »Ich heiße Manuk.«
»Warum bist du unterwegs, Manuk? Läufst du vor etwas davon?«
Da drehte er sich um und sah ihr in die Augen – und sie konnte den Blick nicht abwenden. »Du bist die erste, die mich das fragt«, murmelte er. »Man könnte sagen: Ich suche etwas … oder besser: jemanden. Ich weiß nur noch nicht, wer das sein könnte.«
Kallaka saß stumm vor Staunen und wartete auf eine Erklärung.
»Man riet mir, Schamanen zu fragen«, fuhr er fort. »Doch nur der beste und mächtigste könne mir Antwort geben. Binuu habe ich schon gefragt, aber er hat nicht mehr gesagt als hundert andere Schamanen vor ihm.«
Ein Gefühl stieg in ihr auf, überwältigend schier: Vertrauen in ihre Macht und eine große Lust, die Herausforderung, die dieser Mann dafür darstellte, anzunehmen. »Wie lautet deine Frage denn?«
Er sah aufs Meer mit all seinen weißen Eisbergen, auf denen die Walrosse ruhten und die Wärme der fernen Sonne einsogen. »Ich bin vielen Schamanen begegnet, keiner aber hatte solche Macht wie du, die du Novizin bist«, sprach er und wandte den Kopf, blickte ihr wieder in die Augen. »So große Macht kann ein gefährlich Ding sein!«
Da verging ihr das Selbstvertrauen, und ihr wurde bewußt, wie jung sie noch war. Angst vor dem, was in ihr bereit lag, und vor der Einsamkeit, die aus Anderssein kommt, malten sich in ihrer

Miene. Und Manuk, wohl zufrieden mit dem, was er sah, schenkte ihr wieder ein strahlendes Lächeln.
»Kallaka«, flüsterte er. »Sag mir, wo ist die Seele, die mir verwandt ist?«
Sprachlos vor Staunen riß sie die Augen auf. Dieser Mann war unterwegs, um eine verwandte Seele zu suchen?! Da konnte ihm kein Schamane helfen! Man begegnete ihr eben, wenn man Glück hatte, oder hoffte aufs nächste Leben. Jedenfalls verbrachte man das gegenwärtige Leben nicht damit, etwas zu suchen, was man womöglich niemals fand. Was war das für ein Mann … daß seine Seele so heiß nach der anderen verlangte?
Sie strich sich das Haar zurück. ›Was für ein Glück‹, dachte sie, ›daß ich Alloc gefunden habe!‹ So entschlossen wie noch nie, dem Liebsten zu helfen, sprang sie auf und langte nach der Schnitzerei in Manuks Hand.
»Vielleicht kann ich dir helfen, wenn ich meine eigene Sorge los bin«, sprach sie – daß sie keine Antwort auf seine Frage hatte, hätte sie ja nie zugegeben.
Der Anblick des Instruments in seiner Hand nahm ihr den Atem – es war schon fertig und ganz naturgetreu: ein Narwal, von der Flosse bis zum spiralförmigen Zahn … Ihre Schnitzereien waren bloß grobe Nachbildungen der Tiere, die sie beschwor, und mit der Skulptur, die sie nun in Händen hielt, nicht zu vergleichen. ›Da hat er vorhin aber sein Licht mächtig unter den Scheffel gestellt!‹ dachte Kallaka und fragte sich, um wieviel stärker ihre Rufzauber mit Flöten wie dieser wären. Ihr Selbstbewußtsein schwoll.
Gleich setzte sie das Instrument an die Lippen und ging dann ebenso vor wie bei der Beschwörung des Untiers. Sie brauchte keine Rufzeremonien mehr! Mit rückhaltloser Hingabe beschwor sie ihre Macht, ließ sie sich entfalten oder zügelte, zähmte sie, so nötig. Sie blies eine Wasserweise, ließ sie über den Spiegel des Meeres wallen. Und der große Narwal folgte ihrem Ruf. Aus den tiefsten Tiefen stieg er und war kein Jungtier, sondern ein mächtiges Männchen – der König in seinem Reich.
Kallakas Spiel stockte jäh, als der Koloß auftauchte und den Kopf hob zum turmhohen Blasen und der Wasserstrahl als Schauer dia-

mantengleich funkelnder Wassertröpfchen zurückfiel. Und weil der Wal so riesig war, daß er zu stranden riskierte, wenn er näher herbeikäme, spielte sie weicher weiter. Und so wurde ihre Weise zu einem sanften Ziehen und zum Hintergrund ihrer inneren Stimme.
›Großvater des Meeres, ich suche deinen Rat.‹
Und eine alte, brüchige Stimme – die aber keine menschliche war – antwortete ihr: ›Es ist viele Winter her, daß ich mit deinesgleichen sprach.‹ Sehr zurückhaltend. Unverbindlich.
›Bei mir im Dorfe ist einer, der schläft, als Geist wandert und nicht wiederkehrt. Wie kann ich ihn zurückholen?‹
Wieder dieses Zögern. Kallaka fühlte ihre Seele schwimmen – als ob sie auf einem warmen Meer triebe.
›Er ist schon in der Welt der Geister … sein Körper wartet nur noch auf den Tod.‹
»Nein!« schrie sie und spürte dabei, wie Manuk ihr die Schulter fast zerquetschte. »Kann ich dorthin und ihn zurückholen?«
Plötzlich fühlte sie sich wie verirrt, ihr Geist trieb durch ein Meer von Lichtern. ›Merk dir das‹, dachte sie, ›dies ist der Weg zur Geisterwelt.‹ Ein kristallklares Portal aus Eis, mit verschlungenen Gravüren geschmückt, erhob sich vor ihr. Zwei Monster bewachten es, den Seelen dort drin zum Schutz. An diesen beiden schien kein Weg vorbeizuführen. ›Nicht für dich allein‹, flüsterte der Narwal nun, ›aber mit der Hilfe eines anderen … der ein Geistschwert trägt!‹
Schwarze Dunkelheit hüllte sie ein wie ein Leichentuch, und dann nahm sie alles mit anderen Augen wahr. Silberne Fische sah sie schwimmen, Licht in gefilterten Strahlen zucken. Und sie spürte, wie ihr Ich ihr entglitt. Verzweifelt versuchte sie, es aus der Macht dieses Narwals zu befreien, und spürte bald, daß sie den Kampf verlöre.
»Schamanin, so kehre zurück! Fühlst du das Schwert in deiner Hand, Kallaka?«
Wer störte sie denn? Sie trieb in einem Meer der Stille, wo sanfte Strömungen sie mal hierhin, mal dorthin nahmen.
Dann ein Ziehen und Zerren an ihrer Seele, eine Beschwörung,

die nicht ihr eigen Werk war. Ein Gesicht flackerte vor ihr vorüber, mit glühenden, bernsteingelben Augen darin. O nein, sie waren grün wie das Gras, das im Frühling durch den Schnee bricht!
»Manuk?« flüsterte sie und umklammerte das Schwert in ihrer Hand, eine Geisterklinge, die in dieser wie der jenseitigen Welt Macht besaß. Und sie blickte auf, in das schöne Gesicht des Wanderers. »Ich hätte es fast nicht zurückgeschafft.«
Zitternd vor Furcht, überließ sie sich seinen Armen. Nur die Wärme seines Körpers gab ihr die Gewißheit, daß sie wirklich zurückgekehrt war.

Die Dörfler drängten sich stumm in die Hütte der Schamanin, breiteten ihre Felle ums Feuer und betrachteten ehrfürchtig die beiden Sterblichen, die es wagten, in die Geisterwelt zu reisen ...
Nun wischte Kallaka sich den Schweiß von der Stirn und richtete ihren Blick auf den reglosen Alloc. ›Alles gäbe ich für dich hin‹, dachte sie, ›mein Leben, das Leben dieses Mannes, ja, selbst das Leben all dieser Leute.‹
Langsam beugte sie sich über den brodelnden Kessel, schöpfte Kräuterabsud in den Zeremonialbecher, brachte ihn Manuk, der sich zu einer Reise mit ihr bereit gefunden hatte. Als er ob des bitteren Geschmacks den Mund verzog, grinste sie: an den war sie längst gewöhnt.
»Du kannst es dir immer noch anders überlegen«, wisperte sie ihm zu.
Nun lächelte er und strich dem Jungen, den er auf dem Schoß hatte, wie abwesend über den Kopf. »Nein, Kallaka, ich muß dafür sorgen, daß du zurückkommst. Ich brauche ja noch deine Antwort auf meine Frage.«
Sie nickte und setzte sich neben ihn, um die Wirkung der milden Droge abzuwarten. Da spähte der Junge um Manuks Schulter und musterte sie mit boshaft blitzenden Augen. Sie kannte ihn – »Ommakia« hieß er, der Junge ohne Heim, der an jedem Feuer bettelte, unter jedermanns Felle kroch, weil sich nach dem Tod seiner Eltern keiner um ihn kümmern wollte ... Das ganze Dorf war nun eigentlich für ihn zuständig.

›Warum und seit wann ist er so mager?‹ fragte Kallaka sich. ›Und warum starrt er mich so wütend an? Weil ich das Leben dieses Fremden dort aufs Spiel setze?‹ Da warf sie ihr Haar zurück und nahm sich vor, Ommakia an ihr Feuer einzuladen.

»Das Kind sollte besser gehen«, sagte sie dann laut. »Sonst schluckt er noch die bösen Geister, die wir vielleicht aufscheuchen.«

Manuk schob den Kleinen, widerwillig zwar, von sich, und der Junge warf Kallaka einen Blick zu, der hätte töten können.

»Du hast ihn zu dir genommen«, brummte sie. »Ich frage mich, warum?«

Die Droge zeigte schon Wirkung bei ihm; so antwortete er, wo er normalerweise geschwiegen hätte: »Ich war Ommakia. Bin es noch.«

»Aber Binuu hat gesagt, das Schwert sei ein Geschenk deines Vaters, eines berühmten Schamanen. Nach seinem Tod hat sich doch sicher jemand um dich gekümmert.«

»Mutter, Schwester, Vater«, murmelte er, kaum verständlich. »In die Geisterwelt gegangen, da ich fünf Sommer zählte. Ich habe keine Macht geerbt, nichts außer diesem Schwert. An mir lag niemandem etwas.«

›Deshalb bist du also unterwegs‹, dachte sie, ›um zu jemandem zu finden und wieder zu wem zu gehören.‹ Sie fühlte in ihrem Herzen ein vertrautes Gefühl sich regen. Kein Mitleid, nein, sondern ein Gefühl gleich dem, das sie für Alloc hegte. Aber es verstörte sie, und so war sie froh, daß der Schamane sein Tamburin zu spielen begann, den Schlegel aus Narwalzahn über die straff gespannte Walhaut wirbeln ließ. Gemach spielte er erst, rascher, drängender, wilder dann, bis der ganze kleine Raum von seinem Rhythmus bebte und der knöcherne Spannreifen ihm schier zersprang.

Und Kallaka wiegte sich dazu und fühlte dann, daß auch Manuk einfiel.

Also eingestimmt, machte sie sich an ihre geistigen Übungen, bezog auch den Wanderer mit ein in dieses Gespinst. Langsam, behutsam ging sie vor, denn die Erinnerung an ihre Angst, im Geist des Narwals unterzugehen, war noch lebendig. Sie hatte auf schmerzliche Weise gelernt, worin der Zweck dieser Riten bestand. Und sie wollte von dieser Reise zurückkehren! Jetzt lohte das Feuer auf, sprühte tausend Funken in die Luft und die tanzten über den Flammen gleich winzigen Lichtpünktchen, stoben und wirbelten und ordneten sich dann – zu einem Pfad. Dem Pfad zur Geisterwelt.

Schon teilte Kallaka silberne Nebel und kam vor das Tor aus Eis. Dort standen die zwei Monster noch immer Wache und die beäugten sie mit ihren roten Lichtern und knurrten gleich im Chor, als sie einen Schritt näher kam ... ›Manuk‹, dachte sie, ›wo ist er?‹

Doch als er plötzlich erschien, verschlug es ihr den Atem: Völlig transparent war er, nur das Schwert an seiner Seite schien noch handfest. Bestürzt sah sie an sich selbst herab – und hätte beinahe aufgeschrien: Auch ihr Leib war wie von dieser Geisterwelt!

Nur einen kurzen Blick warf der Wanderer ihr zu und schritt dann, sein Schwert wie zum Abwehrzauber vor sich schwenkend, auf die zwei Ungeheuer zu. Die knurrten und sprangen auf ihn los, daß ihnen der nasse Schnee nur so um die Beine zischte. Doch Manuk duckte sich zwischen die beiden, wirbelte herum, lachte über ihr Erstaunen und schrie: »Jetzt, Schamanin!«

Kallaka lief los – nur dank seines Lachens ihrer Angst Herr werdend. Manuk lachte. Hier in der Geisterwelt lachte er über niemand anderes als zwei Monster. Er war entweder unglaublich mutig oder völlig wahnsinnig. Meinte er etwa, sie seien mit ihrem ätherischen Leib hier unverwundbar? Entsetzt fuhr sie herum, warnte ihn: »Sie können dir deine Seele rauben, Manuk!«

Schon sprang eines der Biester auf ihn los, und Manuk hieb nach seinem Bein, duckte sich nun tief, da das andere Monster mit ausgefahrenen Klauen nach seinem goldenen Schopf schlug, und stach nach oben, durchbohrte ihm die Pfote, ließ es schreien und wandte sich wieder dem anderen zu ... Aber Kallaka fragte sich doch, ob er diesen Kampf noch lange durchstehen könnte. Auch mit der Macht seines Geistschwertes ... Er brauchte ihre Hilfe!

Dennoch zögerte sie nur einen Moment, ehe sie sich abwandte. Ja, sie würde auch diesen tapferen Mann da für ihren feigen opfern. Sie mußte sich beeilen, wenn sie es schaffen wollte: Je länger sie in der Geisterwelt blieb, desto schwerer würde ihr die Rückkehr in ihre Welt – ihre Seele würde nicht mehr gehen wollen.

Weiß, überall diese Weiße ... Kallaka lief durch den Schnee, der Nicht-Schnee war, verhielt am Fuß eines durchscheinenden Gletschers, machte sich daran, ihn zu ersteigen. Warm fühlte sich das Eis unter ihren Händen an, und es pulsierte wie von Blut in kristallenen Adern. Und sie nutzte jede Spalte, jede Ritze, um sich festzuhalten, verbiß sich das Schluchzen, das ihr die Anstrengung in die Kehle trieb. Geisterblut rann aus Geisterfingern, und so ließ sie leuchtendrote Flecken hinter sich. Und weiter stieg sie, weiter.

Wieder Lichter. Weiche, wirbelnde Lavendelschwaden. Kallaka stand auf dem Gipfel der Welt und hielt den Atem an bei dem Anblick, der sich ihr da bot: Seelen ohne Zahl sah sie durch die farbige Wolkendecke, das ganze Meer war voll davon. ›Oh, Alloc, Alloc, wie soll ich da deine unter all denen finden?‹

Sie besah sich die, die ihr am nächsten trieben: Von Schwarz über Grau bis Weiß reichte die Skala der Tönung. Viele waren mit dünnen Fäden umwickelt und manche so dicht, daß man sie kaum noch darunter sah ... Behutsam berührte sie die Spule um eine schwarze Seele – und zog die Hand so jäh wieder zurück, als ob sie sich verbrannt hätte. Lebensfäden. Eines der Leben dieser Seele hatte sie noch augenblicklich gelesen ... ein sündiges, trauriges Leben war es gewesen. Da wischte sie sich diese Hand an ihrem Kleid ab, um die noch frische Farbe abzureiben.

Die Seelen dort in den Spulen waren von unregelmäßiger Form, wie Tonscherben fast; manche waren zusammengesetzt, aber so genau, daß man es kaum sah: ganz gemacht durch Zusammenfügen. Ob sie hier in dieser Welt auch ihre Seele sehen könnte? Mit zitternden Händen griff sie sich in die Brust und versuchte, sie herauszulösen, fragte sich aber unwillkürlich dabei, von welcher Farbe sie wohl sei.

Da spürte sie etwas reißen, schrie auf vor Schmerz – und was sie in den Händen fühlte, ließ sie erschauern. Rasch, ehe sie den Mut

dazu verlöre, riskierte sie einen Blick darauf: Auf eine graue Masse starrte sie da. Grau ... neutral. Weder gut noch böse.
Ein leises Keuchen verriet ihr dann, daß Manuk wieder zu ihr gestoßen war. Dieser Mann erstaunte sie doch immer wieder!
Und brachte sie gleich auf eine Idee: Neugierig musterte sie ihre Seele: ein Halbrund mit gezackter Kante, so als ob eine Hälfte fehle, mit einer Kerbe in der Mitte ... der Faden zum jetzigen Leben lag nicht darum, sondern führte in die Brust! Kallaka widerstand der Versuchung, die übrigen Fäden noch zu prüfen, da sie nicht sicher war, ob sie noch die Zeit hätte, ihre früheren Leben zu lesen, ja, ob sie das überhaupt wollte. Statt dessen hob sie ihre halbförmige, graue Seele und warf sie, so weit sie konnte, in den Strudel des Seelenmeers.
»Alloc«, flüsterte sie dazu. Er war die ihr verwandte Seele, so würde ihre Seele die seine sicher finden! Etwas zog sacht an ihrem Lebensfaden, aber er dehnte sich weiter und weiter, bis sie ihre Seele nicht mehr sah. Rasch drehte sie sich um, um sie nicht noch, aus Angst sie zu verlieren, gleich wieder einzuholen ...
Und sah, wie Manuk sich in die Brust griff, und bekam große Augen, als er seine Seele hochhielt ... Fast weiß war die und strahlend hell wie ein Leuchtfeuer. »Und die Form!« keuchte Kallaka. »Wie ist das möglich?«
Jetzt straffte sich ihr Lebensfaden und spulte sich surrend auf. Und ihre Seele schoß in rasendem Tempo näher: Denn sie hatte gefunden, was sie gesucht, und wollte heim. Da schrie Kallaka, sah sie doch, daß auch Allocs Seele dabei war. Und die zwei paßten perfekt ineinander, außer an dieser Kerbe – aber sie waren beide schwarz wie die schwärzeste Nacht.
»Nein!« rief Kallaka und riß die beiden auseinander, und da kehrte die ihre zum Dank gleich wieder zu ihrem neutralen Grau zurück. Seine Seele hielt sie am noch baumelnden, nicht völlig aufgerollten Lebensfaden eisern fest. Sie könnte sie noch zurücksenden – aber ohne die ihre! Doch die zwei Seelen strebten so heftig zueinander, daß Kallaka all ihre Kraft aufbieten mußte, um sie auseinanderzuhalten. Bis ...
Da ließ Manuk seine Seele gehen, und die kam herbeigeflogen,

schlug Allocs Seele aus dem Feld und vereinte sich dann mit der ihren. Und sie paßten perfekt ineinander, auch an dieser kleinen Kerbe! Kallakas Seele nahm jetzt ein gebrochenes Weiß an, und die seine erstrahlte in glänzendem Weiß, so als ob sie eben nur miteinander ihre besten Möglichkeiten verwirklichen könnten.

»So, Schamanin«, schluchzte Manuk. »Nun hast du meine Frage schließlich doch beantwortet.«

»Geht?« fragte Kallaka. »Was soll das heißen: ›Manuk geht‹?«

Der alte Schamane schüttelte den Kopf. »Warum nur sind mir manche Dinge so offensichtlich und anderen überhaupt nicht?« krächzte er, erhob sich mit knackenden Gelenken und sah die junge Frau über das Hüttenfeuer an. »Ich weiß, was zwischen dir und Manuk in der Geisterwelt vorgefallen ist, aber auch, daß ihr einander seit Tagen aus dem Weg geht. Und Alloc hat nun, da er wieder gesund ist, endlich seine Absicht erklärt, sich von seiner Frau zu trennen und dich zu heiraten ... Aber du zögerst mit deiner Entscheidung ... Wie lange soll er denn noch warten?«

Kallaka schauderte – der Gedanke daran, wie To'nua geschrien hatte und mit welcher Miene er seine Frau beiseite geschoben hatte, um neben sie zu treten, war fürchterlich. Aber war es nicht das gewesen, was sie gewollt hatte? Warum litten dann jetzt so viele?

»Ich habe Alloc meine Antwort noch nicht gegeben«, sagte sie finster und stocherte mit der Stiefelspitze in einem Haufen Felle herum.

»Dann entschließe dich endlich!« fuhr der alte Binuu auf und stampfte mit seinem Schamanenstab so hart auf den Boden, daß die scharlachroten Federn darauf zitterten. »Du hast die Gabe, die Seele der anderen zu sehen. Dann habe auch die Weisheit, dieses Wissen zu nutzen!«

»Weisheit hat nichts mit dem Herzen, mit dem traurigen Ende von Träumen zu tun«, erwiderte Kallaka mit halb ersticktem Schluchzen. »Wenn Alloc so eine schwarze Seele hat, weshalb liebt To'nua ihn dann immer noch? Sie weiß doch auch, wie er ist!

Außerdem, mir fällt es schwer, von dem zu lassen, den ich so lange gewollt habe!«
»Wenn To'nua bei ihm bleibt, wird sie vielleicht seine Seele weiß machen, oder?« knurrte er. »Manche Menschen können das Beste in dir zutage fördern und manche das Schlimmste. Doch das bedenken die Träume eines Kindes nicht...«
Kallaka senkte den Kopf.
»Werde endlich erwachsen, Mädchen«, murmelte Binuu, der alte Schamane, und kehrte ihr den Rücken.

Das seidenhaarige Kamel tänzelte vor Kraft, der Schnee flog ihm nur so von den Hufen. Kallaka blinzelte gegen den Glast der Sonne an und trieb ihr Reittier voran. Manuk hatte sich kurz umgedreht, sich noch einmal nach den tief verschneiten Hütten, ihrem Dorf, umgedreht. Bestimmt hatte er sie dieses Mal gesehen!
Aber nun hatte er sich wieder nach vorn gewandt, den Jungen fest im Arm. Als ob der das einzige wäre, was ihm geblieben! Wütend vor Angst beugte sie sich über den Hals ihres Kamels und preschte wild entschlossen voran. Schneeflocken klebten ihr an die Wimpern, sie blinzelte sie fort und schrie: »Du willst mich also einfach verlassen?«
Manuk zügelte sein Reittier, daß es stand, drehte sich aber nicht um.
»Kallaka?«
»Ja?«
Der Wind tanzte und fauchte rings um sie.
»Wozu hast du dich entschieden?«
Kallaka jagte vor, riß ihr Tier herum, hielt vor ihm. Er sah ihr so bohrend in die Augen, daß sie schauderte. Warum hatte sie sich bloß entschlossen, mit ihm zu gehen? Sicher, To'nua war glücklich, als sie ging, da sie wußte, daß Alloc dann zu ihr zurückkehren würde. To'nua wußte ja, wer er war, wollte aber bei ihm bleiben.
Sie dachte daran, wie sie in der Geisterwelt ihre Seele von seiner losgerissen hatte, mit welcher Entschlossenheit! Und daß sie sich dann nach ihrer Rückkehr doch wieder so zu ihm hingezogen ge-

fühlt hatte. Es war also nicht die Farbe seiner Seele, die für sie den Ausschlag gegeben hatte.

»Erinnerst du dich an die Kerbe in meiner Seele? Die kleine Kerbe da an der Bruchkante?«

»Ja, was ist damit?«

»Allocs Seele hat sie nicht ausgefüllt«, erwiderte Kallaka achselzuckend.

Manuk holte tief Luft.

»So wenig gab bei dir den Ausschlag?«

»Nein, so viel!« erwiderte sie und warf den Kopf zurück, daß ihr das Haar über die Schultern fiel, und legte ihm die Hand auf den Arm, der so fest den kleinen Jungen hielt.

LAWRENCE SCHIMEL

Ein Attribut eines großen Autors hat Lawrence Schimel schon mal: die geniale Unterschrift. Ja, seine Signatur unter dem aktualisierten Lebenslauf, den er mir nun geschickt hat, ist genau so unleserlich wie die mancher berühmter Schreibprofis, deren Namen ich aber taktvollerweise für mich behalte.
Meine ist fast neurotisch ordentlich und lesbar; vielleicht ist es ja Eitelkeit – aber warum sollte ich, wenn Fans mich höflich um ein Autogramm bitten, meinen Namen so schreiben, daß sie nicht erkennen können, ob da mein Name oder der meiner Nachbarin steht?!
Lawrence schreibt Kurzgeschichten, und er ist einer meiner erfolgreichen jungen Autoren. Er habe seine Geschichten schon in alle Welt verkauft, schreibt er, sie sind in über achtzig Anthologien erschienen – da kommt schnell viel zusammen, wenn man keine Romane schreibt! Seine Storys sind ins Niederländische und Finnische, Deutsche, Japanische, Italienische, Polnische und Hochchinesische übersetzt worden. Neuerdings ist er auch unter die Übersetzer gegangen (noch so ein komischer Job für Autoren) und übersetzt Comics, vom Spanischen ins Englische. Er wohnt in Manhattan und schreibt jetzt ganztags … bis er es wieder mal satt hat, vor seinem Computer zu hocken, und dann zwischendurch in einem Kinderbuch-Laden arbeitet.
– MZB

LAWRENCE SCHIMEL

Krähenfedern

In der frischen Luft mußte Ysabelle niesen, als sie den schweren Nachttopf ins Wäldchen hinter der Kneipe trug. Hier draußen war Frühling, mit Knospen und Blumen und Vogelgesang ... und sie war alleweil eingesperrt, hatte zu putzen und zu wischen und zu tun. Heute war ihr elfter Geburtstag – und da fragte sie sich schon, wie anders ihr Leben wäre, wenn ihre Eltern nicht letzten Sommer bei einem Überfall ums Leben gekommen wären!

Gut, der Pferdeknecht und seine Frau hatten sie aufgenommen, und eine zusätzlichen Esserin war, vor allem im Winter, keine leichte Bürde für die beiden – aber dafür ließen sie sie ja auch schwer genug schuften. Sie hatte viel mehr zu tun als deren leibliche Töchter, das stand fest, und immer die unangenehmsten Arbeiten ... Als die Eltern noch lebten, waren sie zu dieser Jahreszeit in die Wälder hinausgegangen, um zu picknicken und Kräuter und Beeren und wilde Pilze zu sammeln ...

»Ysabelle, du faules Stück, hör auf zu träumen und mach, daß du wieder an die Arbeit kommst!« tönte es da vom Haus.

Sie ging schneller – und fragte sich, was wohl wäre, wenn sie einfach immer weiter und weiter in den Wald hineinliefe und nie mehr zurückkehrte. Sehnsüchtig sah sie der Krähe nach, die zu ihrer Linken dahinflog, und hätte zu gern selbst Flügel gehabt, um damit ihrem Elend zu entfliehen.

Hastig leerte sie den übelriechenden Inhalt des Geschirrs unter einen Busch und machte sich dann auf den Rückweg. Aber am Waldrand drehte sie sich noch einmal um, zu einem letzten Blick auf das sprießende Grün. So lebendig und kraftvoll und pulsierend schien es ihr – diese Kneipe hingegen, in die sie jetzt zurückmußte, so dunkel und abstoßend wie ein feuchtes Grab ... Noch einmal sandte sie der Krähe einen sehnsüchtigen Blick nach, einen langen, verlangenden Blick, und wie sie da schaute, machte der Rabenvogel kehrt und kam zurückgeflogen. Er zog einen engen Kreis über ihr, einen und noch einen, und beim dritten ließ er eine Feder herabschweben ... So entzückt war Ysabelle da, daß sie ihren Nachttopf fallen ließ, um die kleine ebenholzschwarze Feder noch in der Luft zu erhaschen. Lächelnd blickte sie dann auf und sah dem schwarzen Gesellen nach, der schon wieder zum Wald flog. Dann steckte sie sich die Feder unters Hemd und machte, daß sie ins Haus kam, ehe Galen wieder nach ihr brüllte.

Sie trug ihren Fang nun an einem Band um den Hals. Er sollte sie immer daran erinnern, daß das Leben anderswo anders sein könnte, und immer wenn sie sich wieder einmal giftete oder grämte, ließ sie ihre Seele auffliegen und stellte sich vor, wie sie sich selbst über den Grund ihres Kummers erhob ... bis sie sich wieder beruhigt und abgeregt hatte. Bald hatte sie mehr Federn – jede Krähe, die sie sah, flog herzu, kreiste dreimal über ihr und ließ eine Feder für sie fallen. Sie sammelte sie alle auf, aber sie hängte sie sich nicht um – das blieb der ersten vorbehalten –, sondern versteckte sie in einem Beutelchen vor ihren Pflegeeltern, denn die hätten sie weggeworfen, hätten sie die Federn entdeckt, und sie selbst obendrein verlacht, verspottet und womöglich noch mit der Weidenrute geschlagen. Der geringste Anlaß genügte ihnen ja, zur Rute zu greifen ... Sie hatte ihr Bett unterm Dach, und so versteckte sie ihren kostbaren Schatz unter dem Dachvorsprung vor ihrem Fenster und kroch Nacht für Nacht da hinaus, um die neuen Federn dazuzustecken. Bald hatte sie so viele davon, daß sie begann, sie zu Zehnersträngen zu binden und zu nähen, um die Übersicht zu behalten.

Einmal nun stieg sie, um ihren Hort wieder um eine Handvoll Federn zu vergrößern, schon am Nachmittag aufs Dach hinaus, statt wie sonst dazu den Schutz der Dunkelheit abzuwarten.

Aber sie war an diesem Morgen beim Leeren der Nachttöpfe mit so vielen schönen schwarzen Federn beschenkt worden, daß sie Angst hatte, man könnte sie entdecken – das Wirtstöchterlein ließ es sich ja angelegen sein, ihr Schlafeckchen regelmäßig zu inspizieren und zu durchstöbern und bei ihren Eltern über jeden Schaden und Mangel oder ungewöhnlichen Gegenstand, den sie dabei fand, unverzüglich Bericht zu erstatten – was dann unweigerlich zur Folge hatte, daß die lieben Pflegeeltern die Weidenrute hervorholten!

Als sie nun, da sie alles verstaut hatte, wieder zum offenen Kammerfenster zurückkroch, beeilte sie sich aus ihrer ewigen Angst vor Entdeckung so sehr, daß sie prompt ausrutschte und vom Dach stürzte …

Dann ging alles so schnell, daß sie kaum dazu kam, sich vor dem Aufprall zu fürchten. Sie wußte nur, daß sie fiel, hatte aber vor allem vor dem Ärger Angst, der ihrer Landung folgen würde: Der Krach würde sicher bewirken, daß die ganze Familie herbeigelaufen käme, sie fände und dann wieder bestrafen würde! Doch da fiel die Feder, die sie um den Hals trug, unter ihrem Hemd hervor, und schon fing Ysabelle an zu schweben statt zu stürzen, glitt sacht zur Erde und landete in beträchtlicher Entfernung sanft und sicher auf den Füßen. Sie warf gleich einen Blick zur Kneipe zurück, um sich zu vergewissern, daß niemand ihren kurzen Flug beobachtet habe. Und zum Glück war niemand zu sehen!

Sie wußte gut, daß sie schleunigst ins Haus zurückmußte, ehe man ihr Fehlen bemerkte … aber es war doch ein wunderbares Gefühl, nun nicht in der Schenke, sondern draußen im Freien zu sein – frei. Da riß das Krächzen einer Krähe sie aus ihren Gedanken und Träumen, und als sie aufblickte, sah sie drei der großen schwarzen Vögel hergeflogen kommen. Und sie ging ihnen, fast instinktiv, entgegen, so sehr verlangte es sie nach ihrer Gesellschaft … Die drei landeten auf einem umgestürzten Baum – und es war ihr beim Näherkommen, als ob die Krähe in der Mitte diejenige sei, von der die Feder an ihrem Halsband stammte. Und diese Krähe hatte, wie sie jetzt sah, menschliche Augen.

»Corax«, sagte Ysabelle so bei sich – ein Wort, das sie noch niemals gehört hatte, aber es schien ihr der Name dieser Krähe zu sein.

Das Mädchen und die Krähen starrten einander lange Zeit an – bis die Kleine schließlich den Blick abwandte. Kaum war der Kontakt gebrochen, breiteten die drei Vögel ihre Schwingen. Ysabelle sagte Corax einen stummen Dank, und da erhoben sie sich schon in die Lüfte und flogen zum Wald zurück. Und sie sah ihnen nach, bis sie hinterm Horizont verschwunden waren, und steckte dann die wundersame Feder wieder unters Hemd und eilte in die Schenke zurück.

Bald begann sie nun des Nachts, wenn alle anderen schliefen, im kärglichen Mondschein, der durch ihr Fenster fiel, still und emsig ihre Federbänder zusammenzunähen, und nicht lange, da hatte sie den schönsten Federumhang fertig.

Als sie nun älter wurde und ihre Regel bekam und ihr Brüste knospten, schwellten und dunkle Haare zwischen den Schenkeln wuchsen, suchte und fand Galen immer häufiger einen Vorwand, um sie ihre Röcke heben und sich, zur Züchtigung, nach vorn beugen zu lassen. Er faßte sie ja nie an, nein ... Seine Hand bekam sie nur gelegentlich zu spüren, wenn er sie »zufällig« damit traf, statt mit der Rute – aber das scherte sie nicht, denn so ein Schlag war weit weniger schmerzhaft als ein Hieb mit der Weidengerte. Aber ihr war schon klar, daß er sie oft einfach deshalb schlug, weil er es genoß, sie nackt und bloß zu sehen ... Sie fühlte sich jedesmal danach so schmutzig und dachte häufig daran fortzulaufen. Aber wohin hätte sie gehen können? Als junges Mädchen, so ganz allein in der Welt, ohne Familie noch Geld, würde sie vergewaltigt oder ... schlimmer noch ... Und hier hatte sie wenigstens ein Dach über dem Kopf und bekam etwas zu essen und anzuziehen, wenn sie auch dafür geschunden und geschlagen wurde. Aber es hätte ja auch noch alles weit schlimmer kommen können ...

»Es hätte auch weit besser sein können«, sagte Ysabelle sich aber auch.

So holte sie eines Nachmittags, nach einer besonders herben Tracht Prügel von Galen, ihren Umhang aus dem Versteck unter dem Dachvorsprung, schlug ihn in eine Decke und machte sich auf zum Wald. Und wie sie ging, bekam sie Begleitung hoch in den Lüften ... erst eine Krähe, dann zwei, vier, sieben, die ihr flügelschlagend folgten. Und als sie schließlich so weit weg war, daß sie die Schenke bestimmt nicht mehr gesehen hätte – wenn sie sich

umgedreht hätte –, kreiste schon eine ganze schwarze Schar von annähernd drei Dutzend Krähen über ihr am Himmel.
Und sie blieben über ihr, als sie durch den Wald eilte und auch als sie bald wieder ins Freie trat ... an den Rand eines Kliffs über einem weitem Land mit grünen Feldern und einem See, den ein Wasserfall zu ihrer Rechten speiste. Als sie sich dann auf einen Felsen in der Nähe des Abgrunds setzte, ließen sie sich rings um sie nieder und warteten, merkwürdig still und schweigsam. Nicht lange, da stand Ysabelle auf und holte den Umhang heraus, warf ihn sich rasch um die Schultern und zog die Feder unter ihrem Hemdchen hervor.
Dann drehte sie sich zu den Vögeln um und sah in die Runde. Wieder blieb ihr Blick an den menschlichen Augen einer Krähe hängen. Sie hörte eine Stimme, die wie ein Gedanke in ihrem Kopf klang und genau die war, die nach ihrem Sturz vom Dach »Corax« geflüstert hatte.
»Komm«, hauchte es, und das ging wie eine sanfte Brise durch ihr Bewußtsein. »Komm mit uns. Fliege mit uns.«
»Lehre es mich«, bat Ysabelle laut, da sie noch nicht stumm antworten konnte.
»Du bist zu schwer«, ließ sich eine zweite Stimme in ihrem Kopf vernehmen.
Da streifte sie langsam ihre Sachen ab und legte alles, fein gefaltet, auf die Decke und legte sich ihren Umhang wieder um. Halbnackt, so daß ihre Striemen und blauen Flecken allen sichtbar waren, drehte sie sich wieder zu den Vögeln um und dachte, mit aller Kraft, die ihr zu Gebote stand: »Jetzt bin ich soweit.«
»Du bist zu schwer«, wiederholte die zweite Stimme.
»Laß dich gehen«, sprach eine weitere Krähe und hüpfte zur Veranschaulichung etwas hoch.
Ysabelle versuchte auch gleich, es nachzumachen, und hopste in die Luft – fiel aber so derb auf den Boden zurück wie eh und je.
»Es geht nicht«, sagte sie da laut, vor Enttäuschung vergessend, daß die Vögel ihre Gedanken hören konnten ... Und dann sah sie Corax bittend in die Augen.
»Entspanne dich«, sprach die Krähe sanft in ihr.

»Laß deine Gedanken gehen.«
»Laß sie zwischen Wolken treiben.«
»Sei frei.«
Dann ging ihr in einem winzigen Winkel ihres Bewußtseins mit einemmal auf, daß sie ja schon flog, in Gestalt einer Krähe flog. Aber sie fragte sich nicht etwa besorgt, wie sie denn fliege oder warum. Nein, sie genoß es lieber zu fühlen, wie der Wind ihr die Schwingen füllte und die Sonne ihr auf den Rücken brannte, als sie zwischen Wolken aufstieg und mit den anderen Krähen um die Wette flog.
Als der erste Reiz des Fliegens vergangen und sie etwas erschöpft war, geleiteten die schwarzen Vögel sie zur Klippe zurück, wo ihre Sachen warteten. Noch im Anflug nahm sie, da ihre Gedanken erdenschwer wurden und sich Galen samt Familie und Kneipe zuwandten, wieder Menschengestalt an. Und landete dann mit wild flatterndem Umhang.
»Du kannst nun fliegen«, sagte Corax noch ruhig und sanft in ihr, derweil der Schwarm sich schon auflöste.
Nun blickte Ysabelle ihm tief in die menschlichen Augen, und da wußte sie, daß er einst auch ein Mensch gewesen war, aber auf die menschliche Gestalt für immer und ewig verzichtet hatte. Vielleicht sollte sie das ja auch – aber nein, sie war noch nicht bereit dazu ... Also kehrte sie Corax den Rücken, legte ihr Menschengewand an und wickelte ihren Federumhang sorgsam ein. Ja, sie würde ihn wieder gebrauchen, das stand für sie außer Frage; aber sie war ja noch nicht frei. Und sie machte sich auf den Heimweg, aus eigenem Antrieb diesmal – denn sie hatte da so einiges zu regeln und einen richtigen, wenn auch eventuell recht unerfreulichen Abschied zu nehmen. Sonst wäre sie nie und nimmer frei, und frei wollte sie sein. Sie hatte sich soviel an Leben aufgespart und war entschlossen, dieses elende Nest endlich zu verlassen und so hoch und weit zu fliegen, wie ihre Kräfte sie trügen.

STEPHANIE D. SHAVER

Stephanie Shaver wohnt bei uns im Haus; meine eigenen Kinder sind alle schon erwachsen und ausgeflogen – und daher freue ich mich, wieder so einen Teenager bei mir herumsingen zu hören, mit einem sehr süßen, unverfälschten, ungeschulten Sopran. Meine Tochter ist eine hochtalentierte Sopranistin mit Opernqualitäten, scheint sich jedoch für die Folk music entschieden zu haben. SängerInnen ohne Gefühl für Melodie und Tonhöhen könnte ich wohl kaum aushalten.

Stephanie war und ist eine meiner jüngsten AutorInnen – auch wenn sie bei Erscheinen dieser Geschichte wohl schon einundzwanzig sein wird. Sie ist mit einem netten jungen Italiener verlobt, der auch ihr Mitautor und Ideen-Austauschs-Partner ist (das sagt jedenfalls ihre Vita).

Zur Zeit überarbeitet sie ihr Buch Shadowstrike *(»Ich hätte schwören können, daß das Manuskript druckreif war … aber wohl nicht!«), das in derselben Welt spielt wie alle ihre Storys, die in dieser Reihe erschienen sind. Sie arbeitet bei einem Online-Spiele-Unternehmen, geht nebenher auf die Schule und wirbelt im Büro meines Magazins. Ich weiß nicht, wie sie in diesem Arbeitsprogramm noch das Schreiben unterbringt, aber irgendwie scheint sie das – nach ihrem »Edelsteinhell« zu urteilen – ja zu schaffen.*

»Edelsteinhell« selbst verdanke sich ihrer Schwäche für Meg Davis beziehungsweise einem Vers in einem ihrer Lieder, der sie irgendwie berührt habe – in einer von Davis sicher nicht intendierten Weise, aber doch so, daß sich daraus eben diese Story entwickelt habe. – MZB

STEPHANIE D. SHAVER

Edelsteinhell

Als sie sich kennenlernten, hatte sie ihm gesagt, daß sie keine leeren Versprechungen wolle, daß sie mit derlei nicht leben könne. Und er, der ihr da unerhörte Schätze versprach, hatte erwidert, daß er dergleichen niemals leichthin sage und daß er sie nicht enttäuschen werde.
Das hatte sie gefreut, und das war ihm kostbarer als alles andere im Himmel oder auf Erden.

Und wieder einmal ... Eishauch auf den Wangen und der Himmel wie ein graublauer Schiefer.
Wieder die endlose Winterlandschaft, weiß wie die Haut einer Königin und kalt wie ihr Herz ... und nur von dem schartigen Schwertmassiv unterbrochen, das so grau war wie Schiefer und wie ein wildes Auge.
Wieder.
Ja, wieder.

Der Winter hielt die Nordregion von Eavris in eisigem Griff, und das schon länger als je zuvor seit Menschengedenken, aus Gründen aber, die nicht allen klar waren. »Edelsteinhell.« Diesen Namen flüsterten die Älteren den Kindern nächtens ins Ohr.
Viele Männer und Frauen hatten um seinetwillen den eisigsten Stürmen getrotzt – aber nicht einer und nicht eine von ihnen war zurückgekehrt, von seiner magischen Schönheit zu berichten. Und die Älteren flüsterten den Kindern nachts einen anderen Namen ins Ohr: »Rei'son.« Der Drache. Eisprinz und einziger Besitzer des Edelsteinhellen.
»Rei'son« – was soviel wie »Winterbringer« hieß.
Die Zeit verging, aber es kamen keine Heldinnen oder Helden

mehr, um den Drachen zu töten. Zuviel Zeit verging, so daß die Dörfler nun befürchteten, Rei'son werde aus dem Gebirge herabsteigen, um sie alle zu verschlingen. Und da keine Heldinnen oder Helden als Drachenfutter mehr kamen, blieb ihnen nur ein Ausweg … ein Ausweg, den sie seit fast fünfzig Jahren nicht mehr gewählt hatten: Es mußte jemand aus ihrem Dorf dem Drachen geopfert werden!

Die Wahl fiel auf Wreyn, die Verlobte von Chauce und Tochter Eivas und Bjors', kaum fünfzehn Jahre alt. Sie weinte in der Nacht, in der die Ältesten kamen. Ernst und streng, in ihrem grauen Wolltuch, weißen Pelz, die Laterne in der Hand, kamen sie herein, verkündeten ihr flüsternd ihr Los, huschten dann wieder in das Schneetreiben hinaus, um in ihre warmen Hütten heimzukehren. Wreyn aber, unter ihrer Decke zusammengerollt, weinte und verstieß so gegen die erste Regel im Dorf … Denn es froren ihr die Tränen an die Wangen. Aber für sie war die Zukunft trostlos und bar jeder Hoffnung.

Und dann kam die Morgendämmerung, oder was man in der Nordregion eben so nannte – dieses schwache Aufhellen des Himmels.

Und dann die Hoffnung.

Denn es war wieder ein Held angekommen.

Er hatte sich nur einmal umgeblickt auf seinem ganzen langen Weg nach Norden und dabei nur die eigenen Fußspuren gesehen, schnurgerade durch die Tundra führend. Diese Abdrücke in der Ödnis erinnerten ihn an jene Sterne am Himmel, die man Lichter der Götter nannte. Und er erinnerte sich daran, daß er einstmals, vor diesem Zug in das graue, wolkenüberhangene Land, zu den bleichen, durch das samtige Schwarz leuchtenden Laternen hochgesehen und gedacht hatte: Kein Wunder, daß die Götter nichts sehen.

Er war nicht sehr groß und auch nicht sehr klein, und manche hätten ihn »unansehnlich« genannt. Schwarzes Haar, schwarzer Bart, sonnenverbranntes Gesicht, die Haut aufgesprungen, und graue Augen, in denen eine Kälte lohte, die den hohen Norden nun als

gemäßigte Zone erscheinen ließ. Aber der Griff eines Schwertes, das er auf den Rücken geschnallt trug, blitzte in der Sonne.
Das war Wreyns erster Eindruck von ihm, als sie ihn von der Tür ihrer Hütte aus hereinkommen sah, nicht zu übersehen in der Schar der blonden, pelzgewandeten Dörfler. Und sie trat hinaus auf die Dorfstraße und ging dem Fremden entgegen und blieb vor ihm stehen, musterte ihn, musterte seinen Umhang, seine Kniehosen, die mit einem ihr ganz unbekannten braunen Fell besetzt waren – und wartete ab.
Doch als er nun ihren Blick erwiderte, ihr in die Augen sah, hörte sie hinter sich ihren Dorfpriester, der zum täglichen Bittgebet anhob – dem Gebet um ein baldiges Ende des Winters, ein Ende dieser bitteren Kälte. Sie fragte sich manchmal schon, ob die Dörfler denn überhaupt noch zum »Leben, wie es gewesen« zurückfänden – nun da »das Leben, wie es war« ihnen zur Routine und Gewohnheit geworden war.
Aber der Mann sprach, redete sie an und holte sie damit aus ihren Gedanken zu sich in die handfeste Wirklichkeit zurück:
»Hallo«, sagte er. »Könnte ich mich hier irgendwo aufwärmen und vielleicht auch irgendwo schlafen?«
Wreyn nickte. »Hier entlang, mein Herr.«
Die Schenke Zum Steinkreis war das einzige, was das Dorf an Beherbergungsmöglichkeit zu bieten hatte: Sie war solide gebaut, einigermaßen warm und eine angenehme Bleibe ... Wreyn bat den Fremden also dort hinein und ging dann Siil, den Wirt, holen.
Der regelte das Notwendige – was es koste, was er zu essen wünsche, ob er einen besonderen Wunsch habe, vielleicht ein Bad nehmen wolle (allein der Gedanke ließ Wreyn erschaudern und frösteln) – und schwirrte dann wieder geschäftig ab.
Wreyn verfolgte von ihrer Ecke, wie der Fremde sich bis auf die warmen Untersachen auszog und Umhang, Überzeug und Hemd auf den an den Tisch gelehnten Packen legte, und sie wartete auch noch ab, bis Siil ihm zu essen und zu trinken gebracht hatte, ehe sie ihn auszufragen begann ...
»Bist du gekommen ... um ...?«
Doch als er aufsah, zuckte sie unter dem Blick dieser kalten Augen

zusammen und fühlte sich plötzlich leer. In ihrem Hirn wünschte sie wahrhaftig, daß er an ihrer Statt sterben möge. Aber in ihrem Herzen wußte sie, daß das falsch war.

»Ja«, versetzte er und machte sich wieder über seine Suppe her.

Wreyn schluckte und fragte: »Bist du gekommen, Rei'son zu töten?«

Wieder blickte er auf. »Nein. Ich bin um des Edelsteinhellen willen hier. Rei'son stirbt nur, wenn er mir da in die Quere kommt.«

»Ich verstehe«, sprach sie und schluckte, von Schuldgefühlen gezwickt und geplagt. »Wie ... wie heißt du?«

Er nahm sich einen Biß vom Schwarzbrot ... eine Kostbarkeit, dachte sie und fragte sich, wieviel er dafür bezahlt habe – denn Siil gab sein Schwarzbrot nicht leichthin her. »Gaven«, sagte er darauf. »Und du?«

»Wreyn.«

Er nickte. »Zeigst du mir dann, wo er ist?«

»Der Edelsteinhelle?« fragte sie und starrte ihn mit großen Augen an.

Wieder nickte er.

Wieder schluckte sie und nickte dann kurz. »Ich kann aber nur so weit ...«

Er lächelte, mit entmutigender Kälte. »Ich verstehe«, sagte er und nippte an seinem noch dampfheißen Würzwein. »Morgen also?«

»Ich ... ja.«

Das Lächeln schwand, ein Blick nur, und der Mann machte sich wieder an sein Essen ... Und Wreyn ging, um ihm seine Ruhe zu lassen. Die verdiente er schließlich.

War er doch eh schon ein toter Mann.

Er fühlte, daß der Becher in seinen Händen schnell abkühlte. Seufzend sah er für einen Moment hoch und versuchte sich zu erinnern, wann ihm zum letztenmal richtig warm gewesen war.

Auf diesem Land liegt ein Fluch, dachte er, das ist ja keine normale Kälte. Wenn dieser Archivar recht hat, geht das hier schon über hundert Jahre so ...

Vielleicht, dachte er, töte ich ja Rei'son, weil er mir den Edelstein verweigert, und wenn ich die Kreatur töte, bin ich der Held dieser Leute ... das Ende des Drachen würde ja das Ende der Kälte bedeuten. Und das wüßten sie doch bestimmt zu schätzen!
Nun sah er zu einem der rauhreifgerahmten Fenster hinaus und lächelte bei sich. Ein Held. Er wartete auf einen Anflug von Erregung und Stolz bei dem Gedanken, daß sein Name um diesen Titel ergänzt würde ... aber nichts dergleichen stellte sich ein. Nicht, daß ihn das überrascht hätte. Er fühlte ja schon lange nichts mehr.
Und daran wird sich jetzt nichts ändern.
So begnügte er sich damit, das bißchen Wärme, das dem Wein noch verblieben, zu genießen.

Wreyn war hin- und hergerissen zwischen ihren Gefühlen.
Schön, sie würde am Leben bleiben.
Dafür würde jemand anderes sterben.
Welches Recht hatte sie, das zuzulassen?
Es ist seine Entscheidung, sagte sie sich. Seine ganz eigene Entscheidung. Er kam aus freien Stücken hierher, niemand hat ihn dazu gezwungen ... Sie schauderte. Seine Entscheidung und nicht deine. Nicht deine Schuld. Du wirst leben, er wird sterben, und so ist das nun mal. Laß den Dingen ihren Lauf.
Es war so leicht, sich das zu sagen, es sich immer wieder zu wiederholen. Und doch.
Und doch ...
Bis zum Nachmittag wußten alle im Dorfe von der Ankunft des Fremden und dem Grund seines Kommens. Also informiert, kamen sie bald, zu zweien oder allein, ihr zu gratulieren – stumm, mit einem wissenden Blick nur, einem Lächeln. Da wurde ihr komischerweise wie bei ihrer ersten Monatsblutung zumute, wie bei dem bedeutsamen Geschaue, dem vertraulichen Gelächle der Frauen damals. Es war, als ob sie irgendeinen seltsamen Durchgangsritus absolviert habe. Selbst Chauce interessierte sich wieder für sie, meldete sich mit einem Lächeln in ihrem Leben zurück.
Man brachte ein Festessen zusammen für den Helden, den Mann

namens Gaven. Man zündete ein Feuer an und schlachtete eine Ziege, bei der überwiegenden Mehrheit herrschten Freude und große Erleichterung. Alles das fand natürlich vor Einbruch der Dunkelheit statt – nachts war es viel zu kalt für derlei Feiern.

Und da, als Wreyn aus ihrem Eck in der Kneipe Zum Steinkreis die Leute beim Sichbetrinken beobachtete, sah sie plötzlich Chauce vor sich stehen. Dabei hatte sie geglaubt, im Eckchen für sich, wie sie da saß, würde sie von keinem bemerkt. Aber da stand er und glotzte sie an: voll wie ein Schwein und mit rosigem Gesicht.

»Hallo, Wreyn ...«, sagte er schleppend und prostete ihr mit seinem Trinkhorn zu. »Warum tanzt du denn nicht?«

»Mir ist nicht danach«, knurrte sie achselzuckend, die Knie an die Brust gezogen und den Blick fest auf die Wand hinter ihm gerichtet.

Chauce runzelte die Stirn, ließ sich unsicher auf die Knie, kam ihr dabei aber so nah, daß sie vor seinem schweren Atem zurückfuhr und sich schwor, dafür zu sorgen, daß sie keinen Tropfen Alkohol im Hause hätten, wenn sie denn verheiratet wären.

»Ist das wegen deinen Tagen?« raunte er in verschwörerischem Ton und mit einem blöden Grinsen im Gesicht.

»Nein, Chauce«, erwiderte sie milde lächelnd. »Ich will bloß ein bißchen für mich sein.«

»Oh, komm«, grunzte er und zerrte an ihrem schweren wollenen Überrock herum. »Wenn du nicht tanzen magst, könnten wir ja heute abend unsere Verlobung auf die alte Art besiegeln!«

Wreyn erbleichte. »Auf die alte Art« hieß schlicht, mit dem Partner seiner Wahl zu schlafen. Daß er ihr so etwas antrug, das allein schon trieb ihr die Hitze ins Gesicht.

»Chauce, du bist doch betrunken. Bitte, laß mich einfach in Ruhe.«

»Wreyn, du bist aber prüde!« beklagte er sich und griff nach ihrer Knopfleiste. »Nun komm schon, das machen doch alle ...«

»Nein ...«, erwiderte sie entschieden und versuchte ihn wegzustoßen, begriff sie doch, von Panik überkommen, wie verdammt entschlossen und schwer und stark er war!

»Wreeeeyn«, fauchte er.

»Aber, mein Herr!«
Da fuhr Chauce herum und sprang so schnell auf die Füße, daß er das halbe Ale verschüttete, und fixierte – Gaven, der da ganz unbemerkt zu ihnen getreten war.
»Ja?« schnauzte Chauce und musterte ihn von Kopf bis Fuß.
»Sie hieß dich, Ruhe zu geben. Vielleicht solltest du besser auf sie hören!«
Chauce öffnete den Mund zu einer Erwiderung –
Wreyn spürte einen Schauder über ihren Rücken laufen, hörte, von irgendwo, fernes Glockengeläut …
–, schloß den Mund wieder, blinzelte und ging.
Und Gaven sah zu ihr herab, mit ausdruckslosem Gesicht.
»Du solltest den Überrock zuknöpfen, bevor du gehst«, sagte er.
Sie wurde rot vor Scham, als sie sah, daß Chauce ihr etliche Knöpfe gelöst hatte in der kurzen Zeit, als er sich über sie beugte. Sie brachte das rasch wieder in Ordnung und sah dann hoch, um Gaven zu danken.
Aber er war schon verschwunden.

Gaven machte nicht gern Gebrauch von Magie und Zauberei.
Aber er hatte sie beobachtet, da sie ihm der einzige Mensch in diesem ganzen Dorf zu sein schien, den zu beobachten, mit dem zu sprechen, die Mühe lohnte. Und da er sie beobachtete, hatte er gesehen, wie ihr dieser Schafbock im Wolfspelz auf den Leib rückte und Gewalt anzutun versuchte. Er war ja der einzige gewesen, der weder betrunken noch mit anderen Dingen beschäftigt war. Und sie war, Entschlossenheit hin oder her, klein und zierlich, und der, der sie bedrängt hatte, nicht.
So hatte er die Situation geklärt, den betrunkenen Rüpel mit einem geflüsterten Bannspruch und einem Hauch von Magie dazu gebracht, das Feld zu räumen.
In ihren Augen hatte er da ein … Erkennen? … aufleuchten gesehen.
Sie hat es gefühlt.
So war er gegangen, weil er keine Fragen beantworten wollte, einfach nicht dazu gewillt war. Und er ging auf sein Zimmer, legte

sich aufs Bett, starrte an die Decke und dachte an die Götter, die tot waren.
Und schlief dann irgendwann ein.

Morgens wachte Wreyn von der Kälte auf. Immer diese Kälte! Sie fragte sich, ob die Gerüchte über warme Länder im Süden wahr seien. Und sie fragte sich, wie Wärme ... natürliche, nicht die eines Herdfeuers ... sich anfühle ...
Sie war für diesen Tag von der Hausarbeit befreit, hatte sie doch die Eltern von ihrer Absicht unterrichtet, Gaven in die Berge hinaufzuführen – dorthin, wo Rei'son hauste. Sie waren natürlich besorgt, doch weniger als bisher. Die Mutter hatte sie sogar gebeten, Weidengrün mitzubringen, was sie ihr denn auch versprach.
Darauf zog sie sich ihre wärmsten Sachen an, frühstückte und stapfte nun durch den tiefen Schnee zum Steinkreis, wo Gaven sie schon in der Schankstube erwartete – ruhig und gelassen, die Hände um einen Becher mit etwas Warmem gelegt.
Sie musterte ihn von Kopf bis Fuß: Einen grauen Umhang trug er nun, darunter glomm es metallisch, hell von der Halsbeuge und dunkel vom Helm. Ein Schwert hatte er gegürtet und einen Schild über die Schulter gehängt ... sein schwerer Rucksack aber war nirgendwo zu sehen.
»Bist du bereit?« fragte sie.
Er blickte zu ihr auf. »Noch einen Kaffee«, erwiderte er und stierte wieder die Wand an, wobei er jedoch ab und an einen Schluck aus seinem Becher nahm.
Wreyn nickte und setzte sich ans prasselnde Kaminfeuer, starrte in die Flammen und sah ihnen bei ihrem Tanze zu. Tanz. Tanzen. Chauce ...
Das ferne Glockenläuten ...
»Möchtest du auch einen Becher?«
Sie fuhr auf ... was für eine tiefe Stimme er hatte! ... und sah hoch, nickte. »Aber ich habe kein Geld.«
»Ich lade dich ein.«
Wieder nickte sie, und da winkte er Siil, und der ging, die Bestellung auszuführen.

»Ich habe meine anderen Sachen auf meinem Zimmer gelassen«, sagte er, als Siil fort war. »Wenn ich bis morgen früh nicht zurück bin, gehören sie dir.«
»Warum mir?« fragte sie und schluckte.
»Weil du sie vielleicht brauchen kannst, wenn du fortgehst?« Erstaunt blickte sie zu ihm hoch. »Fortgehen? Warum sollte ich denn fortgehen? Ich bin mit Chauce verlobt ...«
»Oh!« rief er und nahm noch einen Schluck von seinem Kaffee. »Dann habe ich mich wohl geirrt. Entschuldige!«
Sie überlegte, sagte dann: »Ich habe da gestern abend etwas gehört, als du Chauce ... was war das?«
»Magie«, erwiderte er, so als ob er jemandem den Wochentag sagte.
»Magie?« flüsterte sie rauh, kaum vernehmlich.
»Ja«, sagte er. »Du hast ein Talent dafür, scheint mir. Und könntest es wahrscheinlich lernen.«
»Würdest du es mich lehren?« fragte sie, von einem Schauder überlaufen.
»Das geht nicht«, erwiderte er.
»Warum?« fragte sie stirnrunzelnd.
»Ich habe ein Wort zu halten. Keine Zeit.«
Sie seufzte enttäuscht. »Wer könnte es dann?«
Gaven zuckte die Schultern und sah sie aus den Augenwinkeln an. »Drunten im Süden gibt es eine Akademie ...«
Da kam Siil zurück, was ihr Gespräch beendete ... Wreyn nahm dankbar ihren Kaffee entgegen und tat einen langen Schluck. Ja, das war gut ... schön bitter war er und schön heiß. Aber auch sehr teuer, da er ja eingeführt werden mußte. Genau wie das Brot.
»Dieser Trunkenbold war also ... Chauce«, knurrte Gaven nach einer Weile.
Wreyn errötete. »Das ... ja, das war er.«
»Soso«, erwiderte er, das war alles. Und doch ...
»Fertig?«
Sie blinzelte sich die Tränen weg (wo waren nur diese Tränen hergekommen?) und nickte, erhob sich, stellte den noch halbvollen

Becher auf den Tisch und ging zur Tür. Und Gaven folgte ihr dichtauf.

Das Gewicht des Schwertes an seiner Seite zu spüren, und das des Schildes auf seinem Rücken, hatte etwas Beruhigendes. Es war zu lange her seit dem letzten Kampf. Sie wartete.
Er blickte zum Himmel auf, als sie aus dem Steinkreis kamen, und glaubte da für einen Moment, ihr Gesicht zu sehen … so ruhig und geduldig … wie an dem Tag, da sie …
Da er versprochen hatte …
Und ein Versprechen war für ihn etwas, was man erfüllen mußte, ob es einem den Tod brächte oder nicht.

Rei'sons Höhle lag am Hang, etwas oberhalb eines Wäldchens. Dort führten die Eltern ihre Kinder hin, wenn sie alt genug waren, und zeigten ihnen, zur Warnung, vom Rand des kleinen Waldes seinen Schlupfwinkel und all die Knochen, die um den Höhleneingang dort verstreut waren. Und erzählten ihnen die Geschichte von Jiffen, die eines schönen Tages hochging, um in Rei'sons Höhle zu spielen … und nie mehr wiederkam.
Wreyn bezweifelte inzwischen, daß es diese Jiffen – die sie, als Kind und als Erwachsene, nie, nie, nie hatte sein wollen – je gegeben habe …
Sie hatten fast sechs Meilen zu marschieren und redeten kein Wort, als sie sich so durch den Schnee kämpften … keuchend sie, ruhig, geräuschlos atmend er. Auf eine Meile im Umkreis war hier weder Weg noch Wildwechsel zu sehen, ja, nicht eine Fährte im Schnee – Rei'sons Gegenwart erzeugte solche Kälte, daß selbst Haarwild sich nicht hierherwagte und alle Vögel, die den Ort überfliegen wollten, mit gefrorenen Flügeln vom Himmel fielen.
Viel zu früh, für Wreyns Gefühl, erreichten sie ihr Ziel und schlichen sich still durch das Wäldchen an, wo schon manches auf Rei'sons Schlupfwinkel deutete, und dann zeigte sie, mit großen Augen, ganz gebannt, auf den Höhleneingang.
»Da!« hauchte sie … und ein weißes Wölckchen trug ihm ihr Wort zu Gehör.

Er nickte bloß und zog sein Schwert. Strahlender, realer war es, als sie es für möglich gehalten hätte. Sie starrte stumm darauf und überlegte, ob das Schwert wohl kalt wie eine Drachenklaue sei. Auch sein Schild schien so, schwarz poliert, mit einem silbernen Vogel als Wappenzier.
Wreyn blinzelte, ringsum fielen sacht die Flocken. Und Gaven warf den Umhang ab, stand nun in blankem Stahl und wollenem Zeug vor ihr: Helm, Kettenhemd, Panzerrock ... und sah sie mit seinen kalten, kalten Augen an und verbeugte sich leicht.
Sie begann, seine Verbeugung zu erwidern ...
Und brach in Tränen aus.
»Du wirst sterben!« schluchzte sie. »Ist dir das denn nicht bewußt?«
Er starrte sie an, und ihr war, als ob sie wirklich etwas in seinen Augen aufscheinen sähe, etwas wie Traurigkeit ... Aber vielleicht war ihr auch nur von ihren Tränen der Blick etwas verschwommen und getrübt!
Da berührte er sacht ihre Wange, löste eine gefrorene Träne und hielt sie sich unter die Augen.
»Weine nicht um mich!« war alles, was er sagte, und dann tat er die Träne in seine Gürteltasche und ging.

Er trug dünne Rehlederhandschuhe, damit ihm nicht die Finger anfroren am blanken Heft des Schwertes, das seine Seele war. Die gut drei Fuß lange Klinge war aus schimmerndem Stahl, so unscheinbar wie er selbst. Aber fest genug, um dem Feuer des Drachens zu widerstehen – der Drachenkälte, in Rei'sons Fall. Lautlos trat er in die Höhle, den Blick auf das massige Tier gerichtet, das da, halb zusammengerollt, den Schädel auf die Pfoten gelegt und die Augen geschlossen, tief zu schlafen schien. Jetzt musterte er das Biest genau, überlegte, wie er die Sache am besten anginge – denn er wollte ja töten, nicht etwa: getötet werden.
Und dann fiel ihm etwas auf. Etwas war da merkwürdig. Etwas ... stimmte da nicht.
Der Drache atmete nicht: Die riesigen Blasebälge, die seine Lungen waren, arbeiteten nicht.

Und da ging Gaven auf, daß der große Rei'son, der Drache des Winters, in der stillen Zeit, da kein Held, kein Dörfler ihn in seiner Höhle gestört hatte …
… im Schlaf gestorben war.

Und du läßt ihn einfach dort drinnen sterben, fauchte es in Wreyns Hirn.
Ich kann doch nichts machen … was sollte ich denn tun? Ich wäre ihm ja nur im Weg!, widersprach sie sich selbst, während sie sich noch die Tränen von den Wangen klaubte.
Dann laß dir etwas einfallen! Steh nicht einfach hier rum … Er wird sonst sterben …
Ich auch, wenn ich da hineingehe!
Du bist schon tot. So wie du hier lebst!
Der Gedanke traf sie wie ein Schlag … so daß sie für einen Moment wie benommen war.
Plötzlich war ihr, als ob ihr ganzes Leben verkehrt sei. Als ob es schlicht falsch sei, Chauce zu heiraten und Kinder zu haben und in diesem Dorf zu leben – Winter hin oder her …
Ach, plötzlich wünschte sie sich nichts sehnlicher, als nach Süden zu gehen, wegzulaufen und nie wiederzukehren. Ihr Herz sehnte sich nach Wärme, nach etwas anderem als dieser verfluchten Kälte. Sie fühlte sie in sich, wie einen Hauch durch Mark und Bein.
Ich muß ihm beistehen! dachte sie und rannte zur Höhle.

Gaven verhielt kurz, um sich diese sechs oder sieben Leichen anzuschauen, die vor der Nische mit dem Edelsteinhellen auf der Erde lagen. Von der Kälte konserviert, stand ihnen allen der Ausdruck schrecklicher Schmerzen im Gesicht.
Seltsam, dachte er und langte nach dem Edelstein.
»Gaven!«
Da hielt er ein, drehte sich um und sah Wreyn, die, mit Reif im Gesicht, im Höhleneingang stand, ruhig an.
»Wreyn«, sagte er sanft, »du hättest heimgehen sollen …«
»Ich kann nicht nach Hause«, hauchte sie, kaum hörbar. »Nie mehr wieder. Der Drache …«

»Ist tot.«
»Hast du ihn getötet?« fragte sie und starrte dieses riesige Biest an, das aussah, als ob es schliefe.
»Nein. Er war schon tot, als ich hereinkam.«
Stumm streckte sie die Hand aus, strich dem Drachen über die Nüstern, die Augen wie gebannt auf ihn gerichtet. »Aber der Winter ... wenn der Drache nun tot ist ...« Sie sah auf, und die Ratlosigkeit stand ihr ins Gesicht geschrieben. »Oh, ich verstehe das nicht. Wie kann es noch so eisig sein, wenn der Drache doch tot ist?«
Gaven starrte sie verdutzt an, erwog die Frage, die er sich noch nicht gestellt hatte, ja, er hatte sich nicht die Zeit dafür genommen – und musterte dann den Edelsteinhellen, der so still in seiner Nische stand. So stumm.
So todbringend.
Und dann lachte er, lachte über sich und seinen Unverstand, lachte über die Dörfler, die in aller Selbstverständlichkeit geglaubt und angenommen hatten, der Drache sei an allem Übel schuld, nicht etwa sein Hort, und lachte auch über die wahre Heldin des Dorfes, die diesen Titel vermutlich nie zuerkannt bekäme.
»Der Edelsteinhelle«, sagte er leise, nachdem er sich recht ausgelacht hatte. »Der Edelsteinhelle ist der Winterbringer ... nicht der Drache!«
Sie starrte ihn an, den Mund zu einem einzigen stummen »Oh!« gespitzt, und fragte dann: »Woher weißt du das?«
»Komm mal herüber«, erwiderte er nur, und sie kam – und riß Mund und Augen auf, als sie da, des Drachen Schwanz umrundend, sah, welches Grauen ihn umgab.
»Sie sind alle tot«, flüsterte sie.
»Sicher, weil sie den Stein berührt haben«, sagte er düster. »Nun, wie nehme ich ihn, ohne gleichfalls zu sterben ...«
»Handschuhe?« fragte sie.
Da wies er auf eine der Leichen, eine tote Frau, deren Hände mit Lederriemen und Fellstreifen umwickelt waren. »Sie hatte dieselbe Idee ... und du siehst ja, was ihr die einbrachte!«
Wreyn nickte, dachte sichtlich angestrengt nach ... lächelte plötzlich und rief: »Aber das ist doch ganz einfach!«

»So?« machte er und hob die Braue.
Sie nickte und lächelte ihn an, und als sie ihm sagte, wie – lachte er wieder.
Dieses Mädchen, dachte er und sah lächelnd auf sie herunter, hat definitiv eine große Zukunft!

Sie blickte zum Himmel auf und fragte sich, warum er bloß so blau war.
So blau, so blau hatte sie ihn noch nie gesehen. Hier und da wies er noch graue Flecken auf, aber die wurden nun schon so dünn, daß die Sonne still, ruhig ihr Antlitz zeigen konnte.
Da spürte Wreyn das erste Mal, soweit sie wußte, die volle Kraft der Sonne.
Hinter sich hörte sie nun Schnee knirschen, und als sie sich umdrehte, sah sie Gaven aus der Höhle treten. Er blickte nur kurz auf, holte tief Luft und nickte.
»Da der Edelsteinhelle jetzt abgedeckt ist«, sagte er, »ist seine Ausstrahlung gedämpft. Deine Leute können ihr normales Leben wieder aufnehmen.«
Sie nickte. Und dachte bei sich: Wenn sie denn wissen, wie!
»Aber du?«
Da sah sie zu ihm auf, sah ihm in die immer noch so ruhigen, jedes Gefühlsausdrucks baren Augen.
Sie schluckte und schüttelte den Kopf zum stummen Nein! »Ich weiß nicht … Nein, ich glaube nicht …«
»Gehst du fort?«
Sie starrte zwischen den Bäumen hindurch in die Ferne, nach Süden. »Vielleicht«, erwiderte sie.
»Mein Angebot zu den Sachen auf meinem Zimmer gilt noch.«
Da fuhr sie herum, starrte ihn an. »Aber wie willst du …?«
Er zuckte die Schultern. »Mach dir um mich keine Sorgen! Das meiste davon wirst du nicht gebrauchen können. Jetzt, da die Kälte vorüber ist, wird das Land wieder seinen normalen Gang gehen, wirst du den Umhang und das warme Wollzeug nicht mehr brauchen. Aber das Geld, die Dolche, die Ausrüstung … Alles das dürfte dir ganz willkommen sein.«

Wreyn kam aus dem Staunen nicht heraus. »Bist du … bist du sicher?« fragte sie und schluckte.

»Ziemlich«, versetzte er lächelnd, schnallte sich den Schild wieder auf den Rücken und verneigte sich knapp. »Ich muß nun gehen«, sagte er.

»Warte …«, bat sie. »Laß mich mit dir gehen!«

»Nein …« Er schüttelte den Kopf. »Dorthin, wohin ich gehe«, sagte er, »gehe ich allein.«

»Gaven …«

»Lebe wohl, Wreyn!«

»Lebe wohl, Gaven«, sagte sie, und schon machte er kehrt und stapfte durch den tiefen Schnee davon, gen Süden.

»Viel Glück«, rief er ihr noch über die Schulter zu.

»Dir auch!« erwiderte sie. »Ich danke dir.«

»Nein, Wreyn, ich danke dir! Mögen die Götter dich und die Deinen behüten!«

Sie gab ihm keine Antwort und sah ihm nur stumm nach, bis er zwischen den Bäumen verschwunden war.

Als sie etwas benommen ins Dorf zurückkam, beantwortete sie im Vorbeigehen die Fragen, die ihr die Leute stellten. Doch die meisten glaubten ihr nicht oder wollten ihr lieber nicht glauben, mochte der Schnee auch schmelzen und der Himmel blau und klar sein.

Nun ließ sie sich von Siil auf Gavens Zimmer führen und fand da auch die Sachen, die er zurückgelassen hatte. Den Umhang und das Wollzeug ließ sie da, aber den Rest nahm sie mit.

Darauf ging sie nach Hause, legte ein Bündel Weidengrün auf den Küchentisch und verließ, mit einem Anflug von Bedauern, ihr Elternhaus … Schuldgefühl und Trauer waren in ihr und etwas, das sie jetzt lieber nicht benennen wollte. Aber sie hatte ihre Wahl – ob gut oder schlecht – getroffen und mußte jetzt damit leben.

Das würde das Schwerste daran sein: damit zu leben.

Und doch …

In ihrem Herzen und ihrem Hirn wußte sie, daß es richtig war.

Den unberührten Edelsteinhell im Beutel, kehrte Gaven in das Land zurück, aus dem er einige Monde zuvor aufgebrochen war. Er hatte sich unterwegs einen neuen Rucksack gekauft und mit dem Notwendigen gefüllt und seinen Umhang gegen Lebensmittel getauscht, als das Wetter schöner geworden war und die Luft sanfter auf seiner Haut. So war er bei der Heimkehr in sein Land nicht schlechter gewandet als bei seinem Fortgang.

Mit dem in ein Stück Rei'sonhaut verpackten Stein im Beutel, einer allzeit gefühlten Last, trat er zu der Stätte, wo die Dame seines Herzens ruhte, zog den Vorhang der Macht zurück, der ihr Grab umgab und allen anderen den Zutritt verwehrte, und kniete vor ihrem Grabstein nieder ... wie einer vor dem Altar einer Göttin niederkniet. Hier lagen schon das Schwert des Kranichs, die Jadeiris und das Herz auch der Morgenröte. Hier war Schönheit, für die Könige ihre Söhne hergäben.

Und das alles gehörte ihr.

Und er legte den Edelstein – sicher verwahrt in der einzigen Hülle, die ihn jemals sicher verwahren konnte – auf ihr Grab und streichelte ihre Marmortafel, ließ endlich, nach all den Monaten, seinen Tränen freien Lauf.

Tränen ...

Er öffnete den Beutel mit dem eingeschlagenen Stein, starrte auf Wreyns Träne dort, die noch immer nicht geschmolzen war. Und er nahm sie heraus, wartete darauf, daß sie sich wieder verflüssige, aber es geschah nichts dergleichen: Sie lag wie ein winziger Stern in der offenen Hand. Und als ihm nun klar wurde, daß sie weder jetzt noch je wieder schmölze, legte er sie neben dem Beutel mit dem Edelstein aufs Grab.

Dann starrte er traurigen Blicks auf die Kollektion von Geschenken, die er ihr zu ihren Lebzeiten versprochen hatte, aber erst nach ihrem Tode hatte finden können. Aber nach einer Zeit holte er tief Luft, schloß die Augen und stand auf. Und als er die Augen wieder öffnete, war sein Gesicht ausdruckslos wie zuvor.

»Im Königreich der Schwarzen Hexe gibt es genau so einen Stein«, sagte er, zu dem Grab gewandt. »Den muß ich dir nun bringen, Geliebte.«

Wieder starrte er auf den Hügel aus Erde und Gras hinab. Und wieder schulterte er den Rucksack und die Last seiner Jahre, streichelte er das Heft seines Schwerts.
Wieder trat er die Reise an.
Wieder einmal.

An einem anderen Ort und zur Nachtzeit stand – in kühlen Kattun gehüllt – eine junge Novizin der magischen Künste auf einem Balkon und sah zu den Sternen hoch, die wie Edelsteine so hell blitzten, wie Edelsteine oder auch wie gefrorene Tränen. Sie lächelte bei sich und bat die Götter, ihre Laternen zum Wohle des einen Mannes etwas heller brennen zu lassen. Dann schlug sie ihr Magielehrbuch auf und nahm die Lektüre an der Stelle wieder auf, die sie sich mit einem Stück Drachenhaut markiert hatte.

JEAN MARIE EGGER

Nun kommen wir wieder einmal zum Ende eines Bandes Magischer Geschichten. *Als Schluß nehme ich ja immer gern etwas Kurzes und Lustiges ... diesmal ist es »Trost und Trösterin«.*
Jean Marie Egger stellt sich so vor: »Ich bin Franziskanerin mit persönlichem Gelübde (was heißt, daß ich nicht mehr formelles Mitglied der Gemeinschaft bin) und lebe nach der Regel des franziskanischen Dritten Ordens. Demnächst schließe ich mein Theologie-Studium mit dem Magister ab (Schwerpunkt ›Feministische Theologie‹). In Nordostminnesota geboren und aufgewachsen, bin ich 1975 nach Kansas City, Missouri, gezogen, um dort das College zu besuchen. Die letzten sieben Jahre war ich im Pfarrdienst.
Ich weiß seit der Oberschule, daß ich Talent zum Schreiben habe – Zeit und Kraft dafür kann ich aber erst seit meinem Ausscheiden aus der traditionellen Gemeinschaft erübrigen.«
Diese Story widmet sie »Dusty«, ihrem einstigen Hündchen und sehr lieben Freund, dessen Name für sie auf ewig mit diesen Worten verbunden ist. – MZB

JEAN MARIE EGGER

Trost und Trösterin

»Gia! Gianna!! Träumst du?«
Und Gianna, von diesem Gepiepse aus ihren Gedanken gerissen, löste ihren Blick von dem blonden jungen Hund, der auf ihrem Schoß schlief, und richtete ihn auf Karina. Und ihre grüngesprenkelten Augen funkelten so vom Sonnenlicht, daß Karina das seltsame Gefühl hatte, ihr Spiegelbild vor sich zu sehen, und sie noch einmal – als ob das nötig gewesen wäre – bestätigt fand, was sie längst wußte. So richtete sie ihre ebenso grüngefleckten Augen auf den Weg vor sich und dachte nach: Es wurden ihrem Volk in jeder Generation ein oder zwei Kinder mit solchen Augen geboren. Nie aber drei ... Doch Gia war das dritte gewesen! Und nie zwei in derselben Familie ... Doch Gia war ihre jüngere Schwester. Und jetzt war offenbar geworden, daß Gia, wie sie auch, eine Trösterin war.
Wie hatte ihnen das nur verborgen bleiben können? Wie war es nur möglich, daß Gianna volljährig hatte werden können, ohne daß sie selbst ... die Familie ... etwas geahnt hatte? Warum waren ausgerechnet ihr Giannas Augen nie aufgefallen? Gleich bei Giannas ... Ruf ... hatte sie gewußt, ganz intuitiv, daß da draußen irgendwo eine neuerwachte Trösterin war. Aber das war erst tags zuvor am frühen Morgen gewesen. So flehend war er gewesen, daß es sie aus dem Schlaf gefetzt hatte! Sie war dann den ganzen Morgen gefahren, wie vom Bösen gejagt, hatte in drei Dörfern die Pferde gewechselt und ständig den »Blick« umgestellt, um den Grund dieses leichten Chaos auszumachen, das noch Stunden nach dem Ruf herrschte. Das Jaulen, Kläffen und Fiepen in ihrem Kopfe war ihr eine Bake gewesen, der sie Meile um Meile gefolgt war. Junge Hunde! Haufenweise ... Nach jungen Hunden hatte, ihres Wissens, noch nie jemand gerufen! Zu trinken und zu essen,

vor allem, eine Decke oder auch ein Spielzeug – das waren ja die Dinge, nach denen kleine Kinder verlangten.

Ein Ruf war ein einmaliges Ereignis, das das Erwachen eines Trosttalents anzeigte. Eine neuerwachte Trösterin konnte man durch das Ziehen und Zerren rings um sie finden, das mit dem Ruf einherging. Etwas aus heiterem Himmel Kommendes rief da Wellen hervor, die stark genug waren, um von jedem, der auch nur einen Funken Sensibilität besaß, wahrgenommen zu werden. Aber einen so starken Ruf einer neuerwachten Trösterin hatte Karina doch noch nie erlebt! Und das war Hinweis genug, daß, wer immer gerufen hatte, sicher nicht das übliche Baby oder Kleinkind war.

Die Kutsche brauchte bis zum Tal der heiligen Trösterin noch mindestens eine Stunde – besser, sie nutzte die Zeit bis zur Ankunft im Heiligtum, um sich ein klares Bild zu machen! Sie setzte sich so hin, daß sie Gias Augen wieder sah, holte tief Luft, umklammerte den Trösterinnenring, der da an ihrem ledernen Halsband hing, sprach ein Stoßgebet zur heiligen Trösterin und sagte dann hastig, wie getrieben:

»Gia, meine Pflichten haben mich von zu Hause ferngehalten. Seit über fünf Jahren habe ich dich nicht mehr gesehen. Du bist jetzt fast zwanzig Sommer alt ... bald volljährig, und wirst dann für dich selbst sprechen und über deine Zukunft entscheiden können. Nur wenige Wochen noch, und du hast die Pflichten und Rechte einer Erwachsenen! Und da komme ich und karre dich weg wie ein kleines Kind und erwarte von dir, daß du fast zehn Jahre noch auf eine Ausbildung wendest, die man normalerweise als Kind beginnt ...«

»... und du hast Schuldgefühle, Kari ... Du glaubst, du seist schuld, daß man meine Gabe nicht schon früher entdeckt hat«, sagte Gianna und sandte, derweil sie das Hündchen liebkoste, zarte, aber pulsierende Trostranken zu ihrer Schwester aus.

Diese Fühler ... Karina überließ sich ihnen wohlig, richtete den Blick auf das Fenster hinter Gia und dachte nach, suchte noch einmal das Puzzle zusammenzusetzen ... Gianna war ihres Wissens die erste Trösterin, die nach dem sechsten, siebten Lenz erweckt worden war. Sie selbst, das wußte sie aber bloß aus Erzählungen der anderen, hatte ihren ersten Ruf mit drei getan, als sie noch mehr Kuchen zum Nachtisch wollte ... Wohl mit großer Entschiedenheit wollte, war er doch auf ihren gut verständlichen Schrei: »Will mea Kuchen!« so einfach vor ihr erschienen. Und das Ziehen, Zerren in der ganzen Luft darum, das hatte auch keinen Zweifel daran gelassen, daß der Kuchen herbeigerufen worden war.

Solch ein Kind war ein Segen für seine Familie! Ihre Eltern hatten sich darum krummgelegt für die monatlichen Lektionen, die einer regelmäßigen Ausbildung im Heiligtum vorausgingen. Als sie zwölf war und bereit, in das Tal aufzubrechen, hatte sie bereits viel gekonnt. Aber so zarte Ranken, wie sie ihr Gia zusandte, hatte sie erst kurz vor ihrer Vereidigung als Trösterin, nach acht Jahren intensiven Studiums im Zentrum, hervorgebracht. Und Gia hatte noch keinerlei Ausbildung!

»Wie waren die letzten fünf Jahre für dich?« fragte sie nun, tastend, nach einem weiteren Teil dieses Puzzles fischend.

»Oh, ganz wunderbar, wirklich!« lachte Gianna. »Rufina wurde ja kurz nach deinem letzten Besuch geboren. Für mich als die Jüngste war es schön, so eine Kleine um mich zu haben, sie war wie mein eigenes Kind! Als sie größer wurde, durfte sie bei mir schlafen. So etwas Liebes, Warmes im Bett zu haben! Ich war ja ganz allein im Schlafzimmer nach Shellas Heirat mit Andri.«

»Habe ich vielleicht etwas nicht mitbekommen?« fragte Karina verdutzt. »Ich weiß, ich war lange weg, aber ich hatte keine Ahnung, daß Mutter wieder ein Kind bekam ...«

»Nicht Mutter!« lachte Gianna augenrollend. »Rufinas Mutter, das war Frannie. Die kam kurz nach Rufinas Geburt bei einem Jagdunfall ums Leben. Und so kam sie eben in meine Obhut.«

»Hm ... ich glaube nicht, daß ich Frannie gekannt habe, du kannst mir ja später über sie erzählen. Aber jetzt ... warum erklärst du mir nicht mal, wie und warum dein Talent wohl so lange unerkannt gebieben ist? Deine Augen zum Beispiel ... sind die niemandem aufgefallen?«

»Vielleicht übersehen wir Dinge, nach denen wir nicht sehen,

Kari. Du hast gerufen, als ich ein kleines Baby war, ich war acht bei Michaels Ruf, er fünf. Damals fand bei uns im Dorf das Sommerfest statt, und seine Familie war mit den Scharen von Festbesuchern aus den Städten des Westens gekommen. Ich weiß noch, daß einige aus dem Rat sagten, diese Generation brächte bestimmt keine weiteren Tröster hervor ... Ja, Kari, ich glaube, daß sie sich meine Augen einfach deshalb nicht genauer ansahen, weil sie keine und keinen mehr erwarteten.«

»Aber was ist mit deinem Talent? Warum ist das so spät erwacht?«

»Weil ich wohl alles hatte, was ich brauchte oder wünschte. Wenn es einem Kind an nichts fehlt, ruft es nicht ... Bei uns daheim gab es Liebe und Essen und Wärme genug. Als ich klein war, war ja immer Shella da, wenn Mutter keine Zeit für mich hatte. Ich war nie schrecklich traurig oder einsam, und erst recht nicht, als Rufina dann da war. Und ich hatte nie einen wirklichen Kummer, ja, bis zu der Nacht, da Rufina ums Leben kam. Vielleicht hat nun mein eigenes Bedürfnis, getröstet zu werden, meine Gabe geweckt«, sagte Gianna und fuhr dann, mit dicken Tränen in den Augen und fast brechender Stimme, fort: »Daß ich Rufina verlor, hat mich getroffen. Als ich dann zu Bett ging, war ich so niedergeschlagen wie wohl nie zuvor in meinem Leben. Ich weinte mich in den Schlaf. Und als ich am nächsten Morgen aufwachte, weinte ich noch immer ...«

Da sandte Karina ihr eine Woge des Trosts und lächelte nach einer Weile bedächtig, spann dann ihren Faden fort: »Und da hast du gerufen, und plötzlich waren überall junge Hunde! So ein Tohuwabohu hatte ich noch nie gesehen, Gianna! Ich dachte, Vater würde verrückt bei dem Versuch, sie alle einzufangen! Aber ich war froh, daß er dir erlaubte, einen mitzunehmen ... Obwohl, es blieben ja genug übrig, so gut hundert müssen es gewesen sein!« sagte sie und mußte einfach kichern bei der Erinnerung daran. Ach, die verzweifelte Miene, mit der Vater in einem wogenden Meer von jungen Hunden gestanden hatte, würde sie nie vergessen! Aber als er dann zu überschlagen begann, wieviel ihm Dutzende Spaniels einbrächten – gute Jagdhunde waren gefragt! –, da hatte sie gewußt, daß sein Schock schon wieder nachließ ...

Nicht lange, da beugte sie sich zu Gianna, strich ihr übers Haar und fragte dann sanft: »Hast du irgendeine Ahnung, Gia, wie stark genau deine Gabe ist? Du schickst doch ohne jede Ausbildung den wärmsten Trost aus, den ich kenne und jemals in meinem Leben verspürt habe. Du wirst eine gute Trösterin abgeben, eine große Hilfe für alle, die Trost und neue Kraft brauchen. Weißt du denn, warum dein Talent so tief und stark verwurzelt ist?«
Gia wischte sich die Tränen aus den Augen und erwiderte mit leichtem Lächeln: »Das war Rufina! Sie war mir so ein Trost! Sie hat mich wohl gelehrt, was es heißt, andere zu trösten. Wenn ich weinte, küßte sie mir die Tränen weg. Sie hat mich überallhin begleitet. Wir aßen und tranken zusammen. Rufina liebte das Wasser. Jede Art Wasser ... Sogar Regenpfützen und Schlammlachen! Lange Spaziergänge bedeuteten immer: ein Bad hinterher ... für uns beide! Wenn ich einen Leckerbissen für sie hatte, tanzte sie mir um die Füße. Und wenn ...«
»Toll! Ich glaube, jetzt habe ich es! Du hattest da jemanden gefunden, den du rückhaltlos geliebt hast ... Diese Art Liebe lehrt eben, mitfühlend zu sein. Rufina hatte diese Gabe. Die Fähigkeit, Notleidenden Trost zu spenden, Mitleid zu zeigen, neue Stärke zu geben, ist ja nicht denen vorbehalten, die zu vereidigten Tröstern erwählt sind«, sagte Karina und meinte, zufrieden und glücklich darüber, daß sie nun alle Teile des Puzzles hatte und Gia endlich in der Erinnerung an ihre Freundin zu schwelgen schien: »Du mußt Rufina sehr geliebt haben. Ihr Tod hat deine Gabe geweckt. Unser Volk wird sich ihrer in Dankbarkeit erinnern. Aber es tut mir so leid, Gia, daß du sie verloren hast ... Ja, sie muß ein ganz besonderes Kind gewesen sein!«
Da nahm Gianna das schlafende Hündchen auf, küßte es auf das Schnäuzchen, lächelte schelmisch und sprach, so augenrollend wie zuvor: »Besonders, ja. Aber ›Kind‹, Kari? Wie kommst du nur auf diese Idee? Rufina war doch mein Hündchen!«

[illegible] sie [illegible] aber Haar [illegible] Ahnung, [illegible] wie [illegible] und [illegible] nicht [illegible] zeitig [illegible] und [illegible] als auch ich [illegible] Regen [illegible]

[illegible] nicht [illegible] und [illegible]

[illegible] und [illegible]

[illegible]

Marion Zimmer Bradley (Hg.)
Magische Geschichten

Schwertschwester
Magische
Geschichten I
Band 2701

Wolfsschwester
Magische
Geschichten II
Band 2718

Traumschwester
Magische
Geschichten IV
Band 2744

Mondschwester
Magische
Geschichten VI
Band 13312

Drachenschwester
Magische
Geschichten VII
Band 13313

Lichtschwester
Magische
Geschichten VIII
Band 13314

Feuerschwester
Magische
Geschichten IX
Band 13315

Sternenschwester
Magische
Geschichten X
Band 13316

Feenschwester
Magische
Geschichten XI
Band 13317

Sturmschwester
Magische
Geschichten XII
Band 13318

Sonnenschwester
Magische
Geschichten XIII
Band 14533

Fischer Taschenbuch Verlag

fi 1610 / 10

Marion Zimmer Bradley

Die Feuer von Troia
Roman
Aus dem Amerikanischen von Manfred Ohl und Hans Sartorius
Band 10287

Luchsmond
Erzählungen
Aus dem Amerikanischen von V. C. Harksen und Lore Straßl
Band 11444

Lythande
Erzählungen
Aus dem Amerikanischen von V. C. Harksen und Lore Straßl
Band 10943

Die Wälder von Albion
Roman
Aus dem Amerikanischen von Manfred Ohl und Hans Sartorius
Band 12748

Die Herrin von Avalon
Roman
Aus dem Amerikanischen von Manfred Ohl und Hans Sartorius
Band 14222

Die Nebel von Avalon
Roman
Aus dem Amerikanischen von Manfred Ohl und Hans Sartorius
Band 8222

Die Avalon-Triologie ist auch in einer Kassette lieferbar:
Drei Romane. Band 14411